AGENTUR FÜR PARANORMALE ZEITARBEIT

BAND 1-3

MOLLY FITZ

KATZENGEHEIMNISSE

Cover-Designer: Melony Paradise, Paradise Cover Design

Katzengeheimnisse
PO Box 873543
Wasilla, AK 99687

ÜBER DIESES BUCH

Der kleine, schwarze Kater Mr Fluffikins ist für die mächtigsten übernatürlichen Wesen in der kleinen Südstaatenstadt Beech Grove verantwortlich. Zusätzlich wurde er damit beauftragt, die Welt der Magie vor denen zu verbergen, die nichts über deren Existenz wissen.

Doch dann kommt Tawny Bigford ins Spiel ... Eine schlagfertige Teilzeit-Romanautorin, die neu in der Stadt ist und gleich kopfüber in eine magische Mordermittlung stolpert. Welche Wahl bleibt einem bürokratischen Kater wie ihm da groß? Er stellt sie kurzerhand als Aushilfe ein, um sie im Auge behalten zu können, bis dieser merkwürdige Mordfall gelöst ist.

Und sie brauchen jede Hilfe, die sie bekommen können, da immer mehr von Mr Fluffikins‘ Erzfeinden aus der Versenkung auftauchen. Gemeinsam mit ihren Kollegen – einem attraktiven Polizisten, einem mütterlichen Engel, einer sarkastischen Vampirin, einem bodenständigen Wandler und einem mysteriösen alten Mann – sind die beiden bereit, sich der Gefahr zu stellen.

Wenn Sie schrägen Humor und verrückte magische Abenteuer lieben, sollten Sie sich diese spannende neue Serie der USA-Today-Bestsellerautorin Molly Fitz nicht entgehen lassen. Nun haben Sie die einmalige Chance, die ersten drei Bücher der Reihe – ***Eine Hexe für alle Gelegenheiten***, ***Eine Hellseherin für alle Gelegenheiten*** und ***Ein Vampir für alle Gelegenheiten*** – in dieser speziellen Sammelbox zu lesen. Viel Spaß!

ANMERKUNG DER AUTORIN

Hallo. Danke, dass du dieses Buch gekauft hast. Wenn du ebenfalls ein großer Fan von spannenden, schrägen Tierkrimis bist, sollten wir unbedingt Freunde werden.

Wie wäre es, wenn du direkt einmal meine Facebook-Seite besuchst, die ich speziell für meine treuen deutschen Leser eingerichtet habe? Hier der Link dazu: **Facebook.com/Katzengeheimnisse**

Oder melde dich für meinen Newsletter an und sichere dir als Abonnent gratis ein digitales Geschenkpaket, einschließlich einer exklusiven Kurzgeschichte über Octocat: **Katzengeheimnisse.com/Abonnieren**

Ich bin sicher, wir werden eine Menge Spaß miteinander haben. Also schnell umblättern ...

Wir sehen uns dann auf der nächsten Seite.

MOLLY

EINE HEXE FÜR ALLE GELEGENHEITEN

AGENTUR FÜR PARANORMALE ZEITARBEIT 1

Mein Name ist Tawny Bigford. Ich bin fünfunddreißig Jahre alt, Single und liebe heiße Duschen. Nachdem ich meinen Morgen unter der eiskalten Brause starten musste, marschierte ich hinüber zum Haupthaus meiner Vermieterin, um mich über die Wassersituation zu beschweren. Doch dort fand ich nur ihre Leiche vor.

Nun glaubt jeder, ich hätte etwas mit ihrem Tod zu tun ... Das war so ganz und gar nicht der erste Eindruck, den ich bei den neuen Nachbarn hinterlassen wollte! Aber wie soll ich meine Unschuld beweisen, wenn ich kaum etwas über die Frau weiß, die ich angeblich umgebracht haben soll?

. . .

Dann erfahre ich auch noch, dass sie die offizielle Stadthexe von Beech Grove war. Ihr ehemaliger Vorgesetzter – ein vorlauter schwarzer Kater namens Mr Fluffikins – hat mir eröffnet, dass ich ihre magischen Aufgaben übernehmen muss, bis der Mörder gefasst und zur Rechenschaft gezogen wurde.

Ob es mir gefällt oder nicht, ich arbeite jetzt als Aushilfe für die Agentur für Paranormale Zeitarbeit. Also muss ich den Mord an meiner Vermieterin aufklären, mich mit meinen neugewonnenen Kräften vertraut machen und nebenbei auch noch in einer fremden Stadt Fuß fassen.

Kinderspiel für eine Aushilfshexe wie mich!

1

„Aaaaaaaaaaaah!“ Ein Aufschrei entriss sich meiner Brust, als ich mit einem Sprung vor dem eiskalten Strahl, der aus dem alten Duschkopf sprudelte, flüchtete.

Normalerweise liebte ich es, meinen Morgen mit einer ausgiebigen und dampfend heißen Dusche zu beginnen, während der ich meinen Gedanken nachhing und sie schließlich zu einer Art Plan für den Tag zusammenfügte. Doch seit ich vor ein paar Wochen nach Beech Grove gezogen war, hatte ich Glück, wenn ich überhaupt fünf Minuten lang warmes Wasser hatte, bevor der Boiler den Geist aufgab und ein bösartiger Strahl aus flüssigem Eis meine gute Laune ruinierte.

„Das war‘s!“, rief ich, während ich den Wasserhahn abdrehte. Meine Vermieterin würde heute etwas von mir zu hören bekommen, ob es ihr gefiel oder nicht.

Die alte Mrs Haberdash hatte mir ihrerseits sehr sorgfältige

Anweisungen gegeben, als ich den Vertrag unterschrieb, um das kleine Gästehaus am hinteren Rand ihres Hanggrundstücks anzumieten. Obwohl sie im Haupthaus wohnte, nur einen kurzen Spaziergang entfernt, sollte ich sie dort niemals besuchen. Alles, was ich brauchte, könne ich per Telefon, oder besser noch – *zumindest ihrer Meinung nach* –, mit einem altmodischen Brief klären.

Aber klar. Nee, sicher nicht.

Ich hatte versucht, es auf ihre Art zu machen, aber bis jetzt waren alle meine Versuche, Hilfe bei den Sanitäranlagen zu bekommen, unbeantwortet geblieben, und leider hatte eine unbrauchbare Dusche eine unbrauchbare Mieterin zur Folge. Ich hatte versucht, nach ihren Regeln zu spielen und es war nach wie vor nichts passiert. Jetzt war es an der Zeit, nach meinen Regeln zu spielen.

Immer noch nass, steckte ich meine eingeseiften Haare zu einem Dutt hoch, um sie von den Schultern zu halten, warf mir ein Etuikleid über, zog Flip-Flops an und machte mich auf den Weg, endlich meine apathische Vermieterin zu konfrontieren.

Ich denke, jetzt wäre ein guter Zeitpunkt, um mich vorzustellen.

Mein Name ist Tawny, Tawny Bigford. Tawny ist die Kurzform von *Tanya,* ein Name, den ich hasse, seit Tanya Mills mir in der zweiten Klasse bei einem Rechtschreibtest einen Kaugummi ins Haar geklebt hat. Also bin ich jetzt Tawny.

Ich bin fünfunddreißig, liebe meine Duschen – wie Sie bereits wissen – und bin wunderbarerweise, glücklich und ganz bewusst Single.

Okay, ich hatte mal einen Mann. George war sein Name. Aber einige Jahre nach unserer Heirat beschloss er, dass er viel lieber mit einer Mutter vom Lehrer- und Elternverband namens Patricia zusammen wäre.

Eine Mutter vom Lehrer- und Elternverband!

Angeblich begegneten sie sich eines Nachmittags vor der örtlichen Mittelschule, und es war Liebe auf den ersten Blick. Warum George überhaupt dort war, werde ich nie verstehen. Es ist ja nicht so, dass wir eigene Kinder hätten oder es einen anderen Grund gäbe, warum er sich genau zur falschen Zeit am falschen Ort befand.

Aber es ist nun einmal passiert und hat unser aller Leben verändert.

Ehrlich gesagt, wäre es mir lieber gewesen, er wäre mit seiner jüngeren, hübscheren Sekretärin durchgebrannt. Dann könnte ich mich wenigstens über das Klischee beschweren.

Aber er und Patricia, die zwei Jahre älter ist als er, sind widerlich glücklich miteinander. An den meisten Tagen tue ich einfach so, als gäbe es die beiden nicht.

Okay, ich klinge vielleicht *ein bisschen* verbittert. Und ich lebe vielleicht allein in einem angemieteten Gästehaus, aber – enttäuschend kalte Duschen außen vor – ich liebe mein Leben wirklich. Im Grunde schreibe ich zwei Bücher pro Jahr, schicke sie im Tausch für einen Gehaltsscheck an meinen Verlag und mache dann mit dem Rest meiner Zeit, was ich will.

Ja, ich könnte mehr schreiben, um mehr zu verdienen, aber warum? Es reicht mir völlig, genügsam zu leben, weil das bedeutet, frei zu sein. Und deshalb habe ich mehr Hobbys, als ein Mensch allein wahrscheinlich jemals haben sollte.

Aber ich schweife ab …

Dies war nicht die Zeit, um über meine Hobbys zu ratschen, sondern um Mrs Haberdash zu konfrontieren und eine Versorgung mit heißem Wasser einzufordern, die länger als fünf Minuten pro Tag anhielt. Es war schließlich ein einfaches und grundlegendes Bedürfnis.

Als ich nun vor ihrer Tür stand, holte ich tief Luft, um meine Wut zu besänftigen, und klopfte vorsichtig an.

War nur ein Scherz, ich hämmerte mit aller Wut, die ich in mir hatte, gegen die Tür.

Als niemand antwortete, begann ich zu schreien. „Ich weiß, dass Sie da drin sind! Und ich muss mit Ihnen reden!“

Immer noch nichts, also versuchte ich es mit dem Türknauf und war überrascht, dass dieser sich öffnen ließ, wenn man bedachte, wie sehr die Frau ihre Privatsphäre schätzte.

Ich stieß die Tür auf und stürmte hinein, bereit, mit der alten Mrs Haberdash Tacheles zu reden.

Unglücklicherweise hatte ich bei meinem rechtschaffenen Eintritt nicht auf meine Füße geachtet. Ich hatte nicht gedacht, dass ich das müsste, aber etwas Großes und Schweres lag gleich hinter der Schwelle auf dem Boden, und ich knallte direkt dagegen, verlor das Gleichgewicht und plumpste in einem ungeschickten Gewirr von Gliedmaßen zu Boden.

Nicht nur meine eigenen, sondern auch jene von Mrs Haberdash. *Oh …. ha.* Mein Magen drehte sich mit einer schmerzhaften Gewissheit um.

„M-M-Mrs Haberdash?“, fragte ich, und meine Stimme zitterte vor Schreck, als ich mein Gesicht der alten Frau zuwandte, die auf dem Boden des Eingangsbereichs ausgestreckt da lag.

Ihr Mund war geschlossen, die Augen weit aufgerissen, ihr Körper noch kälter als die Dusche, der ich gerade entkommen war.

Ja, sie war tot, und dank meiner Tollpatschigkeit hatte ich gerade meine DNA überall auf ihrer Leiche verteilt.

Nein, nein, nein! Ich versuchte zu schreien, aber es gelang mir nicht.

Und dabei dachte ich, eine kalte Dusche sei die absolut schlechteste Art, den Tag zu beginnen. Oh, wann würde ich jemals lernen, es gut sein zu lassen?

2

Ich krebste unbeholfen von Mrs Haberdashs Körper weg, was ein unangenehmes Stechen in meine untrainierten Arme sandte – denn leider hatte keines meiner vielen Hobbys mit Fitness zu tun.

„Das mit dem Klempner ist schon okay", stotterte ich, obwohl ich wusste, dass Mrs Haberdash mich weder hören, noch nun irgendetwas diesbezüglich tun konnte. „Ich werde einfach ... Ja. Also, tschüss erst mal."

Ich benutzte das Geländer am Absatz ihrer eindrucksvollen Treppe, um mich auf die Füße zu ziehen, aber bevor ich meine Fassung wieder vollständig zurückerlangen konnte, geschah noch etwas Schreckliches.

Die Polizei traf ein.

„Was ist denn hier los?" Ein hochgewachsener Mann mit dichtem, graumeliertem Haar und lichtem Bart blickte von Mrs Haberdash zu mir und wieder zurück, dann nahm er das Funkgerät an seinem Gürtel in die Hand und …

„Stopp!“, rief ich, unsicher, was ich mit meinen Händen tun sollte. Schließlich hielt ich mich mit beiden am Geländer fest, nur, um nicht bedrohlich zu wirken.

Der Polizist ließ das Funkgerät sinken und betrachtete mich skeptisch.

„Was ist hier los?“, fragte er wieder, den Blick jetzt fest auf mich gerichtet. Er hatte die Art von blassgrauen Augen, die ich einem Charakter in einem meiner Bücher verpassen würde, um den Lesern zu sagen, dass er gut aussehend war. Und er war gut aussehend, aber leider hatte ich im Moment ein paar dringendere Probleme.

Ich wirkte hier gerade unglaublich schuldig, das ließ sich nicht leugnen. Tatsächlich würde es mich nicht überraschen, wenn der Polizist mit den hübschen Augen mich als Nächstes an die Wand drücken und anfangen würde, mir meine Rechte vorzulesen. *Tawny an Gehirn, hör auf auszuflippen!*

Ich musste aufhören, darüber nachzudenken, was hier passieren könnte, und mich einfach darauf konzentrieren, ruhig und gefasst zu bleiben, während ich erklärte, warum ich allein bei einer Leiche gelandet war.

„Nun … ich …“ Ich fummelte nach Worten, seufzte, und begann erneut. „Ich meine … Mrs Haberdash ist tot, also …“

Oh, komm schon, Tawny! Wenn du deine Superkräfte als Autorin nicht benutzen kannst, um etwas zu erklären, das du nicht einmal getan hast, wozu hast du sie dann überhaupt?

Ich lächelte ihn einfältig an und wartete darauf, dass der Kerl mich entweder verhaftete oder mir sagte, ich solle mich vom Acker machen. Es sah nicht so aus, als gäbe es eine dritte Option. Ich meine, *ich* hätte mich verhaftet.

„Ja, tot. Das kann ich sehen“, sagte er und sah demonstrativ zu ihrem Leichnam hin, bevor er seinen Blick wieder auf meinen richtete.

Ein Kribbeln durchfuhr mich, aber ob es Aufregung, Angst oder etwas ganz anderes war, konnte ich nicht genau sagen.

„Warum haben Sie sie getötet?“, drängte er. Seine Augen bohrten sich in meine, als wollten sie direkt in meine Gedanken sehen.

„Habe ich nicht!“ Ich stampfte sicherheitshalber mit dem Fuß auf. Vielleicht konnte mein Körper ausdrücken, was meine Worte nicht schafften. „Heute Morgen unter der Dusche …“

Er hob eine anzügliche Augenbraue, die mich sofort knallrot werden ließ. Warum musste er auch nur so gut aussehen? Das machte die ganze Situation so viel schlimmer. Ich war immer gut darin gewesen, humorvolles Geplänkel zu schreiben, aber nicht so gut darin, selbiges im wahren Leben auch umzusetzen. Außerdem war es ja nicht so, dass Flirten mich aus dieser Sache herausbringen könnte.

„Nein, das nicht. Ich meine, ja, das heiße Wasser …“ Ich brach erneut ab und geriet in Panik, als er wieder nach seinem Gürtel griff. „Warten Sie! Ich habe sie nicht umgebracht! Wie können Sie das nur denken?“

Er verschränkte die Arme und starrte mich streng an. „Wie ich das denken kann? Ganz einfach: Ich habe Sie noch nie im Leben gesehen, bis Sie plötzlich am Tatort eines Mordes auftauchen.“

Ich keuchte entsetzt auf. „Ermordet? Nein, sie wurde nicht ermordet. Zumindest nicht von mir. Und, äh, warum gehen Sie automatisch von einem Verbrechen aus? Sie sind gerade mal fünf Sekunden hier und haben sie kaum angeschaut. Müssen Sie nicht erst eine Untersuchung durchführen oder so?"

Bäh. Ich und meine große Klappe!

Erst konnte ich meine Unschuld nicht verteidigen, und dann warf ich ihm vor, seinen Job nicht richtig zu machen. Ich hatte vielleicht ein oder zwei Polizisten in meine Bücher geschrieben, aber das war nicht wirklich genug, um mich hier als Expertin aufzuspielen.

Er stöhnte und schüttelte den Kopf. „Ja, und ich werde dem nachgehen, sobald ich mit der Befragung der Verdächtigen fertig bin."

Ich wich zurück, bis meine Schultern flach an die Wand gepresst waren. „Hören Sie, Sheriff Schnellschuss, Mrs Haberdash ist meine Vermieterin. Ich bin nur gekommen, um mich bei ihr zu beschweren. Eine Kleinigkeit. Nichts, weswegen man jemanden umbringen müsste." Ich lachte nervös, wie man es oft tat, wenn die Lage buchstäblich *tod*ernst war.

„Sie war schon so, als ich hier reinkam", fügte ich nachträglich hinzu.

„Sieht aus, als wäre sie schon eine Weile hier", sagte er und rümpfte die Nase.

„Ich habe keine Ahnung. Ich wollte nur etwas heißes Wasser für meine morgendliche Dusche. Das ist alles."

Mit letzter Kraft stieß ich mich von der Wand ab und ging

vorsichtig um die arme Frau Haberdash herum, um einen letzten Versuch zu starten, von hier wegzukommen.

Die hellen Augen des Polizisten glitten über mich hinweg, und ein leichtes Lächeln umspielte seine Lippen.

„Warten Sie“, sagte er und hielt mich auf. Blankes Entsetzen packte mich erneut. „Sie werden mit mir kommen müssen.“

Neeeiiiiiiiiin!

3

Sheriff Schnellschuss ließ mir keine Zeit zum Diskutieren. Als ich zögerte, ihm zu seinem Streifenwagen zu folgen, löste er ein Paar Handschellen von seiner Gürtelschlaufe und ließ sie vor mir baumeln. „Wäre es Ihnen lieber, wenn wir stattdessen mit diesen Schätzchen hantieren würden?"

Das erzielte die erwünschte Reaktion. Ohne weitere Umschweife marschierte ich über den Rasen meiner toten Vermieterin und riss die Beifahrertür auf, um mich hineinzusetzen.

Der Beamte warf mir einen seltsamen Blick zu, aber ich zuckte mit den Schultern. „Wenn ich nicht verhaftet bin, fahre ich auch nicht hinten mit. Ich habe in genug Kleinstädten gelebt, um zu wissen, wie schnell Gerüchte sich verbreiten können." Viel schlimmer konnte es nicht mehr werden, also musste ich um jeden Funken Würde kämpfen, den ich mir bewahren konnte. Ich war bereits aus meiner früheren Heimatstadt vertrieben worden, weil mir die Indiskretion meines Ex-Mannes zu peinlich war.

Seitdem hatte ich kurz in zwei anderen Kleinstädten gelebt, aber keine fühlte sich richtig an. Ich hatte gehofft, dass Beech Grove mir endlich einen Ort bieten würde, an dem ich Wurzeln schlagen könnte, aber das war jetzt wahrscheinlich auch ruiniert. Trotzdem wollte ich die Zeit, die mir hier noch blieb, so angenehm wie möglich gestalten.

Ich warf einen Blick zurück auf Mrs Haberdashs dunkle, imposante Villa. Sie sah wirklich aus wie ein Ort, an dem Morde geschahen. Warum hatte ich das nicht schon früher bemerkt?

Der Polizist schlug die Tür zu, steckte den Schlüssel ins Zündschloss und lachte leise, als der Motor aufheulte. „Sie sind also neu hier?"

Ich nickte zur Bestätigung. „Und ich nehme an, Sie sind es nicht."

„Hier in Beech Grove geboren und aufgewachsen", gab er mit einem leichten Erröten zu. „Das ist alles, was ich je gekannt habe. Ihren Namen weiß ich allerdings nicht. Den haben Sie mir immer noch nicht verraten." Er lächelte vor sich hin, während er den Streifenwagen durch die Straßen manövrierte. Unter anderen Umständen wäre es leicht gewesen, ihn zu mögen, aber jetzt würde er für immer der Typ sein, der mich wegen Mordes verhaftet hatte.

Ich stieß ein sarkastisches Lachen aus, um mein Unbehagen zu verbergen. „Es ist irgendwie schwer, sich selbst vorzustellen, wenn das Gegenüber mit Mordvorwürfen um sich wirft, als wäre es Konfetti."

„Sie drücken sich ja ziemlich gehoben aus. Sind Sie etwa eine neue Professorin an der Akademie?“ Wir waren bereits aus der Einfahrt herausgefahren und rumpelten die aufgerissene Nebenstraße hinunter. Er schaute mich kurz an, als würde er eine Art Beurteilung vornehmen.

„Welche Akademie?“ Wir waren mindestens eine Stunde von jeder Art von Großstadt entfernt. Schien ein seltsamer Ort für etwas so Ausgefallenes wie eine Akademie zu sein.

Er runzelte die Stirn, klärte mich aber nicht auf. „Wie wäre es, wenn wir noch mal von vorne beginnen? Hi. Ich bin Parker Barnes. Freut mich, Sie kennenzulernen.“

Ich hielt den Blick fest nach vorne gerichtet und nickte.

„Und Sie sind?“, fragte Parker, nachdem einige Augenblicke in Stille vergangen waren.

„Tawny“, antwortete ich, obwohl ich das eigentlich nicht wollte.

„ Das war doch gar nicht so schwer, oder?“

Ich schüttelte den Kopf und stieß einen gequälten Seufzer aus. „Ich möchte wirklich nicht mit einem Typen plaudern, der denkt, ich hätte meine Vermieterin umgebracht. Bringen wir die Befragung einfach hinter uns und gehen wir getrennte Wege. Okay?“

„Touché, Madame. Zum Glück für Sie sind wir schon da.“

Das Auto kam ruckartig zum Stehen und ich war überrascht, wie kurz die Fahrt gewesen war.

Ich bekam große Augen beim Anblick des weitläufigen Backsteingebäudes vor uns. Es war nicht nur ein einzelnes Gebäude, sondern ein ganzer Komplex ... und es war definitiv keine Polizeiwache. Ich konnte mich auch nicht daran erinnern, jemals zuvor auf meinen Spaziergängen durch die Stadt daran vorbeigekommen zu sein. Obwohl es offensichtlich nicht weit von meinem Wohnort entfernt war, wenn man die kurze Zeit zwischen dem Einsteigen in den Wagen und dem Erreichen unseres Ziels betrachtete.

„Ich dachte, Sie würden mich auf die Wache bringen?“, sagte ich und verschränkte meine Arme in offenem Trotz vor der Brust.

„Das ist die Wache, zumindest für unser heutiges Vorhaben. Kommen Sie. Wir haben schon zu viel Zeit verloren.“

Ich drehte mich um und starrte ihn an. Er sah nicht aus wie ein Mörder, Vergewaltiger oder genereller Irrer, aber das hieß nicht, dass er keiner war. Ich weigerte mich, ihm blindlings zu folgen, nur weil er eine Uniform trug. Uniformen konnte man schließlich auch fälschen.

„Alles ist *gerade eben erst* passiert. Wie haben wir da Zeit verloren?“, fragte ich und blieb standhaft. „Und nein, ich bin nicht so blöd, mit einem fremden Mann in ein unbekanntes Gebäude zu gehen. Ich bleibe genau hier.“ Nicht, dass in seinem ebenfalls fremden Auto auszuharren besser gewesen wäre, aber eine Frau musste für sich selbst einstehen – wer würde es sonst tun?

„Okay, aber wenn jemand fragt, sind Sie diejenige, die sich für die harte Tour entschieden hat“, antwortete Parker mit einem weiteren Stirnrunzeln, bevor er aus dem Auto stieg.

Ich beobachtete, wie er um den Wagen herummarschierte und dann die Beifahrertür aufstieß. „Raus“, sagte er mit fester Stimme.

Ich öffnete den Mund, um mit ihm zu streiten, stieß aber stattdessen einen überraschten Schrei aus. Meine Hände bewegten sich, lösten den Sicherheitsgurt, während meine Füße wie von selbst aus dem Auto stiegen. Ich hatte keinem dieser Körperteile befohlen, das zu tun. „Hey!“, rief ich in kläglichem Protest. „Hören Sie damit auf.“

„Folgen Sie mir“, sagte Parker, wobei nun offensichtliches Vergnügen in seinen hellen Augen funkelte.

Meine Beine reagierten, als gehörten sie ihm und nicht mir. Die nichtsnutzigen Verräter.

Und so marschierte ich in das nicht gekennzeichnete Büro im Nicht-Polizeigebäude, dank meines beängstigend herrischen Begleiters und meiner unerklärlich ungehorsamen Gliedmaßen.

Dieser Tag wurde einfach immer schlimmer.

Und das verhieß definitiv nichts Gutes für das, was als Nächstes passieren sollte.

4

Wir betraten einen kühlen Büroraum, der dunkel und schummrig wirkte, obwohl draußen die späte Morgensonne schien. Okay, ich hatte an diesem Tag vielleicht ein wenig verschlafen, aber ich befand mich gerade zwischen zwei Büchern, also war das nicht wirklich wichtig.

„Ihre Instinkte waren goldrichtig", sagte Parker zu jemandem, den ich nicht sehen konnte. „Haberdash ist tot. Und ich habe die hier am Tatort gefunden."

„Nun, das verheißt nichts Gutes für den Rest des Tages", antwortete eine sanfte Stimme von irgendwo tiefer im Raum. Jedes seiner Worte rollte direkt ins nächste, ohne kleine Atempausen zu machen. Ich würde es fast als serpentinenartig beschreiben, obwohl auch diese Beschreibung nicht ganz richtig war.

Mehr als nur ein wenig neugierig, drehte ich den Kopf von

einer Seite zur anderen, konnte den Sprecher aber immer noch nicht ausfindig machen. „Wer ist da? Was wollen Sie von mir?"

Die körperlose Stimme gluckste, und ich glaubte, eine Bewegung in der Zimmerecke zu sehen, aber genauso schnell, wie ich sie entdeckt hatte, war die dunkle Gestalt wieder in die noch dunkleren Schatten zurückgeschlichen.

„Das klingt gar nicht gut. Bringe sie in den Konferenzraum", forderte ihn die Stimme in der gleichen, übermäßig geschliffenen Weise auf. „Ich werde die anderen rufen."

Parker legte eine Hand auf meinen Rücken, aber ich wich vor ihm zurück. „Fassen Sie mich nicht an", schnauzte ich.

„Tut mir leid", sagte er und schien sich aufrichtig zu entschuldigen. Er räusperte sich, bevor er wieder sprach. „Folgen Sie mir. Ähm, bitte."

Meine Beine setzten sich in Bewegung, obwohl mein Verstand sie anschrie, sie sollten aufhören, sich umdrehen und so schnell wie möglich zur Tür hinauslaufen.

Ich war eine leblose Marionette in seinen Händen, der kleine Pinocchio, bevor die gute Fee die Puppe zum Leben erweckte.

Wir gingen einen Flur hinunter, bogen ab und gingen dann bis zum Ende eines anderen Gangs, der in einen großen Besprechungsraum mit einer Glasdecke mündete. Ich wäre beeindruckt gewesen, wenn ich nicht schon mit Angst und Aufregung gleichermaßen zu kämpfen gehabt hätte.

„Was wollen Sie von mir?", verlangte ich zu wissen und suchte in Parkers Augen nach einer Antwort. Ich hoffte, dass ich ihn mit dem richtigen Gesichtsausdruck davon überzeugen könnte, mich gehen zu lassen, bevor ernsthafter Schaden angerichtet wurde.

„Setzen Sie sich“, sagte er mit einem scheinbar bedauernden Kopfschütteln. Das kaufte ich ihm nicht ab. Wenn er so traurig darüber wäre, dann hätte er mich gar nicht erst entführt.

Meine Hände bewegten sich, um den nächstgelegenen Stuhl zu greifen.

„Das müssen Sie aber auch nicht“, sagte Parker plötzlich, und meine Hände fielen schlaff an meine Seiten. „Es sei denn, Sie wollen es.“

„Ich würde lieber stehen“, schaffte ich durch zusammengebissene Zähne zu sagen. „Eigentlich würde ich noch lieber gehen.“

Ich ging auf die Tür zu.

„Nein!“, rief er, und ich erstarrte auf der Stelle. „Es tut mir leid. Ich weiß, Sie müssen eine Million Fragen haben, und Sie werden auch auf alle Antworten bekommen. Oder zumindest auf die meisten. Wir müssen nur warten, bis …“

Die Tür flog auf und vier Leute marschierten herein und warfen einen kurzen Blick in meine Richtung, während sie sich um den Tisch versammelten. Die meisten waren viel älter als ich oder Parker. Einer von ihnen sah sogar aus, als würde er in wenigen Tagen seinen hundertsten Geburtstag feiern. Ein langer weißer Bart hing ihm schlaff vor der Brust und ließ ihn ein wenig wie Merlin im Geschäftsanzug aussehen. Wozu sollte ein hundertjähriger Mann einen Geschäftsanzug brauchen, und warum sollte er ihn ausgerechnet jetzt tragen? Dies waren nur einige der vielen Fragen, die mir durch den Kopf gingen, als ich die Neuankömmlinge studierte.

Ich hatte gerade einen Blick unter den Tisch geworfen, um das Schuhwerk einer besonders gut gekleideten Frau zu begutachten, die Ende fünfzig oder Anfang sechzig zu sein schien, als ein schwarzer Kater durch den Türrahmen trottete und mit einem anmutigen, selbstbewussten Satz auf den Tisch sprang.

„Jetzt, wo wir alle hier sind“, begann die Stimme, die ich im Vorraum gehört hatte.

Natürlich hörte ich nicht, was er als Nächstes sagte, denn in meinem Gehirn begannen Alarmglocken zu schrillen, als ich begriff, dass diese sanfte Stimme zum Kater gehörte. *Der Kater sprach!*

Und es war nicht nur, dass er redete ... er schien auch noch das Sagen zu haben.

Eine Pfote direkt vor die andere setzend schlenderte er über den Tisch, seine leuchtend gelben Augen direkt auf mich gerichtet. „Und?“

„Und w-was?“, stotterte ich. Außerdem zappelte ich und zerrte an meinen Gliedmaßen, aber nichts, was ich versuchte, brachte meine Beine wieder unter meine Kontrolle.

„Sind Sie diejenige, die sie getötet hat?“ Die Worte schwebten aus dem Maul des Katers, und mir wurde jetzt klar, warum sie so seltsam klangen. Er brauchte seine Zunge nicht, um die Laute zu formen. Das nahm der Sprache viel von ihrem feuchten Hauchen.

„Keine Antwort“, sagte er nachdenklich. „Heißt das, Sie bekennen sich schuldig?“

„Nein!“, rief ich. „Jetzt lasst mich in Ruhe!“

Der Kater drehte sich zu Parker um und wartete.

Der einst selbstbewusste Polizeibeamte wirkte in der Gesellschaft des anspruchsvollen Tiers entnervt. „Sie war schon da, als ich ankam. Ich dachte, wir könnten ...“

„… einen Nutzen für sie finden, bis wir herausbekommen, wer es wirklich getan hat. Vorausgesetzt, sie hat die Tat nicht selbst begangen, natürlich. Brillante Idee, Barnes.“ Der schwarze Kater schlenderte zurück an das Kopfende des Tisches, und die Leute, die zu beiden Seiten saßen, murmelten ihre Zustimmung.

Ich hatte immer noch keine Ahnung, was vor sich ging, aber zumindest wusste ich jetzt, dass sie nicht vorhatten, mich zu töten. „Verzeihung“, meldete ich mich zu Wort. „Mich wie nutzen?“

„Oh, das wirst du noch früh genug sehen“, versprach der Kater mit einem eher unfreundlichen Lachen.

Damit erhob sich Parker von seinem Stuhl und schritt mit einer ausgestreckten Hand auf mich zu, während er mir ein unbehagliches Lächeln zuwarf.

Die anderen erhoben sich ebenfalls und bildeten eine Reihe hinter ihm, anscheinend darauf wartend, dass sie selbst an der Reihe waren, mich zu begrüßen.

Als ich Parkers Händedruck zögernd erwiderte, sagte er: „Willkommen bei der paranormalen Zeitarbeitsfirma. Sie sind eingestellt!“

Was? Wie konnte ich eingestellt werden, wenn ich mich nicht einmal beworben hatte?

Außerdem war da noch die unbedeutende Tatsache, dass ich ganz sicher kein paranormal veranlagter Mensch war. Ich war die absolute Normalo, und mir gefiel das, was hier passierte, kein bisschen.

5

Ich hatte gerade einen Mord entdeckt, wurde entführt und bekam dann einen Job von einem sprechenden Kater angeboten. Wie viel verrückter könnte dieser Tag noch werden?

Ich schüttelte vehement den Kopf. „Tut mir leid, ich habe schon einen Job."

„Das steht nicht zur Debatte", zischte der Kater zurück. „Bringe sie auf Trab, und zwar schnell, Barnes. Meine Geduld hier ist am Ende."

„Okay. Okay … Wo soll ich anfangen?", überlegte Parker Barnes laut, während ich mich fragte, ob er wirklich ein Polizist war oder ob das alles von Anfang an eine List gewesen war.

„Diesmal wollen Sie sich wahrscheinlich hinsetzen", sagte er und zog einen Stuhl für mich heraus.

Ich verschränkte die Arme vor der Brust und blieb stehen. „Ich habe es geschafft, den sprechenden Kater durchzustehen, ohne ohnmächtig zu werden. Ich denke, ich kann mit allem umgehen, was Sie als Nächstes sagen werden."

„Wie Sie wollen." Er lachte leise, aber ich glaubte, ein Aufflackern von Respekt in seinem Gesicht zu sehen. „Lila Haberdash war die Stadthexe von Beech Grove, und jetzt, da sie tot ist, ist die Stelle frei. In der Zwischenzeit gehört sie Ihnen."

„Ähm …" Ich nickte unentwegt mit dem Kopf. „Es gibt nur ein Problem damit."

„Sie sind keine Hexe?", fragte Parker mit hochgezogenen Augenbrauen.

„Ich bin keine Hexe!", rief ich bestätigend und rang dabei die Hände. „Also, danke, aber nein danke. Ich mach mich dann mal auf den Weg."

„Genug mit diesem Blödsinn", schnauzte der Kater. „Wenn du nicht mit ihr klarkommst, dann muss ich das eben übernehmen. Kommen Sie her!"

Ich rannte gegen meinen Willen an seine Seite. Langsam hatte ich die Nase voll von diesem ganzen Gedankenkontrollkram.

Der Kater reckte seine Schnauze hoch in die Luft und gewährte mir einen perfekten Blick auf den kleinen weißen Fleck auf seiner Brust. Normalerweise mochte ich Katzen. Nicht genug, um eine zu besitzen, wohlgemerkt, aber ich mochte sie gern genug, wenn sie die Haustiere anderer Leute waren. Dieser hier stand nun allerdings ganz oben auf meiner Abschussliste.

„Sie wurden von der paranormalen Zeitarbeitsfirma angeheuert", sagte er mit einem Zucken seiner Nase und peitschte mit dem Schwanz. „Das ist ein Job, den Sie nicht ablehnen dürfen."

„Ich glaube, ich weiß, was ich darf …"

„Hören Sie auf zu streiten und sperren Sie die Ohren auf. Sie *werden* Lilas alten Posten als Stadthexe übernehmen, bis wir ihren tatsächlichen Mörder ausfindig machen können, der die Rolle dauerhaft übernehmen wird. Nichts davon steht zur Debatte."

„Warum ist es wichtig, den Mörder zu finden? Können Sie nicht einfach eine Stellenanzeige beim Geisterblatt oder so aufgeben?"

„Niedlich", sagte er mit einem finsteren Blick. „Sie springen für Lila ein, ob es Ihnen gefällt oder nicht. Helfen Sie uns, den Mörder zu finden, und Sie sind umso schneller aus dem Schneider. Ende der Geschichte."

Parker räusperte sich, dann erklärte er den Teil, der mich immer noch am meisten verwirrte. „Magie geht auf den nächstgelegenen Wirt über, wenn ihr ursprünglicher Besitzer stirbt. Wer auch immer Lila getötet hat, hat also wahrscheinlich ihre Magie absorbiert ... eine Magie, die auf Beech Grove geeicht und für die dafür vorgesehene Hexe bestimmt ist."

Ich stand still und dachte darüber nach. Parkers Erklärung ergab Sinn, aber sie warf auch so viele neue Fragen auf. Was wäre passiert, wenn niemand anderes in der Nähe gewesen wäre? Was, wenn Mrs Haberdash eines natürlichen Todes gestorben wäre und ihre Magie dann den Weg zu mir, dem einzigen Bewohner des Gästehauses am Rande ihres Grundstücks, gefunden hätte?

Es gefiel mir immer noch nicht, dass man von mir erwartete, bei der Beseitigung dieses Schlamassels zu helfen, obwohl es nichts mit mir zu tun hatte. Mrs Haberdash tat mir natürlich leid. Auch wenn sie keine gute Vermieterin war, hatte sie es nicht verdient, ermordet zu werden. Aber ich hatte es auch nicht verdient, in Gefahr zu geraten, vor allem nicht, wenn die Person, die Haberdash umgebracht hatte, es als Nächstes auf mich abgesehen haben könnte.

Vielleicht hatte ich aber noch einen schnellen und einfachen Ausweg. Ich hob meine Hand und zeigte auf den Kater.

„Kommen Sie her“, sagte ich und versuchte, Macht in den einfachen Befehl zu legen, so, wie ich es bei dem Polizisten und dem Kater gesehen hatte.

Der Chefkater rollte mit den Augen. „Soll ich diesen schwachen Versuch von Magie als Ihr Schuldbekenntnis auffassen?“

„Nein“, murmelte ich, während die Verlegenheit meine Wangen glühen ließ.

„Selbst wenn Sie Magie besäßen, was ich im Moment ernsthaft bezweifle, sind Sie nicht stark genug, um mir Befehle zu erteilen. Keiner ist das. Deshalb bin ich der Boss und Sie nur eine Aushilfe. Haben Sie das verstanden?“

„Wie auch immer“, antwortete ich schnippisch. „Ich besitze also keine magischen Fähigkeiten. Das sollte dann das Ende dieser Unterhaltung sein. Wie kann ich als Stadthexe einspringen, ohne Magie? Sie haben hier eindeutig die falsche Frau.“

„Sie bekommen alles, was Sie zur Erfüllung Ihrer Pflichten brauchen, einschließlich temporärer Magie.“

Ich verbiss mir den Widerspruch. An diesem Szenario war eine Menge falsch, aber ... *mir wurde gerade Magie angeboten!* Wie hätte ich da Nein sagen können?

„Gut“, sagte ich stattdessen mit einem Achselzucken. „Dann akzeptiere ich. Kann ich jetzt bitte meine Magie haben?“

„Heute Abend bei der Einweisung. Punkt elf Uhr.“

„Tut mir leid, ich schlafe nachts."

„Das tun Sie nicht mehr." Der Kater wandte sich mit einem irritierten Schwanzschlag von mir ab und dem Rest der Tafel zu. „Meeting beendet."

Alle gingen, bis auf Parker und ich.

„Tut mir leid, dass ich Sie da mit reinziehe", sagte er. „Aber lassen Sie es sich von jemandem sagen, der sich auskennt: Legen Sie sich nicht so oft mit Mr Fluffikins an. Ihr Leben wird viel einfacher sein, wenn Sie ihm etwas Respekt entgegenbringen."

Ich brach in Gelächter aus, aber Parker schaute nur ängstlich drein.

Aber jetzt mal im Ernst: Was könnte mir eine kleine schwarze Katze namens Mr Fluffikins überhaupt antun?

Leider würde ich das noch in derselben Nacht herausfinden.

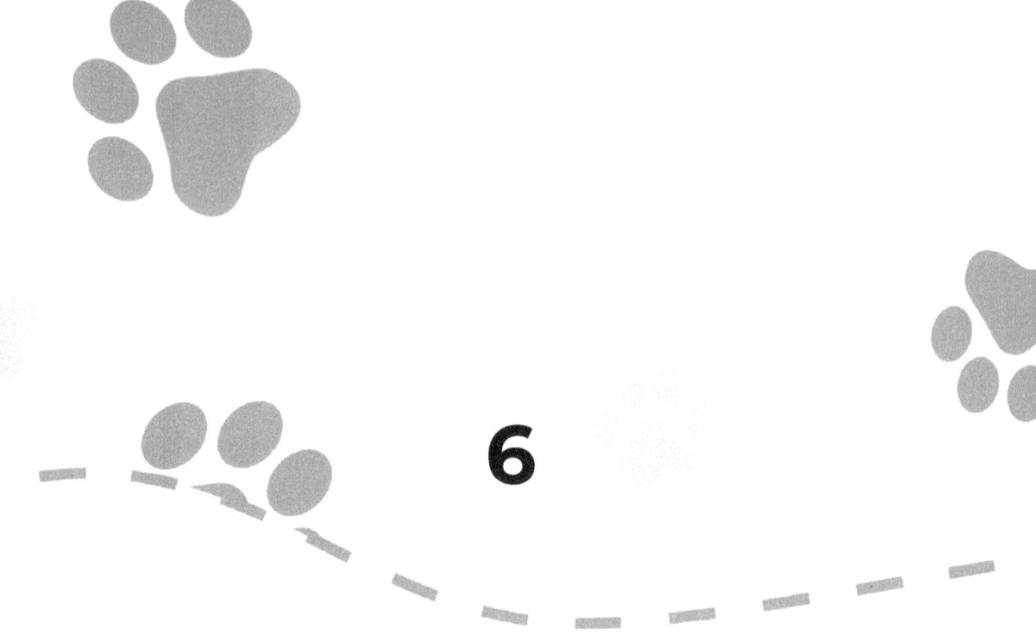

6

Nachdem Parker mich zu Hause abgesetzt hatte, beendete ich endlich die Dusche, die ich vor einer gefühlten Ewigkeit begonnen hatte. Ja, es war immer noch unangenehm kalt, aber dieses Unbehagen half mir, den Schock aus den Knochen zu bekommen. Eigentlich war es genau das, was ich brauchte.

Während ich mich abtrocknete, machte ich eine mentale Liste der Dinge, die ich wusste:

Meine Vermieterin war eine Hexe gewesen.

Sie war ermordet worden.

Ihr Mörder war immer noch da draußen.

Nun wurde von mir erwartet, dass ich ihre Rolle übernahm.

In dieser Nacht würde ich temporäre Magie erhalten.

Und mein Chef war ein sprechender Kater.

Ich verdiente meinen Lebensunterhalt mit dem Schreiben von

Romanen – Geschichten zu erfinden war buchstäblich mein Job –, und trotzdem hätte ich mir so etwas Verrücktes nicht im Traum einfallen lassen können, selbst wenn ich es versucht hätte.

Wenn es nach mir gegangen wäre, hätte ich eine viel würdigere Heldin an meiner Stelle ausgesucht, und statt eines bekloppten Katers hätte ich wahrscheinlich Parker in die maßgebliche Rolle geschrieben. Das wäre eine interessante Prämisse für eine Büroromanze. Gegensätze ziehen sich an, Feinde werden zu Liebenden … Ja, das erfüllte alle Voraussetzungen für ein gutes Buch.

Aber gerade deshalb sagten die Leute wahrscheinlich, dass das Leben die seltsamsten Geschichten schrieb.

Erst dieses Flittchen vom Lehrer- und Elternverband, und jetzt das. Was für ein fesselndes Leben ich da führte.

Endlich völlig trocken, schlüpfte ich in meine Lieblingsjeans und ein altes T-Shirt, dann zog ich meine Laufschuhe an. Lief ich jemals? Nein, seien Sie nicht albern. Aber es gab mir das Gefühl, dass ich es könnte, wenn ich müsste, und das in Schuhen, die für diesen Zweck gedacht waren.

Andererseits, wenn bei meiner Schulung heute Abend etwas schief gehen sollte, musste ich die armen Turnschuhe vielleicht tatsächlich zum ersten Mal in ihrem elenden Leben benutzen. Mir schauderte. *Daran sollte ich besser nicht denken.*

In meiner unauffälligen Freizeitkleidung machte ich mich auf den Weg nach draußen und schlich den ausgetretenen Pfad zum Hauptwohnsitz meiner ehemaligen Vermieterin hinunter.

Zu meiner Überraschung stellte ich fest, dass ich nicht die Einzige war, die diese Idee hatte.

Eine junge Frau in einem schwarzen Maxikleid mit einer geblümten Strickjacke, abgetragenen Springerstiefeln und einem großen, schlaffen Sonnenhut stand vor dem Haus und starrte zu einem Fenster im zweiten Stock hinauf. Sie war so in ihre Inspektion vertieft, dass sie mich gar nicht zu bemerken schien, als ich mich ihr näherte.

Ich zögerte. Wäre es besser, wenn ich umkehren und so tun würde, als wäre die ganze Sache nie passiert?

Dafür war es zu spät. Ich war jetzt ein Teil davon, ob es mir gefiel oder nicht.

Und so hob ich meine Hand zum Gruß und rief: „Hallo!“

Die andere Frau erschrak so sehr, dass sie es irgendwie schaffte, ihren Hut zu verlieren, den der Wind sofort in einer plötzlichen, spielerischen Böe hinweg fegte.

Wir rannten beide hinterher, aber ein hoch aufragender Ast fing ihn ein, bevor eine von uns eine Chance dazu hatte.

Die Fremde biss sich auf die Lippe und wandte sich mir zu. „Das war mein Lieblingshut.“

„Das war meine Lieblingsvermieterin“, sagte ich und beschloss, einfach drauflos zu reden, während ich auf das nun leer stehende Haus zusteuerte. „Kannten Sie sie gut?“

„Nicht wirklich“, sagte die Frau mit einem letzten Blick auf ihren abhanden gekommenen Hut. Jetzt, da ihr Gesicht vollständig entblößt war, konnte ich erkennen, dass sie noch jünger war, als ich ursprünglich vermutet hatte. Es würde mich nicht wundern, wenn sie erst in den letzten ein oder zwei Jahren die Highschool abgeschlossen hätte.

„Ich bin Tawny“, bot ich mit einem warmen Lächeln an. „Und du?“

„Niemand Wichtiges“, murmelte sie mit einem weiteren Blick auf ihren verlorenen Sonnenhut. Ihre langen schwarzen Locken wehten in der Brise und verliehen ihr ein nahezu geisterhaftes Aussehen. „Ich sollte mich wirklich auf den Weg machen.“

„Warte“, rief ich, nicht ganz sicher, was ich noch sagen sollte. Aber ich konnte sie nicht einfach davonkommen lassen. Was, wenn sie die Mörderin war? Ich war es meiner ehemaligen Vermieterin schuldig, das herauszufinden.

„Was machst du denn hier?“, fragte ich, als sie sich mit einem resignierten Seufzer wieder zu mir umdrehte. „Wusstest du, dass Mrs Haberdash ermordet wurde?“

Ihr Blick bohrte sich in meinen, direkt und entschlossen, aber auch undurchdringlich. Mir wurde plötzlich sehr bewusst, dass ich jemandem gegenüberstand, der tödlich gefährlich sein konnte. *War* sie die Mörderin? Hatte sie die Magie, die der Stadt gehörte?

Als sie nicht antwortete, stellte ich eine Vermutung an. „Du wusstest es. Oder etwa nicht? Dass sie getötet wurde, meine ich. Aber weißt du auch, warum jemand ihren Tod wollte?“

„Es war ein Fehler, hierher zu kommen“, zischte sie, drehte sich auf dem Absatz um und lief so schnell davon, dass ich keine Chance hatte, sie einzuholen, obwohl ich meine Laufschuhe angezogen hatte.

„Warte“, rief ich ihr wieder hinterher, aber das namenlose Mädchen beachtete mich nicht und drehte sich auch nicht um.

Verdammt nochmal.

Ich hatte die Verdächtige genau hier gehabt, konnte aber nichts Brauchbares aus ihr herausbekommen. Wenn sie eine Freundin oder ein Familienmitglied gewesen wäre, hätte sie doch etwas gesagt, oder? Ihr plötzliches Verschwinden schrie förmlich nach einem schlechten Gewissen … aber könnte sie des Mordes schuldig sein?

Wie dem auch sei, ich hatte das Gefühl, dass diese seltsame Besucherin eher früher als später wieder auftauchen würde. Hoffentlich aber nicht mit mörderischen Absichten, vor allem jetzt, wo sie wusste, dass ich sie verdächtigte.

Bah!

Was war nur los mit mir? Ich hatte die Gefahr nicht umschifft, sondern war kopfüber hineingesprungen.

7

Ich verbrachte den Rest des Tages mit dem Versuch, ein paar Seiten zu schreiben, um meinen Agenten glücklich zu machen, scheiterte allerdings kläglich. Natürlich hatte ich viel zu viel im Kopf, um mich zu konzentrieren, was bedeutete, dass mein Agent sich einfach daran gewöhnen musste, für eine Weile unzufrieden mit mir zu sein.

Parker tauchte an diesem Abend fünfzehn Minuten vor elf vor meiner Hütte auf. Offenbar war er mein offizieller Aufpasser, wenn es um die Angelegenheiten der paranormalen Zeitarbeitsfirma ging.

Und obwohl ich nicht das Gefühl hatte, dass ich ständig eine Anstandsdame brauchte, war ich dankbar, dass es wenigstens er war. Immerhin war er nicht so unverschämt wie der Kater. Und er sah auch nicht ganz so schlecht aus.

Mein altes Ich hätte sich dieser Anziehungskraft ein wenig

hingegeben, hätte geflirtet, wann immer sich der Moment richtig anfühlte. Aber das hier war das neue Ich, eine Frau, die ich offen gesagt immer noch selbst finden musste.

Seit ich über die Leiche von Mrs Haberdash und direkt in diese schöne neue Welt voller seltsamer Magie gestolpert war, hatte ich mich verändert. Sicher, es war erst heute Morgen passiert, aber diese beiden einmaligen Ereignisse zusammen sorgten für eine monumentale Veränderung in dem, was ich über mich selbst und die Welt um mich herum wusste.

Ich ging hinaus zu Parkers Wagen und trug ein Selbstvertrauen zur Schau, das ich nicht so wirklich besaß. Außerdem hatte ich einen fließenden schwarzen, bodenlangen Rock und ein enges schwarzes Lederbustier an, alte Stiefel, die größtenteils unter dem Rock versteckt waren, und mein liebstes aufsehenerregendes Schmuckstück: eine glänzende schwarze Metallkette, an der einige interessante Figuren befestigt waren, die irgendwie wie ein Adler aussahen, wenn man ein bisschen die Augen zusammenkniff.

Anscheinend zeigte ich auch mehr Dekolleté, als mein Begleiter erwartet hatte. Er wurde unter seinem Bart rot, während seine Augen auf besagtes schielten.

„Sie hätten sich dafür nicht aufbrezeln müssen“, murmelte er und krallte seine Hände noch fester ums Lenkrad.

„Ist das Ihre Art zu sagen, dass ich gut aussehe?“, neckte ich ihn. Okay, vielleicht war doch noch etwas von meinem alten Ich übrig.

Parker hüstelte verlegen. „Klar, wieso nicht. Ähm, hatten Sie einen schönen Tag?“

„Ich glaube nicht, dass man sich von einer Mordanklage und

der Entdeckung, dass Magie existiert, erholen kann, also nennen wir den heutigen Tag stattdessen einfach *interessant*."

„Wir wissen, dass Sie sie wahrscheinlich nicht getötet haben, falls das hilft", bot er mit einem entschuldigenden Achselzucken an.

Oh, prima. Sie wussten, dass ich *wahrscheinlich* unschuldig war, was bedeutete, dass ich noch nicht ganz aus dem Schneider war. Es bedeutete außerdem ... „ Sie haben den wahren Mörder also noch nicht erwischt", sagte ich seufzend.

„Nein, aber wir haben einige Hinweise." Parkers Ausdruck blieb angespannt, ernst.

Ich hingegen zog es vor, die Stimmung ein wenig aufzulockern, vor allem, da ich mich eh schon zu Tode erschreckt fühlte. „Also, was sind Sie? Sind Sie tatsächlich ein Bulle, oder war der ganze Pomp heute Morgen nur dazu gedacht, um mir was vorzumachen?"

Ich erwartete, dass er bei meinem spielerischen Geplänkel etwas lockerer würde, aber keine Chance. Er richtete sich in seinem Sitz auf und wirkte noch präsenter. Sein Kiefer verspannte sich, und er straffte die Schultern. Hatte er Angst vor mir, oder konnte er generell nicht gut mit Menschen umgehen?

„Ich bin ein Gesetzeshüter, ja", sagte er, seine Stimme tiefer als sonst. „Ich bin auch der paranormale Verbindungsmann zur Polizei."

„Sie sind also gleich zweimal Polizist?", fragte ich und rümpfte spielerisch die Nase.

Schließlich breitete sich ein Lächeln auf seinem Gesicht aus. „So etwas in der Art, ja."

„Und der Kater ist Ihr Chef. Was ist mit all den anderen Leuten, die heute Morgen da waren?“ Wenn mir jemand Informationen geben würde, dann Parker, also beschloss ich, ihn auf der Fahrt so weit wie möglich auszuquetschen. Es würde einfacher sein, ihm privat auf den Zahn zu fühlen, und nicht unter den wachsamen Augen von Mr Fluffikins.

Er schaute mich kurz an und das Auto fuhr mit einem Ruck in Richtung Bordstein. Vielleicht war es nicht meine beste Idee, von ihm Multitasking hinter dem Steuer zu erwarten.

Parker richtete seine Aufmerksamkeit wieder auf die Straße. „Sie meinen, die anderen Kontaktpersonen?“

„Wenn das diejenigen sind, die da am Tisch im Konferenzraum saßen, dann ja.“ Ich dachte zurück an die Frau mit dem fantastischen Outfit und den uralten Kerl mit Merlinbart und Geschäftsanzug. Die anderen beiden hatten weniger Eindruck auf mich gemacht, aber wer auch immer sie waren, sie waren wichtig genug, um bei diesem Treffen dabei zu sein. Das bedeutete, dass ich sie nicht außer Acht lassen sollte.

Parker nickte und richtete seine Hände am Lenkrad neu aus. „Ja, wir sind alle Verbindungsleute. Ich bin der Verbindungsmann für die Polizei. Jeder von ihnen hat ein Auge auf andere wichtige, einflussreiche Stellen in der Region.“

Ich biss mir auf die Lippe, um nicht die Stirn zu runzeln. Ich kam mir dumm vor, weil ich so wenig wusste, und ich hasste nichts mehr, als mich dumm zu fühlen. „Das ist ziemlich vage. Wollen Sie damit sagen, dass Sie sich für die paranormalen Interessen bei der Polizei einsetzen?“

Das Auto bockte, als Parker plötzlich auf die Bremse trat – ob aus Versehen oder mit Absicht, konnte ich nicht genau sagen. Er ging von der Bremse, bevor wir ganz zum Stehen kamen. Zum Glück war niemand hinter uns gefahren, sonst hätten wir jetzt beide ein schweres Schleudertrauma.

Parkers Stimme wurde heiser und panisch. „Nein, nein. Meine Güte, nein. Nichtmagische Menschen wissen nichts über uns, also dürfen wir auch niemandem etwas verraten. Wir beobachten nur, um uns vor ihnen zu schützen. Nicht andersherum."

Die Tatsache, dass er so nervös war, musste doch bedeuten, dass ich schlaue Fragen stellte, oder? Ich beschloss, weiterzumachen, obwohl ich mir bei so einem zappeligen Fahrer mehr als nur ein paar Sorgen um meine Sicherheit machte. „Äh, hallo. Ich bin Nicht-Magier, aber Sie haben keine Zeit verschwendet, mich einzuweihen."

„Sie tauchten am Tatort einer unserer wichtigsten magischen Einheimischen auf, also ja. Wir hatten keine andere Wahl, als Sie mit an Bord zu holen. Außerdem werden Sie etwas Magie in sich tragen, bevor die Nacht vorbei ist."

Ein Schauer der Erregung durchfuhr mich. Ich war im Begriff, Magie zu erhalten. Das machte die ganze Sache, eine Mordverdächtige zu sein, fast wieder wett.

Fast.

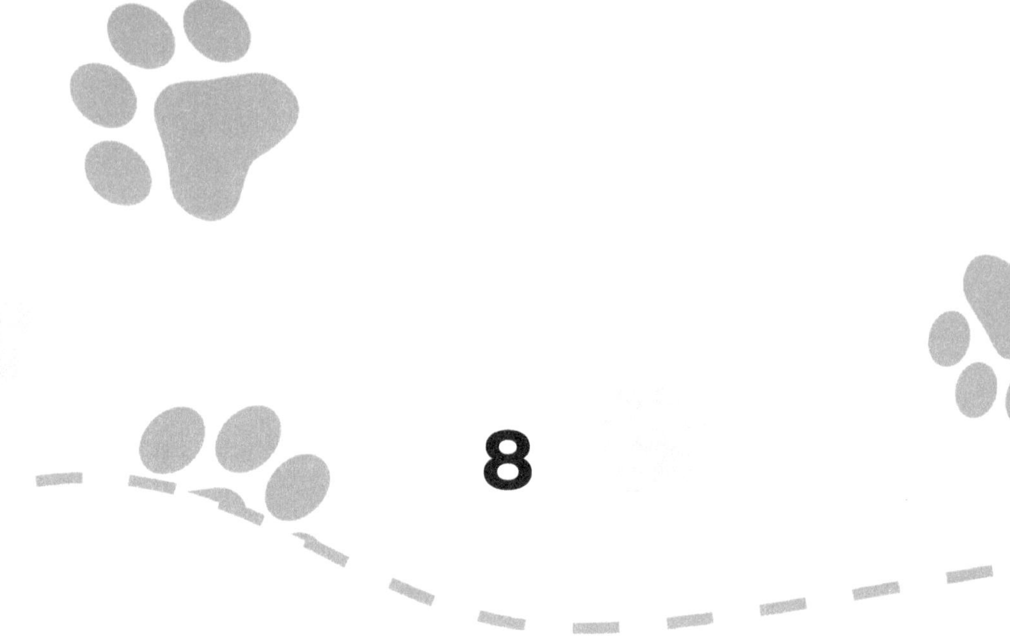

8

Die Fahrt war kurz und holprig, dank Parkers unberechenbarem Verhalten hinter dem Steuer. Dieses Mal war ich sogar froh, den dunklen Bürokomplex zu sehen, denn das bedeutete, dass wir es ohne den epischen Autounfall, den ich bereits halb erwartet hatte, zu unserem Ziel geschafft hatten.

Im paranormalen Hauptquartier führte mich Parker in die entgegengesetzte Richtung, in die wir am Morgen gegangen waren. Eine Reihe von langen Fluren brachte uns in einen großen, widerhallenden Raum, in dem alle Möbel weggeräumt und der Teppichboden herausgerissen worden war.

„Die Kaution für diese Wohnung bekommt ihr definitiv nicht zurück“, murmelte ich und erinnerte mich an die Zeit, in der ich meine eigene verwirkt hatte, dank eines missglückten Versuchs,

Kerzen herzustellen. Zufälligerweise war das kein Hobby, das ich beibehalten wollte.

Ich drehte mich zu Parker um, um zu sehen, wie mein Witz ankam, aber bevor ich ihm in die Augen sehen konnte, gesellte sich ein Neuankömmling zu uns.

Mr Fluffikins hüpfte aus einem Loch in der Decke, wo eine der abgehängten Deckenplatten entfernt worden war, zu uns herunter. Er landete mit einem dumpfen Aufprall direkt vor mir und bewies damit endgültig – zumindest mir –, dass Katzen immer auf ihren Pfoten landeten.

„Guten Abend", säuselte er und schien mit sich selbst, wenngleich nicht mit mir, ziemlich zufrieden zu sein.

„Danke, dass du sie zu mir gebracht hast, Barnes", sagte er und nickte Parker knapp zu. „Das wäre dann alles. Wegtreten."

„Warten Sie", rief ich ihm hinterher, aber entweder hörte er mich nicht oder es war ihm egal.

Ich betrachtete den schwarzen Kater mit wachsendem Unbehagen. Irgendetwas sagte mir, dass er bei meiner großartigen Einführung in die Magie nicht gerade zimperlich sein würde.

„Mensch", sagte er und zuckte rhythmisch mit der Schwanzspitze, während er mich betrachtete. „Es ist Zeit zu …"

„Ich heiße Tawny", informierte ich ihn.

Seine Augen weiteten sich, als ob das Aussprechen meines Namens irgendwie eine Beleidigung gewesen wäre. „Das ist nicht wichtig. Was wichtig ist, ist, dass …"

„Eigentlich ist mein Name ziemlich wichtig, und ich wäre Ihnen dankbar, wenn Sie ihn benutzen würden." Wenn ich jetzt nicht ein paar Regeln aufstellte, bezweifelte ich, dass ich sie später einführen konnte. Und wenn ich lange genug bleiben wollte, um die Sache mit der Stadthexe richtig zu machen, dann musste ich zumindest darauf drängen, dass er meinen tatsächlichen Namen benutzte.

Mr Fluffikins erhob sich und umkreiste mich. „Das ist eine ziemlich hohe Forderung von jemandem, der immer noch unter Mordverdacht steht."

„Eigentlich ist es eine ziemlich einfache Bitte. Sie erwarten von mir, Magie zu erlernen und vorübergehend für eine Hexe einzuspringen. Alles, worum ich Sie bitte, ist, dass Sie mich mit ein wenig Respekt behandeln."

Der Kater blieb stehen, neigte den Kopf zur Seite und beobachtete mich mit seinen goldenen Augen.

Wir schwiegen beide, unwillig, nachzugeben. Soweit es mich betraf, hatte ich hier die besseren Druckmittel. Er mochte die Magie auf seiner Seite haben, aber er brauchte mich auch – und aus irgendeinem Grund musste ich es sein, auch wenn ich keine Ahnung hatte, warum.

Nach einer gefühlten Ewigkeit lachte der Kater endlich. Nicht nur ein kleines Glucksen, sondern ein zwerchfellerschütterndes Gelächter.

„Sie werden mich nicht schonen, wie ich sehe. Ich hoffe, Sie wissen, dass ich Ihnen die gleiche Höflichkeit entgegenbringen werde. Also *Tawny,* aber denken Sie daran, Ihre zukünftigen Forderungen werden auf viel mehr Widerstand stoßen."

„Danke", sagte ich zwischen zusammengebissenen Zähnen. Auch wenn er endlich nachgegeben hatte, war ich immer noch nervös. Warum konnte Parker nicht bei uns bleiben? Es wäre so viel einfacher gewesen, ein freundliches Gesicht dabei zu haben, auch wenn er immer noch ein weitgehend Fremder war. Aber der gut aussehende Polizist war mir allemal lieber als der gruselige Zauberkater.

„Und was jetzt?", fragte ich, als Mr Fluffikins keine Anstalten machte, sich zu erklären.

„Jetzt", sagte er, während er die ausgefahrenen Krallen an einer seiner Vorderpfoten studierte. „Jetzt gewähre ich Ihnen vorübergehend Zugang zu Magie."

„*Magie*", wiederholte ich und genoss die Macht des Wortes auf meiner Zunge.

Der schwarze Kater nickte und zog die Krallen wieder ein. „Es wird keine perfekte Übereinstimmung mit der von Lila sein, aber zumindest eine recht gute Nachbildung und sollte Ihnen erlauben, ihren Posten vorübergehend zu besetzen. Es sei denn, Sie haben sie tatsächlich getötet und ihr magisches Erbe bereits in sich aufgenommen."

„Habe ich nicht ..." Prompt wurde ich von einem starken Windstoß unterbrochen, der durch den Raum fegte und mich von den Füßen warf.

Autsch, autsch, autsch. Alles tat mir weh. Mein Kopf, meine Brust und vor allem mein Hintern.

„Was war das?", schrie ich. Er wollte – brauchte – meine Hilfe, richtig? Warum griff er mich dann auf einmal an?

Mr Fluffikins öffnete sein Maul, aber anstatt meine sehr berechtigte Frage zu beantworten, stieß er eine Wolke züngelndes Feuer aus.

Diese raste so schnell und zielstrebig auf mich zu, dass ich ihr unmöglich hätte ausweichen können, selbst wenn ich noch auf den Beinen gestanden hätte.

Dann, im Bruchteil eines Augenblicks, verschwand die Flamme, kurz bevor sie in mein Gesicht krachte und mich in eine Art geschmolzene Wachskugel verwandelte.

„Sie sind verrückt!“, schrie ich, aber die Angst ließ meine Worte wirr und undeutlich klingen. „Lassen Sie mich hier raus!“

Fluffikins lachte, während er langsam auf mich zuschlenderte. Ich holte tief Luft und machte mich auf das gefasst, was als Nächstes kam. Wir wussten beide, dass ich nicht den Hauch einer Chance hatte, hier als Sieger hervorzugehen.

Was für eine Art zu sterben!

9

„Entspannen Sie sich“, murmelte Fluffikins, während er mir immer näher kam.

Sofort lockerten sich meine Muskeln, und mein rasender Puls beruhigte sich.

Der magische Kater beobachtete mich einen Moment lang.

Als er überzeugt war, dass ich seine Anweisung brav befolgt hatte, fuhr er mit seiner erschreckenden Präsentation fort. „Ich musste mich vergewissern, dass Sie nicht bereits über Magie verfügen, die Sie zu verbergen versuchen. Ich bin mir sicher, dass Sie nicht viel Übung haben, was bedeutet, dass Sie nicht in der Lage gewesen wären, sich selbst daran zu hindern, Ihre Abwehrkräfte bei einer plötzlichen äußeren Bedrohung zu entfesseln.“

„Sie sind verrückt“, zischte ich wieder. Mein Körper war ruhig, aber mein Verstand raste immer noch. „Ich habe keine Magie, und es gefällt mir überhaupt nicht, dass Sie versuchen, mich in einen Braten zu verwandeln!“

Ein Lächeln zog sich von einer seiner bärtigen Wangen zur anderen. „Einem Menschen Magie anzuvertrauen, ist keine Kleinigkeit. Ihre Spezies hat nicht gerade die beste Erfolgsbilanz, wenn es darum geht, Macht jeglicher Art auszuüben.“

Damit hatte er wohl recht. Aber auch wenn er die Menschheit durchschaut hatte, bedeutete das nicht, dass er *mich* kannte.

„Greifen Sie mich nicht mehr an“, befahl ich und wünschte, ich hätte bereits die Magie, ihn zu zwingen, meinem Befehl zu gehorchen, so wie er mich gezwungen hatte, ruhig zu sein.

„Das hatte ich nicht vor. Jetzt warten Sie kurz.“ Er duckte sich und sprang dann in dasselbe Loch in der Decke, aus dem er vorhin aufgetaucht war.

Fluffikins war ein unnatürlich begabter Athlet, das war sicher. *Oh, richtig. Magie, gah.*

Als er zurückkam, hatte er eine einfache glämzende Brosche im Maul. Sie sah aus wie eine Kreuzung zwischen einem Schmetterling und einer Schleife und schien aus glänzendem Silber zu sein. Er ließ sie zu meinen Füßen fallen. „Ihre Wahl an Kleidung ist nicht gerade passend“, sagte er in seiner abweisenden, fast schlangenhaften Art.

Ich starrte Fluffikins an. Er mochte hier der Boss sein, aber das gab ihm nicht das Recht, jeden Aspekt meines Lebens zu kontrollieren. Seine letzte Stichelei schmerzte mich, besonders weil ich mir so viel Mühe gegeben hatte, nett auszusehen.

„Keine Beleidigungen mehr“, knurrte ich.

Aber er ließ nicht locker. „Es ist nur so, dass Sie sehr viel Haut zeigen. Das hier ist Ihr magisches Abzeichen.“ Er legte eine Pfote auf die silberne Brosche. „Es muss nah an Ihrem Herzen angebracht werden, um die beste Wirkung zu erreichen.“

Ich blickte auf mein üppiges Dekolleté und schnitt eine Grimasse. „Oh, ich verstehe. *Hmmmm.*“

„Könnten Sie vielleicht einfach ...?“ Er stockte, und, nun ja, wenn Sie noch nie eine schwarze Katze erröten gesehen haben, verspreche ich Ihnen, dass es ein sehenswerter Anblick ist. Fluffikins hustete, verschluckte sich, und würgte schließlich einen schleimigen Haarballen hoch, der direkt vor meine Füße gespuckt wurde. Charmant.

Ich griff nach der schimmernden Brosche und versuchte mein Bestes, nicht auf das eklige Ding zu schauen, das gefährlich nah lag. „Wie ist das?“, fragte ich, nachdem ich sie ganz oben an meinem Bustier befestigt hatte, sodass sie leicht über den Ausschnitt hinausragte.

„Na gut, dann wollen wir es mal ausprobieren.“ Fluffikins gewann seine Fassung wieder, zwinkerte, dann warf er einen weiteren Windstoß in meine Richtung.

Diesmal hob ich beide Hände vor mich, und der Wind legte sich sofort, ohne auch nur ein einziges Haar auf meinem Kopf zu kräuseln. Erschrocken musterte ich meine Hände auf der Suche nach der Magie, die gerade von ihnen ausgegangen war. Sie sahen noch genauso aus wie immer, und fühlten sich auch so an.

Ich hatte allerdings nicht viel Zeit, darüber nachzudenken, denn als Nächstes kam das Feuer. Instinktiv streckte ich meine Hände vor und stieß einen Wasserstrahl aus, der mit Fluffikins‘ Flammen kollidierte, wodurch beide sich in Luft auflösten.

Der Kater hatte jetzt einen geradezu selbstgefälligen Gesichtsausdruck. „Sehen Sie. Sie können nicht anders, als sich zu verteidigen."

„Aber wie? Ich habe definitiv nichts davon mit Absicht gemacht." Ich betrachtete meine Hände weiterhin genau, als würden sie plötzlich alle Geheimnisse des Universums preisgeben. Leider fühlte ich mich immer noch genauso verwirrt wie vorher, möglicherweise sogar noch mehr.

„Magie auszuüben ist für diejenigen, die sie besitzen, so einfach und natürlich wie das Atmen. Ja, man muss üben, um sie zu stärken, aber unsere natürlichen Fähigkeiten sind uns angeboren."

„Aber ich bin nicht von Natur aus magisch. Ich sollte nicht in der Lage sein, zu tun, was ich gerade getan habe", argumentierte ich. Ich schrieb zwar keine Fantasy, aber ich hatte genug davon gelesen, um zu wissen, dass Magie viel Übung und Selbstbeherrschung erforderte. Die Sache mit Fluffikins heute Abend entpuppte sich als das genaue Gegenteil.

Er zuckte mit den Schultern, als ob ihn das alles nichts anginge. „Jeder hat das Potenzial. Nur wenige merken, dass es da ist."

„Also hat jeder einzelne Mensch auf der ganzen Welt Magie?", wunderte ich mich. Wie konnte eine so gewaltige Sache geheim gehalten werden? Lag es an Leuten wie Parker und Fluffikins und all den anderen paranormalen Verbindungsleuten auf der Welt? War ich jetzt ein Teil davon? *Wow.*

„Bei erwachsenen Menschen ist es weniger als ein Bruchteil eines Prozents", informierte mich Fluffikins mit einem zufriedenen Grinsen. „Die meisten sind zu sehr mit anderen Aspekten ihres hektischen Lebens beschäftigt."

„Sie haben Erwachsene gesagt", betonte ich, als ich mich endlich wieder auf die Füße stellte. „Heißt das ...?"

„Ja, viele Kinder haben noch Zugang zu ihrer angeborenen Magie, aber wenn sie älter werden, überzeugen die Erwachsenen in ihrem Leben sie davon, dass sie nicht real ist, und schließlich verlieren die meisten diesen Funken."

„Das ist eigentlich sehr traurig", seufzte ich.

„Wir haben schon mehr als genug Durcheinander zu beseitigen wegen der paar Menschen, die ihre Magie behalten. Was glauben Sie, warum es hier so viele streunende Katzen gibt? Es ist unsere Aufgabe, ein Auge auf euch zu haben und die Sachen in Ordnung zu bringen, bevor irgendwelche anderen Menschen merken, was los ist."

„Streunende Katzen sind also ...?"

„Außendienstmitarbeiter, ja. Wenn Sie mal etwas Geld übrig haben, spenden Sie es Ihrem örtlichen Tierheim. Wir haben zu viele gute Agenten verloren ..." Er schüttelte den Kopf. „Vergessen Sie's."

„Ich werde tun, was ich kann", versprach ich und fragte mich, ob es in Ordnung wäre, ihn zu streicheln, oder ob eine solche Geste eher herablassend als tröstend wirken würde. „Und was jetzt?"

„Sie gehen jetzt nach Hause und ruhen sich etwas aus. Ich hole Sie morgen früh ab, damit Sie sich in Ihre Pflichten als Stadthexe einarbeiten können."

Ich wollte mich bei ihm bedanken, mich für die Freunde

entschuldigen, die er im Einsatz verloren hatte, aber bevor ich etwas sagen konnte, erhob er seine Stimme und brüllte: „Barnes!“

Parker erschien fast sofort, packte mich am Arm und führte mich weg. Es sah also so aus, als müsste ich auf weitere Antworten bis morgen warten.

10

Ich wusste, dass ich versuchen sollte, etwas Schlaf zu finden, aber ich war viel zu aufgeregt, als dass dies möglich gewesen wäre. Ich hatte immer noch so viele Fragen, die in meinem Gehirn kreisten, und sie brauchten Antworten.

Natürlich war Parker auf der Fahrt nach Hause relativ wortkarg geblieben, was mich meinen eigenen inneren Gedankengängen überließ.

Vor allem ein Gedanke beherrschte mich von Anfang an: „O MEIN GOTT, ICH HABE JETZT MAGIE! JUCHHUUU!"

Sobald ich zu Hause war, wollte ich unbedingt meine neuen Kräfte ausprobieren, stapfte nach draußen und wartete im Hof, in der Hoffnung auf einige heftige Winde, die ich bezwingen konnte … Aber die Nacht blieb ruhig, windstill und höchst unkooperativ. Ich überlegte kurz, ob ich ein Lagerfeuer machen sollte, um es mit dem Wasser zu löschen, das mir aus den Händen floss. Andererseits, wer sagte, dass sich meine Fähigkeiten darauf beschränkten, die Elemente zu besänftigen? Sowohl Parker als auch Fluffikins hatten eine Form der Gedankenkontrolle an mir angewendet, und obwohl ich jetzt niemanden hatte, der mich beeinflussen konnte, wettete ich, dass ich fast alles tun konnte, was ich mir in den Kopf setzte.

Schau'n wir mal ...

Fluffikins hatte die Magie einfach aus mir herausgezogen, ohne dass einer von uns beiden viel darüber nachdenken musste, aber jetzt, wo ich auf mich allein gestellt war, wusste ich nicht wirklich, wo ich anfangen sollte.

Ich sah mir die Brosche, die an meinem Oberteil befestigt war, genauer an, als ob sie die Antwort in großen fetten Buchstaben anzeigen würde. Nein, leider nicht.

Ich wusste noch nicht einmal, was mein neuer Aushilfsjob als Stadthexe beinhaltete. Was würden meine Aufgaben sein? Welche Art von Magie würde ich ausüben können? Fluffikins hatte mir nur sehr wenig erklärt.

Glücklicherweise war ich als Autorin von Berufs wegen schon daran gewöhnt, meiner Fantasie freien Lauf zu lassen. Zugegeben, ich schrieb hauptsächlich zeitgenössische Liebesromane, die in der realen Welt spielten – Sie wissen schon, die Welt, von der ich bis heute glaubte, dass sie keine Magie enthielt. Wenn ich meine Bücher schrieb, dachte ich mir normalerweise lustige Zufälle aus, wie die Heldinnen ihre Helden kennenlernten, oder großartige romantische Gesten, mit denen die Helden ihre Heldinnen zurückgewinnen konnten, nachdem sie totalen Mist gebaut hatten. Und obwohl ich in beidem echt gut war, half nichts davon dabei, meine neu erworbenen, paranormalen Fähigkeiten zu erforschen.

Vielleicht, wenn ich einen Liebeszauber aussprechen wollte oder so ... Moment, war das etwas, wozu ich jetzt tatsächlich in der Lage wäre? Der Atem stockte mir, als mir klar wurde, wie endlos die Möglichkeiten sein könnten.

Unwillkürlich fragte ich mich, wie viel von den allgemeinen Überlieferungen über Hexen auf der Realität beruhte und wie viel einfach das Werk überaktiver Fantasien wie meiner war.

In Gedanken ging ich durch, wie ich Hexen in den populären Medien dargestellt gesehen hatte.

Eine schwarze Katze als Vertraute? *Stimmt.*

Grün und hässlich? *Auf keinen Fall.* Zumindest nicht grün und wahrscheinlich auch nicht hässlich.

Schickes Zauberbuch? *Noch nicht.*

Ein fliegender Besen? *Moment ...*

Wäre ich wirklich in der Lage zu fliegen? Und wenn ja, würde ich einen Besen brauchen?

Ja, Fliegen stand definitiv auf meiner Liste der zu erledigenden Aufgaben.

Ich war halb versucht, es jetzt zu versuchen und vom Dach zu springen, was die Überlebensinstinkte in Aktion treten lassen würde, wie es bei Fluffikins gewesen war. Das schien mir jedoch nicht die klügste Idee zu sein, wenn ich niemanden in der Nähe hatte, der etwas Heilung herbeizaubern oder einen Krankenwagen rufen konnte, falls es schiefging.

Das mit dem Fliegen würde definitiv warten müssen ...

Aber was konnten Hexen sonst tun?

Hmmm. Vielleicht könnte ich mich verwandeln. Warum nicht?

Entschlossen, etwas zu finden, das ich allein tun konnte, ging ich ins winzige Badezimmer in meinem Häuschen, legte beide Hände auf das Waschbecken und starrte mich im Spiegel an.

Wollen wir doch mal sehen. Wollen wir doch mal sehen. In was könnte ich mich verwandeln?

Mein Blick blieb auf dem Duschvorhang mit seinem knallpinken Flamingodruck hängen, dem einzigen Gegenstand, der in diesem funktionalen, aber nicht gerade ansprechenden Raum etwas Persönlichkeit ausstrahlte.

Ein Flamingo, okay. Ich stellte mir die Vögel in meinem Kopf vor und katalogisierte alles, was ich über sie wusste, von ihren auffallend bunten Federn bis hin zu ihrer Vorliebe, immer nur auf einem Fuß zu stehen. Ich kniff die Augen zusammen, hielt das Bild in meinem Kopf fest und stellte mir vor, wie ich diese Gestalt annahm.

Einfach. An. Rosa. Denken.

Es war eine vollkommen logische Methode, und ich gab der Visualisierung alles, was ich hatte … Es passierte trotzdem nichts.

Verdammt noch mal!

Ich öffnete die Augen wieder, bereit, mein Spiegelbild für seine Weigerung, Anweisungen zu befolgen, zurechtzuweisen. Stattdessen stieß ich ein scharfes Keuchen aus.

Ich war zwar kein Flamingo, aber meine Haarfarbe *hatte* sich in ein leuchtendes Kaugummirosa verwandelt, das perfekt zur Farbe der Vögel auf dem Duschvorhang passte.

Rosa Haare. Ich hatte das mit Magie bewirkt – meiner Magie –

und es sah gar nicht mal so schlecht aus, wenn man es recht bedachte.

Zugegeben, ich wusste immer noch nicht, wie ich es geschafft hatte, nur meine Haare zu verändern, wo ich doch eigentlich meinen ganzen Körper verändern wollte, aber ich war begeistert, dass ich überhaupt etwas geschafft hatte, auch wenn es nur etwas ganz Minimales war.

Ich rief mir meine Liste von vorhin noch einmal ins Bewusstsein zurück.

Grün? *Nein.*

Hässlich? *Nicht mit dieser coolen neuen Frisur.*

Ja, ich hatte mir meine neuen Kräfte zunutze gemacht und etwas Magisches getan. Kein schlechter Start für eine Hexe, die noch eine Anfängerin war. Was auch immer diese Stadthexen-Sache mit sich brachte, ich würde es schaffen.

Und wer weiß? Vielleicht könnte ich morgen das Fliegen in Angriff nehmen.

Berühmte letzte Worte.

11

Am nächsten Morgen riss mich ein furchtbares Kreischen aus meinem ohnehin schon unruhigen Schlaf. Ich rappelte mich auf, stieß mit dem Rücken gegen das antike Kopfteil und ließ einen gewissen schwarzen Kater aus dem Bett purzeln.

„Was machst du denn hier?", schrie ich und presste die Bettdecke an meine Brust.

Mr Fluffikins hüpfte wieder auf das Fußende meines Bettes und musterte mich skeptisch. „Wenn schon, denn schon. Bleiben wir also beim du." Er sah mich so arrogant an, dass ich wie zum Trotz nickte. „Ich habe dir doch schon gesagt, dass wir heute Morgen mit deinem Training weitermachen."

„Aber draußen ist es noch dunkel." Ich wusste, dass ich jammerte wie ein Kind, das gerade am ersten Schultag nach besonders wunderbaren Weihnachtsferien geweckt worden war, aber es war mir egal. Ich war zu wütend, um mir Gedanken darüber zu machen, wie ich auf die Person – *den Kater* – wirkte, die mich überhaupt erst so wütend gemacht hatte. „Außerdem hast du nichts davon gesagt, in mein Haus einzubrechen. Das ist nicht in Ordnung."

Er kniff die Augen zusammen und knurrte, dann richtete er sich wieder auf, stolz und groß, und zeigte den kleinen weißen Fleck auf seiner Brust. „Ich bin nicht eingebrochen. Ich habe einfach Magie benutzt, um mir Zutritt zu verschaffen", erklärte er in trägem Tonfall. „Und es ist sechs Uhr morgens, eine perfekte Zeit, aufzuwachen und mit deinem neuen Mentor zu frühstücken."

Ich starrte ihn mit offenem Mund an. Nicht nur, dass er zu dieser unziemlichen Stunde in meinem Schlafzimmer auftauchte, jetzt erwartete er auch noch, dass ich ihm Frühstück machte? Nun, ich hoffte, er mochte kaltes Müsli, denn das war alles, was er bekam.

„Warte unten auf mich", befahl ich, aber Fluffikins rührte sich nicht. „Ich meine es ernst. Ich habe keine Hose an und brauche etwas Zeit, um mich zurechtzumachen."

„Du schienst gestern Abend nicht sehr darauf bedacht zu sein, anständig zu erscheinen", stieß er hervor.

Oh, nein. Ich würde mich sicher nicht von einem sprechenden Kater als Schlampe beschimpfen lassen. „Raus hier!", schrie ich und warf mein Kissen nach ihm.

Wenigstens gehorchte er dieses Mal. „Die anderen werden bald hier sein, also beeile dich bitte", informierte er mich auf dem Weg nach draußen.

„Oh, du kannst mich mal“, murmelte ich vor mich hin, während ich mich beeilte, die erstbeste Hose anzuziehen, die ich fand.

Als ich aus meinem Zimmer kam, trug ich eine Pyjamahose und ein Trägerhemd. Ich weigerte mich, es mir weniger bequem zu machen, da Fluffikins wahrscheinlich sowieso missbilligen würde, was ich anhatte.

Er saß wartend an meinem Küchentisch – oder besser gesagt, auf ihm. Zu ihm hatte sich die streng aussehende Frau gesellt, die ich vom Sitzungssaal her wiedererkannte, obwohl sie gestern nicht viel gesprochen hatte und auch jetzt keinen besonderen Eindruck machte.

„Tawny“, schnurrte Fluffikins. „Das ist Greta. Sie wird dir heute bei deiner Orientierung helfen.“

„Hei, Greta“, sagte ich, als ich an den beiden vorbei zum Kühlschrank ging. Ich hielt nicht viele Lebensmittel vorrätig, aber ich hatte ein ganzes Regal voll mit meinem Lieblingseiskaffee. Ich schnappte mir einen, drehte den Deckel ab und nahm einen langen, lebensspendenden Schluck. Definitiv der beste Teil meines Morgens, besonders da meine Dusche immer noch kaputt war.

Als ich die Glasflasche absetzte, starrten mich meine beiden ungebetenen Gäste ungeniert an.

„Greta ist unsere Kontaktperson für die Schulen der Region“, sagte der Kater. „Sie kümmert sich um unsere Interessen, was die öffentliche Bildung angeht, ähnlich wie Barnes die Polizei überwacht.“

Ich nickte. „Verstanden.“

Hmmm, warum durfte Greta ihren Vornamen behalten, während Fluffikins Parker immer bei seinem Nachnamen rief?

Anstatt meine unausgesprochene Frage zu beantworten, sagte mein neuer Chef: „Wie du sicher schon selbst festgestellt hast, ist sie die perfekte Person, um deine magische Ausbildung zu beginnen."

Greta trommelte mit den Fingern auf die Tischplatte und schenkte mir ein Lächeln. „Sollen wir anfangen?"

„Zuerst das Frühstück", korrigierte Fluffikins sie und besaß dann tatsächlich die Dreistigkeit, sich die Lippen zu lecken. „Leider hatte ich keine Zeit, mir was zu besorgen, bevor ich hierher kam."

Du hättest auch einfach später kommen können, dachte ich. *Viel später.*

„Frühstück, gut. Was essen magische Kater gerne?"

Fluffikins und Greta wechselten einen amüsierten Blick.

„Alle Katzen sind magisch", sagte sie mir mit einem Kichern. „Nur Menschen sind es nicht."

Ich ignorierte die Andeutung, dass ich die Besonderheiten ihrer seltsamen geheimen Welt bereits kennen sollte, und kam stattdessen wieder zur Sache. „Also, was? Willst du Thunfisch aus der Dose oder so?"

„Hey! Dieses Klischee ist beleidigend", zischte der schwarze Kater. „Ich würde viel lieber ein feines Steak essen."

„Ich habe kein Steak." Und selbst wenn ich eins hätte, wäre ich nicht bereit, es frühmorgens für einen herrischen Kater zuzubereiten, zumal ich immer nur genug für eine Person einkaufte – mich.

„Ich glaube, ich hab nicht einmal Thunfisch, wenn ich so darüber nachdenke. Wie wär's mit einer Schale Milch?"

Er seufzte und legte sich auf die Seite, wobei er seine feinen schwarzen Haare über meinem zuvor sauberen Küchentisch verteilte. „Das muss dann wohl reichen, obwohl ich eine Laktoseintoleranz habe. Andererseits kann ich mir nach dem ganzen Stress in letzter Zeit auch mal was gönnen." Er sah mich von oben bis unten an. „Nächstes Mal erwarte ich allerdings, dass du besser vorbereitet bist."

Anscheinend wusste Fluffikins nicht, dass Bettler nicht wählerisch sein sollten. Er hatte großes Glück, dass ich diesen Job nicht kündigen konnte, und dass mich diese Sache mit der Magie ausreichend anzog, weshalb ich meinen Stolz runterschluckte und den letzten Rest meiner Magermilch in eine Schüssel goss.

Ich aß mein Frühstücksmüsli trocken.

Was für eine Art, den Tag zu beginnen!

12

Nach einem sehr schnellen, aber irgendwie auch sehr ungemütlichen Frühstück entschuldigte sich Fluffikins und ließ mich und Greta allein.

„Sie wollen also lernen, wie man eine Stadthexe wird?“, fragte sie und zog eine Augenbraue hoch, die so hell war, dass sie fast durchsichtig aussah. Irgendetwas stimmte nicht mit Greta, aber ich konnte nicht sagen, was es war.

Als ich merkte, dass ich sie anstierte, zwang ich mich, den Blick zu senken. „Nicht, dass ich das per se will, eher, dass ich dazu angewiesen wurde.“

Daraufhin lachte sie. Es klang wie das Bimmeln von Glocken. „Ah, die gute alte APZ. Keiner bewirbt sich und doch bekommt jeder einen Job.“

Greta studierte mich auf eine Art und Weise, dass ich mich wunderte, ob zu ihren Kräften das Gedankenlesen gehörte. Ich wollte gerade fragen, als sie sich räusperte und sagte: „Lassen Sie uns am besten ganz von vorne beginnen. Wissen Sie, was eine Stadthexe macht?"

Ich schüttelte den Kopf. „Ich weiß nur, dass ihre Magie mit der Stadt verbunden ist und dass Lila Haberdash den Job hatte, bis sich jemand in ihr Haus geschlichen und sie getötet hat."

Greta zuckte zusammen. Ihre blasse Haut färbte sich rosa, was ihr weißblondes Haar noch mehr zur Geltung brachte. „Ja, das ist beides wahr."

„Moment mal. Wurde es jetzt offiziell als Mord eingestuft?" Ich war so in den magischen Kram vertieft gewesen, dass ich die Ermittlungen nicht weiterverfolgt hatte.

„O ja, aber das wussten wir doch sofort", antwortete sie mit einer abfälligen Handbewegung. „Magie nimmt unweigerlich ein abruptes und gewaltsames Ende. *Immer.*"

Mein Magen verkrampfte sich daraufhin und drohte, den köstlichen Kaffee wieder auszuspucken, den ich ihm gerade erst anvertraut hatte. „Wie denn?"

Greta neigte den Kopf zur Seite. „Wie was? Wie sie gestorben ist? Durch Magie, ganz offensichtlich."

„Oh." Na, das war ja klar wie Kloßbrühe. Ich wusste immer noch nicht sehr viel über Magie, aber wenn Fluffikins nach Beweisen suchte, dass ich die Tat nicht begangen hatte, dann sollte die Mordmethode mich ja wohl eindeutig entlasten.

„Machen Sie sich keine Sorgen, meine Liebe", sagte Greta mit verkniffener Miene, während sie meine Hand ergriff und drückte. „Lila hat ein gutes Leben geführt, solange es möglich war. Jetzt sind Sie an der Reihe, das Amt der Hexe von Beech

Grove zu übernehmen, und bald wird es jemand anderem gehören."

„Dem Mörder, meinen Sie?"

Sie seufzte und ließ meine Hand los. „So funktionieren diese Dinge oft, ja."

Ich hatte mindestens eine Million Fragen, spürte aber, dass ihre Geduld mit mir bereits am Ende war. „Okay, also was muss ich wissen, um diesen Job zu machen?"

Und um nicht umgebracht zu werden, wenn wir schon dabei sind.

Greta schenkte mir das erste echte Grinsen, seit ich sie getroffen hatte. Es erhellte ihr ganzes Gesicht, was ihr in Kombination mit dem blassblonden Haar ein fast engelhaftes Aussehen verlieh.

„Lassen Sie mich Ihnen Ihr neues Büro zeigen, und auf dem Weg dorthin erkläre ich Ihnen ein paar Dinge." Sie durchquerte mein Wohnzimmer, als gehöre ihr die Wohnung, und hielt mir die Tür auf, damit ich vor ihr hinausgehen konnte.

Noch bevor wir einen Fuß von der Veranda setzten, wusste ich, dass wir zu Mrs Haberdashs Haupthaus unterwegs waren. Mein neues Büro war der Tatort. *Wundervoll.*

„Die Stadthexe", erklärte Greta, während sie mit ruhigem, gleichmäßigem Schritt neben mir herging, „fungiert als Leitung für die Magie, die auf natürliche Weise in Land und Boden vorkommt, auf dem diese Stadt errichtet wurde. Sie hat also ihre eigene Magie, kann aber auch aus den Vorräten der Magie schöpfen, die der Stadt gehören."

Ich nickte, als ob das alles einen perfekten Sinn ergeben

würde. Theoretisch tat es das auch. Aber in der Praxis? Das war eine ganz andere Sache.

„Warum sollte sie die Magie des Landes benutzen müssen?“, fragte ich.

„Zum Schutz der Stadt und all ihrer Bewohner. Wie Sie sich wahrscheinlich denken können, ist das eine sehr wichtige Aufgabe.“ Sie ging schneller, und ich musste joggen, um Schritt zu halten. Sollte mich das davon abhalten, weitere Fragen zu stellen? Denn es verursachte nur noch mehr, zum Beispiel, warum sie mir gegenüber so ausweichend war.

Stattdessen fragte ich: „Wenn das also eine so wichtige Aufgabe ist, warum haben Sie sie mir anvertraut? Ich wusste bis vor weniger als vierundzwanzig Stunden nicht einmal, dass Magie existiert.“

„Oh, es war nicht meine Entscheidung, meine Liebe.“ Sie schnaubte auf eine eher wenig damenhafte Art, die im Widerspruch zur Anmut stand, mit der sie sich benahm. „Es war niemandes Entscheidung. Sie waren einfach nur zur richtigen Zeit am richtigen Ort.“

„Oder am falschen“, konnte ich mir nicht verkneifen.

Sie hielt inne und drehte sich um, um mich wieder zu studieren, als ob sie nach etwas suchte, das sie zuvor vergeblich zu finden versucht hatte.

„Sie werden nicht viel tun haben“, stellte Greta nach ein paar unangenehmen Momenten des Schweigens fest. „Eigentlich werden Sie das gar nicht können.“

„Weil der Mörder oder die Mörderin bereits mit der gesamten Magie der Stadt entkommen ist“, fügte ich hinzu.

„Ja, aber er oder sie wird zurückkommen. Und zwar bald."

Schließlich holte ich sie ein und fragte: „Warum das?"

Sie atmete zitternd aus. „Wenn die Magie zu lange von ihrer Quelle ferngehalten wird, stirbt sie … und ihr Wirt gleich mit."

Mir fröstelte in der kühlen Morgenluft. Gut, dass der Einsatz überhaupt nicht hoch war …

13

Greta und ich setzten unseren Weg zu Mrs Haberdashs Haupthaus schweigend fort. Plötzlich verblasste der Wunsch, diese neue Welt der Magie zu verstehen, angesichts der Tatsache, dass der Mörder an den Tatort zurückkehren würde, wo ich bereits wartete.

Das Haus saß dunkel und verlassen vor uns, als wäre ein Teil von ihm zusammen mit seiner Besitzerin gestorben.

„Ich bin froh, dass wir diesmal unter uns sind“, sagte ich und erinnerte mich an die seltsame Begegnung, die ich gestern mit der jungen Frau gehabt hatte. Ich warf einen Blick auf den hohen, alten Baum, an dem ihr schlaffer Sonnenhut hängen geblieben war, und war überrascht, ihn dort nicht mehr zu sehen.

Das Mädchen war ganz sicher ohne ihn gegangen, was bedeutete, dass sie zurückgekommen sein musste. Wahrscheinlich mitten in der Nacht.

„Was meinen Sie? Wen haben Sie denn sonst noch erwartet zu finden?“, fragte Greta und beobachtete mich genau. Sie beobachtete mich ständig.

„Oh, ich meinte nur Parker“, sagte ich, denn ich zog es vor, mir nicht in alle Karten schauen zu lassen.

Greta schüttelte den Kopf. „Er hat schon mit seiner Position als Polizeikontakt mehr als genug zu tun. Haben Sie bemerkt, dass es hier kein Tatortband gibt? Lila war eine von uns. Die normale Polizei einzuschalten, würde das Unvermeidliche nur hinauszögern.“

„Die Rückkehr des Mörders, meinen Sie?“

Greta musterte mich ausdruckslos. „Was? Oh, ja. Natürlich, das habe ich gemeint.“

Aha. Langsam wurde mir klar, dass ich ihr nicht über den Weg trauen konnte. Trotzdem war sie die Einzige, die ich im Moment zur Verfügung hatte. Ich würde von ihr lernen, was immer ich konnte, und mich dann später bei Parker – oder sogar bei Fluffikins, wenn es sein musste – rückversichern.

Greta lächelte mir zu, aber ich konnte erkennen, dass es aufgesetzt war. „Was du heute kannst besorgen, das verschiebe nicht auf morgen. Lassen Sie uns zur Sache kommen.“ Sie schwang ihre Hand nach oben und die Haustür öffnete sich knarrend.

Als Erstes fiel mir auf, dass die Leiche von Mrs Haberdash weggebracht worden war. Die große Eingangshalle war leer, aber etwas in der Luft schimmerte undeutlich, wie eine Fata Morgana. Es war, als ob das Haus selbst auf etwas wartete. War ich dieses Etwas?

Ich trat hinein und spürte, wie mich die Energie wie ein

warmes Bad umhüllte. Zugegeben, ich bevorzugte heiße Duschen, aber dieses neue Gefühl entspannte mich trotzdem. Tatsächlich fühlte es sich fast so an, als würde ich schweben. Das war natürlich albern, da ich fest auf dem Hartholzboden stand. Nichts sah anders aus. Ich *fühlte* mich nur anders.

Greta ging einen langsamen Kreis um mich herum und murmelte vor sich hin. Ihre geflüsterten Worte waren zu leise, als dass ich sie hätte verstehen können, erst als sie vor mir stehen blieb und mich an den Handgelenken packte. „Es ruft nach Ihnen, stimmt‘s?“

Ich nickte. Was hatte es für einen Sinn, das abzustreiten?

„Dann war der erste Teil viel einfacher, als wir es erwartet haben. Die Stadt hat Sie bereits als Wirt für ihre Magie akzeptiert.“

„Aber das soll doch nur vorübergehend sein“, argumentierte ich, unfähig, meine Augen von ihrem entschlossenen, glühenden Blick loszureißen.

„Das war der ursprüngliche Plan, ja, aber wir müssen auch darauf hören, was das Land will.“

„Mich?“, brachte ich mit einem Quietschen heraus.

„Es scheint ganz so zu sein.“

„Aber ihre Magie ist doch bei Mrs Haberdashs Mörder“, betonte ich, ohne zu blinzeln, da ich Angst hatte, wegzusehen. Mir gefiel nicht, worauf das alles hinauslief. Es war sogar noch schlimmer als die Gedankenkontrolle, die Fluffikins und Parker über mich ausgeübt hatten. Einer einzelnen Person konnte ich ausweichen, aber was, wenn das Land selbst beschloss, mich zu beeinflussen? Meine einzige Hoffnung wäre es, aus der Stadt wegzuziehen. Sicher, ich hatte hier zwar noch keine Wurzeln geschlagen, aber es würde trotzdem Zeit brauchen, um zu fliehen.

„Im Moment schon. Es gibt aber natürlich Möglichkeiten, das zu ändern."

„Sie meinen doch nicht etwa …"

„Dass Sie den Mörder töten und die Magie für sich beanspruchen?", fragte sie grinsend.

Ich schluckte schwer und nickte. Erwartete sie wirklich, dass ich im Rahmen eines dummen Zeitarbeitsjobs jemanden töten würde? Magie war zwar ziemlich cool, aber nicht cool genug, um mich dazu zu bringen, meine innersten Moralvorstellungen über den Haufen zu werfen. Mord war unrecht. Das hätte eigentlich automatisch klar sein müssen.

Greta verschränkte die Arme und verlagerte ihr Gewicht von einer Seite auf die andere. „Natürlich meine ich genau das."

„Ich bringe niemanden um", hielt ich vergeblich dagegen. Soweit ich wusste, konnten Greta oder einer der anderen mich mit ihrer Gedankenkontrollmagie dazu zwingen, es zu tun.

„Wir werden sehen", sagte mir meine angebliche Mentorin mit einem leichten Lachen.

Mir rutschte das Herz in die Hose.

Ich mochte zwar die Vorstellung von Magie, aber in der Praxis wuchs mir das Ganze über den Kopf. Ich war keine Hexe, aber noch weniger war ich eine Mörderin.

Ob das beabsichtigte Opfer nun eines schrecklichen Verbrechens schuldig war oder nicht, es war definitiv nicht meine Aufgabe, für Gerechtigkeit zu sorgen.

Aber wie leicht könnte ich bei der paranormalen Zeitarbeitsfirma kündigen und mein normales Leben wieder aufnehmen, als ob nie etwas passiert wäre?

Ich hatte langsam das Gefühl, dass es nun hart auf hart ging.

Was würde passieren, wenn ich beides ablehnte?

14

Greta führte mich durch das Haus, das offen gesagt aus allen Nähten zu platzen schien. Sie zeigte mir jeden Raum, beschrieb die Gegenstände darin und welchen Zweck diese erfüllten. Ich langweilte mich fast zu Tode.

Ernsthaft, wie sollte irgendetwas hiervon zu meiner magischen Ausbildung beitragen? Wir arbeiteten ohnehin schon nach einem engen Zeitplan, und anstatt mir Zaubersprüche oder Tränke beizubringen, verbrachte die mir zugeteilte Mentorin die letzten zehn Minuten damit, zu beschreiben, wie Mrs Haberdash ihre Socken verzaubert hatte, sodass sie drei Grad wärmer als die Raumtemperatur waren. Nicht einmal die Magie, die sie dazu benutzt hatte, wohlgemerkt, sondern nur die Tatsache, dass sie es überhaupt getan hatte.

Wie sollte mir irgendetwas davon helfen, einen Mörder zu fangen? Jedes Mal, wenn ich versuchte, eine relevantere Frage zu stellen, lenkte Greta ab und wechselte das Thema. Bei diesem Tempo würde ich vielleicht lernen, meine Hosen mit Magie zu flicken, aber nie etwas Wichtigeres, beispielsweise wie man flog oder … was weiß ich, einem Todesfluch auszuweichen, vielleicht.

Das Einzige, was meine Aufmerksamkeit überhaupt aufrechterhalten konnte, war der Schlafzimmerschrank. Dann begann Greta jedoch, die Garderobe der Vormieterin durchzusehen, wobei sie mir erklärte, für welche Art von Aufgaben die jeweiligen Outfits der Stadthexe getragen werden konnten.

Gähn. Warum musste ich das alles wissen?

Meine Gedanken schweiften mal wieder ab und Gretas nasale Stimme wurde zu einem brummenden Hintergrundgeräusch, während ich mich auf der Suche nach etwas Interessanterem im Raum umschaute. In diesem Moment fiel mir der fantastische schwarze Hut auf, der auf dem obersten Regal des Schranks lag.

Natürlich hatte ich keine Skrupel, Greta zu unterbrechen, da ich sowieso nicht richtig zugehört hatte. „Was ist das?", fragte ich und deutete auf den schwarzen Samthut, der mit einer lila Satinschärpe verziert war.

Gretas Augen leuchteten auf, als sie ihn erblickte. „Oh, guter Fund. Das ist der wichtigste Gegenstand in der gesamten Garderobe einer Stadthexe, möglicherweise ihr wichtigster Besitz überhaupt. Ich kann nicht glauben, dass der Mörder den hier gelassen hat."

Anstatt auf weitere Erklärungen von ihr zu warten, schnappte ich mir den Hut aus dem Regal, entfaltete das Oberteil und stellte fest, dass es in einer perfekten, entzückend aussehenden Spitze endete.

Ein Energiestoß schoss direkt in meine Brust und erleuchtete mich von innen. Der Hut sprach zu mir auf die einzige Weise, die ihm möglich war – mittels seiner Magie. Ohne auch nur einen Gedanken daran zu verschwenden, setzte ich ihn direkt auf mein rosarotes Haar. Und genau in dem Moment, als der Hexenhut meinen Kopf berührte, tauchte ein lebhaftes Bild in meiner Vorstellung auf. Ich sah Mrs Haberdash, wie sie ihrer Arbeit nachging, die Post prüfte (der Beweis, dass sie meine Briefe erhalten hatte!), in die Küche ging, um Tee zu kochen, und dann …

Sie ließ den Wasserkocher mit einem Krachen zu Boden fallen, sodass das heiße Wasser überall hinfloss. Ich konnte es nicht nur sehen und hören, ich spürte auch das Brennen. Als ich nach unten blickte, sah ich aber nur meine eigenen Füße.

„Es ist also Zeit?", fragte Mrs Haberdash mit einem Keuchen, während mir die Sicht entzogen wurde.

Ich schloss die Augen, um meine Aufmerksamkeit wieder auf die Szene zu lenken, die sich in meinem Kopf abspielte, aber alles, was ich sah, war das verschüttete Wasser auf dem Boden.

Ein schweres Gewicht legte sich auf meine Brust und machte das Atmen zum Kampf. Das Geräusch von widerhallenden Schritten näherte sich, aber ich konnte nicht sehen, wer bei ihr, bei mir war.

Ein Windstoß wehte über mich hinweg und ein eisiger Schauer legte sich um mich. Die Szene, die ich gesehen hatte, geriet außer Fokus und …

„Was machen Sie da?", rief Greta und hielt den Hut fest in einer ihrer manikürten Hände, während sie mich entsetzt anstarrte.

„Der Hut“, murmelte ich und versuchte immer noch, mir einen Reim darauf zu machen, was gerade passiert war. „Ich glaube, er wollte mir zeigen, was mit Mrs Haberdash passiert ist.“

„Ich habe Fluffikins gleich gesagt, dass das eine schlechte Idee ist“, fauchte sie, während sie den Hut zurück in den Schrank schob. Nachdem sie die Türen zugeknallt hatte, formte sie mit Daumen und Zeigefinger ein *C* und bewegte sie in einer schnellen Pendelbewegung.

„Wir müssen herausfinden, was passiert ist. Mrs Haberdash verdient Gerechtigkeit.“ Ich rannte zum Schrank und zog kräftig daran, aber die Türen ließen sich nicht bewegen.

„Das ist nicht Ihr Job“, schnauzte Greta mich an.

„Aber ich bin die neue Stadthexe für ...“

„Sie sind eine Aushilfe!“, explodierte sie, stürmte aus dem Raum und ließ mich zurück. „Und ich weigere mich, jemanden auszubilden, der so wenig Rücksicht auf ...“

Ich folgte ihr den Flur hinunter bis zum oberen Treppenabsatz. Dort blieb Greta stocksteif stehen, bewegte sich nicht, sprach nicht, atmete kaum.

„Was ist los?“, fragte ich in einem verzweifelten Flüsterton. „Warum gehen Sie nicht ...?“

Aber dann blieben auch meine Beine wie festgenagelt stehen. Tatsächlich konnte ich nur noch die Augen bewegen. Ich richtete meinen Blick auf den Fuß der Treppe, und da sah ich sie.

Die gleiche junge Frau, die ich am Tag zuvor getroffen hatte, stand mit erhobenen Armen im Erdgeschoß.

„Sie schon wieder“, sagte sie mit einem kalten Lächeln. „Sie hätten sich da raushalten sollen, als Sie noch die Chance dazu hatten."

Damit hatte sie definitiv recht.

Ich wollte Greta um Rat fragen, aber ich konnte sie kaum in meinem peripheren Blickfeld ausmachen. Ich hoffte, dass sie einen Plan hatte, denn ich hatte sicher keinen.

15

So sehr ich mich auch anstrengte, mich aus dem magischen Griff der jungen Hexe zu befreien, schaffte ich es noch nicht einmal, mit dem kleinen Finger zu zucken. Sie hielt mich in einem mächtigen Bann gefangen, und ich hatte nicht die geringste Hoffnung, mich zu wehren, falls diese Begegnung gewalttätig werden sollte.

„Melony Haberdash", knurrte Greta mit zusammengebissenen Zähnen und blieb vollkommen still, während sie die andere Frau niederstarrte. „Ich hätte mir denken können, dass du es bist."

Melonys grausamer Blick wurde weicher, aber ihr Griff blieb fest. „Nur damit du es weißt, ich hatte nichts mit dem Mord an meiner Großtante zu tun. Warum sollte ich sie umbringen, wenn ich die Nächste in der Erbfolge war?"

Sie hielt kurz inne, dann richteten sich ihre Augen mit einer neuen brennenden Intensität auf mich. „Ich habe die hier gestern erwischt, wie sie auf dem Grundstück herumschlich, und jetzt ist sie heute wieder hier. Das scheint kein Zufall zu sein, oder doch?“

Gretas Stimme klang erstickt. „Nein, du hast das falsch verstanden. Sie ist nur die Aushilfe.“

„Ha! Mir scheint, du spielst ihr direkt in die Hand. Erst stiehlt sie die Magie und dann bekommt sie kostenloses Training vom Rat, indem sie auf unschuldig macht. Das ist ziemlich brillant, um ehrlich zu sein. Vielleicht sollte ich mir Notizen machen.“

Greta bemühte sich nach wie vor neben mir. Eine plötzliche Bewegung unterhalb ihrer Hüfte deutete darauf hin, dass sie die Kontrolle über ihre Finger wiedererlangt hatte, aber immer noch nicht die ganze Hand bewegen konnte. „Sie ist eine Normalo, das schwöre ich dir. Am Anfang hatte ich auch meinen Verdacht, aber sie weiß ehrlich nichts. Sie hat sich gerade fast umgebracht, als sie versehentlich den Mord aufgerufen hat.“

Mein Herz blieb mir bei dieser Offenbarung praktisch stehen. *Ich wäre fast gestorben?* Nur weil ich diesen Hexenhut aufgesetzt hatte? *Verdammt.* Also hatte Greta mich vor meiner eigenen Dummheit bewahrt. Zuerst hatte ich gedacht, sie hätte mir den Hut entrissen, weil sie nicht wollte, dass ich sie als die Mörderin entlarvte, aber jetzt schien es, als wollte sie mich beschützen. War das der Grund, warum sie Zeit verschwendete, anstatt mir ein richtiges Training zu gewähren?

Was auch immer ihre Gründe dafür waren, mich naiv zu halten, ich könnte jetzt sicher ein paar magische Fähigkeiten gebrauchen.

Alles, was ich besaß, waren die Instinkte, die Fluffikins letzte Nacht hervorgerufen hatte, aber Melony hatte eine Falle gestellt, die uns unvorbereitet traf. Weder Greta noch ich hatten eine Chance zu reagieren, bevor sie uns in ihren Bann zog.

Damit blieb das eine Talent, das ich schon immer besessen hatte, sogar bevor ich von Magie wusste. *Meine Worte.*

Es war an der Zeit, für mich selbst zu sprechen. Wenn ich Melony überzeugen konnte, dass ich keine Bedrohung war, würde sie mich vielleicht gehen lassen.

„Ich habe Mrs Haberdash nicht umgebracht“, schrie ich sie unter Tränen an. „Ich habe noch nie jemanden umgebracht. Ich sollte nicht einmal hier sein. Das ist eindeutig eine Angelegenheit, mit der ich nichts zu tun habe. Ich habe nie darum gebeten, eine Hexe zu werden. Ich schreibe doch nur Bücher!“

Melony studierte mich genau so, wie Greta es zuvor getan hatte. Sie musste gefunden haben, wonach sie suchte, denn ein paar Sekunden später löste sich der magische Schraubstock und ich fiel zu Boden.

„Wo ist der Hut meiner Tante?“, fragte mich die junge Hexe, während ich mich aufrappelte.

Ich wandte mich wieder dem Raum zu, den wir gerade verlassen hatten. „Ich werde ihn für dich hol...“

„Nein!“, schrie Greta, aber es war zu spät. Melony stürmte bereits die Treppe hinauf und ins Schlafzimmer ihrer verstorbenen Tante.

„Was haben Sie bloß getan?“, murmelte Greta, immer noch festgenagelt dank Melonys Magie.

„Aber sie sagte, sie hätte nicht ...“ Mir verschlug es die Sprache. Warum hatte ich ihr geglaubt, wo sie doch eindeutig am meisten von Mrs Haberdashs vorzeitigem Ableben zu profitieren hätte?

„Sie ist nicht die Mörderin“, gab Greta zu, während sie ihren Kopf ganz leicht in meine Richtung drehte. Nach und nach löste sich der Zauber auf, aber würde Greta rechtzeitig frei kommen, um Melony an der Flucht zu hindern?

Sie stöhnte unter der Anstrengung, den Bann zu brechen, und fügte dann hinzu: „Ich konnte erkennen, dass sie gerade die Wahrheit gesagt hat, aber …“

„Ja!“, rief Melony aus dem anderen Zimmer, was Greta dazu veranlasste, mitten im Satz zu stoppen. „Jetzt hab ich dich.“

„Hey! Was hast du gesehen? Weißt du, wer es war?“, fragte ich, als sie kurz darauf die Treppe hinuntereilte, den alten Hut an die Brust gepresst, ohne Greta und mich eines weiteren Blickes zu würdigen. Vielleicht hätte ich weiterhin die Dumme spielen sollen, aber wenn sie vorher die Wahrheit gesagt hatte, würde sie es vielleicht auch jetzt tun. Meine Überredungsgabe war die einzige Möglichkeit, die ich hatte, da ich nicht wusste, wie ich meine neue Magie auf Kommando beschwören konnte.

Aber Melony ignorierte uns beide, riss die Haustür auf und stürmte nach draußen. Sobald die Tür hinter ihr zuschlug, löste sich der Griff um Greta vollständig.

Sie fiel zu Boden, schwach und keuchend.

„Was ist gerade passiert?“, fragte ich, während ich ihr wieder auf die Beine half.

Mit ausdrucksloser Miene erklärte sie: „Sie hat den Hut benutzt, um den Tatort aufzurufen, genau wie Sie, aber als erfahrenere Hexe weiß sie, wie sie die Erinnerungen manipulieren kann, damit sie keine Gefahr für sie darstellen."

„Sie hat den Mörder gesehen", sagte ich und atmete scharf ein.

Greta nickte erschöpft. „Ja. Und sie ist auf dem Weg, ihn zu töten, um die Stadtmagie zu übernehmen."

Das hatte ich zu verantworten. Ich hatte den Hut gefunden und Melony direkt zu ihm geführt. Ich wusste zwar immer noch nicht, wer Mrs Haberdash getötet hatte, aber es würde meine Schuld sein, wenn diese Person ihr vorzeitiges Ende fand. Und es würde meine Schuld sein, wenn der verrückte Teenager Zugang zur mithin stärksten Magie der Region erlangte. Ich bezweifelte, dass sie sie nutzen würde, um die Situation für die Bewohner zu verbessern.

Autsch.

16

An diesem Punkt hatte ich zwei Möglichkeiten.

Ich könnte mich zusammenreißen, um Greta, Parker, Fluffikins und den anderen zu helfen, den Mörder zu finden und zu retten. Aber sobald wir ihn oder sie gerettet hatten, wollten sie, dass ich das Töten für sie übernahm?

Ich war immer noch so verwirrt darüber, was genau meine Aufgabe war. Magie war seltsam, und die Regeln, nach denen sie funktionierte, waren noch seltsamer. Es schien auch, als würden sie sich ändern, je nachdem, mit wem ich gerade sprach. Wenn Greta wollte, dass ich dauerhaft hier blieb, was dachte dann Fluffikins? Oder Parker? Erwarteten sie, dass ich für sie tötete? Wenn ich in meiner Weigerung standhaft blieb, würden sie mich zwingen, mich zu fügen?

Das brachte mich zu Option Nummer zwei. Ich könnte von

hier verschwinden und so tun, als wäre die ganze Sache nie passiert.

„Okay, also viel Glück noch!“, rief ich Greta zu, bevor ich die Treppe so schnell hinuntersprintete, wie mich meine Füße trugen.

Was? Ich hatte nicht fünfunddreißig Jahre auf dieser Erde überlebt, weil ich keinen Selbsterhaltungstrieb hatte. Alle anderen Akteure hier besaßen Magie. *Echte Magie!*

Ja, sie hatten mir eine vorübergehende Ladung verpasst, aber ich wusste definitiv nicht genug, um mich selbst zu schützen. Außerdem war Melony schon auf dem Weg, den Killer auszuschalten und die gestohlene Magie ihrer Tante zu übernehmen. Sie brauchten mich nicht mehr als Aushilfe, und sie brauchten mich definitiv nicht als Auftragskillerin. Da konnte viel zu viel schief gehen, und ich weigerte mich, mein ganzes Leben und meine Zukunft aufs Spiel zu setzen.

Auch wenn ich ihnen jetzt nicht helfen würde, was ich nicht vorhatte, hing mein Leben trotzdem noch in der Schwebe. Was auch immer geschah, ich würde praktisch Tür an Tür mit einer Mörderin leben – Melony.

Das wäre schlecht. *Hmmm.*

Ich ging meine Optionen noch ein paar Mal durch, während ich zurück in das Gästehaus rannte, das ich mein Zuhause nannte. Trotz allem machten zumindest meine Laufschuhe endlich ihrem Namen alle Ehre.

Als ich die Eingangstür erreichte, hatte ich eine Entscheidung getroffen. Es war an der Zeit, die Immobilienangebote im Internet durchzusehen und mich so weit wie möglich von diesem verrückten Ort zu entfernen. Ehrlich gesagt, je früher, desto besser. Ich würde einfach meinen Laptop anwerfen und ...

Und nichts, zumindest noch nicht.

Denn ich schien einen Gast zu haben.

„Ich habe gehört, dass die Zeichen auf Sturm stehen", verkündete Mr Fluffikins von seinem Sitzplatz auf der Lehne meines Sofas aus, eine Pfote lässig über die andere gekreuzt.

Ich beäugte ihn misstrauisch. „Ja, erst seit ungefähr fünf Minuten. Wie bist du so schnell hierhergekommen? Hast du dich teleportiert oder so?"

Er ließ den Kopf hängen und lachte. „Natürlich nicht. *Ich bin geflogen.*"

„Oh, ja, weil das so viel mehr Sinn ergibt."

Der schwarze Kater blieb sitzen und beobachtete mich.

Ich seufzte und wusste, wenn ich nicht bald etwas sagte, würde er anfangen, alle möglichen Forderungen zu stellen. Ich wollte diesen blöden Zeitarbeitsjob immer noch nicht, und ich hatte auch keine große Lust, die nette Gastgeberin zu spielen.

„Warum bist du hier?", fragte ich mit einem finsteren Blick. „Du brauchst mich nicht mehr."

Fluffikins stand auf und streckte sich, machte einen Buckel wie eine Katze an Halloween oder ein gelenkiger Yogi. „Eigentlich brauchen wir dich mehr denn je. Komm mit."

„Tut mir leid, das ist alles ein bisschen viel für mich. Ich würde heute lieber nicht sterben. Oder sonst irgendwann. Aber besonders nicht heute. Nein, danke."

„Dann musst du unbedingt unter meinem Schutz bleiben, und ich kann mich nicht um dich kümmern, wenn du wegläufst."

Mist. Da war was dran.

Ich rollte die Schultern, aber die nervöse Anspannung blieb. „Warum wurde ich da mit reingezogen? Warum braucht ihr mich überhaupt?“

„Dafür solltest du dich besser setzen“, sagte Fluffikins langsam, fast mitfühlend.

Ich ließ mich auf das Sofa sinken, und er kam herüber, um sich auf meinem Schoß niederzulassen.

„Jetzt streichle mich“, befahl er und fixierte mich mit seinem glühend goldenen Blick. Ich wusste, dass das Streicheln eines Tieres gut für den Blutdruck sein sollte, aber momentan brauchte ich viel mehr als nur das, um mich zu beruhigen.

Also lehnte ich ab. „Mir geht‘s gut, danke.“

„Streichle mich!“, befahl er in einer Weise, die keinen Widerspruch duldete.

Er zwang mich nicht mit seinen Kräften, aber ich fügte mich trotzdem. Ich fand es einfacher, zu machen, was er wollte, damit ich möglichst bald mein normales Leben weiterführen konnte – langweilig, aber glücklich, genau das, was ich brauchte.

In dem Moment, als meine Finger sein seidiges schwarzes Fell berührten, durchflutete eine neue Vision mein Gehirn. Es war wie das, was ich mit dem Hut erlebt hatte, aber noch lebendiger, vielleicht weil es von einem lebenden Wesen projiziert wurde und nicht von einem leblosen Objekt.

Fluffikins schnurrte leise, unterbrach mich aber ansonsten nicht, während ich seine Erinnerungen erforschte.

Mit einem Keuchen riss ich meine Hand zurück und unterbrach die Vision. Ich hatte schon mehr als genug gesehen. Zu meiner großen Überraschung hatte mir Fluffikins eine Antwort gegeben, die ich nicht erwartet hatte, aber auch nicht leugnen konnte, nachdem ich sie so deutlich gesehen hatte.

„Du hast es getan“, würgte ich hervor, ließ ihn von meinem Schoß gleiten und sprang wieder auf die Beine. „Du hast den Anschlag auf Mrs Haberdash angeordnet.“

Aber warum offenbarte er es mir jetzt erst? Warum nicht schon früher? War dies so was wie die Szene aus einem Bond-Film, in der der Schurke seinen teuflischen Plan enthüllte, bevor er das Opfer tötete?

Und was genau war meine Rolle in all dem?

Hatte ich einfach nur Pech gehabt oder war hier etwas Größeres im Spiel?

Ich wollte es eigentlich nicht wissen, aber ich musste es herausfinden.

Wissen war Macht, und vielleicht das Einzige, was mich jetzt noch retten konnte.

17

Ich zeigte mit einem zittrigen Finger auf Fluffikins, der immer noch vor mir auf dem Sofa saß. „Du hast meine Vermieterin umgebracht. Sie war deine … deine Kollegin, wenn nicht sogar deine Freundin. Warum sollte ich mir anhören, was du zu sagen hast? Und warum sollte ich dir helfen?"

„Ich habe sie nicht getötet", sagte der Kater in seiner seltsam atemlosen Art, ohne auch nur eine Pfote zu rühren, während er mich ruhig betrachtete.

Ich jedoch blieb weiterhin laut. „Aber du hast den Killer angeheuert. Das macht dich ebenso gut zum …"

Er stand auf und streckte sich. „Ich habe keine Zeit, mit dir darüber zu diskutieren, Tawny, also komme ich gleich zur Sache. Willst du, dass noch mehr Menschen sterben oder nicht?"

Ehrlich gesagt, wollte ich einfach nur, dass das alles aufhörte, aber trotz all der Magie, die an dieser schrecklichen Situation beteiligt war, schien das keine Option zu sein. „Ich weiß immer noch nicht, was ich damit zu tun habe. Kannst du nicht einfach verschwinden und mich in Ruhe lassen?"

„Wir hatten nie vor, jemanden außerhalb des Rats mit einzubeziehen", gab er mit einem bedauernden Kopfschütteln zu. „Aber als du über Lilas Leiche gestolpert bist, hatten wir keine andere Wahl, als dich hinzuzuziehen."

„Du wusstest, dass ich sie nicht getötet habe. Die ganze Zeit über wusstest du es!", stammelte ich. „Und da du den Mord in Auftrag gegeben hast, wette ich, dass du auch weißt, wer der wahre Mörder ist. Warum hast du mich also zur Aushilfe gemacht? Warum mir überhaupt Magie geben?"

„Wir nahmen dich zu deinem Schutz auf. Der Rest war eine List, um jeden in die Irre zu führen, der auftaucht, um in Lilas Mord herumzuschnüffeln, in der Hoffnung, ihre Magie zu erlangen. Und wie du siehst, ist genau das passiert. Du wärst auf jeden Fall ein Angriffsziel gewesen, weil du gestern Morgen da aufgekreuzt bist."

„Du hast mich zur Zielscheibe gemacht!" Das war der eine Punkt, über den ich einfach nicht hinwegkam. Auch wenn ich aus Versehen in die Sache hineingeraten war, musste es doch unzählige andere Möglichkeiten geben, mich zu schützen. Mir Magie zu geben, erschien mir extrem, vor allem, da sie mir nicht beigebracht hatten, sie zu benutzen. Was war der Sinn des Ganzen?

„Du warst bereits ein Ziel", rief Fluffikins zurück und verlor zum ersten Mal seit Beginn des Gesprächs die Geduld. „Uns darauf einzulassen, hat uns allen Zeit verschafft, aber jetzt ist diese

Zeit abgelaufen. Wir können hier nicht herumstehen und streiten. Wir müssen handeln, bevor es zu spät ist!"

„Das verstehe ich nicht. Wenn Melony nicht deinetwegen oder meinetwegen hier ist, hinter wem ist sie dann her?"

„Sie ist hinter dem eigentlichen Mörder her, der Person, die die Magie der Stadt absorbiert hat. Sie will sie mit allen Mitteln für sich selbst. Wir müssen ihn erreichen, bevor Melony es tut."

„Wen?", fragte ich und stampfte mit dem Fuß auf. Je mehr Fluffikins erklärte, desto weniger verstand ich. „Wem rennen wir denn jetzt hinterher, um ihn zu retten?"

„Der Person, die Lila Haberdash getötet hat. Barnes."

Da explodierte mein Verstand irgendwie. Fluffikins hatte Parker befohlen, Mrs Haberdash zu töten? Ich wollte wirklich wissen, warum, aber ich glaubte ihm auch, als er sagte, dass uns die Zeit weglief.

Ich musste trotzdem fragen. „Hat Parker sie wirklich getötet? Warum nur? Warum sollte er das tun?" Meine Stimme zitterte, als ich diese Worte laut aussprach.

„Weil es das ist, was Lila wollte", gestand er ein. Seine Brust hob sich unter dem Gewicht dieser Enthüllung und ließ den kleinen weißen Fleck im dichten schwarzen Fell tanzen.

Ich hob meine Augenbraue. Auch wenn ich ihm glaubte, bedeutete das nicht, dass ich es verstand. Ein Teil von mir bezweifelte, dass ich es jemals ganz verstehen würde, egal wie viele Fragen ich stellte. „Sie wollte, dass jemand sie ermordet?"

„Ja, und sie hat uns vertraut, es richtig zu machen." Er hüpfte von der Couch und landete neben meinen Füßen.

„Das ergibt alles keinen Sinn!"

Fluffikins starrte mich mit hellen, goldenen Augen an, die mich zu durchschauen schienen. „Kannst du mir bitte in dieser Sache einfach mal vertrauen? Wir haben schon zu viel Zeit verloren. Willst du Barnes retten oder nicht?"

Ich hatte den Blick in Melonys Augen gesehen, als sie erst Greta und mich ausfragte und dann mit diesem verzauberten Hut aus dem Haus stürmte. Sie war auf Blut aus. *Parkers Blut.*

Und ich wusste auch in meinem tiefsten Inneren, dass Parker okay war. Er war nett zu mir gewesen und schien mir ernsthaft helfen zu wollen. Selbst wenn er derjenige gewesen war, der mich in diese ganze magische Angelegenheit reingeritten hatte – was ich übrigens immer noch nicht zu schätzen wusste –, hieß das nicht, dass er dafür den Tod verdiente.

„Aber wie kann ich helfen? Ich bin nur ein Mensch", murmelte ich und fühlte mich in diesem Moment so nutzlos.

Fluffikins' Augen funkelten. „Ah, aber du hast jetzt Magie. Was sagst du? Schließt du dich den guten Jungs an?"

Welche Wahl hatte ich denn noch? Der Einsatz fühlte sich jetzt viel höher an, da jemand, den ich kannte und mochte, in Gefahr war. Ich seufzte und nickte. „Wenn du sicher bist, dass du mich brauchst und dass du mich beschützen wirst, dann bin ich dabei."

„Großartig. Wir haben schon mehr Zeit vergeudet, als mir lieb ist, aber zum Glück ist Melony nur Hexe einer untergeordneten Stufe. Sie wird mit den traditionellen Mitteln reisen müssen, also können wir es schaffen, vor ihr am Ziel zu sein. Folg mir." Der Kater lief zur Tür und ließ sich selbst hinaus.

Ich folgte ihm und fragte mich, ob ich verrückt war, weil ich zugestimmt hatte, bei den wenigen Informationen, die ich erhalten hatte, zu helfen.

„Jetzt schnapp dir meinen Schwanz“, rief Fluffikins in den stillen Morgenhimmel.

Ich beugte mich zu ihm hinunter, schloss die Augen und umklammerte den Schwanz, als hinge mein Leben davon ab. Sein weiches, flauschiges Fell wurde in meinem Griff hart, und dann begann es zu wachsen. Als ich die Augen wieder öffnete, hielt ich keinen Schwanz mehr fest, sondern einen Besenstiel, und ich stand nicht mehr in meinem Vorgarten.

Ich war dabei zu fliegen.

18

Der rasende Wind peitschte die Hosenbeine meiner Pyjamahose gegen meine Knöchel – oder vielmehr war es der durch die Lüfte flitzende Besen, den ich irgendwie aus dem Schwanz eines sprechenden Katers hervorgezaubert hatte.

Fluffikins flog mühelos an meiner Seite. Er sah aus, als würde er mitten im Sprung schweben, während er wie ein Geschoss durch die Luft sauste.

Da waren wir also, im Wettlauf gegen die Zeit, um einen Mörder davor zu bewahren, getötet zu werden, weil er offenbar aus den richtigen Gründen getötet hatte, während seine angehende Mörderin ihn aus den falschen Gründen töten wollte.

Ein klein wenig verwirrend, ich weiß.

Ich war auch mehr als nur ein wenig verärgert darüber, dass

ich für diese bedeutsame Begegnung ausgerechnet meinen schäbigen Schlafanzug hatte anziehen müssen. Ich hatte jedoch nicht viel Zeit, mir darüber Gedanken zu machen, denn Fluffikins und ich erreichten unser Ziel nur ein paar Minuten nach dem Abflug.

Ich erkannte den Bürokomplex von meinem Besuch am Vortag wieder. Es ergab Sinn, die Suche dort zu beginnen, aber würde Parker überhaupt dort sein? Er hatte mir gesagt, dass er auch einen regulären Polizeijob hatte, was bedeutete, dass er wahrscheinlich nicht den ganzen Tag im Hauptquartier der APZ herumlungerte, nur für den Fall, dass der Chefkater ihn brauchte.

Verdammt, vielleicht hatte Melony ihn auch schon längst gefunden.

Mr Fluffikins murmelte etwas vor sich hin, und der gläserne Konferenzraum öffnete sich wie eine aufblühende Blume. Rosa glitzernde Magie wirbelte um uns herum, als das Gebäude uns wie eine Venusfliegenfalle einsaugte.

Mein Besen verschwand und ich taumelte Richtung Boden. Doch dann fing mich das rosa Zeugs auf und setzte mich sanft in einem der vielen Chefsessel ab, die den Tisch umgaben. Es fühlte sich ähnlich an wie heute Morgen in Mrs Haberdashs Haus, als würde ich in einem Bad aus perfekt temperiertem Wasser schweben. Das Rosa pulsierte sanft, beruhigte und tröstete mich, gab mir eine federleichte Massage.

Fluffikins landete vor mir in einem absolut anmutigen und perfekt ausgeführten Manöver, ganz ohne Zauberei. Die rosa Magie teilte sich, um ihm Durchlass zu gewähren, anstatt ihn vorwärts zu locken, wie sie es bei mir getan hatte.

„Ich berufe hiermit eine Notfallsitzung des Rats ein“, sagte er, und seine Worte hallten durch den Raum. „Alle Verbindungsleute werden benötigt.“

Die rosa Magie sammelte sich zu einem Ball und sprang durch das offene Dach in den Himmel.

„W-was ist hier los? Wo ist P-Parker?“, stotterte ich. Die Abwesenheit des atmosphärischen Zaubers beunruhigte mich sehr, obwohl ich nur ein paar Sekunden unter seinem Einfluss gestanden hatte.

Fluffikins schritt besorgt die Länge des Tisches ab. „Er ist auf dem Weg, zusammen mit den anderen. Ich berufe selten eine Notfallsitzung ein, aber wenn ich es tue, haben sie keine andere Wahl, als sofort hierherzukommen.“

„Was ist das eigentlich für ein rosa Glitzerkram?“, fragte ich und beobachtete, wie es sich über der offenen Decke drehte und tanzte. „Ich habe das nicht gesehen, als ich gestern hier war.“

„Du hattest keine Magie, als du gestern im Sitzungssaal warst. Sie war da, aber du konntest sie noch nicht sehen. Sie ist immer da“, antwortete er zerstreut, während er weiter auf dem Tisch hin und her ging.

„Woraus besteht sie?“ Ich wollte es wissen, aber mehr als das musste ich ihn zum Reden bringen, um mich von meinen eigenen Gedanken und Sorgen abzulenken.

„Es ist nur ein kleines Stück der konzentriertesten und mächtigsten Magie der Erde, direkt aus ihrem Kern entnommen. Jeder unserer Agenturen rund um den Globus wurde ein Teil davon gewährt, um uns mit dem Ganzen verbunden zu halten. Es erhält das Gleichgewicht innerhalb jeder Region stabil und verhindert, dass irgendein Zentrum zu viel Macht erlangt." Er sprach so geschmeidig und wortgewandt, dass ich mich fragte, ob er etwas oder jemanden wortwörtlich zitierte.

„Wie macht sie das?"

Hin und her. Hin und her. Hin und her.

Ich wurde von Minute zu Minute ängstlicher, zumal auch Fluffikins verunsichert schien.

Er drehte noch ein paar Runden um den Tisch und ließ sich dann mir gegenüber nieder. „Indem sie die sogenannte Intuition in nicht-magischen Menschen entfacht und sie dazu bringt, so zu handeln, dass es gut für die Menschheit als Ganzes ist, auch wenn sie glauben, aus egoistischen Wünschen heraus zu handeln."

„Hm. Ich muss zugeben, das ist alles ein bisschen weit hergeholt. Ich war gerade dabei, mich mit dieser ganzen Stadthexennummer anzufreunden, und jetzt erwartest du, dass ich an eine lebendige Art von Magie glaube, die die ganze Menschheit im Gleichgewicht hält?"

Er zuckte mit den Schultern. „Du hast gefragt. Ich habe nur geantwortet."

„Warum bin ich hier?"

„Weil die Magie dich auserwählt hat. Es gab einen Grund, dass du Lilas Leiche entdeckt hast, dass du Barnes begegnet bist, sogar, dass du da warst, als Melony auftauchte, um den Hut zurückzufordern."

„Ich bin niemand Besonderes."

Er nickte. „Ich wäre geneigt, dir zuzustimmen, aber die Magie hat immer recht."

Ich verschränkte die Arme vor der Brust. „Wenn die Magie so übermächtig und toll ist, wie kommt es dann, dass immer noch jeden Tag so viele schreckliche Dinge passieren? Menschen werden ermordet, wie wir alle wissen. Kinder werden ihren Eltern weggenommen, Kriege töten Millionen. Warum verhindert die Magie nichts von alledem?"

„Balance umfasst sowohl Dunkelheit als auch Licht, Gut und Böse. Es ist für den Uneingeweihten schwer zu verstehen. Dennoch hat sie dich auserwählt, eine bedeutende Rolle in dem zu spielen, was kommen wird."

„Es gibt Prophezeiungen?", keuchte ich, während mir eine Gänsehaut über die Arme lief.

Die Augen des Katers leuchteten auf, aber er sah schnell weg und richtete seinen Blick knapp über meine linke Schulter. „Nein, nein. Ich habe keine Ahnung, was als Nächstes passiert, aber was auch immer es ist, du wirst eine wichtige Rolle darin spielen."

Ich biss mir auf die Unterlippe, während ich darüber nachdachte. Ein Teil von mir wollte Fluffikins anbrüllen, weil er mich so tief in dieses Agentur-Durcheinander hineingezogen hatte, ohne mir irgendetwas davon auf eine Weise zu erklären, die ich tatsächlich verstehen konnte. Ein anderer, sehr großer Teil von mir verstand aber, dass ich niemals zugestimmt hätte, hier mitzumischen, wenn er mit irgendeiner dieser Verrücktheiten, die in den letzten Minuten ans Licht gekommen waren, dahergekommen wäre.

„Was, wenn ich nicht genug bin?", fragte ich stattdessen. Das war nicht nur jetzt meine größte Sorge. Es war meine größte Angst im Leben. Ich war für meinen Ex-Mann nicht genug gewesen.

Meine Geschwindigkeit, Bücher zu schreiben, reichte meinem Agenten kaum aus. Konnte ich mit all diesen Misserfolgen genug für etwas sein, das so viel bedeutete?

Fluffikins starrte mich mit großen Augen an. „Oh, aber Tawny. Das bist du doch längst."

19

Nicht einmal zwei Minuten nach Fluffikins' Aufruf betraten die anderen Ratsmitglieder den Raum und setzten sich zu uns an den Tisch.

Zuerst kam Greta. „Ich habe das Haus mit meinen besten Schutzwällen versehen, um die bereits vorhandenen zu verstärken. Lilas Zauber schwinden schnell, jetzt, wo sie nicht mehr dort wohnt", informierte sie uns, noch bevor sie auf ihrem Platz gelandet war.

Als Nächstes kam der alte Mann im Anzug. „Ich muss schon sagen, Sie haben mich aus einer sehr wichtigen Prozession geholt."

„Das kann warten", fauchte sein Boss. „Womit wir es zu tun haben, betrifft die gesamte Region, quer durch alle Abteilungen."

Der alte Mann blinzelte heftig und sein Mund hing leicht auf. „Alle?"

Fluffikins nickte ernst, als zwei weitere Verbindungsleute

angeflogen kamen und ihre rechtmäßigen Plätze einnahmen. „Nun lasst uns beginnen."

„Warte! Wo ist Parker?", brachte ich heraus, während ich den Himmel nach seiner vertrauten Gestalt absuchte. „Warum ist er noch nicht hier?"

„Wenn er kann, dann wird er kommen", sagte Greta vom Platz neben mir und griff unter dem Tisch nach meiner Hand, um sie zu drücken.

Wenn? Aber hatte Fluffikins nicht gesagt, Anwesenheit sei Pflicht? Meinte Greta, dass er vielleicht schon tot oder handlungsunfähig war?

Ich klammerte mich fest an ihre Hand, brauchte jeden Funken Trost, den ich dort finden konnte.

„Die Sitzung ist hiermit eröffnet." Fluffikins begann wieder, auf dem Tisch auf und ab zu gehen, diesmal wie ein General. „Lassen Sie mich zuerst sagen, dass es mir leid tut, ohne das Wissen des gesamten Rats gehandelt zu haben, besonders jetzt, da ich sehe, dass mein voreiliges Handeln keinen positiven Einfluss auf das Ergebnis hatte."

Er hielt inne, aber niemand sprach, um die Stille zu füllen. Wir alle warteten.

„Lila Haberdash war kompromittiert", offenbarte die Katze. „Und so bat sie mich, ihren Tod zu organisieren, damit wir den Übergang der Magie der Stadt auf ihren nächsten Wirt kontrollieren könnten."

Einige im Raum schnappten hörbar nach Luft. Nur Greta neben mir reagierte nicht. Sie wusste es schon, wurde mir da klar. Sie wusste alles, absolut alles. Und sie war eindeutig nicht damit einverstanden, zumindest nicht mit meiner Beteiligung an den Auswirkungen. Nicht, weil sie mich nicht mochte, sondern weil sie mich beschützen wollte. Mein erster Eindruck von ihr war völlig falsch gewesen.

„Wie wurde sie kompromittiert?“, fragte der alte Mann.

Fluffikins blieb stehen und hob eine Pfote an seine Stirn, als ob er Schmerzen hätte. „Lilas Großnichte, Melony Haberdash, manipulierte ihren Großvater so, dass er das magische Erbe der Familie preisgab, einschließlich der Art und Weise, wie die Macht von einem Erben zum nächsten weitergegeben wird.“

„Sie wollte also Mrs Haberdash töten“, ergänzte ich.

„Ja, Lila hat das sicherlich angenommen. Die Magie darf nicht enthüllt werden, bevor die Vorbereitungen für einen Transfer fast abgeschlossen sind, um genau so etwas zu verhindern. Aber Lilas Bruder, Melonys Großvater, hat sich immer darüber geärgert, dass die Magie ihn als Erstgeborenen übersprungen hat und an seine Schwester gegangen ist. Ich vermute, dass Melony nicht allzu viel Druck ausüben musste, um die Informationen zu erhalten, die sie suchte.“

„Ich habe Sie ja gewarnt“, sagte der alte Mann mit einem traurigen Kopfschütteln. „Lila war eine große Bereicherung für diese Stadt, aber sie stammte nicht aus gutem Hause. Ihr Bruder hat sich nie davon erholt, dass er diese Position verloren hat, obwohl er von vorneherein nicht dafür geeignet war. Jetzt schickt er seine Erben in zweiter Generation vor, um Stress zu machen? Wir hätten ihn schon vor Jahren ausschalten sollen, als er anfing, Ärger zu machen.“

„Lila wollte nie, dass ihrer Familie etwas zustößt. Ich glaube, ein kleiner Teil von ihr hat immer gehofft, dass sie sich versöhnen könnten", antwortete Greta. „Es war nur richtig, ihre Wünsche zu respektieren."

„Lila war eine der Guten", stimmte Fluffikins zu. „Leider hat ihre Familie ihr gutes Herz ausgenutzt."

„Was wird Melony jetzt tun? Und woher wissen wir, dass sie allein handelt? Wenn ihr Großvater damit angefangen hat, könnte er nicht trotzdem mit drinstecken?", fragte ich laut. Innerlich sehnte ich mich immer noch nach Parker. Was, wenn Melony ihn schon erwischt hatte? Was, wenn ich ihn nie wieder sehen würde?

„Wir wissen nicht, was der Plan ist, nur dass er gestoppt werden muss", erklärte Greta leise und hielt meine Hand immer noch fest.

„Wo ist sie denn? Können wir sie nicht in ein magisches Gefängnis sperren und den Schlüssel wegwerfen? Wir müssen doch etwas tun!"

„So einfach ist das nicht", erklärte die Katze.

„Magie hat immer ein gewaltsames Ende", sagte Greta und wiederholte damit die gleiche Warnung, die sie mir zuvor gegeben hatte.

„Warum habt ihr Parker dann so in Gefahr gebracht? Wenn ihr wusstet, dass Melony sich Lila holen wird, hättet ihr dann nicht alle wissen müssen, dass sie auch ihn angreifen würde, sobald sie merkt, was passiert ist?" Ich kochte mittlerweile vor Wut. Sie hatten Parker wissentlich in Gefahr gebracht. Das war einfach nicht richtig.

Fluffikins seufzte. „Wir hatten nicht so viel Zeit, wie wir hofften. Letztlich hat sich Barnes freiwillig gemeldet, weil er nicht riskieren wollte, dass sich Greta an seiner Stelle in Gefahr begibt."

Sie drückte meine Hand unter dem Tisch. „Er sagte, er wolle auf keinen Fall unsere Schulen gefährden. Wenn wir uns eine bessere Welt wünschen, dann müssen wir die Zukunft hüten wie einen Schatz."

Kein Wunder, dass ich den Kerl mochte. Er war gut aussehend, mutig und liebte Kinder. Wäre ich nicht so ein Pessimist, was die Liebe anging, hätte ich vielleicht der Schwärmerei nachgegeben, die drohte, mein Herz zu erobern. Stattdessen schluckte ich all die vielen Dinge hinunter, die ich in diesem Moment fühlte, und fragte die eine Sache, die am wichtigsten war. „Wie können wir Melony aufhalten?"

In diesem Moment beschloss ich, dass ich auf jede erdenkliche Weise helfen würde. Ob es darum ging, Parker zu schützen oder ihn zu rächen, ich war voll dabei.

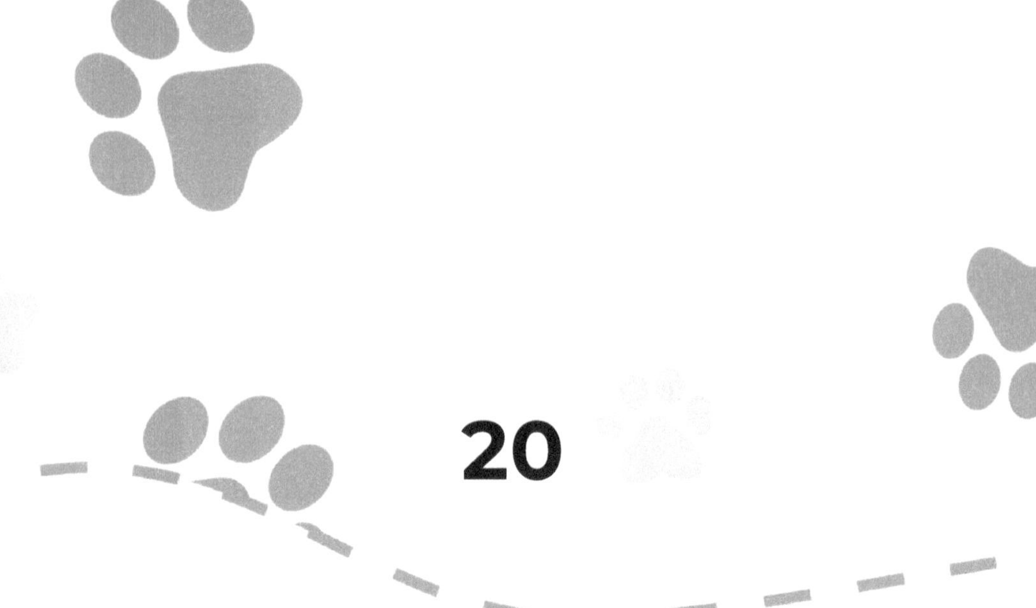

20

Trotz der Dringlichkeit meiner Frage und der Tatsache, dass es sich um eine ziemlich gute handelte, wurde sie von Fluffikins nicht zur Kenntnis genommen.

Vielleicht hatte er es ja vor, aber eine der Kontaktpersonen sprang auf die Füße und stemmte die Hände in die fülligen Hüften. „Warum wurde nicht der gesamte Rat informiert? Ich persönlich hätte gerne davon erfahren, bevor alles in die Hose ging."

„Entschuldige, Connie", murmelte der Kater. Schleimte er sich tatsächlich bei ihr ein, wo er doch das Sagen hatte? „Lila zog es vor, dass so wenige Menschen wie möglich von dem Plan wussten, ihr Leben präventiv zu beenden. Wie du weißt, ist es das ultimative Opfer und die höchste Pflicht einer Stadthexe, zu sterben während sie ihre Stadt beschützt. Sie wusste, was getan werden musste, und wollte nicht, dass jemand versucht, sie umzustimmen."

„Aber *sie* wusste es." Connie zeigte anklagend auf Greta. Ihre geknurrten Worte jagten mir einen Schauer über den Rücken. Sie klangen nicht wirklich menschlich, aber was sollten sie sonst sein? „Was hatte diese Entscheidung bitte mit ihrer Abteilung zu tun? Nichts!"

Die Geduld des Katers war nun erschöpft. Er seufzte und rieb sich mit einer Pfote über die Stirn. „Du weißt sehr wohl, dass Greta als Verbindungsperson der Schulen am besten in der Lage ist, mit Situationen umzugehen, die die Zukunft betreffen. Außerdem ist Melony noch jung, sie ist selbst noch Schülerin. Spätestens nach dem Sommer sollte sie auf die Akademie gehen und anfangen ..."

„Das wird jetzt natürlich nicht passieren", warf Greta mit mürrischer Miene ein.

„Und Parker wurde informiert", fuhr Fluffikins fort, während er einen missmutigen Blick auf Connie richtete, „weil das bevorstehende Verbrechen direkt in seine Rolle als Verbindungsmann zur Polizei fiel."

„Trotzdem wäre die Abteilung Handel gerne benachrichtigt worden", schmollte Connie, die sich weigerte, einen Rückzieher zu machen.

„Landwirtschaft auch", mischte sich der schlicht aussehende Mann mittleren Alters neben ihr ein. Abgesehen von mir und Parker schien er mit mindestens zwei Jahrzehnten Abstand der Jüngste in der Runde zu sein.

Alle Augen richteten sich auf den Hundertjährigen im Business-Anzug.

„Nee“, sagte der mit einer Handbewegung. „Der Friedhofsabteilung macht das nichts aus. Wir ziehen es vor, uns erst einzumischen, wenn man uns braucht.“

„Friedhöfe?“, flüsterte ich Greta zu.

„Ja, es ist eine der fünf wesentlichen regionalen Abteilungen.“

Nachdem ich nun in rascher Folge ein paar neue Abteilungen genannt bekam, begann ich mental eine Checkliste zu erstellen. Im Vorstand saßen also Vertreter der Polizei, Schulen, Handel, Landwirtschaft und Friedhöfe – dann gab es natürlich noch die Stadthexe und Fluffikins. Was auch immer der genau machte.

Ich beschloss, ihn direkt zu fragen. „Jeder hier hat einen Job, sogar ich, obwohl ich nur eine Aushilfe bin. Was ist deine Aufgabe, Mr Fluffikins?“ Ich benutzte das „Mr“ in der Annahme, dass er meine Frage eher beantworten würde, wenn ich ihm etwas mehr Respekt entgegenbrächte.

„Ich bin natürlich der Diplomat. Derjenige, der für diese Region als Ganzes verantwortlich ist.“ Das ergab irgendwie Sinn. Nach und nach begann ich es zu verstehen, aber …

„Dann hätte ich nur eine Frage. Eigentlich zwei. Warte, es sind drei.“

Er wedelte mit der Pfote, um mir zu signalisieren, dass ich fortfahren sollte.

„Okay, also erstens, wo ist Parker? Außerdem, wie halten wir Melony auf? Und wenn du Zeit hast, erklär mir doch bitte, warum es Agentur für paranormale Zeitarbeit heißt. Es scheint, als wäre niemand hier Zeitarbeiter, außer mir.“

„Parker wird so schnell wie möglich hier sein, wenn er kann, und sobald wir ihn hier haben, wird Melony zweifellos auch auftauchen. Das wäre die beste Situation, da wir hier die globale magische Quelle haben, die uns schützt."

Ich blickte hinauf zur Decke, wo sich der glitzernde, atmosphärische Zauber wie ein schwerer rosa Nebel niedergelassen hatte.

Fluffikins fuhr fort: „Du bist derzeit unsere einzige Aushilfe, aber generell haben wir hier einen fliegenden Wechsel an Teilzeitkräften."

„Wenn das der Fall ist, warum stellt ihr dann nicht mehr Leute auf Vollzeitbasis für den Rat ein? Ist es, weil ihr keine Sozialleistungen zahlen wollt?"

Auf der anderen Seite des Tisches gluckste Connie, wobei ihr üppiger Busen bebte. Ich konnte nicht sagen, ob sie mich mochte oder nicht, aber ich konnte definitiv sehen, dass sie kein Fan von Fluffikins war.

Der Kater rollte mit den Augen, bevor er sie wieder auf mich richtete. „Das magische Gleichgewicht ist ständig im Fluss, und so ändern sich auch unsere Bedürfnisse. Die Mehrheit der Magieanwender ist mit ihren Fähigkeiten diskret und führt ein weitgehend normales menschliches Leben."

„Also seid nur ihr Typen überlastet?"

„Wir sind die Stärksten", sagte Greta, „weil wir unsere Fähigkeiten regelmäßig einsetzen können. Übung macht schließlich den Meister." Jetzt hörte sie sich endlich wie eine Lehrerin an. Nun, da ich alle besser kennenlernte, war es einfacher zu verstehen, wie sie in ihre Rollen passten.

„Okay, also mal sehen, ob ich das richtig verstehe“, sagte ich. „Die meisten Leute haben keine Magie, und die meisten Leute, die Magie haben, benutzen sie nicht wirklich.“

„Ja, außer instinktiv, wie du während unserer Orientierung gestern Abend gesehen hast“, sagte die Katze.

War diese verblüffende Zurschaustellung von elementarem Zorn wirklich erst letzte Nacht geschehen? Wow. Ich brauchte eine Sekunde, um das zu verarbeiten, bevor ich weitermachte.

„Die Verbindungsleute sind die stärksten Magieanwender, weil sie ihre Kräfte regelmäßig einsetzen“, fasste ich zusammen.

„Ja, das ist richtig“, bestätigte Greta mir.

„Okay, und warum haben wir dann alle so viel Angst vor dieser Melony-Tussi? Sie ist doch höchstens erst … was? Achtzehn?“ Ich erschauderte bei der Erkenntnis, dass ich praktisch ihre Mutter sein könnte. Gott sei Dank war ich es nicht.

Alle schauten mich an und warteten darauf, dass ich meinen Gedankengang fortsetzte, und das tat ich dann auch.

„Sie ist keine Verbindungsperson, was bedeutet, dass sie keine reguläre Magiepraktikerin ist. Wir wissen, dass sie welche besitzt, wegen der Konfrontation, die Greta und ich mit ihr hatten, aber kann mir jemand bitte mal erklären, warum sich die mächtigsten Magier der Region vor einem kleinen Mädchen verstecken?“

21

Niemand sprach, bis endlich Fluffikins tief Luft holte und sagte: „Das ist keine schlechte Frage. Wir könnten Melony leicht überwältigen, aber nur weil wir es können, heißt das nicht, dass wir es auch sollten."

Ich warf meine Hände in die Luft, etwas, das ich ehrlich gesagt in letzter Zeit sehr oft tat. „Ernsthaft, Leute? In der einen Sekunde stellt ihr euch als diese edlen Verteidiger des Gleichgewichts dar, und in der nächsten redet ihr euch dabei raus, ein sehr simples Problem zu lösen. Euch ist schon klar, dass sich das nur in ein viel größeres Problem verwandeln wird, oder? Ich meine, was ist aus dem ganzen selbstgefälligen Geschwafel geworden, das ihr mir vor etwa drei Minuten erzählt habt?"

Greta legte beide Hände flach vor sich auf den Tisch. Die weißlichen Augenbrauen, die ihre hellblauen Augen umrahmten, verliehen ihr ein fast wölfisches Aussehen. „Ich verstehe, dass es vieles in unserer Welt gibt, das Sie noch nicht begreifen können, aber es gibt Nuancen, die, so klein und scheinbar widersprüchlich sie auch sein mögen, so wichtig sind, dass sie eingehalten werden müssen, besonders für diejenigen in Machtpositionen."

„Sie kümmern sich also nicht um Melony, weil das negativ aussehen würde? Greta, Sie waren diejenige, die mir sagte, dass Magie immer ein gewaltsames Ende hätte. Melony ist hier die Anstifterin, also warum unternehmen Sie nichts?" Ob ich nun durch einen dummen Zufall bei der Agentur für paranormale Zeitarbeit gelandet war oder nicht, sei dahingestellt, aber ich würde meine Meinung hier laut und deutlich vertreten. Nämlich, dass ihr Erklärungsversuch wenig bis gar keinen Sinn ergab.

Als Greta den Kopf schüttelte, fiel ihr eine ihrer dichten blonden Locken in die Stirn. „Es ist nicht unsere Aufgabe, ein Leben zu beenden."

„Wollt ihr mich verarschen?", explodierte ich. Ich konnte nicht anders. „Ihr seid doch diejenigen, die Mrs Haberdash getötet haben!"

„Auf ihren Wunsch hin, ja. Sie hat ein Opfer gebracht, um diese Stadt zu schützen, aber auch, um ihre nächsten Angehörigen zu schützen." Greta sah müde aus, aber deshalb nicht weniger standhaft in ihrer Erklärung. Auch wenn ihre vermeintliche Logik für mich nicht viel Sinn ergab, ließ sie sich nicht davon abbringen.

Ich beruhigte mich etwas. Greta war hier nicht der Feind. Mal abgesehen von den fehlgeleiteten Ansichten, stellte niemand in diesem Raum eine Bedrohung für mich oder diese Stadt dar. Melony hingegen …

„Warum hätte Lila jemanden retten sollen, der sie umbringen

wollte? Und was genau habt ihr vor, wenn Melony mit dem Ziel, Parker zu töten, hier auftaucht? Und zum letzten Mal, *wo ist Parker?* Denn er ist ganz sicher nicht hier, und es scheint einfach nur dumm zu sein, herumzusitzen und darauf zu warten, was als Nächstes passiert, wenn wir da rausgehen und die Zukunft kontrollieren können!“

Fluffikins schnalzte spöttisch mit der Zunge. „Gesprochen wie eine echte Normalo. Hast du irgendetwas von dem gehört, was Greta oder ich dir zu erklären versucht haben?“

Ich richtete meine ganze Frustration auf den kleinen schwarzen Kater. „Alles, was ich höre, sind Geschwätz und Ausreden. Ihr habt die Macht, die Sache zu beenden, aber stattdessen sitzt ihr hier hilflos herum. Aber das seid ihr nicht! Und deshalb solltet ihr da draußen sein und Parker helfen!“

Fluffikins fuhr bedrohlich die Krallen aus. „Ich bin noch nie so …“

„Hoppla, hoppla, langsam. Beruhigt euch.“ Parkers vertraute Stimme schwebte von oben herab, als er zu seinem Sitzplatz glitt. „Ich bin ja hier.“

Die rosafarbene Magie in der Luft schimmerte kurz, dann rauschte sie zurück an die Decke. Jetzt, wo alle anwesend waren, schloss sich die Glaskuppel und sperrte die Außenwelt aus.

Greta legte eine Hand auf meine Schulter und lehnte sich zu mir, als wollte sie mir etwas unter vier Augen sagen, aber das war mir in dem Moment egal.

Parker war hier! Er war okay!

Ich sprang von meinem Stuhl auf und lief hinüber, um ihn zu umarmen. Es spielte keine Rolle, dass ich ihn kaum kannte – er war am Leben und möglicherweise ein Held. Die Tatsache, dass er sich in ungewisser Gefahr befand, ließ mich erkennen, wie sehr ich ihn von Anfang an gemocht hatte.

Er stand auf, um mir entgegenzukommen und zuckte zusammen, als ich beide Arme um ihn schlang, aber dann ließ er die Umarmung zu.

„Alles in Ordnung?“, flüsterte ich und löste mich von ihm, um ihm in die Augen zu sehen.

Er wirkte etwas erschöpft, aber sein Lächeln schien aufrichtig. „Mir geht es gut“, bestätigte er mit einem erleichterten Seufzen.

Frische Schnitte und Schürfwunden bedeckten sein Gesicht, seinen Hals und seine Arme, aber nichts davon schien wirklich ernst zu sein. Was hatte ihn aufgehalten? Hatte er kurzen Prozess gemacht und gehandelt, während der Rest des Gremiums hier saß und Däumchen drehte?

Das würde ich ihm zutrauen.

Parker war zwar einer von ihnen, aber er war auch anders.

Irgendwie menschlicher.

Vielleicht lag es daran, dass er als Polizist daran gewöhnt war, die Dinge in Schwarz und Weiß zu sehen … richtig oder falsch. Und was Melony tun wollte, war falsch. Das sah er wohl.

Aber würde er trotz dieser Überzeugungen gegen die Wünsche seines Chefs handeln? Hatte er das schon getan? Ich wusste, dass ich eine Menge Mutmaßungen anstellte, aber Parker war eben zweifellos einer der guten Jungs. Vielleicht sogar der beste.

„Ich war so besorgt“, murmelte ich und drückte ihn fester an mich. Ich wollte, dass er der Held war, den wir brauchten, aber noch mehr als das wollte ich, dass er sicher und hier bei mir war.

Obwohl ich mich anfänglich dagegen wehrte, hatte es mich jetzt doch voll erwischt. *Dumme Gefühle.*

„Wo warst du?“, verlangte Fluffikins zu wissen. „Warum die Verzögerung?“

Parker ließ mich los. Einen Moment lang ließ er den Kopf hängen, als wäre er zu müde, ihm zu antworten. Aber dann richtete er sich wieder auf und sagte: „Melony war bei mir.“

Melony.

22

Ich legte eine Hand auf Parkers Schulter.

Er zuckte zusammen, bevor er den Blick abwandte. Das Lächeln, das folgte, kam ein paar Sekunden zu spät, um natürlich zu sein.

Uh. Jetzt war ich wirklich besorgt um ihn. War schon etwas Schreckliches passiert? Zeigte er uns nur eine starke Fassade?

„Was meinst du damit, dass sie zu dir gekommen ist?", hakte ich nach, in der Hoffnung, dass er mir die Wahrheit sagen würde. „Bist du sicher, dass es dir gut geht?"

Er presste die Lippen zusammen, dann zog er den Stuhl vor sich heraus und nahm Platz. „Ich bin ja jetzt hier. Richtig?"

„Was ist passiert?", fragte ich und weigerte mich, von seiner Seite zu weichen, obwohl er offensichtlich nicht mit mir diskutieren wollte.

„Genug, Tawny. Nimm Platz", befahl Fluffikins, während er

zum Kopfende des Tisches schritt und sich dann auf seinen Hintern plumpsen ließ. „Gib uns sofort einen vollständigen Bericht, Barnes."

Ich hielt meine Augen auf Parker gerichtet, während ich zu meinem Platz neben Greta zurückmarschierte.

Alle warteten mit angehaltenem Atem.

Parker faltete die Hände vor sich und seufzte. „Sie hat mich eingeholt, als ich auf dem Weg ins Revier war. Es waren zu viele Normalos da, also führte ich sie zu einem leeren Parkplatz am Stadtrand. Ich hatte erwartet, dass sie mich sofort angreifen würde, sobald wir beide aus dem Auto gestiegen waren, aber stattdessen wollte sie reden. Sie sagte, der Job der Stadthexe gehöre ihr, es sei schon schlimm genug, dass ihre Großtante Lila ihn ihrem Großvater gestohlen habe. Sie wolle den Job nicht eine Sekunde länger der falschen Person überlassen."

„Aber du bist jetzt hier und behauptest, dass es dir gut geht", sagte ich verblüfft. „Also, was ist passiert?"

„Tawny, sei still!", fauchte Fluffikins drohend. „Mir ist klar, dass du viele Fragen hast, aber du bist hier nicht diejenige, die das Sagen hat."

Parker runzelte die Stirn. „Sie forderte mich auf, mich zu ergeben, aber ich weigerte mich. Da griff sie an. Ich versuchte, sie nicht zu verletzen, aber sie kam so schnell auf mich zu, dass ich nicht ausweichen konnte …" Seine Stimme brach.

„Wir haben Lila versprochen, dass sie unversehrt bleibt", warf Greta ein und sprang so schnell auf, dass ihr Stuhl hinter ihr umkippte.

Parker fuhr sich mit den Händen durch die Haare und stieß

einen erstickten Schluchzer aus. „Ich weiß. Es tut mir so leid. Es ist die Magie. Mit Lilas und meiner eigenen, war es einfach zu viel. Ich konnte es nicht kontrollieren."

„Das ist in der Tat sehr beunruhigend", sagte Fluffikins und peitschte seinen glänzenden schwarzen Schwanz durch die Luft.

„Ich wäre schon früher hier gewesen, aber ich wollte Melony nicht direkt zu unserem Hauptquartier führen. Das heißt, wenn sie es überhaupt geschafft hat, zu überleben", gab Parker kleinlaut zu. „Ich wusste nicht, was ich sonst tun sollte. Es tut mir leid, wenn ich dem Rat solchen Ärger gemacht habe."

„Und was passiert jetzt?", fragte ich, als sich niemand sonst zu Wort meldete. „Die Bedrohung ist vorüber, richtig? Also geht alles wieder seinen gewohnten Gang?"

„Aber zu welchem Preis?" Greta biss die Zähne zusammen und schlang die Arme um sich, während sie sich hin- und herwiegte. „Du hast dich Lilas letztem Wunsch widersetzt. Melony war die einzige verbliebene Erbin der Haberdashs. Abgesehen von ihrem Großvater, versteht sich."

Was war hier eigentlich los? Keine dieser Erklärungen machte die Dinge klarer, also stellte ich eine Frage, obwohl Fluffikins mir befohlen hatte, zu schweigen. „Melony wäre also sowieso irgendwann die Stadthexe geworden? Wenn das der Fall ist, warum hätte sie dann ihre Tante töten wollen? Nur, um es ein bisschen früher geschehen zu lassen?"

„Sie war noch nicht so weit", sagte Greta und legte mir eine Hand auf die Schulter, aber ich zog sie weg. „Melony muss erst noch richtig erwachsen werden, und Lila war schon so krank. Sie wäre nicht in der Lage gewesen, einen möglichen Angriff abzuwehren."

„Aber Parker hat jetzt die Kräfte. Ob es Melony gut geht oder nicht, das Legat der Haberdashs ist gestorben."

„Das heißt aber nicht, dass auch die Leute tot sein müssen", konterte Greta.

Connie, die gut gekleidete Leiterin der Handelsabteilung, ergriff als Nächste das Wort. „Indem sie jemanden von außerhalb ihrer Familie als Nachfolge bestimmte, hat Lila wissentlich ihre eigene Linie zerstört."

Gretas hellblaue Augen blitzten rot auf. Das erschreckte mich so sehr, dass ich verängstigt den Mund hielt, während die anderen stritten. „Welche Wahl hatte sie denn? Menschen sind wichtiger als Macht."

„Das Mädchen hätte in die Rolle hineinwachsen können", sagte der Mann mittleren Alters, der die Landwirtschaftsabteilung leitete.

„Oder es hätte sie zerstören können", schoss Greta zurück, die Augen immer noch flammend rot.

„Genug!", rief Fluffikins, und das Feuer in Gretas Augen verschwand. Sie nahm ihren Platz neben mir ein, und ich rückte völlig verunsichert so weit wie möglich von ihr weg.

„Was nun?", fragte sie ruhig und sanft, aber ich nahm ihre Gutmütigkeit nicht mehr als selbstverständlich hin. „Beech Grove braucht seine Stadthexe."

Alle Augen richteten sich auf mich. „Ich kann das doch nicht …", stotterte ich.

„Die Magie, die wir dir gegeben haben, war nur vorübergehend“, betonte der Kater. „Um die offizielle Stadthexe zu werden, müsstest du deinen Vorgänger töten.“

Parkers Blick traf meinen, und er starrte mich an, als sähe er mich zum ersten Mal.

„Aber Parker …“, murmelte ich.

„Ja, wir sind in einer miesen Lage“, gab Fluffikins zu. „Eine Person kann nicht zwei Rollen auf unbestimmte Zeit ausfüllen. Das macht die Region zu verwundbar.“

„Was sollen wir dann tun?“, rief ich und fühlte mich mehr als hilflos. Anstatt eine Lösung zu finden, wurden die Dinge immer schlimmer. Würde das bedeuten, dass noch mehr Leben verloren gingen? Was für ein schrecklicher Gedanke.

„Wir müssen einen neuen Verbindungsmann für die Polizei finden, aber der Prozess dauert leider eine Weile“, sagte Fluffikins. „Normalerweise sind wir auf Übergänge besser vorbereitet, aber Lila bat darum, dass wir schnell handeln und die anderen Details klären, nachdem die unmittelbare Bedrohung entschärft wurde.“

„Kann ich helfen? Du brauchst mich doch nicht mehr als Aushilfshexe, oder? Ich kann die doppelte Beamtenstelle übernehmen.“ So viel Angst ich auch hatte, es wäre noch schlimmer, ihnen jetzt den Rücken zu kehren.

„Aber du bist kein Polizist“, sagte Parker mit todernster Miene und biss die Zähne zusammen.

„Können Sie nicht einfach den Zauberstab schwingen und die Unterlagen ändern?“, fragte ich Greta, da sie mir am nächsten saß.

Es war Fluffikins, der für alle antwortete. „Wir wären noch verwundbarer, wenn wir jemandem, der weder in Magie noch in der Polizeiarbeit richtig ausgebildet ist, eine so wichtige Rolle anvertrauten."

„Was dann? Es muss doch etwas geben, das wir tun können!", rief ich, den Tränen nahe. Ich hasste es, vor den anderen schwach auszusehen, aber ich war ja auch schwach. Andererseits, wenn die Starken nicht willens oder in der Lage waren, die Situation in Ordnung zu bringen, fiel es mir zu, das zu tun.

Parker stand plötzlich auf und forderte die Aufmerksamkeit aller. „Tatsächlich glaube ich, dass es da eine Möglichkeit gäbe. Wenn ihr mir kurz zuhören würdet …"

23

Parkers Stimme war kaum lauter als ein Flüstern. „Ich denke, es besteht eine Chance, dass Melony noch lebt – schwer verletzt und vielleicht dauerhaft verwundet, aber lebendig und gesund genug, um Verstärkung zu rufen."

Eine Erinnerung kam mir in den Sinn. Bei unserer Konfrontation hatte Melony zwar bedrohlich gewirkt, aber auch verängstigt und verzweifelt. Wenn sie mich oder Greta hätte verletzen wollen, hätte sie das leicht tun können, während wir an Ort und Stelle festgefroren waren.

Aber das hatte sie nicht.

Sie hatte sich einfach genommen, weswegen sie gekommen war – den *alten Hut* –, und war verschwunden. Sie hatte Parker auch erst gebeten, sich zu ergeben, bevor sie ihn angriff, aber was, wenn er die Situation falsch eingeschätzt hatte? Was, wenn sie auch da nicht beabsichtigt hatte, ihn zu verletzen? Was, wenn wir es alle falsch verstanden hatten?

Ich biss mir auf die Lippe, um das nicht laut zu sagen. Melony war bereits verletzt und möglicherweise tot. Es könnte bereits zu spät sein, ihr zu helfen, und es bestand auch eine sehr reelle Chance, dass ich ihr in dieser Situation viel zu viel zubilligte.

„Du sagtest, sie erwähnte ihren Großvater, als ihr beide miteinander gesprochen habt", merkte Fluffikins mit einer nachdenklichen Neigung seines Kopfes an. „Denkst du, dass sie zusammenarbeiten könnten?"

Mir schwirrte der Kopf bei all den Möglichkeiten. Melony könnte böses im Schilde führen, oder sie könnte ein verängstigtes Kind sein, das versuchte, das einzige Familienmitglied zu beeindrucken, das ihr noch geblieben war. Ich hatte ganz sicher nicht erwartet, dass Parker Mrs Haberdashs Mörder wäre und auch nicht, dass sie ihr eigenes Ableben selbst geplant hatte.

„Alles ist möglich", antwortete Parker unserem Chefkater, obwohl sich seine Worte anhörten, als seien sie speziell an mich gerichtet. Hatte er ebenfalls den Verdacht, dass sich hinter der ganzen Geschichte noch mehr verbarg?

Er räusperte sich und fuhr fort: „Selbst wenn sie nicht überlebt hat, besteht immer noch die Möglichkeit, dass er nach ihr sucht … und dann auf Rache aus ist."

Fluffikins nahm sein Hin- und Herschreiten wieder auf. Ich merkte, dass er das immer dann tat, wenn sich seine Gedanken schneller bewegten als seine Worte. „Was uns in eine doppelt verwundbare Lage bringt", zischte er, obwohl der Laut keine Wut in sich trug. „Wir haben ein Ratsmitglied weniger und müssen uns vielleicht mit einem verbündeten Feind auseinandersetzen."

Diese neuen Informationen unterbrachen meine innere Fragestunde.

„Was soll das bedeuten?", fragte ich und blickte von Parker zu Fluffikins. „Ein verbündeter Feind?"

Es war Greta, die antwortete. „Ein Großvater und eine Tochter – oder eigentlich zwei Blutsverwandte, die auf dasselbe Ziel hinarbeiten –, könnten ihre Magie durch ihre Familienbande verstärken. Es ist, als ob sie ihre Kräfte multiplizieren, anstatt sie einfach zu addieren. Anstatt zehn plus zehn gleich zwanzig, macht es hundert. Das ist der Grund, warum manche Magier große Familien haben. Mit so vielen Bindungen, die ihre Kräfte verstärken, sind sie praktisch unaufhaltbar."

„Die meisten würden diese Bindung nur nutzen, um sich selbst zu schützen, aber die Haberdashs …" Parker schüttelte den Kopf. „Sie waren noch nie scharf darauf, die Regeln zu befolgen."

„Wir müssen sie finden und aufhalten", rief ich, mein Zögern angesichts dieser neuen Information wie weggeblasen. „Wie kann ich helfen?"

„Das kannst du nicht", sagte Fluffikins mit einem so intensiven Stirnrunzeln, dass es seine Schnurrhaare zur Brust zog. „Aber der Rest von uns kann die Stadt zum Schutz bewehren, nur für den Fall, dass Melonys Großvater noch nicht zu ihr gestoßen ist. Erinnert ihr euch noch an die Energiepunkte?", fragte er den Rest der Tafel.

Sie nickten alle feierlich. Ich nahm an, dass sie nicht über Elektrizität redeten.

„Ich will auch helfen", beharrte ich. „Ich habe immer noch Magie. Es ist vielleicht nicht viel, könnte aber reichen, um etwas zu verändern, was auch immer als Nächstes passiert."

„Nein, Tawny", sagte Greta mit kühler, entrückter Stimme, während sie sich mir zuwandte. Das Feuer war in ihre Augen zurückgekehrt, aber es war nur ein dumpfes Flackern. Ich hätte es gar nicht bemerkt, wenn sie nicht so nahe gesessen hätte.

Sie legte eine Hand auf meine Schulter und drückte ihre Stirn an meine. „Es ist sehr edelmütig, dass Sie helfen wollen, aber das ist nicht Ihr Kampf. Wir schützen seit Jahren die magischen Interessen in dieser Region. Manchmal gehört dazu, gefährliche Machtübernahmen zu stoppen. Wir sind alle dafür ausgebildet …"

Sie packte mich an beiden Händen und zog mich mit sich auf die Füße.

Ich holte tief Luft und wartete.

Gretas Augen blitzten auf, dann nahmen sie wieder ihre normale blaue Farbe an.

„Wir sind alle für so etwas ausgebildet", wiederholte sie. „Aber Sie sind es nicht."

Mit dieser letzten Bemerkung riss sie mir die magische Brosche vom Hemd.

Meine Knie wurden schwach, aber ich fiel nicht hin, obwohl ich das Gefühl hatte, dass alle Kraft aus meinen Muskeln herausgesogen worden war.

Die rosa glitzernde Magie verschwand aus meinem Blickfeld, als die Kraft, die ich kurz in mir getragen hatte, verpuffte und erlosch. Die silberne Brosche, die meine geliehene Magie enthielt, glühte in Gretas Hand. Sie verspottete mich, forderte mich geradezu heraus, sie zurückzunehmen.

Aber ich hatte gesehen, was Macht bewirken konnte. Sie verwandelte Antworten in Fragen, geliebte Menschen in Feinde, und Sicherheit in Gefahr. Jeden Tag geschahen schreckliche Dinge, und der Rat ließ sie geschehen, um eine Art heiliges Gleichgewicht aufrechtzuerhalten.

Aber warum brauchten wir überhaupt ein Gleichgewicht? Wenn ich Magie hätte, würde ich sie benutzen, um eine bessere Welt zu schaffen, nicht um eine fehlerhafte und kaputte aufrechtzuerhalten.

Magie oder nicht, ich könnte trotzdem helfen.

Vielleicht wäre ich gerade ohne sie nützlich. Ich könnte eine menschliche Perspektive anbieten.

„Ich gehe nirgendwo hin“, beharrte ich.

Aber Greta schrie und gab mir einen mächtigen Schubs. „Geh! Kehr zurück in dein Leben und hör auf, dich in unseres einzumischen.“

24

Natürlich schossen mir jetzt eine Million Fragen durch den Kopf, aber bevor ich auch nur eine einzige stellen konnte, schubste mich Greta wieder. Und zwar kräftig.

Ich bemühte mich, an ihr vorbei zu sehen, in der Hoffnung, dass jemand anderes einschreiten oder etwas sagen würde.

Parker wich meinem Blick gezielt aus.

Währenddessen beschwor Mr Fluffikins einen starken Luftstoß herauf, der mich auf den leeren Flur hinausschob und die Tür des Konferenzraums hinter mir zuschlug.

Ich landete mit einem heftigen Bums auf meinem Hintern, genau wie letzte Nacht, als der herrische schwarze Kater meine Magie mit einem heimlichen Angriff getestet hatte.

Er hatte gesagt, dass ich, wenn ich Kräfte gehabt hätte, nicht in der Lage gewesen wäre, den Impuls zu stoppen, mich zu schützen. Wenn Greta mir die Brosche nicht bereits abgerissen hätte, wäre mein Versagen, den Angriff zu kontern, Beweis genug, dass meine Magie weg war.

Der Schmerz, der von meinem Hinterteil ausstrahlte, machte die Sache noch schlimmer.

Ich kämpfte mich auf die Füße und versuchte den Türknauf zu drehen, aber er rührte sich unter meinen klammen Fingern nicht einmal. Ich trat zur Seite und presste mein Gesicht gegen die Glassäule, die es ermöglichte, in den Raum hineinzuschauen. „Lasst mich rein!"

Ich konnte kaum mehr als Formen und Bewegungen hinter dem Achziger-Jahre-lastigen Design des Pfeilers erkennen, aber selbst das wurde mir genommen, als jemand eine dunkle Barriere herbeizauberte, die mir die Sicht versperrte.

Ich hielt inne und lauschte.

Stille.

Hatten sie auch eine Schallmauer errichtet? Oder waren sie längst alle durch die gläserne Decke ausgestiegen?

Parker hatte Energiepunkte erwähnt, etwas über den Schutz der Stadt vor Angriffen von außen. Meine Vermutung war, dass diese Orte garantiert nicht innerhalb des schmuddeligen Bürokomplexes lagen.

Sie waren auf dem Sprung … oder zumindest würden sie es bald sein. Ich konnte hier nichts mehr ausrichten, also rannte ich nach draußen und fragte mich, ob ich eine Chance hätte, ihnen zu Fuß zu folgen. Vorausgesetzt, ich war überhaupt in der Lage, sie zu entdecken. Ich bezweifelte beides, in Anbetracht der Tatsache, dass meine morgendliche Reise auf dem magischen Besen weit schneller als alle zivilen Geschwindigkeitsgrenzen gewesen war.

Sie brauchten meine Hilfe. Das spürte ich tief in meinen Knochen, auch wenn sie es nicht taten. Auf die eine oder andere Weise würde ich einen Weg finden, um – wie hatte Fluffikins noch gesagt – das Gleichgewicht für uns positiv zu verändern.

Denk nach, Tawny, denk nach!

Ich wusste, dass Melony entweder tot oder in Gefahr war.

Dass ihr Großvater vielleicht auch darin verwickelt war, was noch viel schlimmer wäre, als ihr allein gegenüberzutreten.

Als aktueller Inhaber der Stadtmagie war auch Parker gefährdet.

Der Rat hatte beschlossen, sich zu den Energiepunkten zu begeben, um die Stadt zu schützen ... und da endete mein faktisches Wissen. Alles, was ich über Energiepunkte wusste, hatte mehr mit elektrischen Leitungen zu tun, als mit der Abwehr von dunkler Magie. Ich hatte kein Auto, und Greta hatte mir meine Magie weggenommen, was mich in diesem größtenteils verlassenen, modernen Bürokomplex gestrandet ließ.

Und was nun?

Da ich keinen Plan hatte, beschloss ich, nach Hause zu fahren. Schließlich gab es nur einen Ort, der wahrscheinlich die Antworten haben könnte, die ich brauchte, und das war Mrs Haberdashs Haus. Dort würde ich warten, nicht, weil ich aufgeben wollte, sondern weil ich wusste, dass der Rat und seine Feinde irgendwann dorthin zurückkehren würden, wo alles begann.

Und wenn sie es taten, würden sie mich brauchen.

Das Haus wusste es, auch wenn sie es nicht wussten.

Warum sonst hätte mich seine Magie sofort akzeptieren sollen?

Ich fand es besonders seltsam, dass Greta diejenige gewesen

war, die mich verdrängt hatte. Sie hatte gesehen, wie sich das Haus für mich öffnete. Sie wusste, dass ich ein Teil davon war, besser als alle anderen.

Aber sie alle hatten mich ungewöhnlich schnell in ihre Gruppe aufgenommen und noch viel schneller wieder rausgeschmissen. Warum?

Ich schleppte mich den Bürgersteig entlang und wünschte, ich hätte meine Laufschuhe angezogen, damit ich mich ein wenig schneller bewegen könnte, um der Dringlichkeit der Situation gerecht zu werden.

Ich hatte es kaum um den Block geschafft, als mich eine Explosion von brennendem Licht aus dem Gleichgewicht brachte und mich wieder auf meinen armen, wunden Hintern stieß.

Schützend hielt ich mir eine Hand vor die Augen und versuchte, gegen das Licht zu blinzeln. War ein neuer Feind aufgetaucht?

Nein, es war nur Greta.

Okay, nicht *nur Greta.*

Es war Greta mit riesigen weißen Flügeln. „Nimm meine Hand“, befahl sie, und ich hütete mich, ihr zu widersprechen.

Sobald sich unsere Finger berührten, schoss sie zurück in den Himmel und zog mich mit sich. „Was ist los?“, japste ich verängstigt.

„Er lügt“, sagte sie mit einem schnellen Blick in meine Richtung. Die Flammen waren in ihren Blick zurückgekehrt, und sie sah sowohl schön als auch erschreckend aus.

„Was? Wer lügt? Und warte, bist du ein … ein …?“

„Ja, ich bin ein Engel, und Parker hat gelogen.“

Puh. Da gab es eine Menge zu verarbeiten. Ich wollte mit etwas Intelligentem antworten, aber stattdessen sagte ich nur: „Ähm, bist du sicher?“, wie eine bescheuerte Normalsterbliche ... was ich ja auch war, wenn man meine Begleitung betrachtete.

„Fast alles, was er sagte, war eine Lüge, aber ich weiß nicht, warum.“

„Heißt das also ...?“

„Ja, Melony geht es gut. Sie hatten nie eine Konfrontation.“

Endlich fand ich ein paar hilfreiche Worte. „Warum hast du dann nicht alle davon abgehalten, die Stadt zu bewehren?“

„Weil etwas nicht stimmt. Ich wollte Parker nicht darauf aufmerksam machen, dass ich ihm auf der Spur bin.“

„Woher wusstest du, dass er nicht ehrlich war?“

Sie zeigte auf sich und lächelte. *„Engel.“*

„Richtig.“

„Wir müssen schnell handeln, bevor er merkt, dass ich mich nicht zu den anderen gesellt habe. Willst du immer noch helfen?“

Das hätte sie wahrscheinlich fragen sollen, bevor sie mich in den Himmel katapultierte, aber egal. Ich machte mit, um zu gewinnen, auch wenn ich keine Ahnung hatte, wie der Sieg aussehen könnte oder was er letztendlich mit sich bringen würde.

„Ja. Ich werde helfen. Was soll ich tun?“

Sie warf mir ein großmütiges Lächeln zu, das mir einen Schauer über den Rücken jagte. „Du, meine Liebe, wirst uns als Köder dienen.“

Na toll.

„Wohin geht die Reise?“, schrie ich gegen den Wind, während der Engel und ich an Geschwindigkeit zulegten. „Und wie werde ich als Köder benutzt?“

„Wir fliegen zu dem Ort, an dem die ganze Sache angefangen hat“, sagte Greta.

Keine Minute später landeten wir direkt vor Mrs Haberdashs Haus, zu dem ich sowieso schon alleine unterwegs gewesen war.

„Wie lautet der Plan?“, fragte ich, als Greta ihre Flügel mit einer ruckartigen Handbewegung verschwinden ließ.

„Ich habe keinen besonderen Plan.“ Sie griff in ihre Tasche und zog meine Brosche heraus. Obwohl mir die Magie noch nicht lange genug gewährt worden war, um zu wissen, was ich damit anstellen sollte, fühlte ich mich sofort erleichtert. Zumindest konnten mich meine instinktiven Fähigkeiten für eine Weile beschützen. Ich hasste es, wie sehr ich sie wollte, obwohl ich bereits zu ahnen begann, dass Magie schreckliche Dinge mit dem Geist eines Menschen anstellte. Obwohl ich wusste, dass sie mich korrumpieren könnte, *sehnte* ich mich nach ihr.

„Es ist nur eine Attrappe", erklärte Greta und zerstörte meine Hoffnungen genauso schnell, wie sie sie geweckt hatte. Auch gut. So war es definitiv am besten. „Trag sie und tu so, als würdest du nach etwas Bestimmtem suchen."

Ich dachte einen Moment lang darüber nach. Ich dachte auch daran, wie unglücklich es war, dass meine Pyjamahose keine Taschen hatte. Ich schob den Köder in meinen BH, um ihn sicher aufzubewahren, und fragte dann: „Wonach soll ich suchen?"

„Das ist egal. Fuhrwerke einfach im Haus herum und sei generell auffällig. Wenn einer der Haberdash-Erben in der Nähe ist, werden sie kommen und dich finden." Sie trat vor mich, und ich studierte die Rückseite ihres schlichten, pastellfarbenen Hosenanzugs. Es gab keine Spur von den riesigen Flügeln, die uns vor wenigen Sekunden an diesen Ort gebracht hatten. Keine Risse an den Stellen, wo sie durch den Stoff hindurch erschienen waren. Kein Hinweis darauf, dass sie etwas anderes als ein gewöhnlicher Mensch war.

„Was wirst du derweil tun?", fragte ich skeptisch.

Sie blickte zum Horizont und runzelte die Stirn, was nicht gerade beruhigend war. „Ich werde alles aus der Nähe beobachten. Sobald ich wieder zurück bin, nachdem ich Mr Fluffikins meine Beobachtungen mitgeteilt habe."

Entsetzen durchfuhr mich. „Ich werde also allein da drin sein?"

„Nicht für lange, aber ich muss die anderen warnen, damit sie auf der Hut sind. Ich weiß, es ist viel verlangt, aber ich verspreche, dich zu beschützen. Deshalb musste ich dich vorhin auch wegstoßen. Ich konnte Parker nicht wissen lassen, dass ich ihn verdächtige." Sie drehte sich um und starrte in die Ferne.

„Weshalb zählt Parker denn jetzt zu den Verdächtigen?" Er war für mich derjenige im Rat, zu dem ich am einfachsten eine Beziehung hatte aufbauen können. Ich mochte ihn wirklich, aber ich hatte mich auch schon öfter in Leuten getäuscht.

Greta, zum Beispiel, hatte mich schon viele Male auf die Palme gebracht, seit ich sie an diesem Morgen kennengelernt hatte, aber sie schien auch am aufrichtigsten besorgt darüber zu sein, was mit mir – und mit Melony – geschah. Trotz ihrer Warnungen, dass Magie immer ein gewaltsames Ende nahm, schien sie sich nach einer friedlichen Lösung zu sehnen.

Sie knabberte an ihrer Unterlippe und richtete ihren Blick zurück auf mich. „Ich weiß es nicht, aber es sieht ihm nicht ähnlich, zu lügen. Ist dir im Sitzungssaal nicht auch aufgefallen, dass er ein bisschen, na ja, ... neben sich war?"

Tatsächlich hatte ich das, aber ich dachte, es wäre nur wegen des Traumas, möglicherweise jemanden getötet zu haben. Ich sagte erst einmal nichts darauf. Ich wollte Greta ja vertrauen, aber ich war immer noch so verwirrt über diese gefährliche neue Welt voller Magie. Sie war wahrscheinlich eine der Guten – weil sie ein Engel war –, aber wie konnte ich das mit Sicherheit wissen?

Nichts war wirklich sicher, bis es tatsächlich eintrat. Was

bedeutete, dass mein Ziel war, die Wahrheit zu finden und sie als Leitfaden für mein Handeln zu nutzen.

Oh, außerdem auch, um nicht zu sterben.

Das war definitiv wichtig.

„Du hast gesagt, du würdest mich beschützen. Wie kannst du das garantieren, wenn du nicht da bist?“, murmelte ich nervös.

Greta suchte erneut den Horizont ab und trat von einem Fuß auf den anderen, bevor sie sprach. „Komm näher“, befahl sie.

Das tat ich, und sie packte meine Hand am Handgelenk und legte sie über mein Herz.

Das blendende Licht leuchtete wieder auf.

Ich blinzelte heftig, während ich beobachtete, wie es von Gretas Brust in meine Hand, meinen Arm hinauf und schließlich in meine Brust überging, wo es verblasste und verschwand.

„Du hast jetzt meine Rüstung des Lichts. Sie wird ausreichen, dich zu beschützen, während ich weg bin“, sagte sie mit schmerzverzerrter Miene. Tat es ihr weh, diese Magie zu verlieren, so wie der Verlust meiner mich kurzzeitig geschwächt hatte?

„Was? Ich kann das nicht akzeptieren. Was ist mit dir?“ Ich konnte nicht zulassen, dass sie sich so opferte. Es musste einen anderen Weg geben …

„Ich“, sagte sie mit einem wehmütigen Grinsen, während sie ihre Flügel wieder ausbreitete, „werde einfach mein Bestes tun müssen, nicht zu sterben.“

Bevor ich mit ihr streiten konnte, startete sie in den Himmel und überließ es mir, meinen Teil des Plans in Bewegung zu setzen. Und so atmete ich tief durch, ließ die Schultern rollen wie ein

Boxer, der sich auf den Ring vorbereitete, und joggte die Verandastufen zum leeren Haus hinauf.

Nein, ich hatte keine magischen Kräfte, aber ich konnte trotzdem irgendwie helfen.

Greta glaubte genug an mich, um mir ihr Leben anzuvertrauen, und ich weigerte mich, sie zu enttäuschen.

26

Greta hatte bereitwillig zugegeben, dass sie nicht wirklich einen Plan für uns hatte, dem wir folgen konnten. Keiner von uns wusste mit Sicherheit, was mit Parker los war, oder auch mit Melony.

Es braute sich Ärger zusammen, und wir würden mit dem daraus resultierenden Chaos so fertig werden müssen, wie es eben kam.

Ich konnte nicht viel mehr anbieten als meine Bereitschaft zu helfen, aber vielleicht reichte das ja aus, um die bösen Jungs zu ködern … wer auch immer das letztendlich war.

Ich dachte weiter darüber nach, während ich mich auf den Weg nach oben in das Schlafzimmer der verstorbenen Mrs Haberdash machte. Greta hatte mich angewiesen, so zu tun, als würde ich etwas suchen, und meine Vorstellung wäre weitaus überzeugender, wenn ich tatsächlich versuchen würde, etwas zu finden.

Melony war wegen des alten Hexenhuts gekommen. Könnte es weitere magische Accessoires geben, die nur darauf warten, entdeckt zu werden?

Ich dachte an die Lockvogel-Brosche, die in meinem BH steckte, und beschloss: Ja. Ein Accessoire schien eine weitaus bessere Möglichkeit zu sein, als zu versuchen, eine Art aufschlussreiches Dokument oder Buch zu finden. Auch viel mehr mein Stil.

Vielleicht hatte ich Glück und entdeckte etwas, das tatsächlich helfen konnte. Und wenn nicht, war das auch in Ordnung.

Schließlich wurde nicht erwartet, dass ich tatsächlich etwas fand, sondern nur, dass ich für Ablenkung sorgte.

Greta hatte mir nicht viel verraten – was vermutlich daran lag, dass sie selbst nicht viel wusste –, aber sie hatte enthüllt, dass Parker uns anlog. Könnte das bedeuten, dass Melony bereits an ihn herangekommen war und er nun unter ihrer Kontrolle stand? Ich erinnerte mich daran, wie hilflos ich mich gefühlt hatte, als Parker und Fluffikins abwechselnd meine Bewegungen und Gefühle manipulierten.

Aber wie hätte Melony jemanden wie Parker überwältigen können? Er war ein viel erfahrener Magier, und besaß sogar die Stadtmagie, um diese Kräfte noch weiter zu verstärken. Ganz zu schweigen davon, dass er um einiges größer und muskulöser war als sie.

Zugegeben, Melony hatte es geschafft, sowohl mich als auch Greta festzuhalten, als wir unsere Konfrontation an diesem Morgen hatten, aber vielleicht lag das einfach daran, dass sie uns überrumpelt hatte.

Hmm. Jetzt, wo ich mehr als nur ein paar flüchtige Sekunden

Zeit hatte, um über die Dinge nachzudenken, wurde mir klar, wie viel hier nicht zusammenpasste.

Melony hatte Greta und mich heute früh im Haus überrascht. Und als sie uns verließ, rannte ich zu meinem Haus, wo ich Fluffikins wartend vorfand. Er zauberte einen Besen herbei und flog mit mir zurück zum Hauptquartier der APZ. Er hatte auch gesagt, dass Melony nicht in der Lage sei, mit magischen Mitteln zu reisen.

Wenn das der Fall war, wie konnte Melony es innerhalb dieser Zeitspanne schaffen, Parker zu finden und ihm bis an den Stadtrand zu folgen, ein Gespräch zu führen und dann eine Konfrontation zu haben, bevor Parker zu uns in den Konferenzraum zurückkehrte?

Ja, er war der Letzte, der eintraf, aber trotzdem ging es hier nur um eine Zeitspanne von vielleicht zehn Minuten. Zum ersten Mal, seit ich in diese kleine Stadt gezogen war, wünschte ich mir, ich hätte ein Auto mitgebracht. Die Stadt galt aufgrund ihrer Einwohnerzahl als winzig, aber sie war dennoch ziemlich weitlläufig.

Ich tippte meine Adresse in die Karten-App ein. Mrs Haberdashs Grundstück – einschließlich meines Gästehauses – war zentral gelegen, was es einfach machte, in die Stadt zu laufen, wenn es nötig war. Deswegen hatte ich mich überhaupt dafür entschieden.

Als ich nun die Karte studierte, bemerkte ich, dass wir uns genau in der Mitte des quadratischen Bereichs der Stadtgrenzen befanden. Ich tippte mit dem Zeigefinger auf die Stadtgrenze und fügte sie als Zielpunkt hinzu. Meine App informierte mich, dass die schnellste Route mit dem Auto etwa zwölf Minuten dauern würde.

Ich hatte keine genauen Zeitangaben über die Ereignisse dieses Morgens, aber die angebliche Zeitlinie schien nicht zu stimmen.

Parker war entweder verwirrt oder hatte den Rat absichtlich angelogen, was Greta bereits bestätigt hatte.

Aber er hatte mir auch stolz erzählt, er sei ein Einheimischer, in Beech Grove geboren und aufgewachsen. Tatsächlich war es eines der ersten Dinge, die er zu mir sagte ... nachdem er mich beschuldigt hatte, eine Mörderin zu sein. Ich bezweifelte, dass er sich bei der Zeitberechnung geirrt hatte, da er die Stadt gut kannte, und ich bezweifelte auch, dass er eine Lüge erzählen würde, von der er wusste, dass sie leicht widerlegt werden konnte.

Warum also hatten die anderen diese Ungereimtheit nicht bemerkt?

Oder hatten sie das nur nicht wahrhaben wollen?

Mir fehlte ein entscheidendes Puzzleteil, und ich bezweifelte, dass ich die Einzige war.

Sehen Sie, das war genau die Art von Dingen, die passierten, wenn man zu schnell Entscheidungen traf! Ein weiterer Grund, warum es für mich so wichtig war, meine Tage mit einer langsamen, besonnenen Dusche zu beginnen. Dank Fluffikins hatte ich an diesem Morgen nicht einmal eine schnelle und kalte Dusche bekommen.

Außerdem hatte ich nur eine einzige Tasse Kaffee getrunken.

Und es war noch nicht einmal acht Uhr. *Gähn.*

Ich durchstöberte das Schmuckkästchen der verstorbenen Mrs

Haberdash und hob einen großen Smaragdring heraus, um ihn genauer zu inspizieren.

„Lass das“, befahl jemand mit schroffer Stimme von der Tür her. Trotz des gehässigen Untertons erkannte ich den Sprecher sofort.

Ich drehte mich zu Parker um und hielt den Ring fest. „Zwing mich doch“, forderte ich ihn durch zusammengebissene Zähne heraus. Ich ging gerade ein großes Risiko ein und betete, dass meine Instinkte richtig waren.

Er hielt einen Moment inne, aber das war genug, um meinen Verdacht zu bestätigen.

„Du bist nicht Parker“, sagte ich, steckte mir den Ring an den Finger und stemmte die Hände in offenem Trotz in die Hüften.

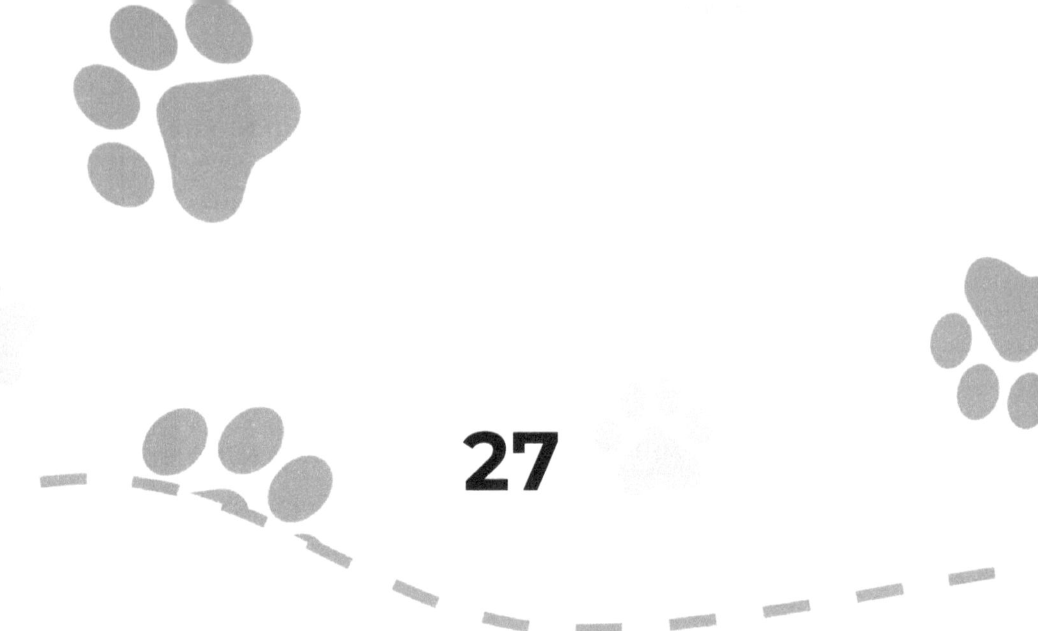

27

Parker entfesselte einen Feuerball und schickte ihn direkt auf mich zu. Ja, das war definitiv nicht derselbe Typ, den ich am Tag zuvor getroffen hatte.

Ich versuchte auszuweichen, aber die Welle der Magie schoss so schnell heraus, dass ich keine Chance hatte. Die Flammen prasselten direkt auf mich ein, aber ich spürte kaum etwas, nahm nur eine sanfte Wärme wahr. Das Licht in meiner Brust glühte, als die geliehene Engelsrüstung die volle Wucht abfing.

„Sie wissen es alle", knurrte Parker, und einen Moment lang sah er zu fassungslos aus, um etwas zu unternehmen.

Aber dieser Moment verging schnell und dann stürzte er sich auf mich, hielt mich unter seinem großen, muskulösen Körper gefangen.

„Lassen Sie mich los!" Ich sträubte mich gegen ihn.

„Sag mir, wo die anderen sind", verlangte er, konnte mich aber nicht gegen meinen Willen dazu zwingen. Das war nicht Parker. Er hatte nicht dieselben Kräfte.

„Nein“, knurrte ich zurück. „Ich werde Ihnen nichts sagen, bis Sie mir erklären, wer Sie sind und was Sie wollen.“

Wenn ich ihn zum Reden bringen und ablenken konnte, bis Greta zurückkam, dann wäre alles in Ordnung. Ich machte definitiv meinen Job als Köder. Jetzt musste ich nur noch hoffen, dass mein Engel mir zur Rettung eilen würde, bevor die Rüstung einen Schlag zu viel abbekam und ich ernsthaft verletzt wurde.

„Wer bist du? Warum bist du überhaupt mit von der Partie?“, fragte der falsche Parker, anstatt selbst eine Antwort zu geben.

„Ich bin Tawny“, sagte ich fröhlich. Das Ziel war es, ihn zum Reden zu bringen, wenn er also etwas über mich erfahren wollte, war ich mehr als bereit, ihm ein paar Informationen zu geben. „Ich bin nur eine Aushilfe.“

„Sie haben dir doch deine Magie genommen und dich rausgeworfen. Warum bist du in diesem Haus? Wonach suchst du?“

Ich wollte ihm auf keinen Fall sagen, dass ich nur hier war, um ihn abzulenken, also griff ich stattdessen zu meinen schriftstellerischen Fähigkeiten und heckte eine nette, kleine Geschichte aus, um den Tag zu retten.

„Ich wohne in dem Gästehaus da hinten. Als sie mir meine Magie nahmen und mich rauswarfen, wusste ich, man hatte mich betrogen. Aber ich brauche das Geld, deshalb habe ich diesen lausigen Job überhaupt erst angenommen. Ich dachte, wenn die alle sich um was anderes kümmern, könnte ich mich hier reinschleichen und etwas finden, das ich verkaufen kann. Um sicherzugehen, dass ich für meine Mühen wenigstens gescheit bezahlt werde."

„Du hast eine schlechte Wahl getroffen", zischte er über mir. „Denn jetzt, wo du hier bist, kann ich dich nicht einfach gehen lassen."

„Dann lassen Sie mich Ihnen helfen", schlug ich vor und wehrte mich nicht länger gegen ihn. Der sicherste Weg, nicht verletzt zu werden, war, ihn glauben zu lassen, ich sei auf seiner Seite.

Aber es war vergeblich. „Ich brauche keine Hilfe von einer Normalo. Es wird einfacher sein, wenn du mir nicht im Weg stehst." Er schickte einen weiteren Flammenstoß in meinen Körper, aber dieses Mal spürte ich gar nichts. Wie lange würde diese Engelspanzerung wohl noch durchhalten? Das wollte ich wirklich nicht herausfinden.

„Was schützt dich?", fragte mein Angreifer, ein weiterer Beweis dafür, dass er nicht der Parker Barnes war, den ich kannte und um den ich mich sogar ein wenig zu sorgen begonnen hatte.

„Ich weiß es nicht", log ich. Ich hätte mit den Schultern gezuckt, aber ich konnte mich immer noch nicht unter ihm bewegen. „Magische Rückstände, vielleicht? Wie Sie schon sagten, ich bin ein ganz normaler Mensch. Bitte lassen Sie mich einfach gehen."

Ein weiterer unwirksamer Flammenwirbel schlug mir entgegen.

„Nehmen Sie mich doch als Köder", schlug ich mit piepsiger Stimme vor. Panik stieg langsam in mir hoch. Würde Greta es rechtzeitig zurückschaffen, oder würde die nächste Explosion meine Rüstung durchbrechen?

„Was?“, fragte er, hob die Hand, um einen weiteren Schlag zu beschwören, hielt dann aber inne.

„Töten Sie mich nicht einfach. Benutzen Sie mich als Druckmittel für alles, was Sie wollen.“ Wenn ich der Köder für die guten Jungs sein konnte, dann konnte ich auch der für die bösen Jungs sein. Nur Greta wusste Bescheid. Ich musste darauf vertrauen, dass sie bald zurückkam und dafür sorgte, dass ich aus diesem Handgemenge lebend herauskam. Wenn man einem Engel nicht trauen konnte, wem denn sonst?

Er dachte ein paar Augenblicke darüber nach, und als er endlich wieder sprach, war es nicht zu mir. „Da bist du ja. Und jetzt komm her und hilf mir, sie zu fesseln“, sagte er und drückte mich fester auf den Boden. Mein Gesicht lag nun flach gegen den schweren Hochflorteppich in Mrs Haberdashs Schlafzimmer gepresst.

Die widerhallenden Schritte hielten kurz vor der Tür inne.

„Und? Konntest du einen von ihnen kampfunfähig machen?“, drängte der falsche Parker.

„Nein, leider nicht. Sie sind zu den Energiepunkten gegangen, wie du es erwartet hast, aber sie waren nicht in der Lage, das Ritual zu vollenden“, antwortete eine heisere, weibliche Stimme.

Von meiner unglücklichen Position aus konnte ich nicht viel sehen, aber zumindest genug, um das Paar Füße zu erkennen, das sich zu uns gesellte, gekleidet in schwarze Kampfstiefel und einen langen, fließenden Rock.

Melony war angekommen.

„Warum nicht?“, fragte der Mann, der mich festhielt, mit einem Knurren.

„Eines ihrer Mitglieder ahnte etwas und kam, um die anderen zu warnen. Ich war gerade dabei, mich dem Kater zu nähern, als es passierte.“

„Was hat sie gesagt? Komm schon, raus damit!“ Mein Angreifer stieß mich mit aller Kraft in den Boden, aber die Engelspanzerung hielt stand.

Melony trat näher heran, blieb aber ein paar Schritte zurück. „Ich konnte es nicht hören, aber die beiden sind zusammen abgehauen.“

„Sie werden die anderen warnen. Das heißt, wir haben nicht viel Zeit“, sagte der Mann. „Wir müssen das jetzt zu Ende bringen. Eine zweite Chance werden wir nicht bekommen.“

Ich schluckte schwer.

Was auch immer als Nächstes kam, ich wusste, dass es nicht gut sein würde.

28

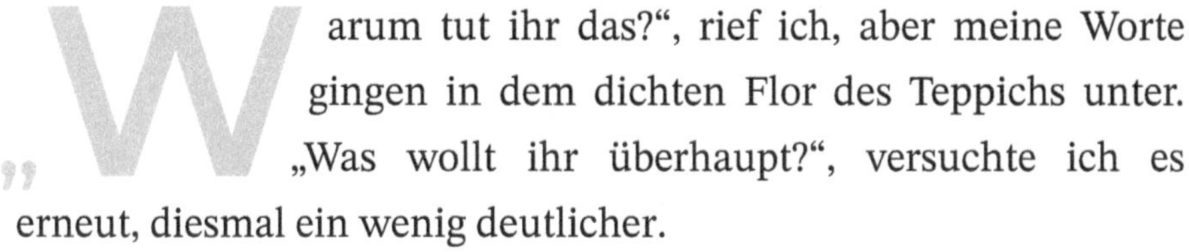

„Warum tut ihr das?“, rief ich, aber meine Worte gingen in dem dichten Flor des Teppichs unter. „Was wollt ihr überhaupt?“, versuchte ich es erneut, diesmal ein wenig deutlicher.

„Glaubst du, wir wollten die Stadtmagie meiner dummen Tante? *Bitte*“, schnappte Melony, während sie meine Handgelenke hinter meinem Rücken fesselte. „Wir haben viel Wichtigeres zu tun.“

„Melony, sei still“, schimpfte der falsche Parker, während er meine Knöchel zusammenschnürte.

Sie hielt kurz inne, bevor sie mit noch mehr Nachdruck arbeitete. „Tut mir leid, Opa.“

O nein. Die Familienbande. Das war genau das, was Greta und die anderen hatten vermeiden wollen.

Panik ergriff mich, noch fester als meine Fesseln. „Wo ist Parker? Was habt ihr mit ihm gemacht?“, murmelte ich wieder.

„Er ist tot“, sagte der Parker-Klon mit einem Lachen. „Und bald wirst du es auch sein.“

Nein! Waren wir wirklich zu spät?

Wenn sie Parker mit seiner doppelten Dosis Magie hatten töten können, hatte ich keine Chance. Ich war nur ein normaler Mensch ohne Magie gegen zwei sehr magische Menschen mit einer starken Familienbindung. Ich konnte nicht einmal meine Hände oder Füße bewegen, um zu versuchen, mich freizukämpfen oder zu fliehen.

Würden die anderen Mitglieder des Rats in der Lage sein, dieses Schurkenpaar zu besiegen oder war die Stadt Beech Grove nun dem Untergang geweiht und die gesamte Region Peach Plains gleich mit dazu?

Ein Krachen ertönte aus dem unteren Stockwerk. War meine Rettung endlich eingetroffen?

„Bleib hier“, sagte der falsche Parker … Melonys Großvater. „Ich gehe der Sache nach.“

„Warum tust du das?“, fragte ich das Mädchen, als wir beide allein waren. „Ist dein Leben wirklich so schlecht?“

„Darauf brauche ich nicht zu antworten.“ Sie verschränkte die Arme vor der Brust, blieb aber wachend über mir stehen.

„Willst du das alles überhaupt? Mir kommt es so vor, als ob dein Opa derjenige ist, der das Sagen hat. Was lässt dich glauben, dass er irgendetwas von der Magie, die er gewinnt, mit dir teilen wird?“ Wenn ich die richtigen Worte fände, könnte ich Melony vielleicht auf meine Seite ziehen. Sie hatte heute früh die

Chance gehabt, mich und Greta zu besiegen, aber sie hatte sich dagegen entschieden. Irgendwo musste etwas Gutes in ihr stecken.

Sie funkelte mich an. „Halt den Mund. Du weißt doch gar nichts. Opa hat versprochen, wenn ich ihm bei seinem Plan helfe, sorgt er dafür, dass ich meinen rechtmäßigen Platz als Stadthexe einnehme."

„Wenn du das sagst", antwortete ich betont gelangweilt.

Sie grub einen Absatz in meinen Rücken, aber die Rüstung des Lichts hielt mich davon ab, den Schmerz zu spüren. Okay, vielleicht war sie dazu bereit, mir Schmerzen zuzufügen, aber Mord?

Alle glaubten, sie sei in die Stadt gekommen, um ihre Tante zu töten, aber was, wenn sie sich irrten? Was, wenn Melony hinter etwas anderem her war?

Während wir allein in dem Raum warteten, ließ ich Melonys letzte Aussage immer wieder in meinem Kopf Revue passieren. Ihr Großvater hatte gesagt, er würde dafür sorgen, dass sie Stadthexe wurde.

Wie in der Zukunftsform … also war es noch nicht passiert …

Was bedeutete, dass Melony die Stadtmagie noch *nicht* besaß. Ihr Großvater hätte Parker nicht selbst umgebracht, wenn er Melony die Magie versprochen hätte. Ich wusste immer noch nicht, worauf sie aus waren, aber es war eindeutig etwas viel Größeres als die Stadtmagie von Beech Grove.

Sie waren nicht hinter Parker her. Vielleicht waren sie es nie gewesen.

Die Chancen standen gut, dass er noch am Leben war.

Es gibt Wichtigeres zu tun, hatte Melony gesagt, bevor ihr Großvater sie unterbrach. Könnte ich sie dazu bringen, mehr zu verraten?

„Was habt ihr mit mir vor?“, fragte ich und drehte mich leicht, damit ich besser sprechen konnte.

Unsere Blicke trafen sich, und sie zuckte zurück.

Vielleicht hätte sie eine Antwort gegeben, aber ich hatte nie die Gelegenheit, es herauszufinden.

Ein gequälter Schrei drang von unten zu uns hoch und brachte uns beide zum Schweigen.

Melony schlich zur Tür, und ich blieb auf dem Boden liegen, unfähig, mehr zu tun, als mich an Ort und Stelle zu winden.

Dann hörte ich den falschen Parker rufen: „Sie gehen nirgendwo hin. Und jetzt rauf mit Ihnen!“

Melony rannte aus dem Zimmer, um zu helfen, und ich konnte mich in eine Position drehen, die mir einen besseren Blick auf den Eingang ermöglichte.

Eine Minute später schritten die beiden hinein und schoben eine verbrannte und blutige Greta vor sich in den Raum. Ohne ihre Engelsrüstung, die sie schützte, war sie durch die magischen Angriffe von Opa Haberdash schwer verwundet worden. Sie war kaum bei Bewusstsein, als sie sie auf den Boden drückten und ebenfalls fesselten.

Sie war gekommen, um mich zu retten, und war dabei selbst in die Schusslinie geraten.

Parker war verschwunden, und wir beide waren gefangen genommen worden. Damit blieben Fluffikins, Connie von der Handelsabteilung, der alte Mann und der etwas jüngere, der die Landwirtschaft leitete.

Würden sie ausreichen, um Melony und ihren Großvater aufzuhalten, bevor sie das, worauf sie aus waren, in die Hände bekamen?

Denk nach, Tawny. Denk nach!

Auch wenn ich ihren Plan nicht vereiteln konnte, gäbe es vielleicht eine Möglichkeit, ihm zumindest ein paar Löcher zu verpassen.

Ich wusste nicht, wie die Familienbande funktionierten, aber vielleicht konnte ich noch einen Weg finden, sie zu durchtrennen.

Vielleicht konnte ich den Tag doch noch retten ... auch ganz ohne Magie.

29

„Wo sind die anderen?“ Opa Haberdash trat Greta und bellte sie an, aber sein letzter Schlag hatte sie bewusstlos und unfähig gemacht, zu antworten. Ich hasste es, dass er Parkers Ebenbild benutzte, um uns zu verletzen. Egal, was nach dem heutigen Tag passierte, ich wusste, dass ich das Bild nie aus meinem Kopf würde vertreiben können.

„Sie werden kommen. Ich weiß es einfach“, sagte Melony und knabberte an ihrer Lippe, während sie auf die Bestätigung ihres Großvaters wartete.

Er knackte mit den Fingerknöcheln und schaute Melony nicht einmal an, als er sagte: „Bleib hier und sorge dafür, dass die beiden keinen Ärger machen. Und verlasse unter keinen Umständen dieses Haus. Hast du mich verstanden?“

Sie nickte eifrig. „Ja, Opa.“

Damit stürmte ihr Großvater aus dem Zimmer, die lange

Treppe hinunter. Ich lauschte, konnte aber nicht hören, dass die Tür unten geöffnet oder geschlossen wurde. Vermutlich blieb er im Haus, bereit, demjenigen aufzulauern, der als Nächstes eintraf.

„Also …“ Ich drehte mich auf die Seite, sodass ich Melony sehen konnte, während ich sprach. Vielleicht würde ihr Gesicht etwas preisgeben, was ihre Worte nicht verraten würden. Ich kämpfte hier um mein Leben und musste alles einsetzen, was mir zur Verfügung stand. „Da wir beide hier festsitzen, willst du mir deinen Masterplan nicht verraten? Ich bin sicher, er ist superschlau.“

Sie verschränkte die Arme und sah weg. „Nein.“

Hmmm. Wenn ich nicht an ihre Eitelkeit appellieren konnte, dann vielleicht an ihre Unsicherheiten. Ich versuchte, mit den Schultern zu zucken, aber das klappte angesichts meiner Fesseln nicht ganz. „Ich verstehe. Ich meine, wir sind sowieso beide nutzlos. Da können wir es genauso gut die harten Jungs auskämpfen lassen und uns später darüber unterhalten.“

Melony schnaubte. „Du magst nutzlos sein, Normalo, aber ich bin es nicht.“

„Hey, warum nennst du mich *Normalo?*“ Ich versuchte, verletzt auszusehen. Eitelkeit und Unsicherheit hatten nicht funktioniert, aber was war mit Menschlichkeit?

Sie rollte mit den Augen. „Weil du keine Magie hast, Blitzmerkerin.“

„Habe ich nicht? Ich bin immerhin die Stadthexe.“

Sie studierte mich einen Moment lang, dann schüttelte sie den Kopf. „Nein, der Typ, der meine Großtante umgebracht hat, ist es.“

„Er mag die offizielle Stadthexe sein, aber als Aushilfe für die

Agentur habe ich eine exakte Kopie des Zaubers hier." Ich kämpfte gegen meine Fesseln und seufzte dann.

Sie blickte unsicher zu mir. „Wo, genau?"

„Ich wurde angewiesen, das magische Artefakt nahe an meinem Herzen zu tragen, damit es die bestmögliche Wirkung entfaltet."

Melony trat einen Schritt näher. „Wo ist es? Gib es mir."

„Ich habe es in meinen BH gesteckt", sagte ich.

„Das ist ja ekelhaft."

„Willst du es nun oder nicht?", fragte ich beiläufig und tat so, als wäre es mir egal, ob sie meine Hilfe annahm. In meinem Kopf begann sich jedoch ein Plan zu formen, und wenn ich Melony dazu bringen konnte, mitzuspielen, dann hatten Greta und ich vielleicht eine Chance. „Ich wette, du wärst sogar noch mächtiger als dein Großvater, wenn du dieses Extra an Magie hättest. Dann würde er dich nicht als Babysitterin hier abstellen."

„Gib es mir", sagte sie wieder. Ihre Augen leuchteten zwar nicht so auf wie die von Greta, aber ich erkannte den Funken von Gier in ihrem Blick.

Ich knurrte und kämpfte wieder gegen meine Fesseln an, um überzeugend zu wirken. „Ich kann nicht", stöhnte ich, dann drehte ich mich auf den Rücken. Die Bewegung hätte meinen gefesselten Handgelenken wirklich wehgetan, aber die Engelsrüstung schützte mich Gott sei Dank noch vor Schmerzen. Ich drückte meine Brust so weit wie möglich heraus. „Hol es dir doch selbst. Ich kann es ja nicht für dich tun."

„Iiih, nein." Sie rümpfte angewidert die Nase und trat einen großen Schritt zurück.

Dann schwiegen wir beide.

Keiner von uns rührte sich, bis das plötzliche Geräusch einer aufschlagenden Tür uns aufschrecken ließ.

„Letzte Chance“, murmelte ich und versuchte angestrengt, meine Verzweiflung zu verbergen. „Nimm meine Magie und stürz dich in den Kampf. Ich meine, wenn du nicht bei ihm bist, wie kannst du dir dann sicher sein, dass dein Großvater dich überhaupt mit einbezieht, wenn er bekommt, was er will?“

Melony biss sich wieder auf die Lippe, dann eilte sie zu mir hinüber. „Ich werde dich kurz losbinden, und zwar nur eine Hand. Gib mir das magische Artefakt, mach keine Dummheiten, und ich sorge dafür, dass du am Leben bleibst. Es ist ja nicht so, als hätten Opa und ich noch eine Verwendung für dich.“

„Abgemacht.“ Ich schenkte ihr ein erleichtertes Lächeln. Nicht, weil sie mir einen Ausweg anbot, sondern weil sie so perfekt in meine Falle getappt war.

Innerlich sprach ich mir Mut zu, während Melony sich abmühte, nur eine Hand loszubinden. Unten hörte ich Fluffikins schreien: „Wer bist du, und was hast du mit Parker gemacht?“

Es folgte lautes Gepolter, als Melony ein neues Seil benutzte, um mein linkes Handgelenk an die Fesseln zu binden, die meine Knöchel hielten, bevor sie sich schließlich daran machte, meine rechte Hand zu befreien.

Ich wartete geduldig, wie eine brave Geisel.

„Okay, gib es mir“, sagte sie, als meine Hand endlich vollständig befreit war. Ich griff in meinen BH und fand die Broschenattrappe, die Greta mir anvertraut hatte. *Hm.* Wer hätte gedacht, dass dieses Ding tatsächlich einmal nützlich sein würde?

Melony nahm sie gierig entgegen und wischte sie am Saum ihres Hemdes ab, bevor sie sie eingehend inspizierte. Sie war sowohl von der Brosche als auch von dem Kampf im Erdgeschoß zu abgelenkt, um mich sofort wieder zu fesseln, genau wie ich gehofft hatte.

Während sie das magielose Artefakt untersuchte, legte ich meine freie Hand an meine Brust, um das Licht darin zu beschwören. Erst war es kaum größer als eine Stecknadel, wuchs dann aber zu einer prächtigen Kugel, so groß wie eine Frucht, heran.

Als Melony realisierte, was ich tat, hatte ich bereits meine Hand in Richtung von Gretas bewusstlosem Körper gestreckt und ließ das Licht aus mir heraus und in sie hinein fließen.

Der Engel schlug die Augen auf, die weiß glühten. Ich beobachtete ehrfürchtig, wie sich ihre Wunden schlossen und sie ihre volle Vitalität wiedererlangte.

Jetzt, da ich ihre Rüstung nicht mehr hatte, keuchte ich auf, als eine plötzliche Schmerzwelle über mich hereinbrach. Das Handgelenk, das immer noch hinter meinem Rücken gefesselt war, hing in einem unnatürlichen Winkel herunter. Als Melony es an meinen Füßen befestigt hatte, musste sie den Bruch nur noch verschlimmert haben.

Ja, es war definitiv gebrochen.

Greta brüllte neben mir auf und riss die Seile durch, die sie gehalten hatten.

„Geh!", drängte ich sie in einem heiseren Flüsterton. „Bring Melony von hier weg. Raus aus dem … Haus."

Ich bekam nicht mehr mit, was als Nächstes passierte, weil ich vor Schmerz ohnmächtig wurde.

30

Mein Kopf fühlte sich benebelt an. Ich hörte gedämpfte Stimmen, die um mich herum sprachen, aber ich konnte keines der Worte verstehen.

Uh. Wie lange war ich weggetreten gewesen? Welchen Tag hatten wir?

Ich hatte den verrücktesten Traum aller Zeiten gehabt, voller sprechender Katzen, bösen Opas und einer Art flammendem Engel. Das war etwas fürs Schlaftagebuch. Mein Therapeut würde bestimmt begeistert von den Geschichten sein, die mein nächtliches Gehirn dieses Mal ausgeheckt hatte.

Ich hob die Hände, um mir den Schlaf aus den Augen zu reiben, dann öffnete ich sie.

Ein geschmeidiger schwarzer Kater mit einem niedlichen weißen Fleck auf der Brust starrte mich mit leuchtend goldenen Augen an. Hm, das war seltsam. Wann hatte ich eine Katze adoptiert? Ich lebte doch erst seit ein paar Wochen in dieser Stadt. Ich hatte noch nicht einmal alle meine Kisten ausgepackt, aber ich war losgezogen und hatte ein Haustier adoptiert?

Jemand legte eine warme Hand auf meine Stirn. Wer war hier bei mir? Ich war in meinem eigenen Zimmer, nicht in einem Krankenhaus. Und doch schienen mich diese Menschen zu kennen.

Die Angst ließ mein Herz höher schlagen, als ich mich umdrehte und eine Frau mit hellblondem Haar in einem schlichten Hosenanzug und einem riesigen Lächeln im Gesicht entdeckte. „Oh, Tawny. Ich bin so froh, dass es dir gut geht."

Ich schloss meine Augen, holte tief Luft und öffnete sie wieder. Diesmal entdeckte ich einen unglaublich gut aussehenden Mann mit einem graumelierten Bart und durchtrainierten Armen, der hinter der Dame stand. Seine hellgrauen Augen wirkten neugierig und irgendwie auch vertraut.

„Darf ich einen Moment mit ihr sprechen?", fragte er die anderen, die zustimmten und sich entfernten. Sogar der Kater ging. Wow, sie hatten ihn wirklich gut erzogen!

Der gut aussehende Fremde sank auf die Knie und nahm meine Hand zwischen seine. „Wie fühlst du dich?", fragte er. Besorgnis spiegelte sich in seinen blassen Augen wider.

„Okay", antwortete ich vorsichtig. Es schien nicht so, als wollte er mir wehtun, aber was machte er in meinem Haus, während ich schlief? Das war irgendwie unheimlich. „Verwirrt."

Er warf einen Blick zurück zur Tür. Sie war immer noch geschlossen.

„Woran erinnerst du dich?", drängte er und drehte meine Hand in seiner, als könne er nicht so recht glauben, dass sie echt war.

Ich dachte angestrengt nach, aber mir fiel nichts ein. Nur der seltsame Traum und der lange, angenehme Schlaf. Ich wusste, dass meine Antwort ihn enttäuschen würde, aber ich hatte auch keine Ahnung, was ich sagen sollte, um ihn glücklich zu machen. Stattdessen fragte ich einfach: „In Bezug auf was?“

Er leckte sich über die Lippen und versuchte es erneut. „Wie ist mein Name?“

„Ich weiß es nicht. Steve? Du siehst aus wie ein Steve.“ Ich lächelte, um den Schock zu mildern, falls ich mich irren sollte. Obwohl dieser Mann ein Fremder für mich war, kannte *er mich* eindeutig.

Der Mann ließ den Kopf hängen und lachte leise. Als er mich wieder ansah, glaubte ich, den Schimmer einer Träne zu sehen, die sich weigerte, zu fallen.

„Gedächtnisverlust ist protokollgemäß“, sagte er, was mich noch mehr verwirrte als zuvor. „Ich meine, das ist die *normale* Vorgehensweise.“ Er zuckte mit den Schultern.

Ich runzelte die Stirn, sagte aber nichts. Was sollte ich auch sagen? *Hey, verrückter Kerl. Ich habe keine Ahnung, wovon du redest. Raus aus meinem Schlafzimmer!*

Er fuhr unbeirrt fort. „Aber, Tawny, du bist alles andere als normal.“

„Wer bist du?“, fragte ich. Meine Kehle fühlte sich trocken an, mein Kopf wie vernebelt. Nichts von all dem ergab einen Sinn.

Er bewegte seine Hand in einem Halbkreis, schnippte dann mit dem Zeigefinger gerade nach oben, ohne mich aus den Augen zu lassen.

„Wer bin ich?“, fragte er erneut. „Denk nach, Tawny. Das weißt du doch.“

Und plötzlich lichtete sich der Nebel und gab die Bilder der letzten anderthalb Tage frei. Fluffikins, der seine Erinnerungen mit mir teilte, während er auf meinem Schoß schnurrte, Greta, die mich mit starken und stabilen Flügeln durch die Luft trug, der alte Mann im Anzug, dessen Bart bis zu seiner Gürtelschnalle reichte, aber vor allem … der Mann, der direkt vor mir stand.

Ich konnte das enorme Lächeln nicht unterdrücken, das auf meinem Gesicht erblühte. „Du bist Parker.“

„Und an was kannst du dich zuletzt erinnern?“

Eine erschreckende Vision erfüllte meinen Geist. Wir wären fast besiegt worden. Ein furchtbarer Schmerz. Ich wurde ohnmächtig.

„Melony und ihr Großvater“, sagte ich und versuchte, meine Gedanken zu ordnen, während ich sprach. „Sie waren in Mrs Haberdashs Haus. Sie sagten, sie hätten Wichtigeres zu tun. Dass du tot wärst. Greta gab mir ihre Rüstung des Lichts, aber dann gab ich sie ihr zurück. Hat sie Melony aus dem Haus geholt?“ Das war das Letzte gewesen, was ich gesagt hatte, bevor ich das Bewusstsein verlor … da mich der Verdacht beschlichen hatte, dass das Haus ihre Familienbande irgendwie noch weiter verstärkte. Aber hatte ich recht gehabt?

Parker hob meine Hand an seine Lippen und küsste sie sanft. „Ja, du hattest mit allem recht. In dem Moment, als Greta mit Melony im Arm durchs Fenster sprang, brach die Verbindung ab, und die anderen konnten ihren Großvater überwältigen.“

„Aber warum?“ Ich wusste, dass Melonys Großvater sie

gedrängt hatte, das Haus nicht zu verlassen, aber ich verstand immer noch nicht das ganze Ausmaß.

„Ganz einfach", sagte Parker mit einem schiefen Grinsen. „Lila Haberdash hat ihr ganzes Leben in diesem Haus verbracht. Ihre Eltern lebten dort vor ihr, und deren Eltern vor ihnen. Im Laufe der Zeit hat das Haus Generationen von Familienmagie aufgesogen, so viel, dass es ein Teil von ihnen wurde."

„Und es verstärkte ihre Bindung", sagte ich und verstand endlich.

Er nickte und sah aus, als wolle er noch etwas sagen, aber ich hatte noch mehr Fragen, die aus mir herauswollten.

„Worauf waren sie aus? Wozu brauchten sie die zusätzliche Energie, wenn Mrs Haberdash doch schon tot war?"

„Sie waren nie hinter ihr her. Zumindest der Großvater war es nicht." Er holte tief Luft und drückte meine Hand, bevor er sie wieder losließ. „Sie wollten den Rat."

„Wen? Fluffikins?"

„Ja. Und Connie. Und Greta. Und Buckley. Und ..."

„Alle von euch." Ich atmete tief aus, während ich diese Information verdaute. Wenn Melony und ihr Großvater erfolgreich gewesen wären, hätten sie das magische Gleichgewicht komplett zerstören können. Sie hätten die geballte Macht für ihre finsteren Pläne gehabt.

Parker nickte und bestätigte meinen Verdacht. „Wir sind die Stärksten in der Region. Hätten sie es geschafft, unsere ganze Macht an sich zu reißen, wären sie unaufhaltbar. Sie dachten, da Lila aus dem Weg war, könnten sie das Haus benutzen, um das zu erreichen."

„Aber sie haben versagt.“

„Sie haben versagt. Gott sei Dank.“ Parker sah plötzlich sehr müde aus. Etwa, weil er sich solche Sorgen um mich gemacht hatte? Wie lange war ich ohnmächtig gewesen? Wie schwer war er verletzt worden?

„Wo warst du?“, fragte ich sanft.

Glücklicherweise schien er nicht beleidigt zu sein. „Lahmgelegt“, erwiderte er einfach.

„Oh.“ Ich beschloss, nicht weiter darauf einzugehen. Stattdessen wechselte ich zurück zum vorherigen Thema: „Also hing ihr ganzer Plan davon ab, dass alle zum Haus kamen?“

„Da es eine Hauptquelle ihrer Macht war, ja. Aber sie haben auch damit gerechnet, dass wir einer nach dem anderen eintreffen würden, damit wir leichter zu besiegen wären. Deshalb nahm Melonys Großvater meine Gestalt an, um unsere Aktionen beeinflussen zu können. Er ließ gerade genug Andeutungen fallen, um Verdacht zu erregen, und schickte uns dann zu den Energiepunkten, um uns aufzuspalten.“

Das ergab zwar alles einen Sinn, aber es vervollständigte das Puzzle noch nicht ganz. „Aber sie haben weder mich noch Greta getötet, als sie die Chance dazu hatten. Warum?“ Das wollte ich mehr als alles andere wissen.

Parker zuckte mit den Schultern und presste die Lippen zu einer festen Linie zusammen. „Ich glaube nicht, dass Melony jemals das ganze Ausmaß des Plans ihres Großvaters verstanden hat. Ich glaube, das tun wir auch nicht.“

„Was ist mit ihm passiert?“

„Fluffikins hat ihn in die am weitesten entfernte Region verbannt. Neuseeland, glaube ich."

„Aber er wird zurückkommen." Das stand außer Frage.

„Ja. Diesmal werden wir ihn aber erwarten."

„Was passiert jetzt?"

„Der Vorstand wird einen neuen Verbindungsmann für die Polizei finden, und ich werde daran arbeiten, Lilas Aufgabe als Stadthexe gerecht zu werden. Du lebst dein normales Leben weiter. Aber hoffentlich bist du bereit für häufige Besuche von deinem neuen Vermieter und Freund?"

„Das würde mir gefallen", sagte ich und fühlte mich wie eine Filmheldin aus alten Zeiten. Jetzt wäre der perfekte Zeitpunkt für Parker gewesen, mir den perfekten ersten Kuss zu geben.

Stattdessen beugte er sich vor und umarmte mich fest, dann flüsterte er mir ins Ohr: „Das wird unser kleines Geheimnis bleiben. Okay?"

„Meine Lippen sind versiegelt. Aber nur unter einer Bedingung", flüsterte ich zurück.

„Alles", versprach er, immer noch lächelnd.

„Würdest du bitte meinen Warmwasserboiler reparieren, bevor du gehst? Ich könnte wirklich eine schöne, lange Dusche gebrauchen."

EINE HELLSEHERIN FÜR ALLE GELEGENHEITEN

AGENTUR FÜR PARANORMALE ZEITARBEIT 2

Nachdem ich bei meinem letzten Einsatz beinahe draufgegangen wäre, wollte ich mit der Agentur für Paranormale Zeitarbeit eigentlich nichts mehr zu tun haben. Wie sich allerdings herausstellt, war das ganze Schlamassel erst der Anfang ...

Dem Gremium für Paranormale Beziehungen fehlt ein Mitglied, wodurch Beech Grove ein leichtes Opfer feindlicher Magie werden könnte. Und was noch viel schlimmer ist, unsere Außendienstler, die auf normale Menschen wie streunende Katzen wirken, verschwinden von den Straßen ... nur leider tauchen sie auch in den Tierheimen nicht wieder auf.

. . .

Daher schickt mein Vorgesetzter, ein schwarzer Kater namens Mr Fluffikins, mich nun als Pseudo-Hellseherin auf eine verdeckte Ermittlung, um herauszufinden, was mit unseren Agenten geschieht.

Letzte Woche wusste ich noch nicht einmal, dass Magie real ist, und jetzt muss ich mit vollem Einsatz versuchen, sie zu wahren.

Kinderspiel für eine Aushilfshellseherin wie mich!

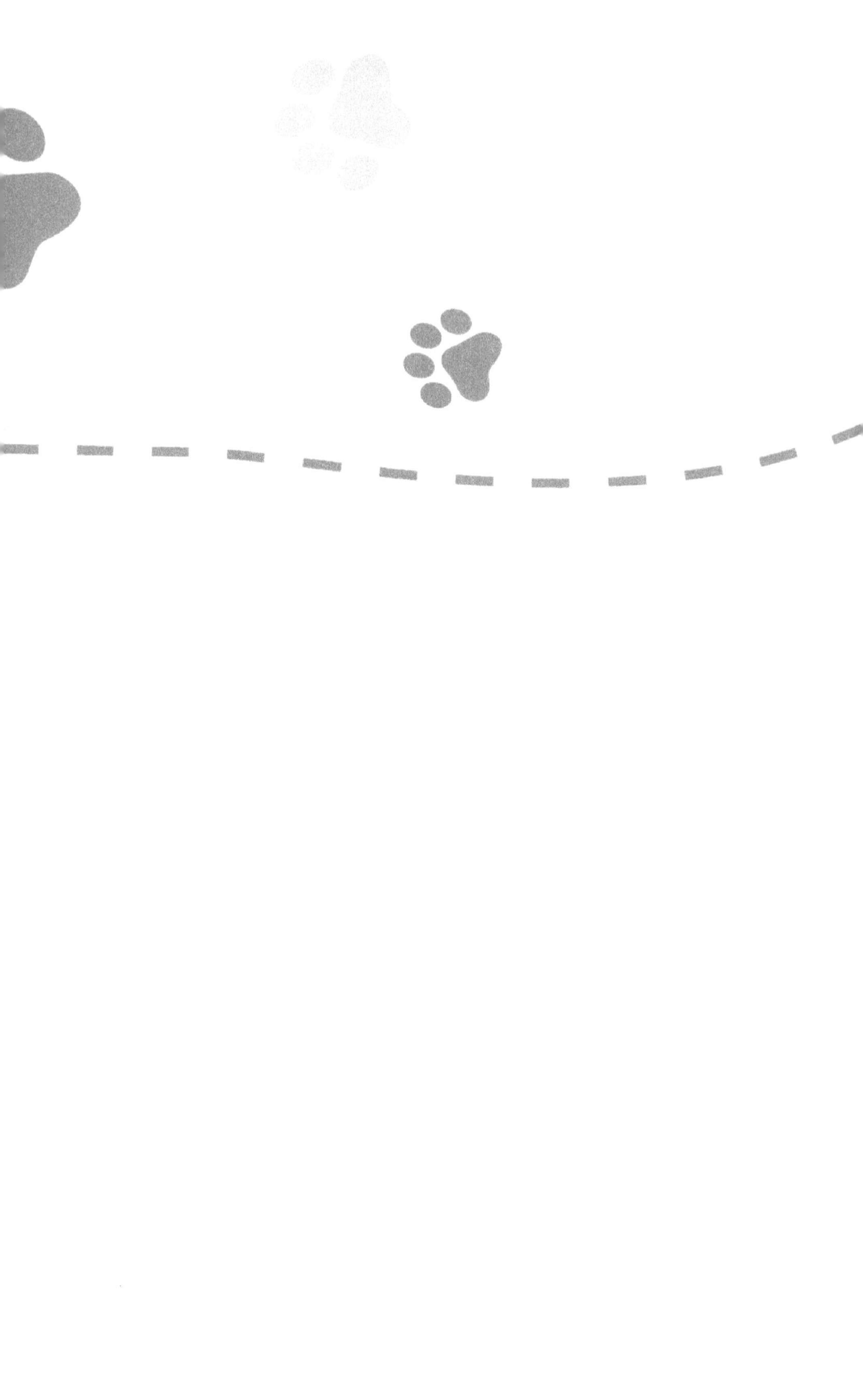

1

Mein Name ist Tawny Bigford. Ich bin eine fünfunddreißigjährige Teilzeit-Romanautorin und habe gerade herausgefunden, dass Magie real ist.

Sehen Sie, alles begann eines Morgens, als ich über die Leiche meiner neuen Vermieterin stolperte. Kaum hatte ich mich von dem Schock erholt, wurde ich auch schon von einem schneidigen Polizisten weggezaubert, der nicht gerade deshalb da war, um ihren Mord zu untersuchen. Er lieferte mich bei der APZ ab, der Agentur für paranormale Zeitarbeit.

Die sind eine Art spezielles Gremium, das die magischen Interessen in unserer schönen Region Peach Plains in Georgia schützt und nur eines von vielen solcher Gremien, die überall auf der Welt eingerichtet wurden.

Als sie feststellten, dass ich keine Schuld am Tod meiner Vermieterin hatte, befahlen sie mir, als deren vorübergehender

Ersatz zu fungieren. Nicht als Vermieterin, sondern als die offizielle Stadthexe von Beech Grove. Oh, Mann!

Von da an ging es nur noch um sprechende Katzen, fliegende Besen und eine knifflige Kehrtwende nach der anderen. Jedes Mal, wenn sich jemand die Mühe machte, eine meiner Fragen zu beantworten, stellten sich mir sofort mindestens ein Dutzend neue.

Als wir den wahren Mörder geschnappt hatten, versuchte ich, mir einen Reim aus der ganzen Geschichte zu machen, bis mir der Kopf rauchte. Hier ist, was ich weiß …

Der Rat oder Vorstand besteht aus fünf paranormalen Verbindungsleuten plus der Stadthexe und dem zuständigen Diplomaten. Unser lokaler Diplomat ist ein kleiner schwarzer Kater, der es fast so sehr liebt, Regeln zu befolgen, wie er es liebt, Forderungen zu stellen. Sein Name ist Mr Fluffikins.

Dann haben wir die freundliche, matronenhafte Greta als Verbindungsperson zu den Schulen. Ich habe kürzlich herausgefunden, dass sie ein Engel ist … ähm, wow!

Parker Barnes ist derselbe Polizist, der mich ursprünglich in diesen verrückten, übernatürlichen Reigen gebracht hat. Er ist auch der Grund, warum ich mich an alles erinnere, was passiert ist, obwohl die anderen versucht haben, mein Gedächtnis zu löschen. Darüber hinaus ist seine Rolle ein bisschen komplizierter. Ich versuche immer noch, mir diesbezüglich Klarheit zu verschaffen.

Zu guter Letzt haben wir Connie, die für den Handel zuständig ist, Buckley als Leiter der Landwirtschaft und einen alten Kerl im Anzug, der als Abgesandter für die Friedhöfe dient. Nein, seinen

Namen weiß ich immer noch nicht …

Ich war bis vor Kurzem die provisorische Stadthexe, aber jetzt, da sie jemanden haben, der die Rolle dauerhaft ausfüllt, sollte ich meinen Job los sein. Der Vorstand arbeitet aus einem bestimmten Grund mit Aushilfen. Sie sind leichter zu kontrollieren, und je weniger Leute die ganze Wahrheit über ihre Arbeit kennen, desto besser. Sie erzählen lieber vielen Leuten Teilwahrheiten als jemanden zu tief in ihre Kreise zu lassen und zu riskieren, aufzufliegen. Deshalb finde ich sie wohl auch so verwirrend.

Obwohl ich ein wenig traurig bin, dass ich die Magie, die mir verliehen wurde, verloren habe – ich hatte sie nur für etwas weniger als vierundzwanzig Stunden, wohlgemerkt –, bin ich mehr als bereit, in mein normales Leben zurückzukehren.

Der Bosskater scheint jedoch andere Vorstellungen zu haben …

Oh-oh.

Es sind drei Tage vergangen seit dem verrückten magischen Abenteuer, das meine Welt und alles, was ich über sie wusste, verändert hatte. Drei Tage, seit eine kalte Dusche zur Entdeckung eines mysteriösen Mordes führte, der sich in eine magische Verschwörung verwandelte, die mich fast das Leben kostete.

Drei Tage.

Das ist länger, als das ganze Abenteuer überhaupt gedauert hat. Ich glaube, es vergingen nicht einmal volle vierundzwanzig Stunden von dem Punkt, als ich über die Leiche von Mrs Haberdash stolperte und dem, als der Vorstand die Bösewichte erwischt und ihrem heimtückischen Plan Einhalt geboten hatte.

Ich weiß ganz sicher, dass es kein ganzer Tag war.

Wie kann also eine so kurze Zeitspanne buchstäblich alles verändern?

Zum einen habe ich jetzt einen neuen Vermieter. Und während meine vorherige Vermieterin, Mrs Haberdash, mich eifrig gemieden hat, findet Parker Barnes jeden Tag mindestens ein halbes Dutzend Ausreden, um vorbeizukommen.

Ja, *der* Parker.

Es ist irgendwie schwierig, nicht an Magie zu denken, wenn derselbe Typ, der mich überhaupt erst damit bekannt gemacht hat, immer vor meiner Haustür abhängt.

Und es hilft definitiv nicht, dass ich ganz fürchterlich in ihn verknallt bin. Seit mein Ex-Mann eine neue Frau gefunden hat – als wir noch verheiratet waren, wohlgemerkt –, habe ich der Liebe abgeschworen, um ein völlig ungebundenes Single-Leben zu führen.

Parkers hinreißende, graue Augen lassen zwar mein Herz höher schlagen, wühlen aber auch meinen Magen auf. Deshalb habe ich mir drei neue Regeln auferlegt.

Drei Tage. Drei Regeln.

Von nun an gibt es keine Magie mehr, keine Männer und keine verrückten Abenteuer.

Das war‘s. Die sollten doch einfach genug zu befolgen sein. Vor allem, da der Rest des Vorstands annimmt, dass ich mich nicht an das Geschehene erinnere.

Aber dann kam natürlich alles ganz anders ...

Krach!

Ich sprang aus dem Bett und rannte den Flur hinunter, so schnell mich meine Füße trugen. Zu spät erkannte ich, dass ich wahrscheinlich irgendeine Waffe hätte finden und mitnehmen sollen.

Es war noch nicht einmal sechs Uhr morgens. Wer könnte da schon ...?

Ein Lichtfunke flutete das Wohnzimmer, obwohl ich den Schalter nicht umgelegt hatte.

„Guten Morgen, Tawny", sagte Mr Fluffikins, neben einer zerbrochenen Vase sitzend, in der einst ein Arrangement aus Kunstblumen gestanden hatte. Ich hatte nicht das Geld, ständig frische zu kaufen und hasste es, etwas so Hübsches und Lebendiges verwelken zu sehen, also hatte es für mich immer nur Kunstblumen gegeben.

Mein Blick wanderte von der Schweinerei zu dem Kater, der sie zweifellos verursacht hatte, und wieder zurück, dann warf ich die Hände in die Luft und ging zurück in den Flur in Richtung meines Schlafzimmers.

„Tawny, warte!", rief er mir nach. „Ich weiß, dass du dich an alles erinnerst!"

Ich murmelte meine drei Regeln vor mich hin. Fluffikins' Erscheinen drohte mindestens zwei davon zu brechen, und das war nicht in Ordnung.

„Geh weg", murmelte ich und schleppte mich zurück zum Bett.

„Das werde ich nicht", beharrte er und lief nun hinter mir her. „Nicht, bevor du mich wenigstens anhörst."

„Ich werde dir kein Frühstück machen." Das letzte Mal, als er vor Sonnenaufgang bei mir auftauchte, hatte er genau das verlangt. Garantiert wollte er auch jetzt bewirtet werden.

„Ich habe schon gegessen", konterte er. „Und du hast offensichtlich nichts vergessen, obwohl ich mich sehr deutlich daran erinnere, dein Gedächtnis gelöscht zu haben."

Das ließ mich innehalten. Ich erschauderte und fragte: „Was willst du dann?"

„Die APZ hat eine neue Aufgabe für dich", sagte er, und dann gaben meine Knie unter mir nach.

2

Kurze Zeit später wachte ich wieder auf. Ich hoffte sehr, dass dieser Fehlstart in den Tag nichts weiter als ein schlechter Traum gewesen war, aber nein.

Mein ehemaliger Chef, Mr Fluffikins, saß zusammengerollt auf meiner Brust, und er starrte mich aufmerksam an. „Bist du jetzt fertig mit dem ganzen Theater?“

„Geh von mir runter“, fauchte ich und stieß ihn von mir, damit ich mich aufsetzen und mir die pochenden Schläfen massieren konnte.

„Ein bisschen mehr Respekt für deinen Arbeitgeber, bitte“, knurrte er.

Mein Arbeitgeber, ha! Ich hatte mich nie bei der Agentur für paranormale Zeitarbeit beworben und wollte es auch gar nicht. Ich war ganz glücklich in meiner Rolle als Teilzeit-Romanautorin, die in Vollzeit tun konnte, was sie wollte.

Zumindest, bis Fluffikins mit seiner Mannschaft auftauchte und alles auf den Kopf stellte.

Die schwarze Katze blieb in meiner Nähe sitzen und starrte mich an.

Eine Wolke aus kurzen, schwarzen Haaren wehte mir ins Gesicht und brachte mich zum Niesen. Ich machte mir nicht die Mühe, meinen Mund zu bedecken, in der Hoffnung, dass der ekelhafte Sprühregen mich endlich von meinem unerwünschten Besucher befreien würde.

Er stöhnte und trottete den Flur entlang. „Ich warte am Küchentisch auf dich. Kommst du, wenn du fertig bist, und bringst vielleicht etwas Steak oder Krabben mit?"

Ja, natürlich. Einfache Sahne war nicht gut genug für dieses Ärgernis auf Pfoten. Nur teure Fleischstücke konnten ihn besänftigen. Aber warum war das für mich wichtig genug, mich daran zu erinnern? Ich wollte ihn nicht in meinem Leben haben, und ich wollte auch nicht in seinem sein.

Ich lag also eine ganze Weile auf dem alten, abgewetzten Teppich in meinem winzigen Häuschen und hoffte, wenn ich es lange genug hinauszögerte, würde Fluffikins sich wieder verziehen.

Leider war es nicht mein Glückstag.

„Was willst du hier?", stöhnte ich, während ich in die Küche schlurfte.

Fluffikins seufzte, als sei ich diejenige, die unangemeldet in seinem Haus aufgetaucht wäre. „Ich habe dir doch bereits gesagt, dass der Vorstand eine neue Aufgabe für dich hat."

Ich schnappte mir eine Banane aus der Obstschale oben auf

dem Kühlschrank und erdolchte den kleinen schwarzen Kater regelrecht mit meinen Blicken, während ich sie schälte. „Das mache ich nicht."

Er verdrehte seine übergroßen, goldenen Augen. „Die Sache ist bereits entschieden."

In dem Moment verschluckte ich mich an einem Stück Banane. Ich keuchte und hustete, während es mir die Kehle hinunterrutschte. „Entschieden? Ohne mich? Nicht schon wieder!"

„Deshalb bin ich der Chef und du bist nur eine Aushilfe."

„Was ist, wenn ich keine Aushilfe sein will?"

„Zu spät", entgegnete er mit einem Zucken seines Schwanzes.

„Weißt du, du könntest es bei Gelegenheit mit Schmeicheln versuchen", meinte ich, lehnte mich gegen den Kühlschrank und schloss die Augen. Es war noch viel zu früh für diese Spielchen. Ich brauchte mindestens noch eine Woche, um mich vom letzten Mal zu erholen, als dieser kleine schwarze Kater meine Welt auf den Kopf gestellt hatte. Und doch war er wieder da, und wenn es einen Weg gab, ihn dazu zu bringen, ein „Nein" als Antwort zu akzeptieren, dann hatte ich ihn noch nicht gefunden.

„Ich muss nicht auf Zehenspitzen um deine zarten, menschlichen Gefühle herumschleichen." Seine Stimme wurde tiefer und unangenehmer. Fluffikins hatte diese unheimliche Art, seine Worte zu einem einzigen, ununterbrochenen Ton zu verbinden. Das zerstörte jegliche Niedlichkeit, die ihm seine Schnurrhaare und sein wuscheliges Gesicht verliehen und ließ ihn regelrecht albtraumhaft wirken. „Was ich brauche, ist deine Hilfe bei der Suche nach unseren vermissten Außendienstagenten."

Ich öffnete den Mund, um ihn weiter zu beschimpfen, hielt aber inne, als mir klar wurde, was er gerade gesagt hatte. „Außendienstagenten sind verschwunden?“

Er ließ den Kopf hängen. „Ja, einige unserer Besten.“

Mr Fluffikins hatte mir kurz zuvor enthüllt, dass das, was die meisten Menschen für streunende Katzen hielten, in Wirklichkeit Agenten waren, die im Außendienst arbeiteten, um das magische Gleichgewicht aufrechtzuerhalten und die verschiedenen regionalen, paranormalen Gremien auf mögliche Anzeichen einer Störung aufmerksam zu machen.

„Soll ich in den örtlichen Tierheimen nachsehen, ob sie dort sind?“, bot ich an. So ungern ich auch den Eindruck vermitteln wollte, dass er jederzeit und aus welchem Grund auch immer auf mich zählen konnte, so besaß ich doch ein Herz. Wenn hier wirklich Leben auf dem Spiel standen, dann …

„Sei nicht albern“, fauchte er und ließ seinen Blick wieder zu mir schweifen. „Dort haben wir zu allererst nachgesehen, aber ohne Erfolg. Und außerdem verschwinden immer wieder Agenten von der Straße.“

Ich zog einen Stuhl heraus und nahm Platz. „Was passiert mit ihnen?“

„Keine Ahnung, und ich habe nicht wirklich die Zeit, einen weiteren Normalo einzustellen und mit unserer Welt vertraut zu machen. Da Barnes dafür gesorgt hat, dass du deine Zeit bei uns nicht vergessen hast, können wir genauso gut auch dich nehmen.“

„Schön zu hören, dass ich deine erste Wahl bin.“ Ich schluckte jede weitere Erwiderung hinunter.

„Da dies eine diplomatische Angelegenheit ist, wirst du natürlich direkt für mich arbeiten." Er schien darüber ebenso wenig erfreut zu sein wie ich.

„Natürlich“, wiederholte ich und bemühte mich, meine Miene neutral zu halten.

Mr Fluffikins starrte mich aus zusammengekniffenen Augen an. Eine offensichtliche Einschüchterungstaktik, die leider bestens funktionierte.

„Gut, aber nur, weil möglicherweise Leben auf dem Spiel stehen“, knurrte ich in vollem Eingeständnis meiner Niederlage.

„Es stehen immer Leben auf dem Spiel, wenn es um Magie geht. Hast du beim letzten Mal denn gar nichts gelernt?“

„Ich schätze nicht“, sagte ich, während ich auf meiner Banane herumkaute. „Also, wann fangen wir an?“

„Sofort“, sagte er, sprang von meinem Küchentisch und machte sich auf zur Tür.

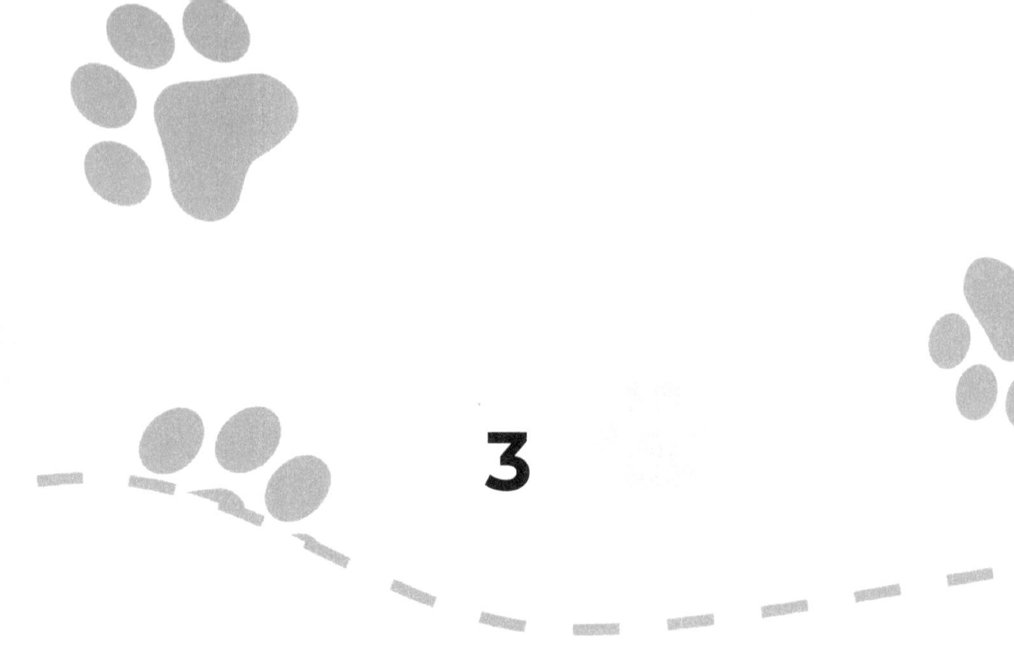

3

Anstatt Fluffikins, der auf meine Tür zustürmte, hinterherzujagen, blieb ich sitzen und stieß ein gewaltiges Gähnen aus. Das letzte Mal, dass ich richtig geschlafen hatte, war während des kurzen magischen Komas gewesen, in das ich nach meinem letzten großen Auftrag versetzt worden war. Seitdem hatte ich entweder angsteinflößende Flashbacks oder verbrachte lange Nächte damit, wach zu liegen und mich zu fragen, wie ich jemals etwas so Gewaltiges wie die Existenz von Magie hatte übersehen können – und das auch noch fünfunddreißig Jahre lang.

Unnötig zu sagen, dass ich verdammt müde war. Vor allem, wenn man die frühe Stunde in Betracht zog.

Trotzdem, wenn Leben auf dem Spiel standen, musste ich wohl einen weiteren Auftrag in dem Job annehmen, um den ich nie gebeten hatte und den ich definitiv nicht wollte.

„Lass mich nur schnell duschen, um mich etwas aufzuwecken, und dann gehöre ich ganz dir“, sagte ich mit einem artigen Lächeln. Schon als ich diese Worte sagte, wusste ich, dass sie nicht so gut ankommen würden.

In der Tat verzog Fluffikins das Gesicht und schüttelte den Kopf. „Welchen Teil von *Wir fangen sofort an* verstehst du nicht? Es ist das *sofort*, richtig?“

Ich sah ihn finster an. Könnte ich seine Wünsche ignorieren und mich einfach unter die Dusche stellen? Nein, er würde mir wahrscheinlich folgen, und das Letzte, was ich brauchte, war ein unausstehlicher Kater, der meinen nackten Körper anstarrte und abfällige Bemerkungen machte. „Warum bist du so gemein?“, knurrte ich durch zusammengebissene Zähne.

„Warum bist du so faul?“, schoss er zurück.

Ich war viel zu müde, um mir eine schlagfertige Antwort einfallen zu lassen. Stattdessen warf ich die Hände in die Luft und marschierte zur Tür.

Der schwarze Kater folgte mir nach draußen ins Licht der aufgehenden Sonne und schien recht zufrieden mit sich zu sein.

Ich hob eine Hand, um meine Augen abzuschirmen. „Was jetzt?“

„Halte mich“, sagte der Kater beinahe schon niedlich, aber ich war nicht auf den Kopf gefallen – und schon gar nicht, was ihn betraf.

„Igitt, nein.“

„Willst du nun fliegen oder nicht?“

„Ich kann nicht fliegen, Mr Superschlaumeier. Du hast mir meine Magie genommen.“ Ich spürte, wie er mich mit diesen beunruhigend intelligenten Augen anstarrte, hielt den Blick jedoch weiter auf den Horizont gerichtet.

„Erstens war diese Magie nie die deine“, korrigierte er auf seine neunmalkluge Art. „Sie gehört der APZ. Zweitens, heb mich auf und drück mich fest an deine Brust.“

„Aber …“, begann ich zu argumentieren, unterbrach mich jedoch mit einem lauten, sonoren „AUTSCH!“

Fluffikins fauchte und versenkte seine Krallen in meiner Pyjamahose, dann kletterte er an mir hoch wie an einem Kratzbaum.

Instinktiv griff ich nach ihm und riss ihn und seine scharfen Krallen von mir. Kaum hatte ich das getan, schoss ein Schwall rosa Magie aus seinem kleinen Katzenkörper hervor und katapultierte uns in den Himmel über meinem Gästehäuschen.

Ahh, wer könnte die funkelnde rosa Magie vergessen, die mehr Macht hatte als alle Vorstandsmitglieder zusammen? In der Tat hatte ich es aktiv versucht, es jedoch bisher noch nicht geschafft.

Ich klammerte mich fest an Mr Fluffikins‘ geschmeidigen Körper, während wir immer schneller unserem Ziel entgegenflogen. Ich hatte das Fliegen beim ersten Mal definitiv mehr genossen, als ich auf einem Besen saß und zumindest ein wenig Kontrolle über das Ganze zu haben schien.

Verzweifelt kniff ich die Augen zu und konzentrierte all meine Energie darauf, diesen verrückten Kater an meine Brust zu drücken. Ich öffnete sie erst wieder, als ich spürte, wie mein Hintern in einen gepolsterten Bürostuhl fiel.

„Genug! Lass mich los!“, fauchte Fluffikins, während er sich gegen meinen eisernen Griff wehrte.

Ich ließ ihn los, wie angewiesen, und er sprang auf den Tisch und begann, sich energisch zu putzen – offenbar durch meine Berührung beschmutzt. Die funkelnde, rosafarbene Magie, die diesen Ort erdete, stieg zur Glasdecke des großen Konferenzraums auf und zog die Paneele zu, um mich und Fluffikins darin einzuschließen.

„Ich dachte, wir hätten keine Zeit zum Duschen“, murmelte ich irritiert. Auch wenn ich nur eine Aushilfe war, gefiel mir die Doppelmoral nicht, die hier im Spiel war. Schließlich hatte ich das alles nicht gewollt. Eigentlich hatte ich mir wieder einmal nur eine schöne, heiße Dusche gewünscht, um meinen Tag ordentlich zu beginnen.

„Ich kann nicht einfach den Gestank deiner verschwitzten Handflächen auf meinem Fell lassen“, erklärte er, während er sich striegelte, wobei seine Stimme dumpf und noch schwerer zu verstehen war als sonst. „Außerdem bin ich der Boss, ergo gelten da andere Regeln.“

„Aha.“ Ich verschränkte die Arme vor der Brust und blieb mindestens fünf Minuten lang so sitzen, während der Kater seiner spontanen Badestunde nachging. Zum Teil war ich versucht, einfach rauszumarschieren und den Heimweg anzutreten, aber ich wusste, dass die APZ mich nicht so einfach gehen lassen würde.

„Entschuldigung, ich dachte, wir hätten es richtig eilig?“, nölte ich und kippelte genervt mit dem Stuhl.

„Fast … fertig …“, informierte er mich inmitten seiner ausgiebigen Katzenwäsche.

Ich stöhnte und legte den Kopf auf den Tisch. Vielleicht könnte ich ein wenig Schlaf nachholen? Denn wer wusste schon, wie lange Fluffikins sich putzen würde, wenn er erst einmal angefangen hatte? Putzten Katzen sich nicht etwa zwanzig Stunden am Tag – oder war das Schlaf? Nun, was auch immer normale Katzen taten, Fluffikins war keine. Auch wenn er behauptete, dass alle von ihnen Magie besäßen, bezweifelte ich, dass alle so wie er mit Menschen sprechen konnten.

Weitere fünf Minuten vergingen, bis er endlich fertig war und mich völlig ungeduldig und ungerührt ansah. „Na, worauf wartest du? Lass uns gehen!“

Ich hob meinen Kopf gerade noch rechtzeitig, um zu sehen, wie er davonlief, als wäre ich die Ursache für die Verzögerung gewesen.

Langsam glaubte ich, dass er sich Aushilfen nur hielt, um jemanden zu haben, den er anschreien konnte, wenn die Dinge nicht so liefen, wie er es erwartet hatte.

Was bedeutete, dass mir wohl ein absolut fabelhafter Tag bevorstand.

4

„Warte“, rief ich dem sich schnell entfernenden Kater hinterher. Warum kam es mir so vor, als würde ich nichts anderes tun, als ihm nachzujagen?

„Wo sind die anderen?“, schrie ich ihm hinterher.

Mr Fluffikins blieb nicht stehen, sondern rief mir seine Antwort zu, während er weiter durch die dunklen Flure des Bürogebäudes eilte und mir keine andere Wahl ließ, als zu laufen, um aufzuholen. „Da ist sonst niemand. Du kannst nicht erwarten, dass wir jedes Mal den gesamten Vorstand einberufen, wenn du uns besuchst.“

„Aber ich hab' nicht ... Ach, vergiss es einfach.“ Egal, wie wütend er mich machte, es hatte keinen Sinn, mit ihm zu streiten. Fluffikins würde stets seine Autorität spielen lassen, und ich würde unweigerlich noch entnervter sein als zu Anfang. Trotzdem wäre es schön gewesen, Greta oder Parker oder irgendjemand anderen hier zu haben, der als Puffer zwischen mir und dem störrischen Kater dienen konnte.

Ich hoffte immer noch auf das plötzliche Auftauchen eines Verbündeten, als Fluffikins mich in einen riesigen Lagerraum führte, den ich sofort als den Ort erkannte, an dem er mich vor ein paar Tagen während unseres letzten „Trainings“ mit Windböen und Feuerbällen beworfen hatte. Die unangenehme Erinnerung machte mich nervös und ließ mich kurz vor dem Eingang stehen bleiben.

„Was machst du da?“, fauchte er vom anderen Ende des Raumes. „Komm rein, und zwar sofort!“

Ich schluckte meine Angst mit der fadenscheinigen Begründung hinunter, dass Mr Fluffikins meine Hilfe brauchte und mir deshalb nichts antun würde. *Vermutlich.* Obwohl ich das letzte Mal, als ich unter seinem Schutz stand, fast von einem enterbten Magier und seiner gruftigen Enkelin ermordet worden wäre. Aber wer behielt da schon den Überblick?

Ich marschierte direkt auf ihn zu, mein Atem ging schnell und flach. Je eher ich tat, was er wollte, desto eher würde er mich in Ruhe lassen. Dieses Mal hoffentlich für immer.

Als ich Fluffikins endlich erreichte, sprang er in eine Öffnung in der Decke, huschte ein Stück über mir herum und fiel dann in dieser nervtötenden Mischung aus natürlicher Anmut und unnatürlicher magischer Effekthascherei wieder auf den Boden. Er spuckte mir einen silbrig glänzenden Gegenstand vor die Füße.

„Meine Magie“, rief ich. „Bekomme ich sie wirklich zurück?“

Dieses verschnörkelte Schmuckstück sah aus wie eine Kreuzung aus einem Schmetterling und einer Schleife. Als es mir das letzte Mal von Fluffikins und der APZ geschenkt worden war, hatte es die Magie der Stadthexe nachgeahmt. Die Rolle, die ich spielen sollte, während sie den Mörder der ehemaligen Oberhexe der Stadt ausfindig machten.

Ich hatte es nicht lange besessen und auch noch nicht wirklich viel damit gemacht, aber ich sehnte mich trotzdem danach.

Die Stärke des plötzlichen Verlangens, das mich überkam, war erschreckend.

Keine Magie mehr. Das war eine meiner drei Regeln. Doch als ich mich bückte, um die Brosche aufzuheben, schoss Vorfreude durch meine Adern.

„Glaubst du wirklich, wir würden dir wieder so viel Macht geben? Beinahe wären wir wegen dir draufgegangen, und das vor … ungefähr einer Woche." Natürlich musste er mich sofort in meine Schranken weisen.

„Vor einer halben Woche", korrigierte ich ihn, schüttelte dann den Kopf und erhob die Stimme. „Das tut jetzt aber nichts zur Sache. Wenn diese Brosche nicht meine Magie enthält, wozu ist sie dann gut?"

Er stellte eine Pfote auf meinen Fuß, und ich hatte nur eine dünne Socke an, die mich vor den Krallen schützen konnte. „Diese Magie war nie deine. Denk dran, du bist nur eine Aushilfe."

„Wie konnte ich das nur vergessen", murmelte ich vor mich hin. Ich verabscheute diesen Job ebenso sehr wie ich mich danach sehnte.

„Irgendwelche Fragen?"

„Ich habe immer noch keine Ahnung, was ich hier mache oder warum du mich ausgewählt hast."

Er neigte den Kopf zur Seite und studierte mich. „Das ist nicht wirklich eine Frage, oder?"

„Ähm."

„Also gut. Steck dir die Brosche ans Hemd und folge mir."

„Warte", rief ich wieder. Es schien, als würde ich ihn immer bitten zu warten, aber jetzt, wo mein Verstand sich ein wenig gefangen hatte, wollte ich doch etwas fragen. „Letztes Mal konnte ich die Magie nicht sehen, bis du mir meine Kräfte gegeben hast. Dieses Mal konnte ich sie sofort sehen. Warum?"

Er gluckste leise vor sich hin. „Wie scharfsinnig. Das wird dir bei der heutigen Mission helfen."

Ich lächelte und nickte. Dann wartete ich. Dann fragte ich: „Willst du denn nicht antworten?"

„Ich bin der Diplomat, also entscheide ich, wer sie sehen darf und wann."

„Also war es vorher nicht die Brosche, sondern du?"

„Ich bin viel beeindruckender als ein winziges Schmuckstück", spottete er. „Was glaubst du, wie die Magie da überhaupt reingekommen ist?"

„Oh", murmelte ich nur.

„Oh", äffte er nach und verdrehte die Augen. „Jetzt hefte dir das Ding ans Hemd und folge mir."

Diesmal tat ich, wie mir geheißen wurde, und folgte ihm zurück in den Sitzungssaal.

„Mach die Tür zu", sagte er zu mir, als wir drin waren. Er war schon auf den langen Tisch gesprungen und begann, hin und her zu stolzieren. „Den Bildschirm herunterfahren."

„Welchen Bildschirm?", fragte ich und suchte die Wände und die Decke ab, sah aber nichts außer dem Raum, dem spärlichen Mobiliar und der sich drehenden, rosa Magie.

„Nicht du", sagte er kalt.

Die rosafarbene, magische Essenz, die Fluffikins' Vorstand mit den anderen auf der ganzen Welt verband, wirbelte weiter und enthüllte eine große Projektionsfläche. Ein Bild von Fluffikins, der auf dem Tisch stand, erschien auf der Leinwand.

„Was zum …?", setzte ich an, ließ dann aber meine Worte ausklingen.

„Die Magie der Technik", verriet er mir mit einem zufriedenen Grinsen.

In dem Moment wurde es mir klar: Er hatte mir kein einziges Quäntchen Magie gegeben, sondern eine versteckte Kamera.

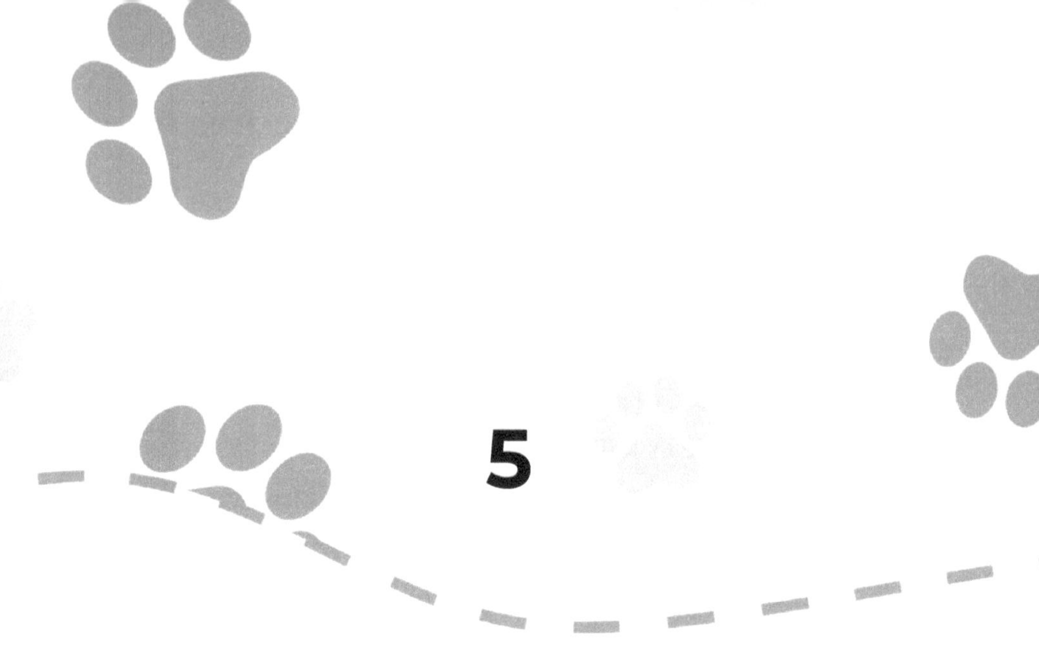

5

Ich presste irritiert die Zähne zusammen. „Also brauchst du meine Hilfe eigentlich nicht. Du brauchst nur jemanden, der die Kamera für dich trägt."

„Genau." Der Kater nickte enthusiastisch mit dem Kopf. „Wir brauchen eine, die so unauffällig ist, dass die anderen Magier sie nicht bemerken werden. Und da kommst du ins Spiel."

„Na toll, danke für nix." Er hatte mich schon oft beleidigt, und er würde es bestimmt wieder tun. Ich konnte nicht mein ganzes Selbstwertgefühl darauf stützen, was ein dummer Kater dachte, selbst wenn er derjenige war, der das Sagen hatte.

Er marschierte den Tisch entlang und blieb vor mir stehen. Seine Schnurrhaare zuckten nachdenklich. „Obwohl, was hast du dir nur bei dieser Haarfarbe gedacht? Sie ist nicht ganz so vergesslich wie der Rest von dir."

Ich hob eine Hand und berührte mein kaugummirosafarbenes

Haar. Es war der einzige Beweis dafür, dass ich jemals magische Fähigkeiten besessen hatte. Ich hatte versucht, mich in einen Flamingo zu verwandeln – eine lange Geschichte – und war stattdessen bei dieser einzigartigen und lebhaften neuen Frisur gelandet. Sie war mir mittlerweile sehr ans Herz gewachsen.

„Ich werde meine Haare nicht ändern", presste ich durch zusammengebissene Zähne hervor. Okay, vielleicht war ich immer noch ein wenig empfindlich, aber niemand mochte es, beleidigt zu werden, nicht wahr?

„Ich sage ja nicht, dass *du* es ändern sollst." Mr Fluffikins drehte sich in einem engen Kreis und zeigte dann mit seiner Pfote dramatisch auf mich. „Ich werde es für dich tun!"

Ich schoss unter Protest von meinem Stuhl hoch. „Das kannst du nicht machen. Magie oder nicht, ich habe Rechte!"

Fluffikins starrte ungläubig auf die Pfote, die auf mich gerichtet war.

„Was ist?", fragte ich, fast ängstlich zu erfahren, was den normalerweise so blasierten Kater beunruhigt hatte.

Er antwortete nicht, aber er schaute einige Male von mir zu seiner Pfote, während er vor sich hinmurmelte. Ich glaubte, die Worte „nicht möglich" auszumachen, war mir aber nicht ganz sicher.

Trotzdem musste ich wissen, was hier vor sich ging, also riss ich die Brosche von meiner Brust und richtete sie auf mein Gesicht. Einen Sekundenbruchteil später erschien mein Bild auf der Projektionsfläche, mit kaugummirosa Haaren und allem Drum und Dran.

„Oh", sagte ich und sah mich selbst auf dem Bildschirm sprechen. „Du hast versucht, meine Haare zu verändern, aber du konntest es nicht. Heißt das, ich bin mächtiger als du?“ Ich konnte nicht anders, als über diese unerwartete Wendung der Ereignisse zu lachen.

Mr Fluffikins fauchte ungehalten. „Es war nur ein Scherz. Ich hatte nie vor, deine blöden Haare zu ändern.“

Wir wussten beide, dass das eine Lüge war. Aber ich verstand immer noch nicht, wie ich mich seiner Kräfte mit meiner temporären Magie hatte widersetzen können. Er war immerhin die stärkste magische Kreatur in der ganzen Region, es sei denn ...

„Okay, genug geglotzt“, fauchte er, drehte sich um und marschierte zum hinteren Teil des Tisches. „Es ist Zeit für deinen Imagewechsel.“

„Nein. Du wirst meine Haare nicht verändern“, erinnerte ich ihn mit einem finsteren Blick. Dass er sie gerade nicht ändern konnte, war höchstwahrscheinlich nur ein Zufall. Im Großen und Ganzen gab es jedoch weitaus wichtigere Dinge, auf die ich mich konzentrieren musste. Zum Beispiel, diese Aufgabe mit gesundem Menschenverstand und halbwegs intaktem Selbstwertgefühl zu bewältigen.

„Die Haare können bleiben, aber der Rest von dir braucht ein Upgrade.“ Er hüpfte vom Tisch und trabte zu mir herüber. „Jetzt steh auf.“

Ich stellte mich auf die Füße. Ein Teil von mir war beleidigt, aber der andere Teil war zu fasziniert, um zu widerstehen. Was könnte eine magische Umgestaltung mit sich bringen?

„Das ist nicht ganz mein Fachgebiet“, gab der Kater zu, während er um mich herumlief. „Rufe Connie herbei“, sagte er so deutlich, wie ich ihn noch nie zuvor gehört hatte. Er hielt tatsächlich nach jeder Silbe inne.

Sobald er den Befehl gegeben hatte, verschwand der Bildschirm aus der Mitte des Raumes und die funkelnde, rosa Magie schoss durch die Decke wie ein Golden Retriever, der einem Ball hinterherjagte.

„Sollte nur ein paar Augenblicke dauern", informierte Fluffikins mich, sprang hoch und ließ seinen Hintern auf den Tisch plumpsen, dann leckte er eine Pfote und fuhr sich damit über die Stirn.

„Connie ist für den Handel zuständig, richtig?", fragte ich und blieb stehen, während ich versuchte, mich an den Rest des Vorstands zu erinnern. Ich hatte beim letzten Mal niemanden kennengelernt, abgesehen von Parker, Greta und meiner jetzigen Begleitung. Fluffikins leitete den Vorstand, aber er bestand noch aus sechs weiteren, wichtigen magischen Persönlichkeiten der Gemeinde. Neben dem Vorsitzenden gab es die Stadthexe sowie Verbindungsleute zur Polizei, zu Schulen, Friedhöfen, zur Landwirtschaft und zum Handel.

Obwohl ich Connie während unseres letzten Abenteuers nicht sehr gut kennengelernt hatte, erinnerte ich mich daran, dass sie sehr gut gekleidet und ein wenig schroff in ihrer Ausdrucksweise gewesen war. Sie hatte sicherlich auch keine Angst, Fluffikins oder jemand anderem zu widersprechen.

Ein paar Minuten später schwebte sie bereits zu uns in den Sitzungssaal hinunter. Trotz der frühen Stunde sah sie aus, als hätte sie gerade ziemlich viel Zeit im Salon verbracht. Sie hatte ein komplettes Make-up aufgelegt und trug ihr Haar perfekt frisiert.

Ungeachtet ihrer Fülle bewegte sie sich mit müheloser Anmut. Ich war so fasziniert, dass ich den Blick nicht abwenden konnte.

„Was gibt es denn?“, schnauzte sie in Richtung der Katze.

„Ich schicke Tawny los, um die Sache mit den verschwundenen Außendienstlern zu untersuchen. Sie muss entsprechend aussehen.“ Er schien sich nicht an ihrer Unhöflichkeit zu stören, obwohl er mir immer halb die Ohren abriss, wenn ich eine abfällige Bemerkung machte.

„Hmmm.“ Connie biss sich auf die Lippe, während sie mich studierte. Ein kleiner Blutstropfen bildete sich durch den entstehenden Druck, und ihre Zunge schoss heraus, um ihn abzulecken.

Ich machte vor Schreck einen gewaltigen Schritt rückwärts.

„Was? Hast du noch nie einen Vampir gesehen?“, fragte sie und entblößte dann ihre Reißzähne vollständig, sehr zu meiner Überraschung und meinem Entsetzen.

Ich stolperte einen weiteren Schritt zurück, bis mein Rücken gegen die Wand stieß, und wimmerte leise. Würde ich wirklich auf diese Weise sterben?

6

„Also, sprechende Katzen, Hexen und Engel sind allesamt in Ordnung, aber bei Vampiren ziehst du die Grenze, was?“ Connies Worte waren scherzhaft, aber ihr Ausdruck spiegelte eindeutige Verärgerung wider. Vielleicht sogar einen Hauch von Feindseligkeit.

„Ich ...” Was hätte ich denn sagen sollen? *Nein, nein, nein. Du bist in Ordnung. Bitte akzeptiere mein Blut als Entschuldigung?* Auf keinen Fall.

„Entschuldigung“, quietschte ich daher nur.

Connie schüttelte stirnrunzelnd den Kopf. „Entschuldigung ist nicht gut genug.“ Sie trat näher, die Augen auf meine wild pochende Halsschlagader gerichtet.

Uns trennten nur noch Zentimeter. Mit dem Rücken an die Wand gepresst, hatte ich keine Möglichkeit zu entkommen. Ich schluckte schwer und zwang mich dazu, nicht auf Connies Designer-Pumps zu kotzen.

„Bitte, friss mich nicht“, jammerte ich kläglich, kniff die Augen fest zusammen und hielt den Atem an.

Connie und Fluffikins brachen beide in Gelächter über meine offensichtliche Angst aus.

„Bitte, friss mich nicht, du großer, furchterregender Vampir!“, rief die Katze mit einer affektierten Stimme, die offenbar so wie meine klingen sollte.

Ich öffnete meine Augen wieder. Jetzt, wo ich nicht mehr ganz so viel Angst hatte, war ich wütend.

„Normalos“, sagte Connie mit einem Seufzer. Ein leichtes Lächeln umspielte ihre Lippen. Ihre blutroten Lippen.

„Ich ... ich finde es nicht gut, dass du dich über mich lustig machst“, stotterte ich und versuchte, ruhiger und gefasster zu wirken, als ich mich tatsächlich fühlte. „Es ist nicht meine Schuld, dass ich noch nie einen Vampir im echten Leben getroffen habe.“

„Das hast du wahrscheinlich schon“, erwiderte Fluffikins mit einem nachdenklichen Gesichtsausdruck. „Du hast es nur nicht bemerkt.“

Mir klappte vor Schreck die Kinnlade herunter.

„Lass mich raten“, warf Connie ein, stemmte eine Hand in die Hüfte und starrte mich genauso aufmerksam an wie zuvor. Erst da bemerkte ich, dass sie nicht blinzelte. „Du hast all die alten Klassiker gelesen, wie Dracula, Twilight, Interview mit einem Vampir?“

„Äh, klar. Ich bin Autorin. Ich lese gern.“ So sehr ich auch mit dieser neuesten Enthüllung zurechtkommen wollte, schrien meine Instinkte immer noch, dass ich in Deckung gehen sollte.

„Ähm, zählt Twilight jetzt etwa zu den Klassikern?“, fügte ich hinzu, um die Stimmung zwischen uns etwas aufzulockern.

Niemand lachte über meinen Witz.

Connies Nase zuckte, als müsste sie niesen, und dann sagte sie: „Die Normalos verstehen so viel falsch, und wenn sie endlich mal etwas begreifen, ist ihre Auffassung völlig veraltet.“

„O... kay“, sagte ich, denn es schien, als ob sie erwartete, dass ich etwas erwiderte.

„Vampire trinken kein Blut. Nicht mehr“, fuhr sie fort. An diesem Punkt wurde mir klar, dass sich ihr Brustkorb nicht mit den normalen Atemzügen einer Lebenden hob und senkte. Wahrscheinlich, weil sie nicht lebendig war. Sie war ein verdammter Vampir.

Ich runzelte die Stirn und starrte sie an, teils ungläubig, teils in anhaltendem Entsetzen. „Warum hast du dann gerade ...?“

Sie grinste zum ersten Mal. „Um dich zu ärgern, offensichtlich.“

„Trinkst du Hirschblut wie die Cullens?“ Je besser ich die furchteinflößende Kreatur verstand, die vor mir stand, desto weniger würde ich sie fürchten. Zumindest hoffte ich das.

„Nein, Liebes. Ich bin tot. Ich muss überhaupt nichts mehr essen oder trinken.“

„Du bist also eher ein Zombie?“

Sie winkte herablassend mit einer fein manikürten Hand. „Nein, nein. Ich esse auch keine Gehirne.“

Fluffikins hüpfte auf den Tisch und räusperte sich. „Erlaubt mir, einzugreifen. Das könnte sonst den ganzen Tag dauern."

Wir drehten uns beide in seine Richtung und warteten auf eine Erklärung.

„Vampire entziehen den Menschen die Lebenskraft, um zu überleben", verriet er mir.

Ein Schauer durchlief mich. „Ja, Blut."

Connie schüttelte den Kopf. „Das war einmal, aber jetzt nicht mehr."

„Was denn dann …?"

„Geld", sagten sie beide gleichzeitig.

Ich dachte einen Moment lang darüber nach, konnte aber das, was sie jetzt sagten, nicht mit den Geschichten in Einklang bringen, die ich als Kind immer über Vampire gehört hatte.

„In eurer *modernen* Welt …" Connie zeichnete mit den Fingern Anführungszeichen in die Luft. „… bedeutet Geld Unsterblichkeit. Wenn man genug davon hat, kann man sich praktisch vom Tod freikaufen."

„Nein, das stimmt nicht. Reiche Leute sterben ständig", argumentierte ich und weigerte mich, ihre Worte zu glauben. Sie hatte recht. Es schien, als ob ich bei Vampiren die Grenze zog.

„Nur die Normalos. Magier können ewig leben, wenn wir es wollen", erklärte Fluffikins. „Deshalb behauptet man unter anderem auch, dass Katzen neun Leben haben."

„Nein, das stimmt auch nicht. Mrs Haberdash ist doch erst letzte Woche gestorben", murmelte ich und bezog mich auf meine frühere Vermieterin, durch deren Tod meine Zusammenarbeit mit der APZ überhaupt erst begonnen hatte.

„Sie wollte kein Vampir werden“, stellte Fluffikins klar. „Ich habe ihr diese Option angeboten, bevor wir unseren Plan festlegten.“

„Vorurteilsbehaftete alte Hexe“, sagte Connie und fügte noch einen ausdrucksvollen Fluch hinzu, um das Ganze abzurunden.

„Wenn es so toll ist, ein Vampir zu sein, warum wollte sie diesen Weg dann nicht einschlagen?“, fragte ich mich laut.

„Zu viele Fragen“, sagte Fluffikins mit einem ungehaltenen Peitschen seines Schwanzes. „Connies Rolle bei der Agentur ist nicht das, worauf wir uns hier konzentrieren sollten. Du brauchst ein neues Gesicht.“

„Es gibt gewisse Dinge, auf die man verzichten muss“, flüsterte Connie, ihre Augen direkt auf mich gerichtet. „Man erlangt zwar Unsterblichkeit, aber für manche ist der Preis zu hoch.“

„Was ist denn der …?“

„Genug“, knurrte Fluffikins. „Gib ihr einfach den passenden Look und verschwinde.“

„Ich kann dich nicht leiden.“ Connie starrte den Kater an.

Er rümpfte die Nase und erwiderte spöttisch: „Ich habe nie verlangt oder erwartet, dass du mich magst, aber du hast einen Job zu erledigen, also mach schon.“

Wenigstens war ich nicht die Einzige, die von Mr Fluffikins wie Dreck behandelt wurde. Trotzdem hatte ich noch so viele Fragen, die ich Connie stellen wollte. Hoffentlich würde ich später die Gelegenheit dazu bekommen …

7

Nachdem ich also kurzerhand aus dem Sitzungssaal geschickt worden war, führte Connie mich in ein privates Büro, das ich zuvor noch nie betreten hatte.

„Ist das deins?", fragte ich und schaute mich in dem dunklen, fensterlosen Raum um. Statt eines typischen Schreibtischs mit Stuhl befanden sich zwei elegante und teuer aussehende Clubsessel darin, zwischen denen ein marmorner Beistelltisch stand. Vor ihnen lag ein dunkelvioletter Flokati.

Sie schnaubte. „Mehr oder weniger. In diesem Raum wird eher alles für die Inszenierung vorbereitet, was hauptsächlich meine Aufgabe ist, weil Fluffikins ein bisschen sexistisch drauf ist und die alte Greta keinen Funken Stilgefühl besitzt."

Ich sah sie fragend an. „Inszenierung?"

Es war eine völlig logische Frage, aber Connie kam unglaublich ungeduldig rüber. „Make-up, Kulisse, Glamour. Ich bin immer diejenige, nach der Fluffikins rufen lässt, wenn eine Verschönerung nötig ist."

„Warum magst du ihn nicht?", wagte ich zu fragen. So sehr mich der schwarze Kater auch nervte, war er doch wenigstens berechenbar. In Connies Nähe musste ich schwer auf der Hut sein. Ob sie nun tatsächlich versuchen würde, mein Blut zu trinken oder nicht, alles an ihr schrie GEFAHR in großen Neonbuchstaben.

„Es ist nicht so, dass ich ihn nicht mag. Ich kann es einfach nicht."

Ich verdrehte die Augen. Verdammt, ich und meine Reflexe. „Oh, okay. Das erklärt natürlich alles."

Sie wandte sich von mir ab und ging auf die Wand gegenüber der Sitzecke zu. „Du weißt sowieso schon zu viel. Sie hätten dir die Erinnerungen löschen und es dabei belassen sollen. Und Fluffikins hätte dich definitiv nicht für einen zweiten Auftrag heranziehen sollen, nachdem du beim ersten so einen Mist gebaut hast."

Ich runzelte die Stirn. „Oh, ich verstehe. Du magst mich auch nicht besonders."

„Kein bisschen", stimmte sie mir zu, während sie eine Hängetür zur Seite schob, hinter der ein riesiger Schrank zum Vorschein kam.

Ich schnappte nach Luft, als ich den prächtigen, luxuriösen Kleiderschrank sah, der sich in diesem schäbigen Bürogebäude befand. Er erstreckte sich weiter zurück, als ich mit bloßem Auge erkennen konnte. Er war definitiv magisch erweitert worden. Aber welche Verwendung hatte der Vorstand für diese riesige Kostümabteilung?

Connie atmete tief durch, als sie weiter hinein ging. „Warte dort“, bellte sie. Ich fragte mich, warum sie so dramatisch einatmete, wo sie doch offensichtlich gar nicht atmen musste. Was wollte sie damit kommunizieren?

„Ich verstehe immer noch nicht, warum ich ein Styling brauche“, rief ich und reckte den Hals, um sie zwischen den bunten Kleidungsstücken zu entdecken.

„Du brauchtest sowieso eins, mit oder ohne diesen Auftrag. Du solltest deinen Pyjama nicht außerhalb des Schlafzimmers tragen, Liebes.“ Selbst aus dieser Entfernung hörte ich deutlich, wie abfällig ihr Tonfall klang.

Ich verschränkte die Arme, um mein zerfleddertes T-Shirt zu verbergen, und wetterte leise vor mich hin. Diese mürrische alte Vampirin ließ Fluffikins wie den reinsten Charmebolzen erscheinen.

„Wie läuft die Suche nach der neuen Verbindungsperson zur Polizei?“, rief ich ein paar Augenblicke später in dem unbeholfenen Versuch, Konversation zu betreiben.

„Nicht so toll“, gab sie tonlos zurück.

„Ja, es wird schwer sein, Parker zu ersetzen“, stimmte ich zu. Insgeheim zog ich ihn in der Rolle des Stadthexers vor, denn das bedeutete, dass wir Nachbarn sein durften. Ich fühlte mich auf jeden Fall sicher mit ihm auf dem Grundstück, und ich genoss es, ihn durch mein Fenster zu beobachten, während er den Garten zwischen unseren Häusern pflegte.

„Diesen inkompetenten Mitläufer?“, fragte Connie, dann lachte sie grausam. Ich hatte langsam den Verdacht, dass sie niemanden besonders leiden konnte.

Von da an versuchte ich nicht mehr, sie anzusprechen, sondern wartete stattdessen still auf ihre Rückkehr.

Kurze Zeit später erschien sie mit einem Stapel dunkler, seidener Kleidungsstücke in den Armen – größtenteils schwarz mit ein paar tiefen Violett-Tönen als Kontrast.

Ich lächelte und versuchte zu scherzen. „Ist das einfach eine paranormale Vorliebe, oder tragen wir alle schwarz, um unseren Chefkater zu ehren?"

Connie schnaubte. „Ich trage, was ich will. Du wirst das hier tragen." Sie drückte mir die Klamotten in die Hand, dann trat sie aus dem Schrank und schob das Paneel zu, um mir ein wenig Privatsphäre zu geben.

Zuerst dachte ich, dass das Outfit, das sie ausgesucht hatte, viel zu groß für meine Figur war, aber dann wurde mir klar, dass Hemd, Rock und Strickjacke absichtlich alle übergroß und bauschig waren. Ich sah aus wie die Großmutter der Braut auf einer Gruftihochzeit. *Na fabelhaft.*

Da ich nicht wusste, wie ich die Paneelwand öffnen sollte, klopfte ich, und Connie schob sie für mich auf.

Sie schürzte die Lippen und nickte leicht, dann wies sie auf einen Beistelltisch. „Da sind deine Accessoires", sagte sie bezüglich des riesigen Haufens von Halsketten, Armreifen und Schmuckstücken, die aus Münzen zu bestehen schienen.

Ich schluckte. „Das alles?"

„Ja, hoffentlich wird es reichen", erwiderte sie mit völlig ernstem Gesicht.

„Ich dachte, ich soll möglichst unauffällig aussehen", argumentierte ich, während ich einen gigantischen Ring aufhob und ihn auf einen meiner Finger schob.

„Und um das zu tun, gehst du undercover." Sie ließ sich auf den nächstgelegenen Stuhl sinken. Weder ihre Schritte noch das Hinsetzen selbst machten auch nur das geringste Geräusch. Selbst wenn sie mein Blut nicht wollte, war Connie doch ganz klar ein Raubtier der Sonderklasse.

Plötzlich verspürte ich den Drang, sie am Reden zu halten. Auf diese Weise würde ich wenigstens jederzeit wissen, wo sie war. „Als was soll ich undercover gehen? Scheherazade?"

„Eigentlich als eine Straßenhellseherin."

Ich spitzte die Ohren. „Was?"

„Du wirst in der Stadt einen Tisch mit deiner Kristallkugel und anderen Requisiten aufstellen und du wirst alles beobachten. Oder besser gesagt, Fluffikins wird durch dich alles beobachten."

„Dir ist klar, dass das unglaublich peinlich für mich sein wird, oder?"

„Ah, du hast immer noch Würde. *Niedlich.*" Irgendetwas sagte mir, dass sie es eigentlich nicht so süß fand, aber egal.

Ich zog mir ein metallisches Stirnband über die Stirn und legte mehrere Halsketten übereinander. Nachdem ich Armbänder hinzugefügt hatte, die mir auf jeder Seite bis zu den Ellbogen reichten, drehte ich mich in einem kleinen Kreis, um meinen neuen Look zu präsentieren. „Tada!"

Connie schnitt eine Grimasse. „Was soll das? Lass das gefälligst."

Ich seufzte tief. „Kann ich jetzt wieder zum Bosskater gehen?"

Ich konnte nicht glauben, dass ich tatsächlich wieder in seiner Gegenwart sein wollte.

„Eine letzte Sache“, sagte Connie und schnippte mit den Fingern.

„Möchte ich wissen, was du gerade getan hast?“, fragte ich zögernd.

„Nö. Und jetzt ab mit dir!“

Bevor ich noch etwas sagen konnte, schob sie mich aus der Tür und schlug sie hinter mir zu. Es schien, als würde ich alleine zu Fluffikins zurückkehren.

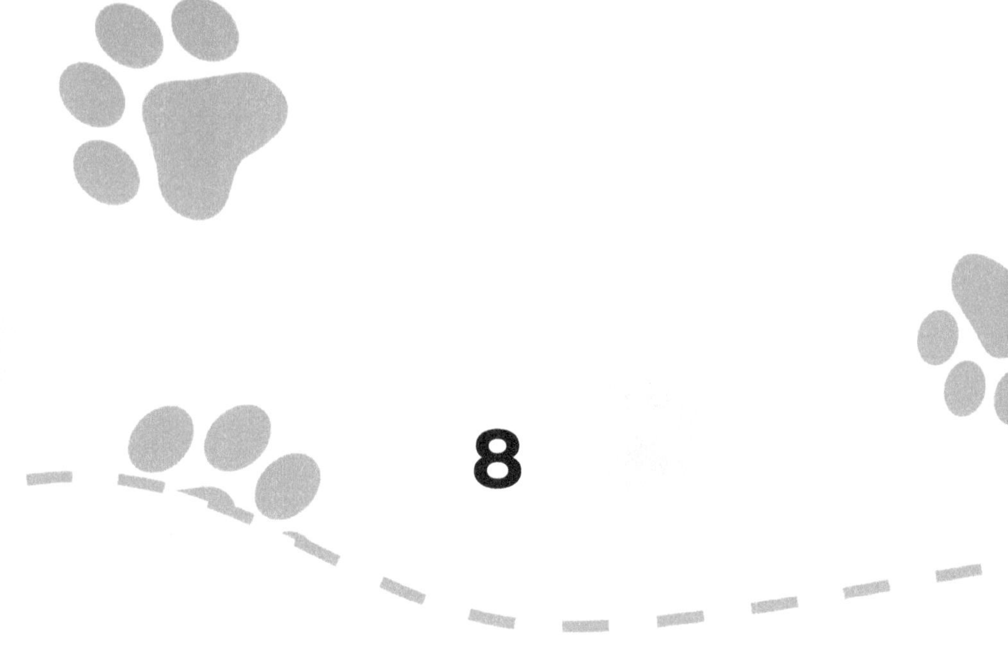

8

„Das hat ja lange gedauert“, beschwerte Fluffikins sich, als ich in meinem prächtigen neuen Gewand erschien. „Lass uns gehen.“

Ich erwartete, dass er uns zu unserem nächsten Ziel fliegen würde, aber stattdessen führte mich der drahtige, schwarze Kater nach draußen auf den Parkplatz, wo ein verbeulter alter Lastwagen stand.

Parker winkte vom Fahrersitz aus. Sein grau meliertes Haar war kürzlich geschnitten worden und brachte seine wunderschönen grauen Augen besser denn je zur Geltung. Ich konnte mir ein Lächeln nicht verkneifen.

„Ihr Menschen seid so offensichtlich“, stöhnte Fluffikins, kurz bevor ich die Beifahrertür öffnete. „Eure Paarungspheromone riechen schlimmer als meine Katzentoilette.“

Parker, der offenbar jedes Wort gehört hatte, lachte in seinen Handrücken.

Währenddessen stand ich wie angewurzelt und absolut gedemütigt da. Ich fragte mich zum hundertsten Mal an diesem Tag, warum ich mich einer solchen Peinlichkeit ausgesetzt hatte. Es war nicht wegen Parker. Ich konnte ihn jeden Tag sehen, jetzt, wo wir Nachbarn waren. Warum ließ ich mich also von dieser kleinen Katze herumkommandieren?

Unbeeindruckt von meinem Stimmungsumschwung, sprang Fluffikins in den Wagen und nahm an Parkers Seite Platz, wobei er ungeduldig mit dem Schwanz schlug, so wie ein Mensch mit dem Fuß wippen würde.

„Komm rein", drängte Parker. „Ich beiße nicht", fügte er hinzu und biss kokett die Zähne zusammen. Okay, jetzt arbeiteten sie also beide daran, mich in Verlegenheit zu bringen. *Wunderbar.*

Ich atmete tief durch und stieg dann ein, wobei ich tunlichst jeglichen Blickkontakt vermied. „Warum fliegen wir nicht?", fragte ich, als Parker rückwärts aus der Parklücke fuhr.

„Wir können nicht gerade mitten in der Innenstadt landen, ohne ungewollt die Aufmerksamkeit der Normalos auf uns zu ziehen", erklärte Parker und bog auf die Hauptstraße ein.

„Okay. Das ergibt Sinn", stimmte ich zu.

Fluffikins legte eine Pfote auf mein Bein und wartete, bis ich ihn ansah. „Durch deine Bücher weißt du zwar ach so viel über Vampire, aber wie sieht es mit Hellsehern aus?"

Ich konnte nicht sagen, ob er es sarkastisch meinte oder nicht. Ich hatte auch keine Ahnung, wie ich diese Frage beantworten sollte. Es war ja nicht so, dass ich tatsächlich tote Angehörige in meinen Sitzungen herbeirufen würde oder so. Soweit ich wusste, sah der Plan vor, dass ich mich bis zu einem Durchbruch in diesem Fall durchschwindeln sollte. Hauptsächlich würde ich wohl als Schachfigur der APZ dienen – eine seltsam gekleidete Schachfigur mit einer erfundenen Hintergrundgeschichte –, aber eben nichts weiter.

„Vampire, hm? Dann hat Connie dir bei dieser kleinen Umgestaltung wohl geholfen. Du siehst übrigens echt gut aus, Tawny."

Mein Herz flatterte in meiner Brust. Ich liebte positive Aufmerksamkeiten von Parker, aber gleichzeitig wünschte ich mir, ich wäre ihm nie begegnet. Hätten wir uns nicht getroffen, dann wäre mein Gedächtnis gelöscht worden und ich hätte den ganzen Zauberkram hinter mir lassen können. Oder vielleicht wäre ich gar nicht erst mit der APZ in Berührung gekommen. Immerhin war er derjenige, der mich gegen meinen Willen hineingezogen hatte.

Fluffikins begann zu husten und zu würgen. „Da kommt mir doch ein Haarballen hoch. Schon wieder diese Pheromone."

Parker war schnell dabei, mich zu verteidigen. „Sei freundlicher zu ihr. Das ist alles sehr neu für sie."

„Die APZ hätte schon längst mit ihr fertig sein können, wenn du dich nicht eingemischt hättest", schnauzte der Kater. „Seit wann kümmern dich die Gefühle unserer Aushilfe? Wirst du im Alter etwa ein Softie?"

Parker schüttelte den Kopf und lenkte meine Aufmerksamkeit von der Straße weg. Als unsere Blicke sich trafen, schenkte er mir ein beruhigendes Lächeln. „Mach dir keine Sorgen wegen ihm. Dies sollte eine viel einfachere Aufgabe sein als beim letzten Mal.

Du musst nur warten, ein paar Wahrsagungen machen und nach Problemen Ausschau halten."

Ich verschränkte die Hände in meinem Schoß. „Zwei von drei sind einfach. Das einzige Problem ist, dass ich nicht weiß, wie man die Zukunft voraussagt."

„Dann unterscheidest du dich nicht von den meisten anderen angeblichen Hellsehern. Glaubst du, echte Magier verschwenden ihre Zeit mit Normalos?"

„Oh, wow. Heißen Dank", murmelte ich und sah wieder aus dem Fenster.

„Ich habe nicht dich gemeint. Du bist anders."

„Pheromone", miaute die Katze entnervt.

„Ach, komm, Fluffikins", stieß Parker hervor. „Erwartest du, dass wir uns überhaupt nicht unterhalten?"

„In meiner Gegenwart, nein." Ich blickte zu dem kleinen Kater hinüber und sah ihn mit hoch erhobenem Kopf und sturem Gesichtsausdruck dort sitzen.

„Dann ruf das nächste Mal jemand anderen, der den Truck fährt", schoss Parker zurück.

„Du weißt, ich würde es selbst tun, wenn ich könnte."

„Ja, aber das kannst du nicht, dank deiner unbeholfenen Pfoten."

An jedem anderen Tag hätte ich einen solch feurigen Schlagabtausch mit größtem Interesse verfolgt. Heute wollte ich jedoch nur lernen, wie ich meine Aufgabe zu erledigen hatte, damit ich sie zur Zufriedenheit dieser nervigen Katze beenden und in mein langweiliges, vorhersehbares Normaloleben zurückkehren konnte. Wen kümmerte es, wenn der Vorstand auf mich und mein zumeist einfaches Leben herabschaute? Ich liebte es genau so, wie es war … bevor sie beschlossen hatten, alles zu vermasseln.

„Tawny", sagte Parker sanft. „Du wirst schon klarkommen. Sag einfach allgemeine Dinge und beobachte, wie der Kunde reagiert. Sammle Hinweise über ihre Kleidung, ihre Ausdrucksweise und so weiter. Glaube mir, das wird reichen."

„Hört sich an, als hättest du das schon mal gemacht", bemerkte ich, unfähig, ein Lächeln zu unterdrücken. Ich musste wirklich aufhören, mich in ihn zu verknallen, für meinen eigenen Verstand und meine zukünftige Sicherheit.

Er lachte und zuckte mit den Schultern. „Vielleicht ein- oder zweimal als Partytrick."

„Ihr Normalos seid so leicht zu beeindrucken", fügte die Katze mit einem Hauch von Spott hinzu.

„Und ihr Magier macht alles unnötig kompliziert", fauchte ich. „Es gibt keinen Grund dafür, dass ich mich so verkleiden musste, nur um eine einfache Überwachung durchzuführen."

„Eigentlich schon", sagte Parker überraschend.

„Was meinst du damit?"

„Du wirst schon sehen", sagte er mit einem Lächeln, das ich als Warnung für das, was kommen würde, auffasste.

9

Die Innenstadt von Beech Grove, Georgia, war nur einen Katzensprung von meinem Haus entfernt … Zumindest wäre sie das, wenn wir den vorherigen Umweg über das Hauptquartier der APZ übersprungen hätten. Das malerische Geschäftsviertel war einer der Gründe, warum ich mich überhaupt für den Umzug hierher entschieden hatte. Die altmodischen Ladenfronten waren sowohl eigentümlich als auch charmant. Trotz ihres Status als besonders kleine Stadt, zog Beech Grove eine ganze Reihe von Rentnern an, weil hier fast das ganze Jahr über perfektes Wetter herrschte.

Jetzt, wo ich mehr über die verborgenen, paranormalen Agenten wusste, die hier lebten, vermutete ich, dass Magie mehr als nur ein bisschen damit zu tun hatte. Ich sollte daran denken, später danach zu fragen, vorausgesetzt, Fluffikins versuchte nicht, mein Gedächtnis nach der heutigen Spionagemission wieder auszulöschen.

Parker schnappte sich eine Reisetasche von der Ladefläche und reichte sie mir, dann zog er einen klappbaren Kartentisch und ein paar Stühle heraus und schlug die Wagentür zu.

Fluffikins trabte dicht hinter uns her, ohne etwas zu tragen.

Nach etwa anderthalb Blocks hielten wir vor einem Fischhändler namens FISCHERS FRITZ, und Parker begann, den Tisch aufzubauen.

„Könnten wir vielleicht eine andere Stelle aussuchen? Diese hier …“ Ich wedelte mit einer Hand vor meinem Gesicht hin und her, aber der feuchte Fischgeruch ließ sich nicht vertreiben. „… riecht ein bisschen fischig.“

„Die Außendienstmitarbeiter kommen in ihren Pausen gerne in diese Gasse und lassen sich die Reste schmecken, die der Fischhändler für uns in den Müllcontainer wirft. Es ist ein guter zentraler Standort für dich, um alles gründlich zu beobachten und dich mit dem Team vertraut zu machen“, erklärte der Kater, nachdem er sich vergewissert hatte, dass niemand sonst in Hörweite war.

Parker bedeutete mir, ihm die Tasche zu geben, was ich auch tat. Dann stellte er sie auf den Tisch und begann, verschiedene Sachen herauszuholen.

„Was ist das alles?“, fragte ich und studierte das bunte Sortiment an Karten, Kristallen und allerlei anderem Krimskrams. Ich wich erschrocken zurück, als er einen menschlichen Schädel hervorholte.

Parker schob ihn mir zu und kicherte. „Das ist nur Fred Schädel. Hab keine Angst vor Fred."

„Ist der lebendig?" Ein Schaudern durchlief mich. Natürlich wusste ich, dass ein körperloser Schädel mich nicht verletzen konnte, aber er machte mir trotzdem Angst.

„Er war es einmal, vor langer Zeit. Jetzt benutzen wir ihn nur noch als Kommunikationsmittel. Na los", sagte Parker und schob den unheimlichen Fred Schädel noch näher an mich heran. „Sag hallo."

„Ähm, hallo", quietschte ich und winkte vorsichtig.

Der Kiefer des Schädels öffnete und schloss sich beim Sprechen, aber es war die Stimme von Mr Fluffikins, die herauskam. „Hört auf, rumzuspielen, und macht euch an die Arbeit!"

„Holla", sagte ich dümmlich. Selbst bei all der Magie, die ich in den letzten Tagen gesehen hatte, ließ mich Fred Schädel dennoch stutzen.

„Jetzt werden wir beide uns problemlos unterhalten können. Die Normalos werden einfach annehmen, dass es ein Gag sei", erklärte Fluffikins via Fred.

Parker setzte den Schädel nahe der Tischkante ab. „Wenn du den Bosskater anrufen musst, klopfst du Fred zweimal auf den Kopf und sagst dann, was du zu sagen hast."

Ich schlang die Arme um meinen Oberkörper. „Ich nehme an, ein Handy wäre zu offensichtlich gewesen?"

„Pah, langweilig", murrte Fluffikins, als er auf den Tisch neben dem makabren Kommunikationsgerät sprang. „Außerdem haben wir die Fred-Technologie schon Jahrhunderte entwickelt, bevor dieser Bell auftauchte und der allgemeinen Bevölkerung eine Kostprobe unserer Genialität brachte."

„Aha. Und wozu ist das hier gut?", fragte ich und deutete auf die Glaskugel, die Parker herausgeholt hatte und nun sorgfältig auf einem goldenen Ständer direkt vor einem der beiden Stühle arrangierte.

„Das ist dein Leuchtfeuer", erklärte Parker. „Wenn es ein Problem gibt, blinkt es in einer Farbe, die der Warnung entspricht, die wir geben wollen."

Dieses Mal rollte ich tatsächlich mit den Augen. Es schien, als ob sie die Dinge unnötig kompliziert machten, nur damit sie ein bisschen dramatisches Flair hinzufügen konnten. „Noch mal ... Ihr wisst schon, dass es Handys gibt, oder?"

„Hör auf, alles in Frage zu stellen und hör einfach zu", fauchte Fluffikins.

„Richtig." Parker nickte. „Es blinkt in drei Farben: rot, gelb und grün."

Mr Fluffikins nahm die Erklärung an dieser Stelle wieder auf. „Gelb bedeutet, dass eine potenzielle Gefahr droht und grün ..."

„Heißt, dass alles in Ordnung ist?", vermutete ich.

Fluffikins bäumte sich auf und zischte: „Um Himmels willen, nein. Grün bedeutet höchste Alarmbereitschaft. Gefahr im Verzug. Und unterbrich mich nicht dauernd."

„Ähm, sollte das nicht rot sein? Du weißt schon, Alarmstufe Rot?" Dieses System hatte keinen Sinn, und wenn seine Sinnlosigkeit mich umbringen würde, wäre ich stinksauer.

„Rot bedeutet, dass das Problem gelöst wurde und du wieder

zur Normalität zurückkehren kannst“, sagte Parker. Er legte eine Hand auf die Kugel und klopfte mit den Fingern darauf.

„Okay, das ergibt irgendwie Sinn“, räumte ich ein, auch wenn ich dafür in meinem Gehirn komplett neu programmieren müsste, was diese Farben bedeuteten, nachdem ich jahrelang (meistens) die Verkehrsregeln beachtet hatte.

Parker grinste. „Jau.“

„Es ist aber auch irgendwie verwirrend“, fügte ich hinzu.

Sein Grinsen wurde breiter. „Jau.“

Großartig. Nun, solange wir uns alle einig waren …

„Wenn du die Dinge kritiklos hinnehmen würdest, wäre das für uns alle viel einfacher“, sagte der gruselige Schädel zu mir. Und obwohl ich wusste, dass Mr Fluffikins derjenige war, der durch ihn sprach, konnte ich nicht anders, als Fred Schädel direkt anzusprechen.

„Das widerspricht doch der ganzen Heimlichtuerei bezüglich der paranormalen Welt, die du hier am Laufen hast, oder nicht?“

Fluffikins fauchte ungehalten.

Parker ließ den Kopf hängen und lachte.

Ich stand einfach nur verwirrt da. Vielleicht würde dieser neue Auftrag ja doch nicht einfacher sein als der letzte.

10

„Wofür ist der zweite Stuhl?“, fragte ich, nachdem ich endlich tief durchgeatmet und mich in meinem niedergelassen hatte.

Parker und Fluffikins wechselten einen merkwürdigen Blick.

„Mach schon. Sag es ihr“, drängte Parker, der an meiner Seite stand. „Du hast es lange genug vor ihr verheimlicht. Sie wird es sowieso jeden Moment herausfinden.“

Der Kater stöhnte, dann setzte er sich vor mir auf den Tisch. Er legte den Kopf schief, weitete die Augen und sah dann zu Parker hinüber.

Ich drehte mich um, um in dieselbe Richtung zu schauen, und bemerkte ein älteres Paar, das Hand in Hand ging und sich uns langsam näherte.

„Na schön, dann muss ich wohl.“ Parker räusperte sich. „Lange

Rede, kurzer Sinn, die APZ hat eine neue Praktikantin, und sie wird dir bei diesem Auftrag assistieren."

„Oh, gut. Dann wird es nicht ganz so langweilig sein, den ganzen Tag hier rumzusitzen." Ich lehnte mich in meinem Stuhl zurück und streckte die Beine vor mir aus, dann setzte ich mich jedoch wieder kerzengerade hin, als mir etwas klar wurde. „Moment mal ... Ich dachte, ihr stellt abgesehen vom Vorstand keine festen Mitarbeiter ein? Was hat es mit dieser Praktikantin auf sich?"

Parker steckte eine Hand in seine Hosentasche und räusperte sich. „Normalerweise, äh ... nein. Aber sie würde sich gerne für die offene Stelle der Verbindungsperson zur Polizei bewerben, und wir würden es vorziehen, sie zuerst probearbeiten zu lassen, bevor wir eine so wichtige Entscheidung treffen."

Seine Worte hätten mich beruhigt, wenn die beiden sich nicht so seltsam verhalten würden. Sie verschwiegen mir absichtlich etwas, und das gefiel mir überhaupt nicht.

Ich nickte langsam. „Das hat Sinn, aber warum braucht ihr mich dann überhaupt? Es scheint, dass jemand, der qualifiziert genug ist, um für diese Stelle in Betracht gezogen zu werden, allein zurechtkommen sollte. Oder liege ich da falsch?"

Parker blickte in Richtung des älteren Paares und lächelte. Sie waren noch einige Schritte entfernt. Er hielt seinen Blick knapp über meinen Kopf gerichtet, während er sprach. „Wir brauchen jemanden, der ein Auge auf sie wirft, und da ihr euch ja bereits kennt ..."

„Was? Ich kenne hier doch kaum jemanden!", argumentierte ich. Gleichzeitig verkrampfte sich mein Magen vor Nervosität.

Parker interessierte sich plötzlich sehr für den Gehweg. Er murmelte etwas, aber ich konnte es nicht verstehen.

Also stand ich auf und stellte mich direkt neben ihn. „Was hast du gesagt?“

Er erwiderte kurz meinen Blick. „Ähm, es handelt sich um … ähm … Melony Haberdash.“

„Was?“, explodierte ich. „Aber sie hat versucht, mich umzubringen!“

„Hat sie aber nicht“, betonte Parker mit einem zögerlichen Grinsen und einem lahmen Achselzucken.

„Und irgendwie qualifiziert sie das jetzt, für euch zu arbeiten?“

Als er nicht antwortete, warf ich die Hände in die Luft. „Wenn sie dabei ist, bin ich raus.“ Das Haus war nicht weit weg. Ich könnte zurückeilen und die Tür verbarrikadieren. Oder ich könnte mir ein Versteck suchen. Oder eine Mitfahrgelegenheit finden und die Stadt verlassen, ohne vorher meine Sachen zu packen. Keine dieser Möglichkeiten war toll, aber alle waren besser als durch die Hand eines schlecht gelaunten Teenagers zu sterben.

Doch bevor ich losstapfen konnte, sprach Fred Schädel. „Halte deine Freunde nah und deine Feinde näher“, mahnte Fluffikins‘ zischende Stimme.

„Das stimmt“, sagte Parker, offenbar durch die Worte seines Vorgesetzten bestärkt. „Ob es dir gefällt oder nicht, Melony ist durch die Abstammung ihrer Familie an diese Stadt gebunden. Sie kann natürlich nicht Stadthexe sein, da ich diese Rolle jetzt ausfülle, und ich definitiv nicht vorhabe, in nächster Zeit ermordet zu werden. Trotzdem ist sie eine mächtige junge Magierin. Wir müssen ihr die Chance geben, sich zu rehabilitieren.“

„Nein, müsst ihr nicht“, sagte ich kalt. Ich konnte immer noch nicht glauben, dass er dieser albernen Logik folgte. Melony und ihr Großvater hatten versucht, auch ihn zu töten. Sie hatten versucht, uns alle zu töten! Und ich war ja dafür, nicht nachtragend zu sein – abgesehen von dreckigen, fremdgehenden Ex-Ehemännern –, aber seitdem war noch keine Woche vergangen!

Ich stand da und überlegte immer noch, wie ich am besten vorgehen sollte. Ich bezweifelte, dass ich tatsächlich vor der Agentur für paranormale Zeitarbeit weglaufen oder mich verstecken konnte. Auf die eine oder andere Weise würden sie mich erwischen und zurück in den Dienst zerren.

Während ich meine nicht vorhandenen Optionen abwog, ging das ältere Ehepaar an mir vorbei und betrat nacheinander das FISCHERS FRITZ. Beim ekelerregenden Geruch des mehr oder weniger frischen Fischs drehte sich mir der Magen erneut um.

„Überleg doch mal“, sagte Parker sanft. „Sie könnte besonders nützlich sein, wenn ihr Großvater weiterhin Probleme macht. Und das ist der schnellstmögliche Weg, die Stelle zu besetzen. Sonst könnte es Jahre dauern. Diese Dinge brauchen so viel Zeit, und währenddessen ist unsere Position in der Region verwundbar.“

Sie sagten mir, ich solle darüber nachdenken, aber in Wirklichkeit meinten sie, ich solle einfach ihre Logik akzeptieren und tun, was man mir sagte. Das war für mich nicht in Ordnung. „Ich will nicht …“, begann ich.

Aber ich wurde unterbrochen, als die Tür des Fischladens aufschwang. Greta kam heraus. Sie war die Verbindungsfrau für die Schulen, und ein Engel. Sie hatte mir beim letzten Mal das Leben gerettet. Ich rannte ihr entgegen, um sie zu umarmen, immer noch unendlich dankbar für alles, was sie getan hatte. Es war mir sogar egal, dass der Gestank des Fischs, der heute im Angebot war, nur noch stärker wurde, als ich näher kam.

Aber anstatt meine Geste der Zuneigung zu erwidern, zuckte Greta zurück. Erst da schaute ich an ihr vorbei, um eine zweite Person in der Tür stehen zu sehen.

Melony.

11

Melony entdeckte mich ungefähr zur gleichen Zeit, als ich sie entdeckte. Sofort kniff sie die Augen zusammen und hob die Hand, als wollte sie mich mit einem Zauberspruch belegen ... wieder einmal.

„Ihr wollt mich wohl verarschen. Das ist mein Babysitter?", fauchte sie die anderen an, ohne ihren Blick von mir abzuwenden.

Nun, zumindest beruhte mein Widerwille auf Gegenseitigkeit.

„Mir gefällt das auch nicht", sagte ich, verschränkte die Arme vor der Brust und wandte den Blick ab. Hoffentlich hielt sie mich jetzt nicht für unterlegen, weil ich als Erste den Blickkontakt abgebrochen hatte.

„Und mir ist es egal, was ihr darüber denkt", mischte Fluffikins sich über Fred Schädel ein. „Ihr benehmt euch gefälligst, oder ihr werdet beide exkommuniziert."

Ich grinste über das kleine Hintertürchen, das er gerade versehentlich preisgegeben hatte. „Ach, also wenn ich meine Sache diesmal gut mache, dann hörst du auf, mir diese nervigen Zeitarbeitsjobs aufzuzwingen?“

„Tu das nicht“, sagte Parker, während er nach meiner Hand griff. „Wir brauchen dich, Tawny, und du schaffst das. Ich weiß, dass du das kannst.“

Das Blut stieg mir in die Wangen, aber ich zog meine Hand nicht weg.

Melony klimperte mit den Wimpern und lehnte sich dicht an Parkers andere Seite. „Was ist mit mir?“

Er warf ihr einen fragenden Blick zu, und in diesem Moment erkannte ich, dass er sie genauso wenig mochte oder ihr vertraute wie ich.

Während sie seine Aufmerksamkeit hatte, zwinkerte Melony mir zu und streckte mir dann die Zunge raus. Pah, Teenager.

Fluffikins sprang Parker in die Arme, und sowohl Melony als auch ich wichen zurück. „Machen wir uns auf den Weg, Barnes. Sie sollten es von hier aus selbst packen.“

Parker nickte. „Klar doch.“ Dann drehte er sich kurz zu mir um und sagte: „Tawny, denk an die Werkzeuge, die dir zur Verfügung stehen. Wenn du etwas brauchst, zögere nicht, sie zu benutzen. Ich komme später vorbei, um nach dir zu sehen.“

„Natürlich, der sprechende Schädel und die bunte Kugel. Kein Problem.“ Ich streckte die Daumen hoch und zwang mich zu einem Grinsen.

Parker lächelte, dann lief er mit dem Bosskater im Schlepptau die Straße hinunter. Ich behielt sie im Auge, bis sie den Truck erreichten und hineinkletterten.

„Schätze, jetzt sind's nur noch wir beide", murmelte ich meiner neuen Begleiterin zu, als der Motor aufheulte und die Jungs davonfuhren. Wir standen auf dem Bürgersteig vor dem Fischhändler, ein paar Schritte von unserem Tisch entfernt. Es konnte nicht viel später als neun Uhr morgens sein, und obwohl der Fußgängerverkehr in der Nähe zuzunehmen begann, schien es immer noch zu früh dafür zu sein, zum Fischmarkt zu gehen.

Das gab uns ein unangenehmes Maß an Privatsphäre.

Ich beobachtete Melony aus dem Augenwinkel. Sie trug dieselben zerschlissenen Kampfstiefel wie bei unserer letzten Begegnung, als sie und ihr Großvater mich gefesselt und gefangen genommen hatten, um mich zu töten. Außerdem hatte sie ein langes, fließendes Kleid an, das größtenteils marineblau war, mit kleinen schwarzen Rosen, die auf dem wallenden Stoff verteilt waren. Dazu hatte sie sich einen schwarzen Pashminaschal um die Schultern gewickelt, aber im Gegensatz zu mir trug sie kein einziges Schmuckstück.

„Halt die Klappe." Melony schob einen der Campingstühle zurück und ließ sich daraufplumpsen.

Ich sah ihr in die Augen, die mit einem dicken, schwarzen Kajalstrich umrandet waren. Außerdem trug sie einen dunkelblauen Lippenstift, der wahrscheinlich zu ihrem Kleid passen sollte, ihr aber stattdessen ein leichenhaftes Aussehen verlieh.

„Ja, ist wahrscheinlich besser so", sagte ich zu ihr. „Das letzte Mal, als wir miteinander gesprochen haben, habe ich dich überlistet und deine bösen Pläne total ruiniert. Dein Opa war nicht allzu glücklich darüber, hm?"

„Halt den Rand“, sagte sie und stampfte mit ihrem Stiefel auf wie ein Kleinkind, das kurz vor einem Wutanfall stand.

Ich wusste, dass ich sie wahrscheinlich nicht hänseln sollte, aber ich war immer noch ziemlich wütend über die ganze Angelegenheit, die erst wenige Tage her war. „Warum willst du überhaupt für Mr Fluffikins arbeiten? Vielleicht, weil eure Machtergreifung nicht geklappt hat, und das hier ist jetzt der Ersatzplan?“

„Ich muss dir gar nichts sagen“, wetterte sie. Dieses wenig entgegenkommende Verhalten hatte ich bei den anderen bisher nicht erlebt. Hasste sie mich wegen meines nichtmagischen Status? Ich konnte nicht sagen, ob es eine Art Vorurteil war, an das ich bisher nicht gewöhnt war, oder ob sie mich aus persönlichen Gründen nicht mochte. Keine der beiden Möglichkeiten erschien mir besonders toll, da ich sie vorerst ja am Hals hatte.

„Weißt du, dass du mir so konsequent nicht antwortest, hilft mir jetzt nicht gerade, dir mehr zu vertrauen“, bemerkte ich mit einem Achselzucken, als ob es keine Rolle spielen würde, obwohl es tatsächlich sehr wichtig war.

Sie rollte mit den Augen und holte ihr Telefon aus der Tasche. „Du brauchst mir nicht zu vertrauen. Ich will nur, dass du aufhörst zu reden und dich darauf konzentrierst, diesen Auftrag zu erledigen, damit wir uns nie wiedersehen müssen.“

„Was ist eigentlich mit deinem Opa passiert?“, fragte ich und wünschte, ich wäre an diesem Morgen wach genug gewesen, um an mein Handy zu denken. Es hätte mich definitiv von der Feindseligkeit zwischen uns abgelenkt.

Melony seufzte schwer. „Ich weiß es nicht.“

„Also bist du jetzt zu ängstlich, um allein zu sein?“ Ich hob fragend eine Augenbraue, aber sie wandte den Blick nicht von dem winzigen Bildschirm in ihren Händen ab. „Lieber die Seiten wechseln, als ohne einen Chef weitermachen, der einem sagt, was man zu tun hat?“

„Ich schulde dir keine Erklärungen“, wiederholte sie und schob sich dann ein Paar Hörer in die Ohren.

Jetzt seufzte ich. „Ich sehe schon, das wird ein langer Tag.“

Sie schaute mich kurz an und entfernte einen Hörer. „Er geht schneller vorbei, wenn du ...“

„... aufhörst zu reden. Schon verstanden.“

Ich würde definitiv so schnell wie möglich aus Beech Grove wegziehen, um zukünftige Treffen wie dieses zu vermeiden. Ich musste nur den heutigen Tag überleben, dann konnte ich anfangen, meine Koffer zu packen.

Und hoffentlich vergessen, dass Magie jemals existierte.

12

Zuerst schaute ich mich um, auf der Suche nach irgendetwas Verdächtigem, das in der Stadt passierte. Nachdem jedoch ein paar ereignislose Stunden verstrichen waren, kam ich zu dem Schluss, dass Fluffikins wahrscheinlich alles, was er brauchte, über meine Broschenkamera selbst sehen würde, und ging dazu über, ins Leere zu starren und abzuwarten, bis ich heimlich einen Blick auf Melonys Handy warf, um zu überprüfen, wie viel Zeit seit meinem letzten Check vergangen war.

Gegen elf begannen die Leute endlich zum Fischhändler zu strömen, in der Hoffnung auf ein frühes Mittagessen. Und fünfzehn Minuten später hatten wir den ersten Abnehmer für unsere Dienste.

„Wie viel kostet eine Wahrsagung?“, fragte ein Mann in

schmuddeligen Khakihosen und einem armeegrünen Flanellhemd über einem Sport-T-Shirt.

„Oh, hallo.“ Ich stieß Melony mit dem Ellbogen in die Seite, um ihre Aufmerksamkeit zu erregen.

„Was habe ich dir vorhin gesa…“ Sie setzte ein breites, falsches Lächeln auf, als sie unseren Besucher bemerkte. „Sie sind also hier, damit die wunderbare Miss Melony einen Blick in Ihre Zukunft wirft?“

„Ja. Wie viel?“, wiederholte er und nickte.

„Das ist umsonst“, sagte ich.

Gleichzeitig sagte Melony: „Zwanzig Dollar.“

Der Mann sah mich an, offensichtlich bevorzugte er meine Preisgestaltung.

„Hören Sie nicht auf sie. Sie ist nur die Assistentin. Ich bin hier diejenige mit hochentwickelten übersinnlichen Kräften.“ Melony schnappte sich die Tarot-Karten und begann zu mischen. „Ich sag Ihnen was. Wir treffen uns in der Mitte. Nur zehn Dollar, und glauben Sie mir, Sie bekommen hier ein verdammt gutes Angebot.“

Er nickte und zog seine Brieftasche heraus, um Melony zu bezahlen.

Sie schnappte sich das Geld und steckte es in ihre Handyhülle. „Und nun, ziehen Sie eine Karte.“ Sie hörte auf zu mischen und breitete die Karten vor ihm auf dem Tisch aus.

Unser Kunde tat, wie ihm geheißen, und deutete auf die Mitte des Stapels.

Meine hellsichtige Begleiterin nickte und nahm die Karte auf, wobei sie sie sowohl vor dem Mann als auch vor mir verbarg. „Wie heißen Sie denn?"

„Tom", sagte er mit einem Lächeln, das schiefe Zähne offenbarte. „Schön, Sie kennenzulernen. Ich hoffe, Sie können mir sagen, ob meine Frau …"

Melony knallte die Karte auf den Tisch und unterbrach ihn mitten im Satz. „*Der Tod.* Ich denke, das ist selbsterklärend. Genießen Sie Ihren Tag. Davon haben Sie jetzt nicht mehr allzu viele."

„Melony!", rief ich und schob ihr die Karten zu, sodass einige vom Tisch flogen.

Der mürrische Mann hatte sich bereits einige Schritte mit hängenden Schultern und schlurfendem Gang von unserem Tisch entfernt. Armer Kerl.

„Warten Sie, Tom", rief ich ihm nach und stand auf. „Hören Sie nicht auf sie. Das sollte nur ein kleiner Scherz vor der richtigen Wahrsagung sein. Lassen Sie uns einen Blick in meine Kristallkugel werfen."

Sein verhärmter Gesichtsausdruck brach mir praktisch das Herz, während er sich wieder in unsere Richtung drehte und sich meiner Seite des Tisches näherte.

Ich stellte die Kugel vor mich. Währenddessen war Melony schon wieder mit ihrem Telefon beschäftigt, was bedeutete, dass es an mir lag, seine Stimmung zu verbessern.

Treffe allgemeine Aussagen und beobachte die Zielperson, um Hinweise darauf zu erhalten, was sie vielleicht hören will. Das hatte Parker vorgeschlagen, und das würde ich jetzt auch tun.

Bevor Melony ihn mit ihrer makabren Vorhersage unterbrochen hatte, war Tom gerade dabei gewesen, eine Frage über seine Frau zu stellen. Ich bemerkte auch, dass er einen einfachen Goldring an seinem linken Ringfinger trug. Sein Äußeres war ein wenig zerzaust, und ich vermutete, dass er einer schlecht bezahlten, körperlichen Arbeit nachging. Er hatte sich an uns gewandt, weil er sich seine Zukunft voraussagen lassen wollte, was bedeutete, dass er auf irgendeine Art von Antwort aus war.

Ich ließ meine Hände über die Kristallkugel kreisen und behielt meinen ernsten Gesichtsausdruck bei. „Ja, ja. Es wird jetzt alles klar, Tom."

„Wirklich? Was sehen Sie?", fragte er, wobei ein kleines Lächeln seinen Mund umspielte.

Und dann ließ ich die Liebesromanautorin in mir heraus. „Trotz der jüngsten Schwierigkeiten liebt Ihre Frau Sie immer noch sehr. Für Ihren nächsten Jahrestag sollten Sie sich etwas Besonderes überlegen und sie statt mit gewöhnlichen Geschenken mit einem romantischen Ausflug überraschen. Diese Zeit zu zweit zu verbringen, weit weg von der Hektik des Alltags, wird Ihre Ehe stärker als je zuvor machen und Sie beide wieder mit neuer Lebenslust erfüllen."

Toms Lächeln stockte. „Aber was ist mit der Todeskarte, die Ihre Freundin gezogen hat?"

Igitt. Ich versuchte, nicht zusammenzuzucken, als er Melony beiläufig als meine Freundin bezeichnete, da wir alles andere als das waren. Ich wusste zwar sehr wenig über Tarot, aber ich neigte dazu, mich ziemlich gut aus Schwierigkeiten herauszureden, also beschloss ich, es zu versuchen, anstatt ihn noch einmal daran zu erinnern, dass Melony nur versucht hatte, ihn mit ihrer gefälschten Vorhersage auf die Palme zu bringen.

Nicht, dass meine authentischer wäre, aber trotzdem ...

„Die Todeskarte, ja." Ich rieb mir die Schläfen, als ob ich tief in Gedanken versunken wäre. „Es ist eine sehr mächtige Karte, aber sie sagt nicht den buchstäblichen Tod voraus. Eher das Ende einer Ära. Ihre Sorgen werden bald vorbei sein. Bleiben Sie auf dem jetzigen Weg, dann werden Sie es schon sehen."

Jetzt wirkte er noch trauriger als vorhin, nachdem Melony die Todeskarte gezogen hatte. „Sie meinen, ich werde meinen Job verlieren? Das habe ich schon befürchtet."

„Nein, nein, nein", rief ich. „Es ist eine positive Veränderung. Keine schlechte."

„Aber Sie sagten ..."

„Sie nehmen das zu wörtlich", stotterte ich. „Gehen Sie nach Hause und denken Sie über das nach, was ich gesagt habe, und bald wird Ihnen alles klar werden."

„Okay, danke." Tom ließ den Kopf hängen und schlurfte davon.

Ich sah ihm hinterher, fragte mich, was ich hätte anders machen können und hoffte, dass Melony und ich seinen Tag nicht zu sehr ruiniert hatten.

In diesem Moment fiel mir ein verschwommener, schwarzer Fleck auf.

Er bewegte sich blitzschnell auf uns zu ...

13

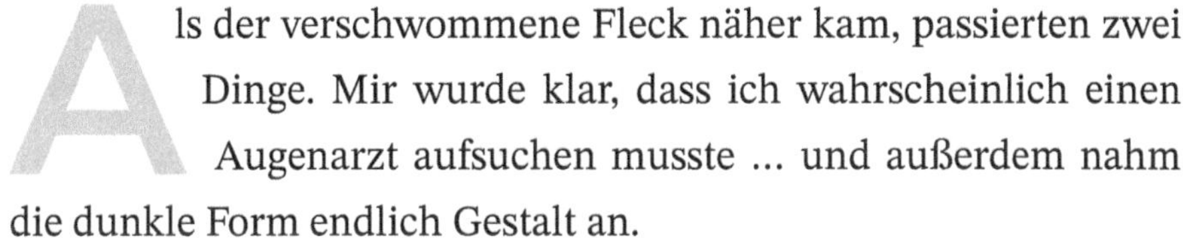

Als der verschwommene Fleck näher kam, passierten zwei Dinge. Mir wurde klar, dass ich wahrscheinlich einen Augenarzt aufsuchen musste … und außerdem nahm die dunkle Form endlich Gestalt an.

Es war eine schmale, langhaarige Katze, dunkelgrau, mit schwarzen Streifen. Er bog scharf in die nahe gelegene Gasse ein, und ich stand sofort auf, um ihm zu folgen.

Wenn Melony meinen abrupten Aufbruch bemerkte, sagte sie nichts dazu – und machte auch keine Anstalten, mir zu folgen. Das war definitiv besser so.

„Hey, Moment mal!“, brüllte ich, als ich in die Gasse stürmte.

Dort stand der zottelige Maine Coon am Rand des Müllcontainers, bereit, hineinzuspringen. Als er mich bemerkte, richtete er sich auf und wartete.

„Können Sie sprechen?“, fragte ich.

Sein Schwanz zitterte, aber er sagte nichts.

„Sie sind ein Außendienstmitarbeiter, richtig?", versuchte ich es erneut.

Er zuckte mit den Schnurrhaaren und stieß dann ein raues Miauen aus.

Hm. Ich brauchte einen anderen Ansatz. Ich löste die Brosche von meiner Kleidung, die Mr Fluffikins mir geschenkt hatte, und hielt sie der Katze hin. „Ich arbeite auch für den Vorstand. Sehen Sie, Mr Fluffikins hat mir das gegeben. Ich bin hier, um herauszufinden, was es mit den vermissten Außendienstmitarbeitern auf sich hat."

Er betrachtete mich starr, offenbar nicht gewillt, mit mir zu sprechen.

Ich war gerade dabei, die ganze Sache aufzugeben, als eine zweite Katze aus dem Müllcontainer sprang und mit einem dumpfen Aufprall auf dessen Rand landete. Die pummelige Katze brauchte einen Moment, um sich aufzurappeln, bevor sie mich ansprach.

„Warum sollte der Chef Sie schicken?", fragte sie mit einer schrillen Stimme, die in meinen Ohren schmerzte.

„Sei still, Mungo", zischte der bisher schweigsame Maine Coon. „Sie war gerade dabei, wegzugehen und uns unser Essen zu überlassen."

„Hey, hey. Ich komme in Frieden." Ich streckte beide Hände vor mir aus und näherte mich langsam. „Ich will nur herausfinden, was hier passiert, damit nicht noch mehr Feldagenten verschwinden und damit ich nach Hause gehen und zu meinem Leben zurückkehren kann."

Das Fell sträubte sich auf Mungos Rücken. „Warte mal, Lester. Was ist mit denen, die bereits verschwunden sind? Will sie die etwa nicht zurückholen?“ Ihre schrille Stimme bohrte sich tief in mein Hirn und verursachte mir augenblicklich Kopfschmerzen.

Es dauerte einen Moment, bis ich mich wieder im Griff hatte. „Ja, ja, natürlich. Das möchte ich auch tun.“

„Warum haben Sie das dann nicht gesagt?“, fragte der silberne Maine Coon und reckte seine Nase in die Luft.

„Ich habe mich wohl zu sehr von Ihrer ganzen *Wir-reden-aber-nicht*-Nummer abschrecken lassen – wissen Sie was? Nein. Das tut nichts zur Sache. Ich verfolge dasselbe Ziel wie Sie. Wollen Sie nicht in Sicherheit sein, während Sie Ihren Job machen?“

„Es gibt keine Garantie für die Sicherheit eines Außendienstmitarbeiters. Das wussten wir, als wir uns gemeldet haben“, informierte mich Lester sachlich.

Mungo spitzte die Ohren und schlich die Kante des Müllcontainers entlang, um näher an ihren Gefährten heranzukommen. „Aber, Les, was ist mit dem Mal, als du …“

„Genug!“, jaulte er warnend.

„Weißt du noch, du warst mit Percy auf Patrouille, als er entführt wurde, und – ahhhh!“ Mungos Worte wurden durch einen lauten Schrei unterbrochen, als Lester nach ihr schlug und sie zurück in den Müllcontainer stieß.

Na, wer hätte das gedacht? Ich war gerade dabei, die beiden aufzugeben, als sich herausstellte, dass dieses Gespräch in der Hintergasse vielleicht doch keine Zeitverschwendung war. Offensichtlich wollte Lester nicht mit mir reden, aber wenn ich es weiter versuchte, würde die andere Katze es mir vielleicht an seiner Stelle sagen.

„Was hat sie da über Percy gesagt? Wurde er entführt? Haben Sie irgendetwas gesehen, das uns zu dem führen könnte, der dahinter steckt?", fragte ich mit ruhiger Stimme, als ob ich nicht darauf brennen würde, die Antwort zu erfahren, damit ich diesen Fall abschließen und mich nach Hause in meine arme, vernachlässigte Duschkabine verziehen konnte.

Lester legte seine Ohren flach an den Kopf. „Wir sind hier fertig."

Aber dann zog sich Mungo mit einem „Uff" zurück auf den Müllcontainer. „Aber, Les, was ist, wenn dieser Mensch uns helfen kann? Ich will nicht wie Percy gekidnappt werden."

„Keiner wird dich entführen. Dich würde niemand wollen", fauchte er.

„Oh, als ob ein Tag mit dir so ein Kinderspiel wäre!" Mungo bäumte sich auf und versuchte, nach Lester zu schlagen, verlor aber das Gleichgewicht und fiel wieder in den Müllcontainer.

„Glauben Sie mir doch", flehte ich. „Ich will nur helfen."

Lesters Stimme wurde tiefer, sein Ton bedrohlicher. „Dann gehen Sie und überlassen Sie die Angelegenheiten der Katzen den Katzen."

„Aber Mr Fluffikins hat sie geschickt", rief Mungo aus dem Inneren des Müllcontainers. „Wird er nicht wütend sein, wenn wir ihr nicht sagen, was wir wissen?"

Mit diesem Argument hüpfte die dicke, mehrfarbige Katze aus dem Müllcontainer und landete direkt neben mir auf dem Asphalt.

Der silbergraue Maine Coon stöhnte. „Selbst ein blindes Huhn wie du findet ab und zu mal ein Korn, was, Mungo?"

„Jawohl!" Die andere Katze richtete sich stolz auf und reckte ihre Nase in die Luft. „Jetzt erzähl ihr von Percy."

„Nicht so schnell." Lester sprang herunter, um sich zu uns zu gesellen. Seine Augen leuchteten auf eine Weise, die mir verriet, dass es noch viel mehr Arbeit erfordern würde, eine klare Antwort aus den beiden herauszubekommen.

Schon im nächsten Moment ließ er sich auf die Seite fallen und jammerte: „Wenn Sie wollen, dass ich über diese schrecklichen, schmerzhaften Erinnerungen spreche, wird Sie das Einiges kosten."

14

Lester rollte sich wieder auf die Füße, hob eine Pfote und fuhr bedrohlich langsam die Krallen aus. „Ihr helft uns, und wir denken darüber nach, euch zu helfen."

„Aber du hast doch bereits gesagt, dass wir helfen würden", betonte Mungo, was ihrem Kameraden ein leises, warnendes Grollen entlockte.

„Immer mit der Ruhe!", rief ich panisch. Sicher, ich könnte es wahrscheinlich mit ein paar streunenden Katzen aufnehmen, aber ich wollte die armen kleinen Kätzchen wirklich nicht verletzen – egal, wie ruchlos sie auch sein mochten. „Wie ich schon sagte, ich verfolge dieselben Ziele wie Sie."

„Ich möchte, dass der alte McCaverty endlich die abgelaufene Tagesware wegwirft, damit wir zu Mittag essen können", schnurrte Mungo mit einem nachdenklichen Schlagen ihres gefleckten Schwanzes.

„Das gehört nicht zu meinen Bedingungen“, fauchte Lester und zeigte dabei seine Reißzähne.

„Werd jetzt nicht schnippisch, Les“, warnte Mungo, deren Schwanz nun bauschig und voll wie der eines Waschbären war. „Wenn du wüsstest, was du willst, hättest du längst danach gefragt.“

Ich begann nun zu verstehen, warum ausgerechnet Mr Fluffikins zum Vorsitzenden des Vorstands befördert worden war. Trotz all seiner Fehler, stellte er die beiden hier intellektuell gesehen mühelos in den Schatten. „Sie müssen keine verdorbenen Reste essen. Ich kann Ihnen frischen Fisch kaufen, wenn Sie wollen“, bot ich an und hoffte, das würde reichen, um den aufkeimenden Streit zu verhindern. Ich hatte das Gefühl, dass die beiden mehr als nur diese eine Rechnung zu begleichen hatten.

Mungo entspannte sich und neigte ihren Kopf zur Seite, während sie über meine Worte nachdachte.

„Ohhhh“, schnurrte sie. „Hast du das gehört, Lester? Sie wird uns etwas Frisches kaufen. So was haben wir schon ewig nicht mehr gegessen.“

„Das hier sollte nur eine kurze Pause sein, und dann zurück an die Arbeit“, knurrte Lester, aber selbst er schien sich mit dem Gedanken anzufreunden.

Ich sah meine Chance und beschloss, sie zu ergreifen. „Ich sage Ihnen was. Sie bleiben hier und denken über mein Angebot nach. Ich gehe rein und kaufe etwas Fisch. Nur für den Fall. Wenn ich zurückkomme, können Sie mir sagen, was ich damit tun soll.“

„Abgemacht!“, quietschte Mungo enthusiastisch.

Lester rollte mit den Augen, entgegnete aber nichts weiter.

„Okay, warten Sie einfach hier. Ich bin gleich wieder da." Ich ging rückwärts, bis mein Absatz an einer Schachtel hängen blieb und mich zum Stolpern brachte, dann drehte ich mich um und joggte zurück zu unserem improvisierten Esoterikstand.

„Gib mir die zehn Dollar, die wir von Tom bekommen haben", sagte ich, stupste Melony gegen die Schulter und streckte eine Hand aus.

„Hey, das Geld gehört mir. Du wolltest ihm doch gar nichts in Rechnung stellen." Sie wandte sich von mir ab, zog die Schultern hoch und konzentrierte sich wieder auf ihr Handy.

Ich stampfte mit dem Fuß auf. „Gib es mir einfach."

„Nein", murmelte sie.

Ich wollte ihr eigentlich nichts verraten, aber ihr ein paar Details zukommen zu lassen, wäre besser als ihr das Geld physisch entreißen zu müssen. „Aber ich habe eine Spur in unserem Fall", sagte ich.

Sie drehte sich mit großen Augen zu mir um. „Was für eine Art von Spur?"

„Dort hinten in der Gasse warten ein paar Außendienstler. Ich denke, sie werden mit mir reden, wenn ich ihnen etwas Fisch bringe." Mehr brauchte sie nicht zu wissen. Sie sollte mir nur das Geld geben.

Sie zuckte mit den Schultern und wandte sich wieder ihrem Telefon zu. „Dann bring ihnen Fisch." Selbst wenn sie nicht versucht hätte, mich zu töten, würde ich sie nicht besonders mögen. Benahm sie sich so, weil ich ihren Plan vereitelt hatte oder weil sie ein Teenager war? Plötzlich war ich ganz froh, dass ich keine Kinder hatte.

Ich legte ihr eine Hand auf die Schulter. „Ich habe kein Geld bei mir, und ich werde ganz sicher keinen Fischhändler ausrauben, wenn du einen einwandfreien Zehn-Dollar-Schein in deiner Brieftasche hast."

„Gut. Wie auch immer. Aber dann verschwinde bitte einfach." Sie seufzte und zog den Schein aus ihrer Brieftasche, dann knüllte sie ihn zusammen und warf ihn mir an die Brust.

Unbeholfen versuchte ich, ihn aufzufangen, was Melony zum Kichern brachte und mir die Hitze in die Wangen steigen ließ. Ich wollte sie zwar nicht unbedingt beeindrucken, aber ich mochte es auch nicht, wenn sie sich über mich lustig machte.

Mit dem Zehner in der Hand, eilte ich in das Fischgeschäft und hoffte, dass die Katzen wenigstens ein bisschen Geduld haben würden, wenn es um die Aussicht auf ein frisches Mittagessen ging. Natürlich hatte sich bereits eine lange Schlange vor mir gebildet, und es gab nur einen einzigen, alten Mann, der alle bediente.

„Komm schon, komm schon", murmelte ich.

Bei meinem Glück würden Mungo und Lester längst weg sein, bis ich in die Gasse zurückkam.

15

Nachdem ich ein lächerlich kleines Buntbarsch-Filet gekauft hatte, kehrte ich auf die Straße zurück, bereit, meine Zeugen zu beeindrucken. Vorausgesetzt, sie waren noch da.

Als ich aus dem Laden eilte, war das Erste, was ich bemerkte, dass die Kugel begonnen hatte, in einem so grellen Gelb zu blinken, dass sie mit der Sonne konkurrierte. Dann stellte ich fest, dass Melony verschwunden war.

Eigentlich wusste ich genau, wohin sie gegangen war: Zweifellos wollte sie meine Zeugen befragen und den ganzen Ruhm für meine Mühen einheimsen.

Nicht mit mir, Fräulein!

Schnellen Schrittes bog ich in die Gasse ein. Was ich sah, ließ mich mein neu erworbenes Bestechungsmittel auf den Bürgersteig fallen.

„Melony!“, flüsterte ich eindringlich und tat mein Bestes, keine Aufmerksamkeit auf den erschreckenden Anblick zu lenken. „Hör sofort auf damit!“

Sie lachte nur, während Mungo, Lester und eine andere Katze, die ich noch nicht kannte, ein paar Meter über dem Müllcontainer in der Luft hingen, unfähig, irgendetwas anderes als ihre großen, verängstigten Augen zu bewegen. Sie hatte den gleichen Trick bei mir und Greta angewandt, als wir uns das erste Mal begegneten, aber das war auf einem privaten Grundstück gewesen. Hier konnte jeder vorbeigehen und ihre Demonstration von offensichtlicher Magie sehen.

„Lass sie runter“, befahl ich und schubste sie hart von hinten. „Sie haben nichts falsch gemacht.“

„Warum hast du sie dann befragt?“, fragte sie, ohne ihre Konzentration von den verzauberten Tieren abzuwenden.

Ich dachte kurz darüber nach, die erstarrten Katzen einfach aus der Luft zu schnappen. Aber abgesehen davon, dass ich keine Magie besaß, war ich bereit zu wetten, dass Melony viel schneller sein würde. Der einzige Weg, wie ich aus dieser Sache herauskommen konnte, war, sie entweder abzulenken oder sie auszutricksen. Beides hatte ich bei unserer letzten Begegnung geschafft. Ich musste sie wieder überlisten, zumal das im Moment meine einzige Option war.

„Ich habe mich erkundigt, um zu sehen, was ich über die vermissten Außendienstagenten erfahren kann“, erklärte ich wie betäubt. „Das war alles. Nicht, weil sie Verdächtige sind.“

„Tja, ich regle das hier lieber auf meine Art, danke.“ Melony stieß ein leises, kehliges Lachen aus, und zum zweiten Mal an diesem Tag verspürte ich das unbändige Verlangen, ihr eine zu verpassen. Wenn sie sich allerdings wehrte, wäre ich erledigt. *Vielen Dank, dass du mir keine Magie gegeben hast, um mich selbst zu schützen, Mr Fluffikins,* dachte ich verbittert.

Fluffikins! Das war's.

Ich rannte aus der Gasse und hielt an, bevor ich mit unserem Tisch zusammenstieß. Ich klopfte zweimal auf Fred Schädel, wie Parker es mir erklärt hatte. „Melony hält sich nicht an die Vorschriften!“, schrie ich den sprechenden Schädel an.

Ein Pärchen kam aus einem der Läden auf der anderen Straßenseite heraus, und ich lächelte ihnen unbeholfen zu. „Wir proben nur für eine bevorstehende Aufführung von Hamlet“, erklärte ich, schnappte mir Fred Schädel und hielt ihn dicht an mein Gesicht. „Sein oder nicht sein, haha.“

Sie schüttelten den Kopf und setzten ihren Weg fort.

„Fluffikins“, zischte ich wieder.

Aber er antwortete nicht. Stattdessen wechselte die leuchtend gelbe Kugel zu einem nebligen, tannengrünen Farbton.

Grün. Was hatte das noch mal zu bedeuten? Es war entweder wirklich gut oder wirklich schlecht. Aber was von beiden?

„Mr Fluffikins“, zischte ich noch einmal. „Antworte mir.“

Nichts.

Ich schlug noch zwei weitere Male aus Frustration auf Fred Schädel. Vielleicht sollten Magie und Technologie sich doch nicht miteinander vermischen. Vielleicht war unsere ganze Mission von Anfang an zum Scheitern verurteilt gewesen.

„Was ist?“, antwortete der Chefkater endlich über unseren skurrilen Kommunikator.

„Es ist Melony“, beeilte ich mich zu erklären, bevor er ungeduldig wurde und die Verbindung unterbrach. „Sie hat drei Agenten in die Enge getrieben und sie mit ihrer Magie ruhig gestellt. Ich kann sie nicht dazu bringen, sie loszulassen. Jeder könnte es sehen. Sie wird noch unsere Tarnung auffliegen lassen!“

Mein schwarzer Lieblingskater stieß eine Reihe von Flüchen aus. „Schick niemals einen Normalo los, um den Job eines Zauberers zu erledigen“, brummte er.

Ich kniff die Augen zusammen. „Hey, ich kann nichts dafür. Es ist alles Melonys Schuld.“

„Aber offensichtlich weißt du nicht, wie du sie aufhalten kannst, sonst hättest du es längst getan“, sagte Fred Schädel zu mir, und ich stellte mir Fluffikins am anderen Ende unserer Verbindung vor, wie er enttäuscht den Kopf schüttelte.

„Wenn du mir einfach Magie gegeben hättest ...“ Meine Worte verstummten, als ich sah, dass dasselbe neugierige Paar von vorhin sich umgedreht hatte, um mich aus einiger Entfernung zu beobachten.

Ich winkte ihnen mit dem Schädel zu. „Habe ich erwähnt, dass das ein Hamlet-Hocus-Pocus-Mashup ist?“, rief ich verlegen. „Hör auf damit, Thackeray Binx. Du bist so verrückt. Ahhh!“

„Ich bin auf dem Weg“, versprach Mr Fluffikins, bevor Fred Schädel die Kinnlade zuklappte.

Ich wollte zurück in die Gasse eilen und dort auf ihn warten, aber dieses nervige Pärchen starrte mich an, als wären mir Hörner oder so gewachsen. Als ob sie noch nie einen sprechenden Schädel gesehen hätten!

Ich wurde immer unruhiger und fing an, wahllos Monologe

herunterzurasseln, die ich vor langer Zeit für den Theaterkurs am College auswendig gelernt hatte. Als sie sich immer noch nicht rührten, rief ich: „Kommt nächstes Wochenende für die richtige Show wieder. Das ist nur die Generalprobe."

Sie sahen sich an und spendeten mir dann höflichen Beifall. Trotzdem gingen sie nicht.

„Das war's für heute. Ich mache eine Stunde Pause!"

Und endlich – endlich! – gingen sie. Als ich sicher war, dass sie kein zweites Mal umdrehen würden, stand ich auf und ging ruhig auf die Gasse zu, obwohl ich nichts lieber wollte, als zu sprinten.

Hoffentlich war ich nicht zu spät, um einzugreifen.

16

Wie sich herausstellte, *war* ich zu spät, um einzugreifen.

Wo Melony gestanden hatte und ihre drei Katzenmarionetten schwebten, lag die Gasse nun still und verlassen vor mir.

„Melony?“, rief ich zögernd, als ich auf Zehenspitzen auf den Müllcontainer zuging, aus Angst vor dem, was ich finden könnte. „Mungo? Lester? Irgendjemand?“

In dem übergroßen Behälter befand sich nichts außer der erwarteten Mischung aus Müll und Dingen, die wahrscheinlich besser in der Recyclingtonne aufgehoben gewesen wären.

„Hallo?“, versuchte ich es noch einmal vorsichtig.

Eigentlich wollte ich am liebsten nach Hause gehen, aber wie konnte ich das, wenn ich alles, was hier passiert war, zu verantworten hatte? Ich entpuppte mich als widerwillige Heldin einer

Geschichte, aber es war immer noch meine Geschichte – und ich konnte es nicht ertragen, sie unvollendet zu lassen.

Etwas sauste über mich hinweg, und ich drehte mich gerade noch rechtzeitig um, um Fluffikins zu sehen, der auf einer Wolke rosa Magie durch die Luft schwebte.

„Was ist hier los?", fragte er und sprang von seiner Wolke herunter. Sie verflüchtigte sich in dem Moment, als er den körperlichen Kontakt mit ihr brach. „Ich dachte, es gäbe einen Notfall."

„Ich weiß nicht, wo sie hin sind", stotterte ich, drehte mich erst nach links, dann nach rechts und hob schließlich hilflos die Hände.

Fluffikins studierte mich einen Moment lang, dann lief er die Gasse hinunter in Richtung Straße. Er blieb plötzlich stehen und drehte sich zu mir um, seine goldenen Augen blitzten irritiert. Offenbar hatte ich in meinem Schock vergessen, ihm zu folgen.

„Warum hast du mir nicht gesagt, dass wir einen Code Grün haben?", rief er.

„Was?"

Er rannte wieder ein Stück auf mich zu. „Die Kugel. Sie ist grün!"

Oh, ja. Das hatte ich in meiner Verzweiflung, zu Fluffikins durchzukommen, und dann die beiden Gaffer abzuschütteln, vergessen. „Grün bedeutet „Los", richtig?", fragte ich mit einem nervösen Quieken.

„Nein, grün bedeutet, dass wir ein großes Problem haben!"

„I-ich weiß", stammelte ich händeringend. „Melony hat drei Feldagenten entführt und ist verschwunden."

Fluffikins schüttelte den Kopf und holte tief Luft, bevor er erklärte: „Nein. Es ist viel schlimmer. Wer auch immer die Feldagenten entführt hat, hat auch Melony in seiner Gewalt."

Ich starrte ihn an, schüttelte den Kopf, immer noch unsicher, was er von mir wollte. „Sie hat sie bedroht. Sie hat sie mit ihrer Magie eingefroren, und …"

„Und hat sie und sich selbst zu einem leichten Ziel gemacht", beendete der schwarze Kater meinen Satz. Nicht das, worauf ich hinauswollte, aber er musste es ja besser wissen als ich.

„Oh", war alles, was ich rausbrachte, als ich diese neue Interpretation der Ereignisse hörte.

„Folge mir", murmelte er und führte mich zu einer engen Stelle seitlich des Müllcontainers. „Bück dich und geh in Deckung."

Ich tat wie geheißen, wich jedoch vor dem Gestank zurück. „Was ist hier los?" Mit einer Hand hielt ich mir Mund und Nase zu und murmelte durch sie hindurch.

Mr Fluffikins rollte seinen Schwanz um seine Füße und ließ die Ohren hängen. „Ich hätte nicht gedacht, dass unser Entführer zuschlagen würde, solange ihr beide da draußen sitzt und eure Anwesenheit zur Schau stellt."

„Warte, ich dachte, wir sind undercover." Ich bereute es sofort, die Hand vom Gesicht genommen zu haben.

Mein Begleiter wartete, bis ich aufhörte zu husten, bevor er fortfuhr. „Hm, ehrlich gesagt, wart ihr nur ein Ablenkungsmanöver, um der eigentlichen Ermittlungsgruppe etwas Zeit zu verschaffen. Die Tatsache, dass unsere Gegner zuschlugen, während ihr hier wart, und sich mit einer Praktikantin sowie weiteren Außendienstmitarbeitern aus dem Staub machten, ist eine sehr klare Botschaft."

Ich wusste nicht, ob ich mich mehr über seine List ärgern sollte oder darüber, dass sie nicht funktioniert hatte, also konzentrierte ich mich darauf, so viele Fakten wie möglich herauszufinden. „Welche Botschaft?", murmelte ich.

Er reckte die Brust heraus und lenkte meinen Blick auf den weißen Fleck in seinem Fell. Dann holte er tief Luft, um meine Frage zu beantworten. „Dass sie nicht aufhören werden, bis sie bekommen, was sie wollen."

„Was wollen die denn?", wunderte ich mich laut.

Fluffikins zuckte nur mit den Schultern. „Ich weiß es nicht. Sie haben es uns nicht gesagt."

„Oh." Ich fühlte mich zunehmend nutzlos, je länger dieses Gespräch dauerte. Ich hatte keine großartigen Erkenntnisse beizutragen, und Fluffikins hatte mich nur um meine Hilfe gebeten, damit er mich als Ablenkung benutzen konnte. Obwohl ich diesen Job nicht gewollt hatte, tat es doch weh, dass er mir nicht mehr zutraute.

„Es gibt eine Sache, die wir tun können", sagte er nach einigen Augenblicken des Schweigens. „Als Melony sich bei uns beworben hat, habe ich sie natürlich mit einem magischen Tracker ausgestattet."

Ich schnappte nach Luft. „Du hast also erwartet, dass sie euch hintergeht?"

„Wie lautet der alte Spruch, den ihr Menschen habt? Auf das Schlimmste vorbereitet sein und aufs Beste hoffen? Außerdem hat sie uns nicht hintergangen." Er wirkte so gelassen, aber ich hatte nur noch einen weiteren Grund, wütend auf ihn zu sein – er hatte mir absichtlich eine tickende Zeitbombe aufgehalst. Hätte es ihn überhaupt interessiert, wenn ich bei dieser Farce von einem Auftrag gestorben wäre? Oder war ich in seinen Augen nur eine weitere Normalo-Frau, die sich versehentlich in magische Angelegenheiten eingemischt hatte …

„Und was jetzt? Du verfolgst ihre Spur und ich gehe nach Hause?“, fragte ich zögernd. Obwohl mich sein bisheriges Verhalten mir gegenüber verletzt hatte, wollte ich immer noch helfen. Was, wenn ich ihm jetzt den Rücken zukehrte und andere Katzen deswegen starben? Was, wenn Melony starb? Ja, ich hasste sie, aber nicht genug, um ihr den Tod zu wünschen. Immerhin hatte ich gewisse Prinzipien.

„Nö. Wir gehen der Sache gemeinsam auf den Grund“, sagte er entschlossen.

„Aber ich war doch nur eine Ablenkung.“

„Ja, und ich brauche vielleicht wieder eine.“ Er zwinkerte mir zu, dann hob er das Kinn an und sagte laut: „Bring uns zu Melony Haberdash.“

Rosa funkelnde Magie schoss vom Himmel herab und hüllte uns ein. Es fühlte sich warm und wohltuend an, wie ein herrliches Bad, und ich erlaubte mir, mich darin zu entspannen.

Magie. Sie sollte immer mein sein, nicht nur in Zeiten der Krise. Das fühlte sich richtig an … Als ob es so gewollt war …

17

Der Nebel aus rosafarbener Magie löste sich nur Sekunden später wieder auf, und trotz seiner so kurzen Anwesenheit fühlte ich mich ohne ihn fast nackt.

Das Erste, was mir auffiel, war natürlich seine Abwesenheit, gefolgt von der intensiven Kälte. Die Temperatur musste um mindestens dreißig Grad gefallen sein. Der Geruch von Fisch und verrottendem Müll war ebenfalls verschwunden und einer kühlen Brise gewichen.

Ich sog die frische Luft ein und schaute mich in der ungewohnten Umgebung um. Wir schienen uns in einer Art Park zu befinden, mit weiten, offenen Grünflächen und einer Ansammlung von bunten Rampen, Tunneln und Laufstegen auf der einen Seite.

Ein Border Collie rannte durch den Hindernisparcours und

sprang dann mit einem weiten Satz in die Arme seines Besitzers. Am Zaun gegenüber umkreisten sich zwei kleinere Hunde schwanzwedelnd und beschnüffelten sich an den Hinterteilen.

Fluffikins taumelte ein paar Schritte vorwärts, dann warf er mir einen Blick über die Schulter zu. „Wo sind wir hier?"

„Was? Warum fragst du mich? Du bist doch derjenige, der uns hierhergebracht hat", erinnerte ich ihn.

„Es war die Weltmagie, und das weißt du", fauchte er. Offensichtlich hatte er sich so sehr auf die Kluft zwischen Magiern und Normalos fokussiert, dass er den ebenso gefährlichen Konflikt zwischen Katzen und Hunden vergessen hatte.

Ich hob einen Finger an die Lippen, um ihn zu warnen, dass er still sein sollte, und flüsterte dann: „Also, ich sehe weder Melony noch einen der anderen hier irgendwo. Ich dachte, die Magie sollte uns zu ihrem Standort bringen."

„Es muss eine Art magische Barriere geben, die uns davon abhält, näher an sie heranzukommen."

„Und was jetzt? Fahren wir zurück nach Beech Grove?"

Er peitschte ungehalten mit dem Schwanz. „Was ist los mit dir und deinem ständigen Wunsch, aufzugeben und nach Hause zu gehen?"

„Du brauchst mich doch gar nicht", stieß ich hervor, immer noch sehr verletzt von seinem vorherigen Eingeständnis. „Warum sollte ich mein Leben riskieren, wenn ich nichts beitrage?"

Die Augen des schwarzen Katers bohrten sich in mich hinein, und seine Schnurrhaare zuckten. Er wirkte tief in Gedanken versunken.

„Was verschweigst du mir?", fragte ich und griff mit ausgestreckten Fingern nach ihm. Er hatte mir schon einmal erlaubt, ihn zu streicheln, um mir eine Vision aus der Vergangenheit zu zeigen. Wenn er mir nicht sagen wollte, warum er mich in diese Sache verwickelt hatte, dann wäre er vielleicht bereit, es mir auf diese Weise zu zeigen. Oder vielleicht könnte ich einen schnellen Sprung in seine Erinnerungen wagen und es selbst herausfinden.

Mit gesträubtem Fell wich er zurück. „Fass mich nicht ohne mein ausdrückliches Einverständnis an“, fauchte er.

Auf der anderen Seite des Platzes spitzte ein Beagle die Ohren. Er erstarrte und drehte den Kopf in unsere Richtung, dann rannte er los.

Ich war kurz davor, Fluffikins schützend in die Arme zu nehmen, als er sich vor meinen Füßen schnell im Kreis drehte. Der Hund kläffte und rannte zu seinem Besitzer zurück.

Ich schüttelte den Kopf, um mich wieder zu sammeln, und fuhr mit dem vorherigen Thema fort. „Du verheimlichst mir etwas. Wie soll ich mich schützen, wenn ich nicht weiß …?“

„Mein Schweigen dient deinem Schutz, also sei nicht so neugierig!“

„Sollte ich nicht selbst in der Lage sein, über Dinge zu entscheiden, die mich und meine Sicherheit betreffen?“

Fluffikins klappte die Kinnlade herunter, sein Schwanz zuckte, und ich hätte schwören können, dass er gerade etwas sagen wollte.

Aber jemand anderes kam ihm zuvor. „Schöner Tag, nicht?“

Ich erhob mich und lächelte einem Mann zu, der sich mit einem angeleinten Hund an seiner Seite näherte. Dem riesigen Kopf, den kurzen Beinen und dem dümmlichen Ausdruck nach zu urteilen, war es ein Corgi. Als er meinen flauschigen Begleiter entdeckte, gab er ein freudiges Bellen von sich und begann, an der Leine zu zerren.

Ich musste meine Stimme erheben, um über den Hund hinweg gehört zu werden. „Sehr schön."

Der Besitzer nickte und setzte seinen Weg fort.

„Warten Sie", rief ich ihm nach. „Wir sind nicht von hier. Wir wollten uns nur kurz die Beine vertreten und machen uns dann wieder auf den Weg. Würden Sie uns bitte sagen, wo wir gerade sind?"

Er sah mich verwundert an. „Wo wir sind? Haben Sie nicht gemerkt, wohin Sie fahren, als Sie die Fähre bestiegen haben?"

Ich schlug mir mit der Handfläche gegen die Stirn. „Ich Dummerchen, das habe ich schon wieder vergessen."

„Sie sind auf Caraway Island. Es ist nicht wirklich ein Ort, an dem man einfach so vorbeikommt. Die Fähre ist der einzige Weg vom Festland hierher", informierte er mich mit gerunzelter Stirn.

„Oh." Ich wusste, dass ich mich wie ein Idiot benahm, aber ich brauchte trotzdem mehr Informationen. „Und mit Festland meinen Sie …?"

„Maine", antwortete er ganz sachlich.

„Klar doch", sagte ich und kicherte.

Er musterte mich besorgt. „Hören Sie, geht es Ihnen gut? Soll ich Sie in ein Krankenhaus bringen, um Ihren Kopf untersuchen zu lassen?"

Ich lachte und winkte ab. „Oh, ich komme schon klar. Die frische Luft macht mir den Kopf frei."

„Ich glaube nicht, dass das Problem so einfach zu beheben ist", murmelte der Mann und ging dann mit seinem protestierenden Corgi weiter.

„Toll gemacht, Tawny“, sagte der Chefkater mit einem unterdrückten Kichern, das klang, als würde er gleich einen Haarballen aushusten.

Ich zuckte mit den Schultern. „Hey, immerhin habe ich wenigstens Antworten bekommen.“

„Okay, wenn du also alle Antworten hast, was machen wir dann jetzt, Frau Neunmalklug?“ Er blinzelte mit einem selbstgerechten Ausdruck in die Sonne, den ich ihm am liebsten aus dem Gesicht gewischt hätte.

„Den Spitznamen kannst du gleich wieder vergessen“, brummte ich, während ich meine Augen auf der Suche nach ... irgendeinem Anhaltspunkt durch den Park schweifen ließ.

Zum Glück fand ich genau das.

„Wir gehen und reden mit deinem Zwilling“, sagte ich mit einem triumphierenden Grinsen und deutete auf die schwarze Katze, die unter einer Bank am anderen Ende des Parks herumhing. Könnte das einer unserer entführten Feldagenten sein?

18

Fluffikins joggte voraus und gesellte sich zu der anderen schwarzen Katze unter der Bank, während ich beiläufig hinüberschritt. Schließlich sollten wir unbedingt vermeiden, dass der Mann mit dem Corgi noch misstrauischer wurde und jemanden rief. Welche Magie auch immer meine Katzenbegleitung auf den Beagle ausgeübt hatte, sie schien sich auf die anderen Hunde im Park zu übertragen. Selbst der Corgi verlor schnell das Interesse an uns.

Als ich endlich die Bank erreichte, nahm ich Platz und hob eine Hand an mein Ohr, um so zu tun, als hätte ich dort ein Bluetooth-Gerät versteckt.

„Einer deiner Außendienstmitarbeiter, Mr F.?“, fragte ich, wobei ich seinen niedlichen Katernamen abkürzte, für den Fall, dass einer der anderen Parkbesucher uns hörte.

„Er ist ein Haustier“, grummelte Fluffikins zu meinen Füßen.

„Ich bin ein Vertrauter“, stellte die andere Stimme irritiert richtig. Offenbar war unser neuer Freund männlich. Außerdem hatte er einen schweren Bostoner Akzent, wodurch er hier in Maine genauso fehl am Platz wirkte wie wir.

„Das ist das Gleiche“, schoss Fluffikins zurück.

„Ist es nicht!“, fauchte der andere.

„Du arbeitest für Menschen, während ich sie für mich arbeiten lasse. Du bist schlimmer als ein Haustier. Du bist ein Sklave.“ Ich konnte mir seinen selbstgefälligen Gesichtsausdruck lebhaft vorstellen, während er seine Überlegenheit demonstrierte.

„Hey“, rief ich und übertönte die ziemlich unwirsche Erwiderung der beleidigten Katze.

Ich blickte nach unten und sah den unbekannten schwarzen Kater durch die Lamellen der Bank hindurch an. „Es tut mir leid. Er ist wirklich nicht so schlimm, wenn man ihn erst mal kennenlernt.“

Er kniff die Augen zusammen. „Das habe ich nicht vor. Und jetzt verschwinden Sie hier. Sie gefährden meine Überwachung.“

„Überwachung? Sie klingen wie ein Polizist“, meinte ich mit einem Schmunzeln.

„Ich *bin* ein Polizist.“

„Ich dachte, du wärst ein Vertrauter“, korrigierte Fluffikins ihn und bezog sich dabei auf den Teil des Gesprächs, den ich verpasst hatte.

„ Und ich kann nicht beides sein?“ Er kauerte sich tiefer und brach den Blickkontakt mit mir ab. „Jetzt verschwindet endlich, bevor Scavo das hier mitbekommt und die ganze Sache in die Hose geht.“

Fluffikins schnappte erschrocken nach Luft. „Scavo?"

„Ja, Scavo. Was ist mit ihm?" Alles, was ich sah, war ein undeutlicher, schwarzer Körper zu meiner Linken und ein weiterer undeutlicher, schwarzer Körper zu meiner Rechten. Ja, ich würde definitiv eine Augenuntersuchung brauchen.

Mr Fluffikins antwortete in dem gleichen pedantischen Ton, den er immer anschlug, wenn er mir etwas Magisches erklärte. „Die APZ ist seit Jahrzehnten hinter ihm her. Er ist ein Mafioso und Normalo, der irgendwie von der Existenz der Magie erfuhr und sie seitdem zu seinem persönlichen Vorteil nutzte. Hat einen ganzen Schwarzmarkt erschaffen."

„Das ist noch längst nicht alles. Also geh besser zurück zu deinem Katzenklo, oder was auch immer dieses APZ-Ding ist."

„Deine Respektlosigkeit wurde zur Kenntnis genommen und wird dementsprechend bestraft", drohte Fluffikins in tiefem Tonfall. „Ich bin Diplomat für die Agentur für paranormale Zeitarbeit, also bin ich dazu befugt, weißt du."

„Dann schwing deinen diplomatischen Hintern woanders hin und überlasse das hier der paranormalen Abteilung von Blueberry Bay", konterte unser neuer Bekannter.

„Unterscheidet ihr etwa zwischen nationalen und lokalen Angelegenheiten?", fragte ich.

Beide Kater fauchten mich an, und ich wurde wieder zur stillen Beobachterin.

Mr Fluffikins ergriff das Wort. „Scavo ist vor ein paar Jahren gestorben, wenn er also nicht als wiederbelebte Leiche herumläuft, ist dein Einsatz sinnlos."

„Warte mal. Sind Zombies etwa auch real?", quietschte ich. Ein kalter Luftzug fegte vorbei, sodass ich fröstelte und die Arme um meinen Oberkörper schlang.

Beide Katzen ignorierten meine Frage.

„Das zeigt, wie wenig du weißt“, sagte der Polizistenkater. „Er ist wieder da und dreht auch wieder seine krummen Dinger, wie früher.“

„Nicht möglich“, behauptete Fluffikins.

„Ja, ich wette, du glaubst auch nicht, dass ein Typ, der fünfzig Jahre im Grab gelegen hat, als magische, sprechende Katze wiederauftauchen kann, und doch bin ich hier.“

„Na schön. Wenn Scavo wirklich zurück ist, wo ist er dann? Denn falls du es nicht bemerkt hast, wir sind weit entfernt von Boston.“

„Wenn ich wüsste, wo er ist, wäre ich nicht auf dieser Überwachungsmission, du Trottel. Aber er muss hier in der Nähe sein.“

„Ja, der hier ist ein echter Spinner“, sagte Mr Fluffikins zu mir und hüpfte neben mir auf die Bank. Ich teilte zwar seine Meinung, aber ein mieser Hinweis war besser als kein Hinweis.

„Hör auf, ihn zu schikanieren. Er kann vielleicht helfen“, sagte ich sanft und ging dann auf Hände und Knie, um den anderen Kater direkt anzusprechen. Jetzt, wo ich ihn etwas genauer sah, bemerkte ich, dass er keine exakte Kopie von Mr Fluffikins war. Zum einen hatte er keinen weißen Fleck auf seiner Brust. Und zum anderen trug er ein breites Schnallenhalsband mit einem seltsamen Sternsymbol darauf.

„Tut mir echt leid wegen ihm“, sagte ich mit einem höflichen Lächeln. „Ich bin Tawny. Wie heißt du?“

„Jetzt Blackjack“, verriet er mit einem irritierten Grinsen.

„Wir sind weit weg von zu Hause und ermitteln in eigener Sache. In unserer Heimatstadt Beech Grove, Georgia, sind Katzen von den Straßen verschwunden, und wir haben Grund zu der Annahme, dass sie hier auf Caraway Island gelandet sind. Hast du eine Idee, wie wir sie finden können?"

Er starrte mich verwundert an. „Bei dieser ganzen Sache geht es um Katzen? Ich dachte, ihr wärt Scavo auf der Spur?"

„Das ist richtig. Wir versuchen, mehrere vermisste Feldagenten zu finden. Ein Menschenmädchen wird auch vermisst." Ich konnte ihm nicht einmal sagen, wie viele Katzen verschwunden waren, da Mr Fluffikins mir bei unserer Besprechung nur das Nötigste gesagt hatte.

Blackjack legte den Kopf schief, dann nickte er. „Nun, warum hast du das nicht gleich gesagt? Folge mir, Kleine. Ich kenne jemanden, der dir vielleicht weiterhelfen kann."

19

Ich stand auf und folgte Blackjack zu einem Loch im Zaun. Er zwängte sich hindurch und drehte sich dann erwartungsvoll zu mir um.

„Ähm." Ich verlagerte mein Gewicht von Fuß zu Fuß. Ich passte nicht durch das Loch, und über den Zaun zu klettern, obwohl es zwei Ausgänge gab, würde definitiv den Verdacht der anderen Menschen im Park erregen.

„Ich gehe außen herum und treffe euch auf der anderen Seite", schlug ich vor.

„Wie du willst", sagte Blackjack herablassend. „Wir warten auf dem westlichen Parkplatz auf dich."

„Gib mir Deckung", sagte Fluffikins, blinzelte sich dann aus unserem Blickfeld und erschien auf der anderen Seite des Zauns wieder.

„Netter Trick“, sagte Blackjack mit einem Zucken seines Schwanzes. „Hast du das auf der Diplomatenschule gelernt?“

„Ja, gleich nachdem uns eingeschärft wurde, wie nutzlos Agenten aus Boston sind.“ Wer war dieser neue Fluffikins? Für gewöhnlich behandelte er zwar jeden von oben herab, aber diesen Kater schien er zu hassen wie niemanden sonst – einschließlich der Haberdashes.

Blackjack ließ sich jedoch nicht einschüchtern. „Laut deiner Mutter sind wir Bostoner immerhin die besten Liebhaber …“

Zum Glück wurden ihre Stimmen immer leiser, während ich schnell am Rand des Zauns entlangging, bis ich den Ausgang erreichte. Nachdem ich den Park verlassen hatte, verfolgte ich den Weg zurück, den ich gekommen war. Ich fand das Loch im Zaun, aber nicht die Kater.

Der Mann mit dem Corgi fiel mir auf, als er sich bückte, um einen schmuddeligen Tennisball aufzuheben und mir einen fragenden Blick zuwarf.

Ich winkte kurz, dann drehte ich mich um und bahnte mir einen Weg durch das ungeschnittene Gras auf dieser Seite des Zauns, auf der Suche nach einem Parkplatz oder einem Kater, je nachdem, was ich zuerst finden konnte.

An diesem Punkt wünschte ich mir zwei Dinge: eine warme Jacke und mein Handy. Ja, ich mochte schlau sein, wenn es um Worte ging, aber ich war noch nie in der Lage gewesen, Ost und West ohne die Hilfe von Technik zu unterscheiden. Der Blick in die Sonne tat meinen Augen nur weh. Sie verriet mir nicht die Richtung, in der sie aufgegangen war.

Verdammte Kater! Warum hatten sie nicht einfach durch den normalen Ausgang mit mir gehen können?

Eine Frau mit blaugrünem Haar, die zerrissene Jeans und eine Biker-Lederjacke trug, näherte sich mir von der Seite. „Tawny?“, rief sie.

Nervös strich ich mir eine Strähne meines rosa Haares hinters Ohr und schluckte. „Ja, hallo.“

Sie lächelte freundlich. „Ich bin Val. Dein Vertrauter sagte, du würdest dich wahrscheinlich verirren.“

„Oh, ich bin nicht ... ähm.“ Ich drehte mich um, konnte aber dank der leicht ansteigenden Böschung weder den Typen mit dem Corgi noch irgendwen sonst aus dem Park sehen.

„Du bist doch eine Hexe, richtig?“, fragte Val, während sie mich und mein Grufti-Outfit musterte. Und mal ehrlich, wer wusste das überhaupt noch? Ich hatte zwar keine Magie, aber ich bezweifelte auch, dass ich nur eine „Normalo“ war.

Ich wusste nicht so recht, was ich Val antworten sollte. „Nein. Ja. Ich meine, ich war es, aber jetzt bin ich es nicht mehr.“

Sie neigte den Kopf zur Seite, und ein mitfühlendes Lächeln huschte über ihr Gesicht. „Geht es dir gut?“

Na toll. Jetzt dachten sowohl die Normalos als auch die Magier, ich müsste meinen Kopf untersuchen lassen. Vielleicht musste ich das auch. Das sollte ich auf meine Liste setzen, sobald ich wieder sicher zu Hause war. Erst zum Augenarzt und dann zum Psychiater.

„Mir geht es gut“, brachte ich schließlich heraus. „Fluffikins und ich sind hier, um eine Reihe von Entführungen zu untersuchen.“

„Das hat er bereits erwähnt. Komm mit." Ein glänzendes Abzeichen, das zu dem Sternanhänger an Blackjacks Halsband passte, glitzerte an Vals Gürtel und zeigte der Welt, dass sie zusammengehörten. Aber ich und Fluffikins? Wenn es tatsächlich etwas gab, das uns miteinander verband, hatte er sich entschieden, es geheim zu halten.

„Erzähle mir mehr von diesen Entführungen", drängte sie in einer Art und Weise, die mir verdeutlichte, dass sie in Sachen Befragungen weitaus erfahrener war, als ich es je sein würde.

Sie musste mich nicht einmal bestechen, um mich dazu zu bringen, alles auszuplaudern, was ich wusste. Zu ihrem Pech wusste ich fast nichts.

„Ich weiß nicht viel", sagte ich, um damit gleich zu Beginn klarzustellen, wie wenig ich würde helfen können. „Mehrere Katzen wurden entführt sowie eine junge Hexe namens Melony Haberdash."

Val hielt plötzlich inne und drehte sich zu mir um. „Hast du Haberdash gesagt?"

Ich nickte nachdrücklich. „Ja. Dummer Name, oder?"

Val biss sich auf die Lippe. „Es ist wahrscheinlich nur ein Zufall, aber ... Ja, darüber muss ich auf jeden Fall eine Weile nachdenken." Sie verstummte und schüttelte den Kopf, dann ging sie weiter.

Einige Schritte entfernt kam ein größtenteils leerer Parkplatz in Sicht, aber ich konnte weder Fluffikins noch Blackjack sehen. Ich hatte keine Ahnung, welchem Zweck der Parkplatz diente, da er zu weit vom Hundepark entfernt schien und ich keine anderen Geschäfte in der Nähe entdecken konnte.

„Val, warte. Was ist los?“, rief ich, während ich mich bemühte, sie einzuholen. Vielleicht führte sie mich ja geradewegs ins Verderben. Ich musste wirklich aufhören, den Leuten so leicht zu vertrauen. Schließlich war es das, was mir diesen ganzen magischen Schlamassel überhaupt erst eingebrockt hatte.

Val ging jetzt viel schneller, und ich wünschte, ich würde meine Laufschuhe tragen, statt dieser nutzlosen, schwarzen Clogs, die Connie mir aufgezwungen hatte.

Lief diese Tussi etwa vor mir weg?

So viel zur Freundlichkeit von Fremden.

20

Blackjack trabte zu uns herüber, zu der Stelle, wo das Gestrüpp dem Straßenpflaster wich. „Er ist weg!“, miaute er in seinem starken Bostoner Akzent.

Val wurde weiß wie eine Wand. Ich sollte es wissen – genauso sahen die Wände in meinem farblosen Häuschen aus. „Was soll das heißen, er ist weg? Wer ist weg?“, wollte sie von ihrem Vertrauten wissen.

Blackjack stellte seinen Schwanz senkrecht auf. Nur dessen Spitze zuckte. „Der – wie heißt er noch gleich – Diplomatentyp. Fluffy? Er ist einfach verschwunden.“

„Warst du nicht bei ihm?“, verlangte ich zu wissen, stemmte die Hände in die Hüften und versuchte, furchterregend oder wenigstens selbstsicher zu wirken. Wenn sie sich gegen mich wenden würden, wäre ich erledigt. Fluffikins und ich waren viel besser dran gewesen, bevor wir uns mit diesem lästigen Duo eingelassen hatten.

„Ja. Die ganze Zeit. Ich habe nur einmal geblinzelt, und schon war er fort." Blackjack hob eine Pfote und starrte auf seine Krallen, als ob sie ihn schwer enttäuscht hätten. „Ich dachte, er hätte vielleicht wieder diesen Teleportation-Trick gemacht, aber – puff – einfach weg."

Okay, meine einzige Verbindung nach Hause war verschwunden, aber das bedeutete nicht, dass er mich im Stich gelassen hatte. Vielleicht war er nur kurz nach Hause gegangen, um mit Parker oder einem der anderen Vorstandsmitglieder zu reden.

Ja, so musste es sein. Ich dachte anfänglich ja auch, Melony wäre aus freien Stücken gegangen, aber Fluffikins war sich sicher, dass sie entführt worden war.

Moment mal ...

„Hast du eine Wolke aus rosa Magie gesehen?", fragte ich den Bostoner Kater und hoffte inständig, er würde ja sagen. Selbst wenn es nicht stimmte, konnte ich gerade wirklich eine gute Nachricht gebrauchen.

„Nein, nichts dergleichen", informierte er mich, die Augen weit aufgerissen, als fürchtete er, ein weiteres Blinzeln würde mich ebenfalls verschwinden lassen.

Plötzlich fühlte ich mich, als wäre ich unter Wasser – nicht auf diese beruhigende, friedliche Art und Weise, die beim Eintauchen in die rosa Weltmagie auftrat, sondern auf eine schreckliche, furchterregende Art und Weise, als wäre ich in einem Sog gefangen, ohne Hoffnung, je wieder die Oberfläche zu erreichen.

„Leute“, brachte ich trotz der aufsteigenden Panik hervor. „Er ist nicht gegangen. Er wurde entführt. Wer auch immer die Agenten entführt hat, hat sich Mr Fluffikins geschnappt.“ Als ich die Worte aussprach, wusste ich, dass sie der Wahrheit entsprachen. Er würde mich nicht absichtlich ohne Geld, Ausweis oder irgendeine Möglichkeit, die APZ zu erreichen, im Stich lassen. Er war zwar eine Nervensäge, aber er war nicht böse. Zumindest nicht durch und durch.

„Was soll ich jetzt nur tun?“, quietschte ich verzweifelt.

Val legte mir sanft eine Hand auf die Schulter, aber das trug wenig dazu bei, meine Panik zu unterdrücken. „Wir werden weiter an diesem Fall arbeiten und sehen, was wir herausfinden. Vielleicht haben wir Glück und finden dabei deinen Vertrauten. Aber wir können unsere Ermittlungen nicht aufgeben, um nach ihm zu suchen.“

„Aber ich habe kein Telefon, kein Geld, niemanden, der mir hilft. Wie soll ich ihn denn zurückbekommen?“, argumentierte ich. Die Panik wurde immer größer und schnürte mir die Kehle zu.

„Ich wünschte, wir könnten mehr tun. Hier …“ Val griff in ihre Tasche, dann drückte sie mir eine Rolle Scheine in die Hand. „Bieg hinter dem Parkplatz rechts auf die Hauptstraße ab. An der Ecke Hauptstraße und Yarrowstraße liegt ein schäbig aussehendes Motel namens *The All-Nighter*. Es sieht schlimm aus, aber es ist eigentlich sehr sauber, und der Besitzer ist einer von uns. Übernachte dort und nimm morgen früh die Fähre nach Glendale. Die erste fährt um halb acht.“

Ich nickte zustimmend, froh, dass Val einen Plan zu haben

schien, denn ich war immer noch völlig verloren. „Okay, okay. Und was dann?“

„Dort gibt es eine Frau, die mit Tieren sprechen kann. Ihr Name ist Angie Russo. Sie hat keinen Funken Magie in sich, aber Jack ist ihr begegnet, als wir hier ankamen. Wir haben sie überprüft und sie scheint seriös zu sein. Sie hält sich für eine Art Privatdetektivin, also könnte sie dir helfen, deinen Vertrauten zu finden, wenn du sie danach fragst.“

„Danke“, sagte ich, anstatt sie über die wahre Natur meiner Beziehung zu Mr Fluffikins ins Bild zu setzen. „Das werde ich.“

Niemand sagte etwas, also nutzte ich die Gelegenheit, eine Frage zu stellen. „Wie kann ich euch erreichen, wenn ich etwas brauche?“

„Gar nicht. Vielleicht sehen wir uns eines Tages wieder, aber um deinetwillen hoffe ich, dass es nicht dazu kommt“, sagte Val grimmig.

„Jetzt geh. Wir können nicht noch mehr Zeit damit verschwenden, hier herumzustehen und zu plaudern, wenn wir einen Gauner zu fangen haben.“ Blackjack bedeutete mir, mich in Bewegung zu setzen.

Ich holte tief Luft und ging bis zum Ende des Parkplatzes. Als ich mich umdrehte, waren sowohl Val als auch ihr Vertrauter verschwunden.

21

Wie versprochen, sah das 24-Stunden-Motel von außen schrecklich aus, war aber von innen größtenteils in Ordnung. Beim Anblick der rissigen Backsteinfassade, die dringend eine Grundreinigung nötig hatte, widerstand ich dem Drang, postwendend kehrtzumachen. Ich wusste, dass ich entweder hier oder auf der Straße schlafen konnte.

Mein Zimmer roch nach einer berauschenden Mischung aus Bleiche und Essigreiniger, was ich für ein gutes Zeichen hielt. Nachdem ich den Raum nach versteckten Leichen, benutzten Verhütungsmitteln oder kleinen Tütchen mit pulverisierten Drogen durchsucht hatte – Gott sei Dank fand ich nichts davon –, nahm ich erst mal eine lange, heiße Dusche. Während das Wasser über mich hinwegrauschte, kämpfte ich gegen die Versuchung an, mich darunter zu entspannen, und suchte stattdessen nach Lösungen für die haarsträubenden Probleme dieses Tages.

Ich war Val zwar dankbar, dass sie mir Geld und einen Rat gegeben hatte, aber es schien, als hätte sie Fluffikins' Verschwinden ausgenutzt, um mir nicht zu sagen, was sie über die Haberdashes wusste. Warum hatte ich das nicht schon früher bemerkt? Soweit ich wusste, steckte sie vielleicht sogar mit den Entführern unter einer Decke. Immerhin hatte uns der magische Tracker direkt zu ihrem Vertrauten geführt. Blackjack war auch lange genug mit Fluffikins allein gewesen, um ihn an einer mir unbekannten Stelle verstecken zu können. Warum hatte ich ihn und Val beim Wort genommen?

Und warum hatte ich eigentlich nie Telefonnummern mit Parker ausgetauscht? Gut, wir wohnten nur wenige Meter voneinander entfernt und kannten uns auch erst ein paar Tage, aber trotzdem.

Wenn ich ihn jetzt anrufen könnte, würde er mir sicher helfen. Stattdessen war ich hoffnungslos allein an einem weit entfernten Ort und hatte nur noch die Hälfte des Geldes von dem Bündel, das Val mir gegeben hatte. Ich musste einen Ausweg finden, und zwar schnell, denn ich bezweifelte, dass ich mir eine zweite Nacht in diesem Motel würde leisten können.

In einem Anflug von Verzweiflung nahm ich das Telefon in die Hand und wählte die Auskunft. „FISCHERS FRITZ in Beech Grove, Georgia, bitte", sagte ich, als die Vermittlung abnahm.

Sie stellte mich sofort durch, aber die Leitung klingelte und klingelte. Entweder war der Inhaber zu beschäftigt, um abzunehmen, oder er hatte für heute bereits geschlossen. Das war ja mal wieder typisch.

Abermals rief ich die Auskunft an und nannte ihr die Namen einiger anderer Geschäfte aus dem Stadtzentrum. Diesmal gab sie mir eine Liste mit Nummern, die ich mir auf dem Briefpapier des Motels notierte. Ich rief jedes einzelne an und fragte denjenigen, der abnahm, ob er Parker Barnes kenne, aber niemand hatte je von ihm gehört.

Seltsam. Wie konnte er sein ganzes Leben in Beech Grove gelebt haben, ohne dass jemand ihn kannte? Es war, als wäre er ein Geist.

Mist. Nun begann ich, den letzten Hoffnungsschimmer zu verlieren, an den ich mich geklammert hatte.

Ich riss das Blatt Papier mit den notierten Nummern ab und warf es in den Papierkorb, dann setzte ich mich mit einem frischen Blatt hin und begann, eine neue Liste zu schreiben. Diese enthielt alle Hinweise und Ungereimtheiten, die mir bisher aufgefallen waren.

Zuerst zählte ich die Namen derer auf, die verschwunden waren. Ich wusste immer noch nicht, wie viele Katzen betroffen waren, aber ich erinnerte mich, dass Mungo und Lester in der Gasse über Percy gesprochen hatten. Ich notierte ihre Namen und fügte dann Melony und Fluffikins hinzu. Das machte fünf vermisste Menschen – oder Lebewesen – aus.

Dann schrieb ich Orte nieder, die eine Rolle spielen könnten. Bis jetzt hatte ich jedoch nur FISCHERS FRITZ und den Hundepark auf Caraway Island. Ich würde morgen zwar aufs Festland fahren, aber ich wusste noch nicht, ob das tatsächlich relevant war.

Zu den Verdächtigen gehörten Melony – ich wollte sie nicht

vom Haken lassen, nur weil sie auch entführt worden war –, Val und Blackjack, dieser Scavo, über den sie gesprochen hatten, und vielleicht sogar Melonys Großvater. Val hatte sehr auffällig auf die Erwähnung des Nachnamens Haberdash reagiert.

Das war alles. Alles, was ich wusste, passte auf ein einziges Blatt Papier. *Seufz.*

Ich starrte es eine ganze Weile an in der Hoffnung, dass sich die Worte zu einer Art Offenbarung zusammenfügten, die alles erklären würde. Aber nichts dergleichen geschah.

Frustriert faltete ich die Liste zusammen und steckte sie in meine Tasche.

Da ich nicht wusste, was ich jetzt tun sollte, ging ich zu einem Fast-Food-Restaurant, an dem ich auf dem Weg zum Motel vorbeigekommen war, und schlug mir den Bauch voll. Ich nahm ein paar Cheeseburger für später mit ins Motel und ging dann früh ins Bett, damit ich am nächsten Morgen vor Energie strotzen und startklar sein würde.

22

Anscheinend war diese Angie Russo so etwas wie eine kleine Berühmtheit in dieser malerischen Küstengegend namens Blueberry Bay. Ich hatte überhaupt keine Probleme, auf der Fähre jemanden zu finden, der mir den Weg zu ihrem Haus in Glendale zeigen konnte – und ich dachte, Beech Grove wäre eine Kleinstadt!

Die meisten Leute hielten die sogenannte Tierdetektivin für ziemlich schräg, aber sie mochten sie trotzdem.

„Angie und ihre Großmutter hielten erst gestern Abend eine große Wohltätigkeitsveranstaltung ab, um dem Tierheim zu helfen“, erzählte mir eine etwa zehn Jahre ältere Frau, als sie hörte, wie ich nach Miss Russo fragte.

Eine andere neue Bekannte erwähnte, dass sie in die gleiche Richtung unterwegs sei und mich mitnehmen könnte. Und so stand ich kurz nach acht Uhr morgens auf der Veranda eines imposanten Herrenhauses im Ostküstenstil.

Als ich klopfte, ertönte ein schrilles Bellen aus dem Inneren. Es wurde immer lauter, zusammen mit dem Kratzen von Krallen, bis die Tür aufschwang und ein kleines Tier auf die Veranda flitzte, um mich zu begrüßen.

Das Bellen verwandelte sich in ein Wimmern, als der weitgehend schwarze Chihuahua an meinem Schienbein emporsprang.

„Sie möchte, dass Sie sie hochheben", sagte eine Frauenstimme von der Türschwelle aus.

Ich schnappte mir den zappelnden Hund und richtete mich wieder auf. „Sind Sie Angie?", fragte ich die Frau, von der ich jetzt sah, dass sie mindestens siebzig Jahre alt war und einen eng anliegenden Trainingsanzug aus pinkfarbenem Velours trug.

Sie brach in Gelächter aus, als hätte ich gerade den besten Witz der Welt erzählt. „Oh, um Himmels willen, nein! Ich bin ihre Großmutter, und das süße Pelzknäuel in Ihren Armen ist meine Paisley. Angie holt noch den Schlaf der letzten Nacht nach. Wir hatten eine tolle Fete. Vielleicht möchten Sie am Nachmittag wiederkommen?"

Ich streichelte gedankenverloren den Kopf des kleinen Hundes, während sie in meinen Armen bebte und zitterte. „Es ist nur so, dass ich ein großes Problem habe, und je länger ich warte, desto größer wird es", versuchte ich zu erklären. Was sollte ich tun, wenn sie mich abwies? Wo könnte ich als Nächstes hingehen?

Sie schürzte die Lippen. „Ich verstehe."

Ich beschloss, direkt zur Sache zu kommen, in der Hoffnung,

dass sie Mitleid mit mir haben würde anstatt mich wegzuschicken. „Ist es wahr, dass sie mit Tieren sprechen kann?"

Die alte Frau begann zu nicken, hielt dann aber inne. Sie verzog das Gesicht. „Ähm, darüber darf ich eigentlich nicht mehr reden."

Sie kaute auf ihrer Lippe herum, während wir uns schweigend gegenüberstanden.

Der Chihuahua zitterte weiterhin vor Aufregung.

„Möchten Sie vielleicht auf eine Tasse Tee hereinkommen, während Sie warten?", bot Angies Großmutter schließlich an.

Ich nickte und folgte ihr ins Wohnzimmer, wo ein ziemlich großer, braun-getigerter Kater auf dem Sofa saß und mich allem Anschein nach skeptisch beobachtete. Konnte er sprechen wie die anderen Katzen, die ich in der letzten Woche kennengelernt hatte? War er auch eine Art Polizist, Spion oder Diplomat? Es war schwer, ihn für etwas anderes als eine Hauskatze zu halten, angesichts seines trägen Verhaltens und seiner offensichtlichen Speckröllchen.

Als sie bemerkte, dass ich die getigerte Katze anstarrte, kicherte meine Gastgeberin und sagte: „Oh, achten Sie nicht auf unseren Octocat. Er ist von Natur aus mürrisch. Kommen Sie mit in die Küche. Sind Sie hungrig? Ich habe eine Ladung Vanillekipferl im Ofen."

Mein Magen knurrte bei der Aussicht auf frische Backwaren, und ich nickte begeistert.

Angies Großmutter ging um einen aufklappbaren Kartentisch herum, der mit zusammengeknüllten Servietten und anderem Müll bedeckt war. „Sie müssen die Unordnung entschuldigen. Wir hatten gestern Abend eine große Wohltätigkeitsgala und sind immer noch dabei, den Teil mit dem Aufräumen nachzuholen. Wir wollten eigentlich gestern fertig werden, aber dann ist die Leiche aufgetaucht, und ...“

„Leiche?“, quietschte ich und trat einen Schritt zurück, um etwas Abstand zwischen uns zu bringen. Ich drückte den kleinen Hund wie ein Schutzschild an meine Brust. Diese verrückte, alte Dame würde mir doch sicher nicht wehtun, solange ich ihr Haustier hielt, richtig?

Angies Großmutter schnalzte mit der Zunge. „Oh, sehen Sie mich nicht so an. *Ich* habe ihn nicht getötet.“

„Vielleicht war das hier eine schlechte Idee“, wimmerte ich, bereit, diesen Ort zu verlassen und zu versuchen, per Anhalter zurück nach Georgia zu fahren. Oder vielleicht könnte ich bei meinem Verleger in New York vorbeischauen und um eine Fahrgelegenheit bitten.

Hinter mir erklangen Schritte, und als ich mich umdrehte, sah ich eine große Frau mit sandbraunem Haar, die einen gepunkteten Pyjama trug. „Guten Morgen“, sagte sie mit einem freundlichen Lächeln. „Wer ist das, Grandma?“

„Sie hat mir noch keinen Namen genannt, aber sie ist wegen dir hier, Liebes“, sagte die alte Frau achselzuckend.

„Warum sieht sie aus, als ob sie einen Geist gesehen hätte? *Grandma.*“ In ihrer Stimme lag ein warnender Tonfall.

Angies Großmutter zuckte wieder mit den Schultern. „Ich habe sie nur über die Ereignisse der letzten Nacht informiert, das ist alles.“

„Wie oft muss ich dich noch daran erinnern, dass Mord nie ideal dafür ist, das Eis zu brechen?"

Die alte Dame kicherte, während sie den Kessel aufsetzte.

„Sind Sie Angie?", fragte ich und fühlte mich zumindest ein wenig sicherer, jetzt, wo ich nicht mehr mit der schrägen Großmutter allein war. „Ich habe gehört, dass Sie mir vielleicht helfen könnten. Mein Name ist Tawny, und ich bin nicht von hier."

Sie schenkte mir ein breites Lächeln und hob die Hand zum Gruß. „Ja, die bin ich. Kommen Sie, wir machen es uns im Wohnzimmer gemütlich und Sie können mir alles erzählen."

23

Angie ließ sich auf der Couch neben ihrem Kater nieder, während ich Platz auf dem Ohrensessel daneben nahm. Die Möbel waren steif, aber irgendwie auch einladend.

Ich setzte den zappeligen Chihuahua auf den Boden, aber sie hüpfte sofort wieder zu mir auf den Sessel und kuschelte sich an meinen Oberschenkel.

„Haben Sie einen Fall für mich?“, fragte Angie und beugte sich interessiert vor.

Ich nickte und fragte mich, wie viel ich ihr sagen konnte. „Habe ich. Es geht um eine vermisste Katze. Nun, eigentlich um mehrere.“

„Eine vermisste Katze finde ich locker“, prahlte Angie mit vor Aufregung großen Augen. „Ich habe schon einmal einen vermissten Hund gefunden – den Hund des Bürgermeisters, um genau zu sein –, und einmal war sogar mein eigener Kater verschwunden, aber wie Sie sehen können, ist er jetzt wieder da.“

Sie legte eine Hand auf den Rücken des Katers, doch als er zusammenzuckte, riss sie sie wieder weg, als ob sie sich verbrannt hätte, und sah mich erwartungsvoll an.

Vielleicht bildete ich mir das nur ein, aber Angie schien mir fast zu eifrig zu helfen.

„Val hat mich an Sie verwiesen. Sie sagte, Sie könnten mit Tieren sprechen“, erwähnte ich und studierte meine neue Bekanntschaft nach Anzeichen, dass die Gerüchte wahr sein könnten.

Und ich wurde nicht enttäuscht. Angie lachte so heftig, dass ihr Gesicht rot anlief. „Was für ein Witzbold, diese Val! In Wirklichkeit kenne ich nicht einmal eine Val.“ Sie zuckte mit den Schultern und verdrehte die Augen auf so theatralische Weise, dass ich keinen Zweifel mehr an Vals Behauptungen hatte.

„Ist schon gut. Ich werde Ihr Geheimnis nicht verraten“, versprach ich und wünschte, wir könnten einfach zur Sache kommen. Schließlich hatte ich nicht den ganzen Tag Zeit, sie davon zu überzeugen, mir zu helfen. „Es ist nur so, dass ich wirklich verzweifelt nach einem verschwundenen Kater suche. Sein Name ist Mr Fluffikins.“

Angie legte den Kopf schief und starrte mich mit einer neuen Intensität an, die mich nervös machte. „Das ist kein sehr geläufiger Name.“

Ich schüttelte den Kopf. „Nein, das ist er wohl nicht. Können Sie mir helfen?“

Ihre Großmutter kam mit einem Tablett herein, auf dem sie

die von ihr erwähnten Vanillekipferl und drei Tassen mit englischem Frühstückstee balancierte.

Der kuschelnde kleine Chihuahua flitzte sofort zu ihr hinüber.

„Was habe ich verpasst?“, fragte sie und nahm neben ihrer Enkelin Platz. „Irgendwas Gutes?“

Angie schien sich ein wenig beruhigt zu haben, jetzt, da ihre Großmutter sich in das Gespräch eingeschaltet hatte. „Tawny hier versucht, ihre vermisste Katze, Mr Fluffikins, zu finden“, erklärte sie.

Die Augen der älteren Dame weiteten sich bei dieser Neuigkeit. „Ist das nicht die Katze von gestern Abend, die dir gesagt hat …“

„Grandma, du weißt doch, dass ich nicht wirklich mit Tieren sprechen kann“, unterbrach Angie mit einem schrillen Kichern und einem weiteren Augenrollen. Sie hielt dem Blick ihrer Großmutter einige Augenblicke lang stand, bis die alte Frau endlich wegschaute und einen langen Schluck von ihrem Tee nahm.

„Wir haben gestern Abend den *Schwarze-Katzen-Benefizball* veranstaltet“, fuhr Angie fort. „Unser Ziel war es, ein Zuhause für schwarze Katzen aus dem örtlichen Tierheim zu finden und Spenden zu sammeln. Unter den zu adoptierenden Katern gab es auch einen namens Mr Fluffikins.“

„Aber wie ist das möglich?“, fragte ich und umklammerte meine Teetasse. „Er wurde doch erst gestern Nachmittag entführt. Und dann auch noch von Caraway Island.“

Angie schien sich daran nicht zu stören. „Na ja, wir sind ja alle so etwas wie eine große Kleinstadt hier in der Bucht. Es ist durchaus möglich, dass das Tierheim von Glendale ein paar schwarze Katzen aus anderen Rettungsstationen der Gegend mitgebracht hat."

Ich stand auf. „Heißt das, er ist wieder im Tierheim? Sollte ich mich dahin wenden?"

Angie seufzte tief und bedeutete mir, mich wieder zu setzen. „Nein, er wurde adoptiert."

„Adoptiert!", explodierte ich. „Nein, nein, nein. Das ist nicht möglich. Er ist mein Kater, und ich brauche ihn unbedingt zurück!"

„Es wird schon alles gut gehen. Wenn er Ihnen gehört, werden ihn die neuen Besitzer sicher zurückgeben. Wir können einfach seine Adoptionsgebühr zurückerstatten." Angie griff sich ein warmes Kipferl und biss genüsslich hinein.

„Nichts für ungut", stimmte ihre Großmutter zu.

„Aber wo sind diese neuen Besitzer?", wollte ich wissen. Sollten Tierheime nicht wenigstens versuchen, die eigentlichen Besitzer zu finden, bevor sie eine Katze weggaben? Sie mussten vor der Adoption ja seine Gesundheit und sein Temperament überprüft haben. Irgendetwas stimmte hier definitiv nicht.

„Lassen Sie mich eine kurze Nachricht schreiben, um zu sehen, ob das Tierheim die Infos rüberschicken kann. Ich bin sicher, unter diesen Umständen …" Angie zückte ihr Handy und begann, viel schneller zu tippen, als ich es jemals könnte. Ein paar Augenblicke später sah sie mit einem zufriedenen Grinsen zu mir auf. „So. Wir sollten jeden Moment von ihnen hören."

„Bitte, genießen Sie Ihren Tee", sagte die Großmutter und deutete auf die Tasse in meinen Händen.

Ich nahm einen zaghaften Schluck, dann noch einen. Es dauerte nicht lange, bis ich die ganze Tasse geleert hatte.

„Oh, da haben wir es ja!“, rief Angie und fuchtelte mit ihrem Telefon herum. „Das Tierheim hat gerade zurückgeschrieben.“

Ich stellte meine leere Tasse zurück auf das Tablett und beobachtete, wie Angies Miene sich verfinsterte.

„Oh“, sagte sie nur.

„Was ist, Liebes?“, fragte ihre Großmutter und ersparte mir die Mühe, es selbst zu tun.

„Mr Fluffikins wurde in einem Heim auf Caraway Island untergebracht“, sagte sie mit einem seltsamen Ausdruck.

Natürlich wurde er das.

Langsam fühlte ich mich wie der Hauptcharakter in J.R.R. Tolkiens Fantasy-Klassiker *Der Hobbit – Hin und Zurück.*

24

Angie fuhr mich zurück zur Fähre und parkte den Wagen, um mit mir zu warten. „Was man über mich sagt, stimmt nicht, wissen Sie?“

„Hmmm?“, fragte ich und starrte gedankenverloren in die Ferne.

„Dass ich mit Tieren rede, meine ich. Das ist doch verrückt, oder?“ Angies Augen bohrten sich in mich. Ich konnte ihren intensiven Blick spüren, ohne mich zu ihr umzudrehen.

„Ja, total“, stimmte ich zu und schenkte ihr ein beschwichtigendes Lächeln.

„Ich verstehe ihre Körpersprache einfach sehr gut. Anscheinend macht mich das zu einem Tierflüsterer.“ Sie lachte unbehaglich, und ich stimmte aus Höflichkeit mit ein. Das würde eine lange Wartezeit werden. Ich hatte keine Ahnung, wie oft die Fähre ankam. Bei meinem Glück würden wir den ganzen Tag warten müssen. Nicht zum ersten Mal an diesem Tag sehnte ich mich nach Fluffikins und seiner Fähigkeit, uns mit rekordverdächtiger Geschwindigkeit von Ort zu Ort zu fliegen.

„Also, was ist Ihre Geschichte, Tawny?", fragte Angie schließlich. „Die rosa Haare und die schwarzen Klamotten hinterlassen einen ziemlich bleibenden Eindruck. Was wollen Sie der Welt mitteilen?"

Sie hatte vielleicht gut reden. Bevor wir das Haus verließen, wechselte sie aus ihrem gepunkteten Pyjama in ein Outfit mit Beinstulpen und einem schulterfreien Pullover. Ich war zwar keine großartige Fashionista, aber zumindest wusste ich, in welchem Jahrzehnt wir lebten.

„Mein Kleid ist dunkelviolett, eher Brombeere als echtes Schwarz", korrigierte ich sie, behielt den Rest meiner Gedanken allerdings für mich.

„Aber warum der ganze Schmuck? Es wirkt fast wie ein Kostüm." Sie grinste mich breit an, um ihre Worte ein wenig zu entschärfen.

Na schön, damit hatte sie wohl recht. Ich hatte lange darüber nachgedacht, ob ich die Unmengen an Schmuck an diesem Morgen im Motel lassen sollte, mich aber schließlich dazu entschieden, ihn bei mir zu behalten, um Connie nicht unnötig zu verärgern. Auch wenn sie behauptete, sich von Geld statt von Blut zu ernähren, war ich einfach nicht bereit, ein Risiko einzugehen, wenn es um die launische Vampirin ging.

Wenn Angie jedoch an ihrer albernen Tarngeschichte festhalten wollte, würde ich mich ebenfalls bedeckt halten. Ich war

Blackjack und Val gegenüber viel zu vertrauensselig gewesen, aber den Fehler musste ich ja nicht zweimal machen.

„Ich bin eine Hellseherin“, sagte ich daher mit einem breiten Lächeln.

Angie schien ein wenig überrascht. „Cool. Sie können also in die Zukunft sehen und so?“

Ich schüttelte den Kopf. „Nicht wirklich. Ich bin nur gut darin, die Körpersprache der Leute zu deuten und ihnen dann zu sagen, was sie hören wollen.“

„Oh, wir sind uns also irgendwie ähnlich?“, sagte sie mit einem weiteren, schrillen Lachen.

„Jupp.“ Beide Betrügerinnen mit schäbigen Tarngeschichten.

„Ich wusste, dass Sie das nicht ernst meinen“, sagte sie nach einem Moment.

Ich nickte, schwieg aber.

Die Fähre kam kurze Zeit später an und befreite mich von Angies unbeholfenen Versuchen, mich in eine Unterhaltung zu verwickeln.

Erleichterung überkam mich, bis etwas Schreckliches und Unerwartetes passierte …

„Ich komme mit“, informierte Angie mich, gerade als ich die Hand in Richtung Tür strecken wollte.

Bevor ich widersprechen konnte, fuhr sie mit ihrem Auto in die Warteschlange für das Boarding. Na schön, meine Suche würde mit einer motorisierten Eskorte wohl schneller gehen. Und es war ja nicht so, dass Angie die Dinge noch unangenehmer machen könnte, als sie es ohnehin schon waren … oder?

„Sie lösen also gerne Rätsel, hm?“, fragte ich und entschied mich schließlich, ihr trotz meiner Vorbehalte zu vertrauen. So verzweifelt war ich.

Sie schenkte mir ihr bisher größtes Lächeln. „Oh, ja. Das ist mein Job. Wollten Sie mich offiziell für Ihren Fall engagieren?“

„Ich habe im Moment nicht wirklich viel Geld. Ich könnte Sie bezahlen, nachdem wir den Fall gelöst haben, aber …“ Ich zuckte mit den Schultern. „Ich kann nicht erwarten, dass Sie umsonst arbeiten.“

„Oh, doch, doch, das können Sie. Ich arbeite die ganze Zeit umsonst. Der Treuhandfonds meiner Katze bezahlt alle unsere Rechnungen. Außerdem brauche ich die Erfahrung, damit meine Fähigkeiten nicht einrosten.“

Hm, das war ja seltsam.

„Sie wollen mir also helfen?“, fragte ich und hob überrascht die Augenbrauen.

Angie nickte. „Wenn Sie mich lassen.“

„Okay, schauen Sie mal.“ Ich griff in meine Tasche und reichte ihr die Liste, die ich am Abend zuvor erstellt hatte. „Das sind alle Informationen, die ich im Moment habe.“

Angie überflog mit gerunzelter Stirn die Liste. „So viele Menschen sind verschwunden, und Sie fangen mit Ihrem Kater an?“

„Oh, nein. Nur eine Person. Melony.“ Ich zeigte auf ihren Namen. „Das andere sind Katzen.“

„Und was ist der Rest hier?“, fragte sie, während ihr Blick über das Papier wanderte.

„Verdächtige und wichtige Örtlichkeiten.“

„FISCHERS FRITZ?“, fragte sie mit einem Kichern.

„Das ist ein Fischhändler bei uns in Georgia."

„Georgia?", platzte Angie heraus und schob mir die Liste wieder zu. „Was machen Sie denn dann hier? Glauben Sie wirklich, jemand hat Ihre Katzen entführt und ist zwanzig Stunden hierher gefahren?"

Ich starrte sie voller Ehrfurcht an. Vielleicht war sie doch nicht so ahnungslos, wie sie zunächst schien. „Wie haben Sie die Fahrtdauer so schnell geschätzt? Das wusste nicht einmal ich."

„Meine Cousine lebt in Georgia", verriet sie mit einem nachdenklichen Lächeln. „In der Gegend um die Peach Plains. Kennen Sie die?"

„Äh, ja, da wohne ich."

Etwas leuchtete in ihren Augen auf. „Larkhaven?"

„Nein, Beech Grove."

Und sofort erlosch das Leuchten wieder. „Oh", flüsterte sie.

„Oh", flüsterte ich zurück.

Angie sprach den Rest der Überfahrt nicht mehr mit mir und bewies damit, dass sie noch seltsamer sein konnte.

25

Nachdem die Fähre angedockt hatte, fuhr Angie uns direkt zu der Adresse auf den Adoptionspapieren, die uns das Tierheim per E-Mail geschickt hatte.

Oder besser gesagt, sie versuchte es.

„Hmmm, irgendwie bin ich daran vorbeigefahren. Halten Sie die Augen nach der Hausnummer siebenhundertachtundvierzig offen“, murmelte sie und fuhr erneut langsam die Straße in der Wohngegend entlang.

Wir suchten akribisch die Gegend ab, aber die Zahlen sprangen von siebenhundertdreiundvierzig direkt auf siebenhundertzweiundfünfzig. Definitiv kein gutes Zeichen.

„Hat da wirklich jemand eine falsche Adresse angegeben? Wer tut so was?“ Verärgert schlug Angie auf das Lenkrad.

„Jemand, der nicht gefunden werden will“, erwiderte ich. Angie parkte am Straßenrand und stöhnte frustriert auf.

Irgendetwas ging hier vor sich. Etwas Großes. Würden ich und meine schräge neue Bekannte es schaffen, dem ganzen Wahnsinn ein Ende zu setzen?

„Warten Sie hier", sagte sie und schnallte sich los. „Ich bin gleich wieder da."

Ich beobachtete, wie sie zu einem Garten ein paar Häuser weiter ging und sich bückte, um einen Corgi anzusprechen, der sich auf einem vertrockneten Flecken Gras sonnte. Das konnte auf keinen Fall derselbe Corgi sein, den ich gestern im Park getroffen hatte ... Oder?

Angie hockte sich in der Nähe des Hundes auf den Boden, das Gesicht von mir abgewandt, aber trotzdem war es unglaublich offensichtlich, dass sie mit ihm sprach.

Sie unterhielten sich einige Minuten lang, bevor die Haustür des dazugehörigen Hauses aufschwang und ein mir bekannter Mann auf die Veranda trat. Es war der Mann aus dem Hundefreilauf, der dachte, ich bräuchte psychiatrische Hilfe.

Ich sprang aus Angies Auto und rannte los, um unser Verhalten zu erklären.

„Sie schon wieder", sagte der Besitzer des Corgis, als er mich erblickte.

„Hallo, ja. Erinnern Sie sich an den Kater, den ich neulich bei mir hatte? Er ist verschwunden und meine Freundin hier versucht, mir zu helfen, ihn zu finden."

Er verschränkte die Arme vor der Brust und starrte uns an. „Indem Sie unbefugt in meinen Garten eindringen?"

„N-Nein", stotterte ich und trat einen Schritt zurück. „Sorry.

Sie liebt einfach Tiere. Sie hat Ihren süßen Hund hier gesehen und wollte nur mal Hallo sagen."

Angie wurde endlich auf uns aufmerksam und stand hastig auf, um mir zu Hilfe zu eilen. „Ich liebe Corgis und ihre kleinen, herzförmigen Hinterteile einfach. Ich habe sogar darüber nachgedacht, selbst einen zu adoptieren, aber ich will noch mehr recherchieren. Sagen Sie, würden Sie Corgis einem Freund empfehlen?"

„Ich würde Ihnen empfehlen, aus meinem Garten zu verschwinden", brummte der Mann und erdolchte Angie regelrecht mit seinem Blick. „Komm, Baron. Lass uns reingehen!"

Der Hund rannte erstaunlich schnell, wenn man bedachte, wie kurz seine Beinchen waren. Er schlüpfte ins Haus, und der Mann schlug uns die Tür vor der Nase zu.

„Wie unhöflich", schmollte Angie, als wir beide zum Auto zurückgingen.

„Was hat Baron Ihnen erzählt?", fragte ich, als wir wieder sicher darin saßen. „Mit seiner Körpersprache, meine ich."

„Oh, richtig." Angie legte den Kopf zurück und schloss die Augen. Einen Moment lang dachte ich, sie würde mir nicht antworten, aber dann tat sie es doch. „Er hat in letzter Zeit eine Menge seltsamer Passanten hier gesehen. Erst war da ein großer Mann, dann ein Kater, und dann wir."

Fluffikins! Vielleicht war die falsche Adresse nur ein Irrtum gewesen. Der Chefkater könnte noch in der Nähe sein.

„War es ein schwarzer Kater mit einem weißen Fleck?", fragte ich eifrig und setzte mich aufrechter hin.

„Nein, ich glaube, er sagte, es sei ein Schildpatt gewesen. Ähm … Zumindest habe ich es so interpretiert." Kein Wunder, dass so viele Gerüchte über diese Frau kursierten. Sie war hundsmiserabel darin, ihr Geheimnis zu bewahren.

Aber das war ihr Problem. Ich hatte viel größere, dringendere Angelegenheiten, um die ich mich sorgen musste.

„Können wir einfach ein bisschen herumfahren?“, fragte ich, wobei meine Hoffnung immer mehr ins Bodenlose sank.

„Oh, sicher.“ Angie legte den Gang ein und drehte langsame Runden durch die Nachbarschaft, wobei sie darauf achtete, das Haus des fiesen Corgi-Typen zu meiden.

Keine von uns beiden redete, während sie uns durch die umliegenden Straßen kutschierte. Ich hatte schon fast alle Hoffnung verloren, als …

„Angie, halten Sie den Wagen an!“, rief ich aus vollem Halse.

Wir kamen ruckartig zum Stehen, und mein Sicherheitsgurt grub sich mir schmerzhaft in die Brust.

„Was ist los?“, rief Angie, als sie auf der Suche nach Antworten die Gegend musterte.

Aber ich war schon aus der Tür und lief die Straße hinunter.

26

Ich sprang Parker direkt in die Arme, und wir beide taumelten durch den rasanten Aufprall rückwärts.

„Du hast mich gefunden!“ Ich weinte – weinte tatsächlich – vor lauter Erleichterung.

„Du bist eine schwer zu findende Frau, Tawny Bigford“, murmelte er und strich mir eine Träne von der Wange. „Ich bin so froh, dass du in Sicherheit bist.“

„Woher wusstest du, dass ich hier sein würde?“, fragte ich, starrte in seine wunderschönen grauen Augen und wunderte mich, ob jetzt ein guter Zeitpunkt für den ersten Kuss sein könnte, von dem wir beide wussten, dass er kommen würde.

„Als du, Melony und Mr Fluffikins verschwanden, geriet ich in Panik. Ich habe es erst nachmittags mitbekommen, als ich vorbeikam, um nach euch zu sehen. Da ich weder dich noch Melony finden konnte, versuchte ich, Mr Fluffikins zu erreichen, aber er war auch weg. Niemand wusste etwas, also fing ich an, Fluffikins' Papierkram zu durchwühlen – der Kerl zeichnet alles auf – und fand die magische Signatur für Melonys Tracker. Diese führte mich zu einer Art ..."

„Hundepark", beendete ich den Satz für ihn.

„Ja." Parker schenkte mir ein schwaches Lächeln, dann stolperte er nach vorne.

Ich griff nach ihm, um ihn zu stützen. „Hey. Was ist los?"

Er gähnte und schwankte leicht zur Seite. „Ich fühle mich so ausgelaugt. Als ob ich schon seit Tagen ohne Schlaf auf den Beinen wäre. Es ist seltsam."

„Bist du verletzt?" Ich begann sofort, ihn auf Verletzungen zu untersuchen. Vielleicht war das Teleportieren doch gefährlicher, als Fluffikins gesagt hatte.

„Ich glaube ..." Er hielt inne und holte tief Luft. „Ich glaube, jetzt, wo ich ein Stadthexer bin, fällt es mir schwer, von meiner Stadt weg zu sein. Meine Magie ..."

Er hob eine Hand und machte eine Drehbewegung. Ein kleiner Funke flog aus seinen Fingerspitzen und verpuffte in der Luft. „Ich glaube, das war das letzte bisschen", sagte Parker und sackte dann an meiner Seite zusammen.

„Wir müssen dich zurückbringen!" Ich schlang einen seiner Arme um meine Schultern und wandte mich in Richtung des Autos.

Angie stand vor der Fahrertür und starrte uns beide mit großen Augen an.

„Wir müssen ihm helfen", rief ich ihr zu und versuchte, Parker zum Wagen zu führen.

Aber er wehrte sich. „Ich kann nicht ohne Fluffikins gehen. Ohne den Diplomaten gibt es keine APZ."

Angie runzelte die Stirn und schüttelte den Kopf. „Wovon redet er, Tawny? Was war das für ein Trick, den er mit dem Lichtblitz gemacht hat?"

„Eine Freundin von dir?", keuchte Parker und drehte seinen Kopf auf eine ruckartige Weise zu mir, die fast schmerzhaft aussah.

„So in der Art", flüsterte ich, sodass nur er es hören konnte. „Sie hilft mir bei der Suche nach Fluffikins."

„Warum habt ihr über Magie gesprochen?", rief Angie, während sie unbehaglich lachte. „Ich meine, Magie ist doch nicht real."

Parker und ich wechselten einen besorgten Blick.

„Oder?", quietschte Angie und legte eine Hand auf ihre Brust, als wollte sie überprüfen, ob ihr Herz darunter noch schlug.

„Wir müssen ihr Gedächtnis löschen", raunte Parker, zog dann seinen Arm von meinen Schultern, hob beide Hände hoch und brummte angestrengt.

Angie trat einen Schritt zurück. „Hört mal, Leute. Ich weiß nicht, was das hier soll, aber es ist nicht sehr lustig."

„Es hat nicht funktioniert", stöhnte Parker, als seine Knie wegen der Anstrengung nachgaben. „Meine Kräfte sind aufgebraucht."

„Wir werden Mr Fluffikins finden, und er wird sich um alles kümmern", beschloss ich laut, während ich ihm wieder auf die Beine half.

Angie riss die Tür der Fahrerseite auf. „Ich sollte jetzt besser gehen. Machen Sie sich keine Sorgen wegen der Bezahlung. Tschüss, man sieht sich!“

Ich sah nur eine Chance, also ergriff ich sie. Ich ließ Parker los, in der Hoffnung, dass er sich aufrecht halten konnte, dann stürzte ich zur Beifahrertür und schlüpfte auf den Platz neben Angie. „Nichts da, Sie kriegen Ihre Bezahlung bald. Haben Sie noch ein bisschen Geduld mit uns.“

Parker taumelte etwas zombiehaft auf das Auto zu, und ich ließ die Tür offen, um zu verhindern, dass Angie ohne ihn losfuhr.

Sie seufzte schwer und presste ihre Stirn gegen das Lenkrad. „Ich habe ständig mit Mördern, Veruntreuern und anderen Gaunern zu tun, aber ich glaube nicht, dass ich jemals so viel Angst hatte wie jetzt. Bitte lassen Sie mich einfach nach Hause gehen und so tun, als hätte ich nie gehört oder gesehen, was gerade passiert ist. Ich werde es niemandem erzählen, ich schwör’s.“

„Bitte helfen Sie uns“, flehte ich, wohl wissend, wie viel ich von ihr verlangte. „Sie haben doch auch einen Kater. Würden Sie nicht alles tun, um ihn zurückzubekommen?“

Sie hob ihren Kopf und betrachtete mich misstrauisch. Unverhüllte Tränen schimmerten in ihren Augen, und es tat mir zutiefst leid, dass ich sie in diese Sache verwickelt hatte. Schließlich war ich erst vor ein paar Tagen in genau der gleichen Situation gewesen. Aber wir brauchten sie. Parker und ich würden es ohne ihre Hilfe keine zehn Meter weit schaffen, und ich konnte ihn nicht im Stich lassen, wo er doch den ganzen Weg gekommen war, um mich zu finden.

„Ich verspreche Ihnen, dass wir Sie beschützen werden“, sagte ich, verzweifelt darum bemüht, ihr Vertrauen zu gewinnen. „Alles wird gut, und Sie bekommen am Ende einen fetten Gehaltsscheck für Ihre Mühen."

Sie seufzte, und gerade als ich dachte, sie würde mir sagen, ich solle aus ihrem Auto aussteigen und so tun, als hätte ich sie nie getroffen, lächelte sie, legte beide Hände ans Lenkrad und drehte sich zu mir. „Okay. Packen wir's an."

27

Nachdem Parker auf den Rücksitz geklettert war, fuhren wir wieder durch die Viertel und Seitenstraßen von Caraway Island. So sehr ich es auch hasste, so weit weg von zu Hause zu sein, hatten wir es hier auf dieser kleinen Insel wenigstens mit einem begrenzten Suchgebiet zu tun.

Während Angie fuhr, reichte ich Parker die Liste, die ich im Motel verfasst hatte, um ihn auf den neuesten Stand zu bringen, was zugegebenermaßen nicht viel war.

„Ich kann ein paar Dinge hinzufügen", sagte er, nachdem er sie einen Moment lang studiert hatte. „Ohne Magie oder viel körperliche Energie bin ich für diese Mission zwar eher eine Belastung, aber mein Gehirn funktioniert noch bestens. Ich habe keine Ahnung, wer Val und Blackjack sind, aber mit Einem haben sie recht: Scavo ist zurück."

Ich schüttelte ungläubig den Kopf, während die Vorstadtszenerie langsam vorbeirollte. „Aber Mr Fluffikins sagte, er sei vor ein paar Jahren gestorben", erinnerte ich ihn.

„Sein Körper ist gestorben, ja, aber Scavo war so tief in dunkle Magie verstrickt, dass er es noch schaffte, seine Rückkehr zu arrangieren, bevor er …" Parker formte sarkastische Anführungszeichen mit den Fingern. „… friedlich im Schlaf dahinschied."

Angie trat heftig auf die Bremse und wir kamen zum Stehen. „S-s-sorry", stotterte sie. „Fahren Sie fort."

„Er ist also wieder da, sieht aber anders aus?", fragte ich, um das Gespräch fortzusetzen.

„Das ist die Theorie. Wir glauben, dass er zwar einen neuen Namen angenommen, aber einige seiner alten Kontakte beibehalten hat."

Hmm. Wie Angie, war auch ich von dieser neuen Offenbarung, was Magie bewirken konnte, schockiert.

„Warum ist er nicht einfach ein Vampir geworden?", fragte ich, als mir wieder einfiel, was Connie mir erzählt hatte.

„Zum einen war er selbst kein Magier, und kein Diplomat bei klarem Verstand würde ihm diese Art von Macht verleihen. Scheint so, als hätten du und Connie während deines Umstylings ein nettes Gespräch geführt, was?" Parker lachte schwach. Verschlimmerte sich sein Zustand etwa immer mehr, je länger er von seiner Stadt wegblieb? Hoffentlich nicht!

Ich musste ihn am Reden halten, nur für den Fall, dass dieser magische Entzug wie eine Gehirnerschütterung wirkte. Ich konnte nicht riskieren, dass er mir einschlief und vielleicht nie wieder aufwachte. „Okay, also ist Scavo zurück und möglicherweise in diese ganze Geschichte verwickelt. Aber wieso weißt du von seiner Rückkehr und Fluffikins nicht?"

Als er nicht sofort antwortete, drehte ich mich um und sah, dass er sich mit geschlossenen Augen zurückgelehnt hatte. „Parker!", rief ich und stupste sein Knie an.

Er blinzelte und versuchte, sich auf der Rückbank aufzurichten. „Richtig. Fluffikins weiß es nicht, weil es eine ganz neue Entwicklung ist. Wir haben es erst herausgefunden, kurz bevor ich die Rolle des Stadthexers übernahm."

Ich drehte mich wieder nach vorne und betrachtete Parker im Rückspiegel. „Aber hätte Fluffikins das nicht wissen müssen? Als dein Chef?", hakte ich nach. Dieser Scavo war definitiv eine heiße Spur, aber keiner von uns wusste, wie er im Moment aussah, und ich hatte auch keine Möglichkeit, mit Val oder Blackjack in Kontakt zu treten, um weitere Unterstützung zu erbitten.

„Ich habe einen Bericht eingereicht, aber ich bezweifle, dass er schon dazu gekommen ist, ihn zu lesen. Es gibt immer so viel Papierkram zu durchforsten. Bürokratie eben." Parkers Lächeln war beinahe erloschen. „Ich wusste nicht, dass Scavo jetzt von Blueberry Bay aus arbeitet anstatt von Boston aus, aber es ergibt Sinn."

„Was kannst du mir noch sagen?" Die neuen Informationen fügten sich allmählich zu einem Ganzen zusammen, aber noch ließ sich dieses Rätsel nicht lösen. Mit dem immer schwächer werdenden Parker und einer verängstigten Angie waren wir nicht gerade in Höchstform.

„Parker?", hakte ich nach, als er nicht sofort antwortete.

„Ich denke nach“, sagte er. „Damit ich nichts durcheinanderbringe.“

„Okay“, sagte ich und wartete einige Augenblicke, während er seine Gedanken ordnete. Die ganze Zeit über beobachtete ich ihn durch den Rückspiegel, um sicherzugehen, dass er nicht wieder einnickte.

Als er schließlich antwortete, sprach er sehr undeutlich und schleppend. „Fünf Feldagenten wurden vor dieser letzten Gruppe entführt. Einer davon war Percy, wie du ja weißt. Die anderen hießen Cricket, Harry, Darjeeling und Bill.“

Angie überraschte uns beide, indem sie als Nächstes das Wort ergriff. „War einer von ihnen schildpattfarben?“, wollte sie wissen.

„Ja“, antwortete Parker sofort. „Percy. Warum?“

Angie hielt den Wagen an und drehte sich zu Parker um. „Wir haben vorhin einen Corgi getroffen, der mir von einem Haufen Fremder erzählte, die heute an ihm vorbeigekommen sind. Ich nehme an, Sie sind der Mann, den er meinte, aber außer Ihnen hat er auch eine Schildpattkatze gesehen. Wie die, an der wir gerade vorbeigefahren sind.“

„Sie können mit Tieren sprechen?“, fragte Parker und hob mit großer Anstrengung eine Augenbraue.

„Bei all Ihrem Gerede über magische Verbrecherringe und Verschwörungen kommt mir mein Geheimnis gar nicht mehr so seltsam vor“, murmelte sie langsam.

„Er kommt hierher“, sagte ich, als ich den kleinen Kater erspähte, der sich unserem Auto näherte. „Runter, Parker.“

Parker sank zur Seite und schien erleichtert zu sein, sich nicht mehr aufrecht halten zu müssen.

Ich wartete, bis der Kater einige Schritte an uns vorbeigegangen war, wobei ich seinem Blick auswich, um keinen Verdacht zu erregen.

„Jetzt schau mal schnell", flüsterte ich Parker zu. „Ist das Percy?"

Parker hatte Mühe, sich wieder aufzurichten, aber schließlich schaffte er es, sich mit letzter Kraft an der Rückenlehne meines Sitzes hochzuziehen. „Ja, das ist er", sagte er nach einem kurzen Blick aus dem Fenster.

Bingo! Jetzt hatten wir einen echten Anhaltspunkt, an dem wir uns orientieren konnten.

„Folgen Sie dem Kater!", sagte ich zu Angie, während Aufregung in mir hochstieg. Es war noch nicht zu spät, um die Sache in Ordnung zu bringen, und wenn mein Verdacht richtig war, dann würde uns Percy direkt zu unseren vermissten Personen ... äh, Katzen und Melony, führen.

28

Percy führte uns zu einem Backsteinhaus im Kolonialstil, in dessen Garten ein Zwangsversteigerungsschild prangte. Warum er nicht bemerkte, dass wir ihm folgten, wusste ich nicht. Vielleicht war er zu sehr auf die Straße vor sich konzentriert, um einen Blick zurück zu werfen.

Sobald er außer Sichtweite war, parkte Angie am Bordstein und wir drei stiegen leise aus. Ich marschierte geradewegs auf die Haustür zu, doch als ich mich umdrehte, sah ich, dass ich allein war.

„Leute", zischte ich und marschierte zu ihnen zurück an den Rand des Vorgartens. „Was soll das? Wir müssen nachsehen, was da drin los ist!"

„Wir kommen nicht hinein. Es ist gegen Magie abgeschirmt", erklärte Parker, als wäre dies ein normaler, alltäglicher Vorfall. Vielleicht war es das für ihn auch.

„Aber ich bin nicht magisch“, argumentierte Angie, die vergeblich versuchte, sich durch die unsichtbare Wand zu schieben.

„Sie können mit Tieren sprechen. Wie kann das keine Magie sein?“, merkte Parker an und setzte sich auf den Boden.

Sie machte ein langes Gesicht. „Oh.“

„Sieht aus, als wärst du diesmal auf dich allein gestellt“, sagte Parker und zeigte mir von seinem Platz auf dem Bürgersteig aus halbherzig den Daumen hoch. „Kommst du zurecht?“

„Muss ich wohl“, sagte ich und versuchte, meinen Mut zusammenzunehmen. „Ich bin unsere letzte Hoffnung.“

„Sie schaffen das“, sagte Angie aufmunternd. „Immerhin sind Sie den ganzen Weg von Georgia hergekommen. Sie können jetzt nicht aufgeben.“

Ich nickte, dann kehrte ich zur Tür zurück, die ich zu meiner Überraschung unverschlossen vorfand. Das Erdgeschoss war komplett leergeräumt. Auf den ersten Blick konnte ich nichts Ungewöhnliches entdecken, aber die Schutzzauber draußen waren Beweis genug, dass ich etwas finden würde, solange ich nur weiter suchte.

Nachdem ich das Wohnzimmer, die Küche und die Gästetoilette erkundet hatte, fand ich Treppen, die nach oben und nach unten führten. Ich beschloss, den ersten Stock zu durchsuchen, bevor ich mich in den Keller wagte. Langsam schlich ich die Stufen hinauf und betete, dass meine Anwesenheit unbemerkt bleiben würde.

Oben erwartete mich ein kurzer Flur mit zwei Türen auf jeder Seite. Die erste führte zu einem Badezimmer. Anders als die untere Etage schien die obere noch voll bewohnbar zu sein. Die

Dusche hatte sogar einen Vorhang mit einem knallgelben Smileymuster darauf.

Die nächste Tür offenbarte eine kleine Hausbibliothek. Danach entdeckte ich ein leeres Schlafzimmer. Hinter der letzten Tür befand sich ebenfalls ein Schlafzimmer, aber dieses war nicht leer. Dort, in diesem kleinen Zimmer mit rosa Wänden und einem Prinzessinnenbett, schlief ziemlich unruhig ein stark geschminktes Mädchen mit schwarzen Haaren. Ich erkannte sie sofort, eilte an ihre Seite und versuchte, sie wachzurütteln.

„Melony! Melony!“, flüsterte ich eindringlich.

Sie rieb sich schläfrig die Augen, dann bemerkte sie mich endlich und schoss im Bett hoch, als hätte sie Angst. „Was machst du denn hier?“

„Was machst *du* denn hier?“, konterte ich, zerrte an der Decke und versuchte, sie aus dem Bett zu zwingen.

„Ich werde gegen Lösegeld festgehalten, was sonst.“

„Du hast die Katzen also nicht entführt?“ Obwohl Fluffikins mir versichert hatte, dass sie es nicht gewesen war, hatte ich bis zu diesem Moment immer noch nicht ganz an ihre Unschuld geglaubt.

Sie schnaubte und wirkte wirklich beleidigt. „Warum hätte ich das tun sollen?“

„Du sagtest, man hält dich als Geisel fest. Warum?“

„Wegen meinem Opa. Als unser Plan, den Vorstand zu vernichten, fehlschlug, wurde sein Chef super sauer. Er hat mich gekidnappt, um sicherzustellen, dass Opa diesmal nicht versagt.“

„Bei was versagt?“, fragte ich, während mir ein Schauer über den Rücken jagte.

„Er braucht Fluffikins für irgendeine Art von Ritual. Er hat die anderen Katzen entführt, um ihn hierher zu locken. Mich ebenfalls zu schnappen, war anscheinend nur ein glücklicher Zufall und nicht Teil des ursprünglichen Plans."

Ich wusste nicht, woher Melony all diese Antworten hatte, war aber froh darüber. „Warum will er ausgerechnet Fluffikins?"

Sie starrte mich an, als ob die Antwort auf meine Frage offensichtlich hätte sein müssen. „Er ist einer der mächtigsten Diplomaten der Welt."

„Woher weißt du das alles?", fragte ich schließlich.

Sie zuckte mit den Schultern. „Bösewichte lieben es einfach, ihre heimtückischen Pläne preiszugeben, bevor sie versuchen, alle zu töten."

Ich zog wieder an der Decke, aber Melony riss sie mir weg. „Wir müssen dich hier rausbringen."

„Ich kann diese Etage nicht verlassen. Sie ist mit einem Schutzzauber verriegelt", informierte sie mich in einem gelangweilten Tonfall. Hatte sie wirklich so schnell aufgegeben, nachdem sie gefangen genommen worden war?

„Okay, und wie breche ich den Zauber?"

Melony stöhnte irritiert auf. „Das kannst du nicht. Du hast keine Magie, schon vergessen?"

„Ich weiß, deshalb konnte ich das Haus betreten und die anderen nicht."

„Interessant. Gut, wenn du Lust hast, auf eine Selbstmordmission zu gehen, Fluffikins wird im Keller festgehalten, bis die Vorbereitungen für das Ritual abgeschlossen sind."

„Welches Ritual? Nee, warte. Ich will es gar nicht wissen. Sag mir nur, wo die anderen Katzen sind." Statt den ganzen Tag hier zu stehen und mit ihr zu reden, musste ich handeln. Ich hatte schon genug Zeit damit vergeudet, von einem Ende der Blueberry Bay zum anderen zu reisen.

„Die meisten von ihnen wurden in örtlichen Tierheimen untergebracht, nachdem sie nicht mehr gebraucht wurden. Irgendein idiotischer Handlanger hat Fluffikins versehentlich auch in ein Tierheim gegeben, ohne zu wissen, wer er war. Soweit ich weiß, ist der Kerl inzwischen vaporisiert worden." Sie gluckste bitter.

„Was ist mit Percy? Wir haben ihn gerade draußen gesehen", sagte ich.

Ihr Ausdruck wurde kalt und grimmig. „Er war der Insider. Hat uns alle verraten."

„Uns? Heißt das, du bist jetzt eine von den Guten?"

Melony lächelte teuflisch. „Ja, ich schätze, das bin ich. Aber ich mag dich immer noch nicht. Auch wenn wir jetzt auf der gleichen Seite sind."

„Ich mag dich auch nicht", erwiderte ich grinsend.

„Wow, da wird mir ganz warm ums Herz." Melony rollte mit den Augen. „Jetzt hör auf, meine Zeit zu verschwenden und geh in den Keller. Entweder wirst du uns alle retten oder draufgehen. Ich tippe auf Letzteres. Aber viel Glück!"

29

Die Lage sah also folgendermaßen aus …

Melony war drinnen gefangen, und Fluffikins angeblich auch. Währenddessen wurden Parker und Angie draußen vom Schutzzauber festgehalten. Nur ich konnte das Haus betreten und verlassen, und das hatte ich meinem Status als Normalo zu verdanken. Wehe, wenn mir deswegen zukünftig noch einmal jemand blöd kam!

Mit wachsender Zuversicht schlich ich die Treppe hinunter in den Keller, der schmuddelig, unverputzt und zum Bersten mit Kisten gefüllt war. Ich sah niemanden, und im Licht der winzigen Glasbausteinfenster konnte ich nicht viel erkennen.

„Hallo?“, wagte ich, in die Dunkelheit hineinzurufen.

Ein gequältes Miauen antwortete mir. Ich eilte dem Geräusch entgegen und fand eine winzige, schwarze Kiste, umgeben von Kartons, die darüber und zu beiden Seiten gestapelt waren.

Ich blinzelte heftig, um mich zu vergewissern, dass ich wirklich sah, was – oder vielmehr wer – vor mir saß. „Mr Fluffikins!", rief ich und vergaß für einen kurzen Moment, leise zu sein.

Er stieß ein weiteres klägliches Miauen aus, gerade als ein drahtiger Schildpattkater auf mich zusprang. *Percy!*

Er fauchte und versenkte seine Krallen in meiner Seite.

„Miau! Miau!", schrie Fluffikins panisch.

Percy bäumte sich auf und schlug erneut nach mir. Ein scharfer Schmerz drang durch meinen Oberkörper. Was sollte ich nur tun? Konnte ich wirklich gegen einen Kater kämpfen? Er war zwar eindeutig böse, aber er war immer noch ein viel kleineres Wesen, und …

AUTSCH!

Während ich über die ethischen Bedenken eines Kampfes mit ihm nachdachte, hatte Percy einen weiteren Schlag gelandet – und stand im Begriff, erneut auf mich loszugehen. Er würde mich zu Tode kratzen, wenn ich nicht schnell handelte.

„Miau! Miau!", rief Fluffikins, und als ich zu ihm hinübersah, richtete er seine leuchtend goldenen Augen nach oben zu den Kartons auf seiner Kiste.

Ja! Gute Idee!

Ich schnappte mir einen und schüttete den Inhalt aus. Als Percy dieses Mal auf mich zukam, stülpte ich den Pappkarton über ihn und schloss ihn darunter ein.

Er zischte und fauchte und wehrte sich gegen das Pappgefängnis, aber es gelang ihm nicht, sich zu befreien. Vorsichtig, um den Druck auf Percys Schachtel konstant zu halten, schob ich ihn neben einen hohen Stapel von Paketen und begann, sie über ihn zu stapeln. Hoffentlich würde sein fieser Boss ihn rauslassen, bevor ihm darunter der Sauerstoff ausging … aber nicht, bevor es mir gelang, meine beiden gefangenen Teammitglieder zu befreien. Wer hätte jemals gedacht, dass ich mich bemühen würde, Melonys Leben zu retten, nur vier Tage, nachdem sie versucht hatte, meines zu beenden?

Manchmal war das Leben wirklich schräger als Fiktion – vor allem, wenn Magie im Spiel war.

Nachdem ich mich einen Moment lang vergewissert hatte, dass Percy sicher in seiner Falle saß, kehrte ich zu Mr Fluffikins zurück und schloss seinen Käfig auf. „Komm schon. Wir müssen uns beeilen."

Er miaute und schüttelte den Kopf.

„Hör auf, herumzualbern", zischte ich.

Fluffikins murrte und drückte sich gegen den Eingang, was das Vorhandensein einer weiteren magischen Barriere demonstrierte. Kein Wunder, dass er bis jetzt nicht entkommen war – er konnte in dem Käfig weder Magie anwenden noch herauskommen. Das erklärte auch, warum er nicht mit mir sprach.

Diese ganzen Zauber waren errichtet worden, um Magier fernzuhalten, aber da ich eine nicht-magische Person war, konnte ich einfach durch die Barriere schlüpfen. Wäre es vielleicht auch möglich …?

Ich griff in den Käfig und packte Fluffikins. Problemlos holte ich ihn heraus. *Ja!*

Als wir gestern geflogen waren, hatte der Körperkontakt zu ihm seine Magie kurz auf mich übertragen. Und indem ich ihn jetzt hielt, konnte ich meine Nicht-Magie auf ihn übertragen.

Interessant, wie mächtig die Abwesenheit einer Sache sein konnte. Darüber würde ich später noch einmal gründlich nachdenken müssen.

Ich drückte Mr Fluffikins fest an meine Brust, während ich die Treppe hinauf und hinaus in den Garten rannte.

Als sie mich herauskommen sah, klatschte Angie aufgeregt und hüpfte auf und ab.

„Du hast es geschafft! Tawny, du hast es geschafft!", sagte Parker, noch zu schwach, um viel mehr als Worte und ein Lächeln zustande zu bringen.

Ich setzte Fluffikins auf die Straße, und er begann, sich nach meiner Berührung aggressiv zu putzen.

Parker stupste die schwarze Katze mit seinem Fuß an.

„Ich kann nicht glauben, dass ich von einer Aushilfe gerettet werden musste", knurrte der Chefkater.

Parker starrte ihn wütend an, aber Fluffikins bemerkte es entweder nicht oder es war ihm ziemlich egal.

„Ist schon in Ordnung!", sagte ich kichernd und nahm mir einen kurzen Moment Zeit, um zu Atem zu kommen. Der nächste Teil würde nicht einfach werden. „Ich gehe noch mal rein und hole Melony."

Ich rannte zurück ins Haus und fand Melony am oberen Ende der Treppe wartend.

„Du bist also nicht gestorben, wie ich sehe", sagte sie beinahe ein wenig enttäuscht.

„Nö! Jetzt lass uns dich hier rausbringen." Ich stellte mich hinter sie und schlang meine Arme um ihre Taille.

„Ihhh, was machst du da?“, rief sie und schlug auf meine Hände und Arme ein.

„Ich rette dich. Ich muss meine Nicht-Magie durch Berührung übertragen, dann kannst du durch die Barriere gehen“, erklärte ich atemlos.

„Nein, danke. Da bleibe ich lieber eine Gefangene.“

„Würdest du einfach die Klappe halten und mit mir mitkommen?“, schrie ich ihr direkt ins Ohr.

Sie seufzte und schauderte, wehrte sich aber nicht, als ich ein zweites Mal meine Arme um sie legte.

Und so begannen wir unseren unbeholfenen Abstieg, wobei wir mehr als einmal stolperten, während wir uns bemühten, unsere Füße im Tandem zu bewegen.

„Ich hasse dich“, maulte sie.

„Nein, tust du nicht“, sagte ich, und sie machte sich nicht die Mühe, zu widersprechen.

30

Als Melony und ich aus dem Haus stürmten, saß Fluffikins immer noch mitten auf der Straße und putzte sich.

„Wir sollten hier verschwinden, bevor Percy freikommt oder einer der anderen Bösewichte auftaucht“, schlug ich gereizt vor.

„Was ist denn mit Percy?“, fragte Parker mit hochgezogenen Augenbrauen.

„Ich habe ihn unter einer Pappschachtel gefangen. Allerdings hat er mich vorher ziemlich übel erwischt.“ Ich zuckte zusammen, als ich die Seite meines Hemdes anhob, um die knallroten Kratzer zu zeigen. An der kühlen Außenluft brannten sie sogar noch schlimmer.

„Mr Fluffikins, hol’ Greta“, befahl Parker, und seine Stimme klang kräftiger als bei seiner Ankunft.

„Ich bin noch nicht fertig damit, mich selbst zu reinigen“, knurrte die Chefkatze.

Aber Parker gab nicht nach. Diesmal nicht. „Das ist mir egal. Tawny ist verletzt und braucht Greta.“

„Ähm, könntest du Connie auch mitbringen?“, fragte ich und zog damit den Zorn des Katers auf mich.

Fluffikins fauchte ungehalten, seufzte dann aber und flitzte in einer Wolke aus glitzerndem Rosa davon.

„Wow“, sagte Angie und blinzelte heftig, während sie auf die Stelle starrte, an der Mr Fluffikins eben noch gewesen war.

Und sie blinzelte immer noch und starrte mit offenem Mund, als Fluffikins mit dem Engel und dem Vampir im Schlepptau zurückkam.

„Wer ist das?“, fragte Fluffikins, der Angie offenbar zum ersten Mal bemerkte. „Ach, ist ja auch egal.“

Er drehte sich im Kreis und zeigte mit einer Pfote in ihre Richtung. „Gedächtnislöschung. Bumm!“

Angie schwankte, als hätte sie einen Drink zu viel gehabt. Alkohol war ja auch irgendwie die nicht-magische Art, jemandes Gedächtnis zu löschen.

„Connie, gib mir etwas Geld“, verlangte ich, davon ausgehend, dass sie welches bei sich haben würde, da sie sich davon ernährte.

„Vergiss es“, gab die Vampirin zurück.

Die Augen des Engels loderten auf, als Connie sich weigerte. „Du wirst es ihr geben“, befahl Greta ihr.

Zum Glück schien Angie noch zu benommen zu sein, um wirklich etwas mitzubekommen. Sie würde es ausschlafen müssen, so wie ich es getan hatte.

„Na schön", brummte Connie, dann zog sie ein Bündel Scheine aus ihrer Handtasche und reichte es mir.

Ich machte mir nicht einmal die Mühe, sie zu zählen, bevor ich Angie den ganzen Stapel überreichte. „Vielen Dank für Ihre Hilfe bei der Suche nach meinem verlorenen Kater. Hier ist Ihr Honorar, wie versprochen."

Sie nahm das Geld und schnappte nach Luft. „Aber das hier sind über tausend Dollar."

„Sie haben das auch toll gemacht", versicherte ich ihr und klopfte ihr sanft auf den Rücken. „Jetzt, wo wir Mr Fluffikins wieder haben, können wir alle nach Hause gehen."

„Oh, okay. Ich bin froh, dass ich Ihnen helfen konnte." Sie schüttelte meine Hand, warf einen Blick auf die anderen und ging dann zurück zu ihrem Auto.

Wir standen alle winkend da, bis sie endlich aus dem Blickfeld verschwunden war.

„Bitte sorge dafür, dass sie sicher nach Hause kommt", murmelte ich durch zusammengebissene Zähne, während ich weiter lächelte und winkte.

„Schon erledigt", sagte Greta mit einem Augenzwinkern. Natürlich beschützte sie unsere menschliche Komplizin, auch wenn sie gerade erst auf der Bildfläche erschienen war.

„Tawny ist verletzt", platzte es aus Parker heraus.

Greta runzelte die Stirn, als ich mein Hemd hochzog, damit sie meine frischen Wunden untersuchen konnte. „Oh, Himmel noch eins", murmelte sie, dann legte sie eine warme Hand auf die Kratzer.

Mir wurde immer wärmer, als sie ihre Handfläche gegen mich

drückte. Das glühende Licht ihrer Engelsrüstung wanderte von ihrem Herzen in ihren Arm hinunter und dann in meine Seite. Sie hielt es dort einen Moment lang, dann zog sie das Licht zurück und entfernte ihre Hand.

Die Kratzer waren weg, ersetzt durch glatte, unverletzte Haut.

„Was machen wir mit Scavo?", fragte ich. „Wir können ihn nicht einfach entkommen lassen."

„Wer ist Scavo?", wollte Melony wissen.

Ich schaute sie verdutzt an. „War er nicht der Typ, der dich gefangen hielt?"

Sie zuckte mit den Schultern. „Keine Ahnung. Ich habe seinen Namen nie erfahren."

„Ich denke, wenn es Scavo ist, werden sich Val und Blackjack eher früher als später um ihn kümmern", sagte ich zu den anderen.

„Und wenn er nicht dahintersteckt?", konterte Melony.

„Dann kommen wir wieder", erklärte Mr Fluffikins und schritt auf dem Bordstein auf und ab. „Die Sache ist noch nicht vorbei."

Melony nickte. „Mein Opa ist immer noch irgendwo da draußen. Er wird nicht so leicht aufgeben."

Ich zitterte, als ein kalter Windstoß vorbeifegte.

„Lasst uns nach Hause gehen", sagte Parker und streckte seine Hand nach mir aus.

Ich ergriff sie, dann nahm Greta meine andere Hand, und Connie nahm ihre.

„Zurück zum Hauptquartier", befahl Fluffikins, und der funkelnde rosa Nebel legte sich um uns.

Ich schloss die Augen und schwelgte in der Magie, die mich

umgab. Als ich sie wieder öffnete, waren wir in den Sitzungssaal zurückgekehrt.

Fluffikins stand am Kopf des Tisches in seiner gewohnten Chefposition. „Und damit ist der Fall der vermissten Feldagenten gelöst. Tawny, du bist entlassen."

„Moment mal, aber ich …"

„Wegtreten!", befahl er, diesmal lauter.

Wow, nicht einmal ein kurzes Danke.

Ich schüttelte den Kopf und stolperte aus dem Büro, wobei ich mich noch weniger respektiert fühlte als zuvor.

„Tawny, warte!", rief Parker mir hinterher.

Ich drehte mich um und wartete darauf, dass er zu mir aufschloss. Als er das tat, schlang er seine starken Arme um meine Taille. Jetzt, da wir nach Beech Grove zurückgekehrt waren, war er wieder ganz der Alte.

„Mr Fluffikins kann seine Dankbarkeit nicht gut ausdrücken, aber ich schon", sagte er, bevor er meine Lippen mit den seinen versiegelte. Und da wurde mir klar, dass dieser Moment mit ihm auch eine besondere Art von Magie enthielt. Ein warmes, pulsierendes Gefühl schoss durch mich hindurch und mit einem Mal wurde mir schwindelig.

Ich kicherte gegen seine Lippen. „Wenn der Kuss von Fluffikins war, kannst du ihn zurücknehmen."

„Okay, mach ich", sagte er und küsste mich wieder. Und wieder.

„Pheromone!", rief Fluffikins von irgendwo in der Ferne, aber keiner von uns achtete darauf, während wir in diesem hart erkämpften Moment schwelgten.

Ich wusste immer noch nicht, was ich von all dem halten sollte, was im Laufe der letzten Tage passiert war, aber ich mochte die Person, zu der ich wurde.

Vielleicht war Aushilfe zu sein wirklich nicht der schlechteste Job auf der ganzen Welt …

Und vielleicht wollte – brauchte – ich mehr davon.

EIN VAMPIR FÜR ALLE GELEGENHEITEN

AGENTUR FÜR PARANORMALE ZEITARBEIT 3

In der Agentur für Paranormale Zeitarbeit geht irgendetwas Merkwürdiges vor sich, und ich will herausfinden, was los ist. Bisher musste mein fellnasiger Vorgesetzter, ein schwarzer Kater namens Mr Fluffikins, mich regelrecht zur Erledigung meiner Aufgaben zwingen, aber diesmal bin ich mit Feuer und Flamme dabei. Ich will endlich wissen, warum das Gremium ausgerechnet mich aus meinem banalen Alltag gerissen und in diese aufregende, neue Welt voller Magie und Gefahren geworfen hat.

Aber das wird kein leichtes Unterfangen werden. Vor allem, da die APZ mir aufgetragen hat, gemeinsam mit Connie, dem ortsansässigen Vampir, einen neuen Hexenzirkel in unserem verschlafenen Nest Beech Grove zu untersuchen. Für diese Ermittlung erhalte ich sogar einen vorübergehenden Vampirstatus … einschließlich sämtlicher Vorzüge und Nachteile.

Tja, der Knackpunkt an der Sache ist allerdings, dass ich für immer ein Dasein als Untote fristen muss, wenn wir den Fall nicht schnellstens lösen …

Wie immer ein Kinderspiel für einen Aushilfsvampir wie mich!

1

Ich heiße Tawny Bigford und dachte lange, das Interessanteste an mir sei, dass ich nebenbei Liebesromane schreibe, um meinen bescheidenen Lebensunterhalt aufzubessern … Aber dann traf ich einen kleinen, schwarzen Kater, der alles veränderte.

Sein Name? Mr Fluffikins.

Seine Funktion? Leitender Vorsitzender der örtlichen APZ. Das steht für „Agentur für paranormale Zeitarbeit".

Obwohl Fluffikins und ich uns gerade erst kennengelernt haben und ich nie um einen Job gebeten habe, hat er mich als Aushilfe eingestellt und mich quasi gezwungen, in der letzten Woche zwei Fälle zu übernehmen. Der erste war der Mord an meiner ehemaligen Vermieterin. Bei dem zweiten ging es um eine Reihe von Entführungen, die uns bis auf eine Insel vor dem kühlen und landschaftlich reizvollen Maine führten.

Dabei wäre ich mindestens einmal fast gestorben – wahrscheinlich sogar noch öfter –, was es vielleicht seltsam erscheinen lässt, dass ich bereit und begierig darauf bin, einen weiteren Auftrag anzunehmen.

Lassen Sie mich hier für einen Moment innehalten und einiges erklären, damit Sie meine Entscheidungen besser verstehen.

Das Erste, was Sie wissen müssen, ist, dass Magie real ist. Ernsthaft!

Sie wird uns allen in die Wiege gelegt, aber die meisten verlieren sie im Laufe der Zeit. Bei meinem ersten Fall bekam ich einen kurzen Vorgeschmack auf diese besonderen Art von Macht, und seitdem habe ich mich nach mehr davon gesehnt.

Aber obwohl ich über Magie Bescheid weiß, gehöre ich nicht zur Gemeinschaft. Ich bin eine Außenseiterin, jemand, den die anderen spöttisch eine „Normalo" nennen. Echte magische Menschen werden einfach als „Magicks" bezeichnet. Und die bereits erwähnte APZ ist ein spezielles Gremium, das ihre Interessen in unserer schönen Region Peach Plains in Georgia vertritt. Es ist nur eines von vielen solcher Gremien, die überall auf der Welt eingerichtet wurden.

Der Vorstand besteht aus sieben permanenten Mitgliedern. Jeder, den sie zusätzlich und kurzzeitig zum Arbeiten brauchen, wird als Aushilfe eingestellt.

Wie eben ich.

Normalerweise wird das Gedächtnis von Aushilfskräften gelöscht, sobald sie ihren Zweck erfüllt haben, aber ich kann mich merkwürdigerweise noch an alles erinnern.

Der Oberboss ist der bürokratisch angehauchte schwarze Kater, Fluffikins. Ihm zur Seite steht der Stadthexer, eine Rolle, die derzeit von meinem scharfen Nachbarn Parker Barnes verkörpert wird. Ich vermute mal, wir sind irgendwie zusammen, andererseits haben wir uns seit dem ersten Mal vor fast einer Woche nicht mehr geküsst, also wer weiß schon, was Sache ist …

Wie auch immer, neben Parker und Fluffikins gibt es noch die fünf Verbindungsleute des Vorstands. Greta ist ein waschechter Engel, der die Schulen beaufsichtigt. Connie, die launenhafte Vampirin, kümmert sich um den Handel. Dann wären da noch Buckley, zuständig für die Landwirtschaft und ein alter Kerl im Anzug für die Friedhöfe. Über diese beiden weiß ich so gut wie gar nichts.

Wir sollten eigentlich auch einen Verbindungsmann für die Polizei haben, aber diese Position wurde kürzlich aufgrund einer unglücklichen Verkettung von Umständen, die hier zu erklären viel zu lange dauern würde, ersatzlos gestrichen.

Also haben wir stattdessen jetzt eine Praktikantin, die sich als provisorische Verbindungsperson bewirbt. Wenn sie sich denn als würdig erweist. Ich habe keine großen Hoffnungen, wenn man bedenkt, dass sie versuchte, mich zu töten – und es fast geschafft hätte.

Ja, ich bin wirklich kein Fan dieser Person, und das Gefühl beruht definitiv auf Gegenseitigkeit.

Wenn Sie mich vor einer Woche gefragt hätten, hätte ich Ihnen gesagt, dass ich die APZ hasse und nichts damit zu tun haben will. Seit unserem letzten großen Fall jedoch habe ich meine Meinung grundlegend geändert.

Es gibt etwas, das die anderen vor mir verheimlichen, etwas

Wichtiges, etwas über mich. Und ich werde nicht ruhen, bis ich ein paar Antworten bekommen habe.

Das letzte Mal haben sie mich gegen meinen Willen in die örtliche APZ-Hauptverwaltung geschleppt. Dieses Mal werde ich aus freien Stücken vor ihrer Tür auftauchen und ihre Aufmerksamkeit einfordern.

Unsere ersten beiden Abenteuer haben mich auch etwas viel Alltäglicheres gelehrt. Nämlich, dass es schwer ist, in dieser Welt ohne Auto zu überleben. So viel zur Minderung meines ökologischen Fußabdrucks, denn ich habe doch glatt meinen letzten Tantiemen-Scheck dazu verwendet, um eine zehn Jahre alte Limousine zu kaufen, die mich von A nach B bringt.

Die letzten beiden Male, als ich das Hauptquartier der APZ besuchte, hatte mich Mr Fluffikins mit seiner Magie dorthin geflogen, aber dieses Mal wollte ich für meinen eigenen Transport verantwortlich sein.

Kaum hatte ich meine Einfahrt verlassen, war ich auch schon am Ziel, da der alte Bürokomplex, in dem die Organisation untergebracht ist, nur ein paar Meilen hinter dem Stadtzentrum von Beech Grove lag.

Die Fenster waren abgedunkelt, aber ich wusste, das war nur ein Trick war, um Unbefugte fernzuhalten. Und Magie hin oder her, ich war jetzt ein Teil hiervon. Zumindest redete ich mir das ein, als ich mein sorgfältig vorbereitetes Paket nahm und zur Eingangstür marschierte.

Sie war verschlossen, also klopfte ich.

Als niemand antwortete, schnappte ich mir einen Stein und feuerte ihn durch die Glastür. Winzige Scherben rieselten herab, aber das war mir egal. Ich brauchte einen Weg hinein, und es ist ja nicht so, dass sie mein kleines Missgeschick nicht mit ein bisschen Magie am rechten Fleck beheben könnten.

Was ich zu sagen hatte, war einfach zu wichtig, um zu warten. Hoffentlich konnte ich jemanden finden, der bereit war, nicht nur zuzuhören, sondern auch zu reden.

Bis zu diesem Punkt war ich in ihrem Schachspiel der Bauer gewesen, aber jetzt war ich bereit, eine stärkere Position einzunehmen …

Nennen Sie mich einfach Tawny, der Läufer.

2

Keiner kam angerannt, um mein gewaltsames Eindringen zu untersuchen, obwohl ich ein paar lange, mir doch etwas unangenehme Momente an der Tür wartete.

Hm. Damit hätte ich jetzt nicht gerechnet.

Ich schüttelte den Kopf, holte tief Luft und marschierte in das dunkle Gebäude hinein. Zuerst schaute ich im gläsernen Konferenzraum nach, wo die verschiedenen Vorstandsmitglieder zusammenkamen, um wichtige Angelegenheiten zu besprechen. Es war niemand da, also ließ ich den Korb, den ich für meinen Besuch vorbereitet hatte, am Rand des Tisches stehen und ging weiter, um den Rest des Gebäudes zu durchsuchen.

Als ich an Connies Bürotür vorbeikam, konnte ich das Frösteln, der mir über den Rücken lief, nicht unterdrücken. Selbst wenn sie da war, wollte ich die vampirische Leiterin der Handelsabteilung nicht stören. Sicher, sie hatte beteuert, sie hätte nicht vor, mich auszusaugen, aber ich sollte besser kein Risiko eingehen.

Ich eilte den langen Flur hinunter, bis ich endlich zu dem leeren, lagerhallenähnlichen Raum kam, in den mich Mr Fluffikins jeweils zu Beginn meiner letzten beiden Einsätze gebracht hatte. Das war derselbe Ort, an dem er tödliche Magie nach mir geworfen hatte, um meine Instinkte zu testen, als ich vorübergehend zur Stadthexe ernannt worden war. Es war auch der Ort, an dem er mir die spezielle Silberbrosche anvertraute, die mir bei meinem ersten Auftrag Zauberkraft verlieh und bei meinem zweiten als Überwachungsgerät diente.

„Hallo?", rief ich zögerlich, bevor ich mich in den Raum schlich.

Nur ein schwaches Echo meiner eigenen Stimme antwortete, also wagte ich mich tiefer hinein.

Jedes Mal, wenn wir diesen Ort zuvor betreten hatten, hatte mich Fluffikins in die Mitte des Raumes gebracht, und letztes Mal war er dann an die Decke gesprungen, um die Brosche zu holen. Könnte es dort oben noch weitere magische Leckerbissen geben?

Ich beschloss, es herauszufinden.

Bevor Sie jetzt wütend auf mich werden, weil ich ungebeten herumschnüffle, möchte ich Sie daran erinnern, dass dies dieselbe Agentur war, die schon zweimal zuvor mit meiner Sicherheit gespielt hatte. Sie hatten mich hinzugezogen, um ihnen bei ihrem übernatürlichen Kuddelmuddel zu helfen, und jetzt wollte ich herausfinden, warum dem so war.

Sicher, das erste Mal, als sie mich herbrachten, war es, weil ich mitten in einen Tatort hineingestolpert war. Da machte es Sinn, dass sie mich so lange im Auge behielten, bis die Dinge geklärt waren.

Aber das zweite Mal, als sie mir einen Job aufzwangen? Da gab es keinen ersichtlichen Grund, warum sie gerade mich brauchten. Anfangs jedenfalls nicht. Dann jedoch ließ Mr Fluffikins versehentlich ein paar Andeutungen fallen, dass ich etwas Besonderes an mir haben könnte, etwas, das er und die anderen mir bisher nicht mitgeteilt hatten.

Zum einen konnte der Boss den einen Zauber, den ich während meiner Zeit als Stadthexe versehentlich ausgesprochen hatte, nicht rückgängig machen. Er hatte versucht, meinem pinkfarbenen Haar wieder seine natürliche Farbe zurückzugeben, aber es gelang ihm nicht. Dann, nachdem wir uns ins Nirgendwo von Maine befördert hatten, wollte er mir gerade etwas sagen, als die Ermittlungen mit voller Wucht auf uns einstürzten.

Ich hatte das alles gelassen hingenommen und mich auf den Auftrag konzentriert, in dem Glauben, dass mir jemand sicher alles erklären würde, sobald wir den Tag gerettet und alle sicher nach Hause gebracht hatten.

Das war jedoch nicht der Fall gewesen.

Zwischen meinem ersten Auftrag und dem zweiten lagen nicht einmal volle drei Tage. Doch nun war seit Job Nummer zwei fast eine Woche vergangen, und niemand hatte sich die Mühe gemacht, sich bei mir zu melden. Nicht einmal Parker, der nur wenige Meter von mir entfernt wohnte und ständig unangemeldet zu Besuch kam.

Was also verheimlichten sie alle vor mir? Und was vielleicht noch wichtiger ist: Warum verheimlichten sie das überhaupt?

Ich suchte das Lagerhaus nach einem Gegenstand ab, der stark genug war, um mich zu tragen, gleichzeitig aber auch leicht genug, dass ich ihn allein bewegen konnte. *Fehlanzeige.*

Da ich mich von so was nicht abschrecken ließ, ging ich zurück in den Sitzungssaal und schnappte mir einen Stuhl. Diese Lösung würde es mir zwar nicht erlauben, mit eigenen Augen in den Deckenraum zu schauen, aber wenn ich die Arme hoch genug nach oben ausstreckte, sollte es mir möglich sein, den Bereich mit Hilfe der Kamera und der Taschenlampe meines Telefons abzutasten und somit immer noch einen Blick zu erhaschen.

Zufrieden mit diesem Plan, bugsierte ich den fahrbaren Chefsessel unter die fehlende Deckenplatte in der Mitte des Lagers und kletterte hinauf, vorsichtig darauf bedacht, dass er nicht davonrollte. Wahrscheinlich hätte ich selbst einen Blick in den Raum über mir werfen können, wenn ich mich auf die Zehenspitzen gestellt hätte, aber ich traute meiner Koordination nicht genug, um dieses Kunststück zu wagen –, vor allem, da niemand in der Nähe war, der mir helfen konnte, falls ich stürzen und mir eine Gehirnerschütterung zuziehen sollte.

Also startete ich die Aufnahme, hob den Arm mit dem Telefon nach oben und streckte den anderen seitlich aus, um das Gleichgewicht zu halten.

Vorsichtig drehte ich mein Handgelenk, um sicherzustellen, dass ich so viel wie möglich von dem Bereich scannen konnte, ohne den Stuhl und mich selbst in die andere Richtung drehen zu müssen. Dann brachte ich das Smartphone wieder runter auf Augenhöhe und begann, das Material zu studieren.

Nach etwa zehn Sekunden stach mir etwas ins Auge, das silbern glänzte. *Meine Brosche!*

Bevor ich das Video zu Ende sehen konnte, krachte etwas Schweres von oben herab und stieß mich vom Stuhl auf den kalten, harten Beton.

Autsch …

3

„Eindringling!", zischte Fluffikins und starrte mich vom Stuhl herab aus seinen goldenen Augen vorwurfsvoll an.

„Tut mir leid", stöhnte ich, während ich versuchte, mich aufzusetzen. Alles tat aber so weh, dass ich am Ende einfach, alle viere von mir gestreckt, auf dem Boden liegen blieb. „In der letzten Woche hat sich niemand bei mir wegen meines nächsten Auftrags gemeldet. Und dann ging keiner an die Tür, also habe ich ..."

Mit einem leisen Knurren verlagerte der Kater sein Gewicht. „Dachtest du also, du könntest bei uns einbrechen?"

„N-n-nein", stotterte ich. „Ich habe nur versucht, ein paar Antworten zu finden, ich schwör's!"

Mr Fluffikins rümpfte die Nase und stieß ein entrüstetes Schnauben aus. „Du warst nur eine Aushilfe, Tawny. *Warst.* Jetzt ist es Zeit, das hier loszulassen."

„Ich weiß aber, dass ich anders bin." Ich wollte ernst klingen, wissend und sogar ein wenig einschüchternd. Stattdessen kamen meine Worte als ein gequältes Keuchen heraus.

„Ich weiß aber, dass ich anders bin", wiederholte ich und klang beim zweiten Mal ein wenig nachdrücklicher. „Und ich weiß, dass dir das ebenfalls bewusst ist."

Der schwarze Kater zuckte zusammen, zeigte aber sonst keinerlei Anzeichen, dass meine Worte Wirkung gehabt hätten. „Es ist mir egal, was du zu wissen glaubst. Du warst nicht eingeladen und solltest nicht hier sein."

„Oh, ich verstehe", sagte ich und schaffte es schließlich, mich mit einem Ächzen auf die Seite zu rollen. „Du willst mich nur dabeihaben, wenn es dir nützt."

Er kicherte trocken. „Du weißt wirklich nicht viel darüber, wie das hier funktioniert, nicht wahr? Oder über Katzen im Generellen."

„Wie auch immer", keifte ich zurück. „Du hast mein Leben zweimal aufs Spiel gesetzt und mich nicht einmal dafür bezahlt. Das Mindeste, was du tun könnest, ist, mich darüber aufzuklären, wer ich bin."

Sein Schwanz fegte irritiert hin und her. „Wenn du denkst, du kannst mich dazu bringen, etwas zu sagen, was ich nicht sagen will, dann liegst du falsch."

Offensichtlich konnte ich nicht an das Mitleid des Chefkaters appellieren, also musste ich den letzten Trick anwenden, den ich noch in Petto hatte. „Ich habe Steak mitgebracht", verriet ich mit einem verschwörerischen Grinsen.

Fluffikins streckte die Nase in der Luft und schnupperte. „Was sagst du da? Steak?“

„Jap, und es ist auch kein Rumpsteak. Ich habe das gute Zeug besorgt.“ Ich hielt inne, um die Vorfreude zu steigern. „Was hältst du von Filet Mignon?“

Der schwarze Kater drehte sich aufgeregt im Kreis, bevor er auf den Boden sprang und sich neben mich stellte. „Wo ist dieses Steak, und warum habe ich es noch nicht in meinem Bauch?“

Überlassen Sie es einer gut platzierten Bestechung, das zu erreichen, was mit Freundlichkeit allein nie zu schaffen wäre. Innerlich stieß ich einen riesigen Seufzer der Erleichterung aus, äußerlich jedoch wahrte ich mein Pokerface.

„Ich hole es dir“, bot ich an, „wenn du dich bereit erklärst, mir zu sagen, was ich wissen will.“

„Oder ich könnte dich verprügeln und es mir selbst holen.“ Fluffikins grinste mich an, während er seine Optionen abwog. „Wenn ich es mir recht überlege … du liegst du ja schon auf dem Boden. Ich muss das köstliche Steak nur noch finden.“ Er schnupperte wieder, die Schnurrhaare zuckten, während er zum Ende des Raumes trottete.

„Warte“, rief ich, bevor er mich hier allein zurückließ. „Es wird nicht so gut schmecken, wenn du es dir nicht rechtmäßig verdient hast.“

Dem Kater fiel die Kinnlade runter. „Echt?“

Ich hob eine Augenbraue. „Willst du das wirklich riskieren?“

Mr Fluffikins stieß einen gewaltigen Seufzer aus und winkte mir dann mit der Pfote zu. Sofort verschwand der Schmerz von meinem Sturz genauso vollständig, als wäre er nie da gewesen.

Ich stützte mich am Boden ab, hievte ich mich auf die Füße und deutete der Chefkatze an, mir zurück in den Konferenzraum zu folgen, wo ich mein sorgfältig vorbereitetes Paket abgestellt hatte. Darin befanden sich sieben Tupperware-Behälter, gefüllt mit frisch gebratenem Filet Mignon. Ja, ich war bestens vorbereitet, nur für den Fall, dass ich den gesamten Vorstand in einer Sitzung antraf und sie alle bestechen musste. Natürlich hatte ich keine Ahnung, was Connie so aß, da sie ja ein Vampir war. Auch über Melony hatte ich mir keine großartigen Gedanken gemacht, da sie ebenfalls kaum mehr als eine Aushilfe war.

Da ich nur Fluffikins zu beschwichtigen hatte, war das zwar pro Kopf ein sehr hohes Schmiergeld, aber ich wollte kein Risiko eingehen bei Informationen, die sehr wohl über Leben und Tod entscheiden konnten. Warum würde er sich sonst so viel Mühe geben, das geheim zu halten?

„Erst Antworten, dann Steak“, sagte ich zu dem Kater, der praktisch schon sabberte, während er mir gegenüber auf dem Konferenztisch saß.

„Steak, dann Antworten“, konterte er, seine Stimme noch undeutlicher als sonst, während er sich mit großen Augen auf die Beute konzentrierte.

Nun, ich schätze, in der Not frisst der Teufel Fliegen. Und in diesem Fall war ich definitiv der Teufel. Ich seufzte. „Versprichst du es?“

„Ja, ja, und mein Versprechen ist magisch gebunden. Jetzt mal her mit dem guten Zeug.“

Ich nickte, öffnete den ersten Behälter mit dem Steak und schob es zu ihm rüber. Zum Glück hatte ich das Stück schon vorgeschnitten, sonst hätte es noch viel länger gedauert, ihm dabei zuzusehen, wie er sich diesen halb durchgegarten Einschnitt in meinen letzten Gehaltsscheck reinzog.

Als Mr Fluffikins fertig war, leckte er sich über die Lefzen und senkte zufrieden die Augenlider.

„Und?“, sagte ich, als er keine Anstalten machte, seinen Teil der Abmachung einzuhalten. „Jetzt bist du an der Reihe, deinen Teil der Abmachung zu erfüllen. Sag mir, inwiefern ich anders bin.“

„Ah ja. Das“, sagte die Katze mit einem Augenzwinkern. „Ich habe versprochen, dir nach dem Steak Antworten zu geben, habe aber nicht gesagt, wie schnell ich sie liefern werde. Du wirst dich wohl oder übel gedulden müssen.“ Er hüpfte vom Tisch und trottete den Flur entlang, wobei er den ganzen Weg lang hämisch lachte.

4

Ich stürmte den Flur hinunter und verfolgte diesen nichtsnutzigen Trickbetrüger. Sobald ich ihn gefangen hatte, würde ich ihn festhalten und zwingen, einen Vertrag zu unterschreiben. Wenn es sein musste, würde ich den Rest des Steaks, das ich vorbereitet hatte, als Druckmittel benutzen. Ich hoffte, es würde funktionieren, denn das war der einzige Schachzug, den ich noch machen konnte.

Nun, da ich wusste, dass es etwas Besonderes an mir gab, wie konnte ich da den Rest meines Lebens verbringen, ohne herauszufinden, was es war?

In der verlassenen Eingangshalle des Gebäudes ein holte ich Fluffikins ein. Er hörte auf zu rennen und blieb vor der zerbrochenen Glastür stehen. Ich erwartete, dass er mich wegen der Zerstörung von APZ-Eigentum anschreien würde, aber er schwenkte lediglich seine Pfote und heilte das Glas, als wäre es nie zerbrochen worden.

Einen Moment später öffnete sich die Tür, und herein kam Connie – das Vorstandsmitglied, das ich am meisten fürchtete. Heute trug sie ein rotes Hemd aus Knautschsamt, einen teuer aussehenden Bleistiftrock und hochhackige Designerschuhe. Ihre Lippen wirkten im Vergleich zu ihren dunklen, rauchigen Augen unglaublich blass.

„Was macht sie da?“, fragte die pummelige Vampirin mit steinerner Miene. „Ich dachte, wir hätten uns entschieden, nicht mit ihr weiterzumachen.“

Fluffikins stieß ein leises, wütendes Grummeln aus, fast so, als ob er Anstoß daran nähme, wie seine Kollegin über mich sprach. *Fast.* „Connie, du vergisst deinen Schwur. Es ist verboten, Vorstandsangelegenheiten im Beisein von Außenstehenden zu besprechen.“

„Ich habe meinen nicht vergessen“, antwortete sie spöttisch, „sondern erinnere dich lediglich an deinen. Wir haben bereits gegen das Protokoll verstoßen, als wir sie in zwei verschiedene Aufträge einbezogen. Also, warum ist sie noch einmal hier? Warum wurde ihre Erinnerung an uns nicht gelöscht?“

Die beiden übernatürlichen Wesen starrten einander wütend an, aber keiner rührte sich vom Fleck.

Vielleicht, wenn ich meinen Fall noch einmal schilderte, wäre Connie möglicherweise eher bereit, mir zu helfen, als ihr Chef es gewesen war. „Ich weiß, ich bin anders. Kein Normalo, meine ich. Und ich will wissen, warum. Der Kater und ich haben einen Deal geschlossen, aber es sieht nicht so aus, als würde er seinen Teil einhalten."

Connies Augen verengten sich, und sie warf einen bösen Blick in Mr. Fluffikins Richtung. „Du hast dich auf einen Deal mit ihr eingelassen?"

Er zuckte mit seinen schmalen Katzenschultern. „Die Bedingungen waren nicht eindeutig."

„Trotzdem, ein Pakt mit einer Normalo ... Du weißt, dass das bindend ist."

„Sie ist keine ..." Er hielt sich davon ab weiterzureden, indem er fauchte und eine Reihe von Katzenflüchen ausstieß.

„Ich will jetzt wissen, was ihr wisst", sagte ich und verströmte Entschlossenheit. Ich stemmte sogar eine Hand in die Hüfte, in der Hoffnung, dass mich das mutiger oder energischer aussehen ließ. Irgendwie.

„Wenn du ihr nicht sofort die Erinnerung nimmst, werde ich es tun", presste Connie zwischen zusammengebissenem Zähnen hervor. Sie sah aus, als würde sie gleich ausrasten, und ich wollte eigentlich nicht dabei sein, wenn das passierte. Trotzdem ...

„Aber er hat es mir versprochen!", rief ich und machte einen Riesenschritt zurück, als ob das etwas nützen würde.

„Du hast Glück, dass ich kein Verlangen danach habe, den Vorstand zu leiten, sonst wärst du jetzt arbeitslos", knurrte die Vampirin und zog die Oberlippe hoch, um ihre bedrohlichen Reißzähne zu zeigen.

„Sagt es mir, und zwar auf der Stelle", forderte ich und stampfte mit dem Fuß auf.

„Lass uns eine Klausel zu unserer Vereinbarung hinzufügen",

rief Fluffikins, dessen Wille offenbar endlich bezwungen worden war – oder zumindest nahm ich das so an. „Steak gegen Antworten. Wie du bereits gesagt hattest."

„Jetzt?" Es fiel mir schwer, ihm zu vertrauen, nach seiner letzten List.

Er schüttelte den Kopf. „Nach einem weiteren Job. Mit Connie." Er wandte sich an den vampirischen Leiter der Handelsabteilung. „Ich habe deine Anfrage nach einer Aushilfe, die den neuen Hexenzirkel in der Stadt auskundschaften soll, erhalten. Tawny wird dir auf jede nur erdenkliche Weise unterstützen."

„Inakzeptabel." Connies Blick wurde noch eisiger, als sie uns beide betrachtete.

„Eigentlich", korrigierte Mr Fluffikins, „ist das sogar absolut akzeptabel, da ich hier das Sagen habe. Du brauchst eine Aushilfe, und diese hier ist bereit, den Job zu übernehmen. Stimmt's, Tawny?"

„Wenn ich es mache, erzählst du mir dann alles?", fragte ich, zog misstrauisch eine Augenbraue hoch und verschränkte die Arme vor der Brust wie eine Art Schutzschild.

Er nickte und blickte Connie statt meiner an. „Nachdem du die Arbeit zur Zufriedenheit des Vorstands erledigt hast, werde ich dir sagen, was du wissen willst."

Auf keinen Fall wollte ich mich erneut von ihm austricksen lassen. „Definiere *zur Zufriedenheit des Vorstands.*"

Der Kater sah mich aus schmalen Augen an. „Bis sich der Hexenzirkel entweder Connies Führung unterwirft oder die Stadt verlässt", antwortete er mit einem leichten Kopfschütteln.

„Abgemacht“, erwiderte ich mit einem knappen Nicken, um meine Zustimmung zu signalisieren.

Diese heulte auf und warf die Hände in die Luft. „Das ist nicht das, was ich wollte, als ich den Antrag gestellt habe, und das weißt du. Ich verstehe deinen Wunsch, die Normalo zu bestrafen, aber warum ich? Ich war nichts als …“

Fluffikins stieß sich mit den Hinterfüßen vom Boden ab, schwebte dann auf einem rosa glitzernden Wirbel durch die Luft in Connies Richtung und drohte: „Es ist mir egal, was du willst. Ich treffe hier die Entscheidungen, und das ist es, was du bekommst. Wie du weißt, kann ich eine einmal getroffene Abmachung mit einem Normalo nicht mehr rückgängig machen. Du wirst Tawnys Hilfe akzeptieren, oder du wirst deinen Platz hier am Tisch verlieren. Habe ich mich klar ausgedrückt?“

Obwohl der Bosskater nicht mit mir sprach, nickte ich energisch mit dem Kopf. Connie machte mir Angst, aber ich konnte alles für eine gewisse Zeit aushalten – und länger würde dieser Job nicht dauern. Meine letzten beiden Einsätze waren jeweils nach ein paar Tagen vorbei gewesen. Es war anzunehmen, dass es bei diesem nicht anders sein würde. Sonst würde ich vielleicht schreiend wegrennen, lange bevor ich die Antworten bekam, nach denen es mich verlangte.

Sei tapfer, Tawny. Sei tapfer.

5

„Nicht so schnell, Fluffikins", zischte Connie. „Ich weiß, du denkst, dein Wort wäre Gesetz, aber ich weigere mich, mit jemandem zusammenzuarbeiten, den ich nicht mag, nur weil du deinen Magen statt deines Hirns für diese Entscheidung benutzt hast."

„Ich habe unser Versprechen bereits gegeben. Es ist vollbracht", sagte er, bevor er zurück auf den Boden schwebte und mit einem dumpfen Aufprall landete.

„Ich habe dieser Sterblichen gegenüber keine derartigen Versprechungen gemacht, also werde ich diejenige sein, die ihre Erinnerung löscht und uns alle von der Last ihrer Gesellschaft befreit." Connie packte meinen Kopf und zog ihn zu sich heran. Der Rest von mir folgte.

„Bitte nicht", keuchte ich. All meine Versuche, mich aus ihrem

Griff zu befreien, schlugen fehl. Gegen die übermenschlichen Kräfte der Vampirin hatte ich keine Chance.

„Sieh mich an", knurrte sie.

Und so sehr ich es auch nicht wollte, ich konnte der Aufforderung nicht widerstehen. Meine Augen hoben sich und trafen Connies, die mich in ihren Bann zogen. Sie leuchteten in einem hellen und heißen Pink, was normalerweise eine sehr schöne Farbe war, aber im Blick des Blutsaugers ließ sie mich vor Angst erstarren.

Buchstäblich.

Ich konnte mich nicht bewegen. Konnte nicht blinzeln. Konnte kaum noch denken.

Ich konnte nur zusehen, wie sie einen Finger an jede meiner Schläfen legte, ihre manikürten Nägel fest in meine Haut grub und Worte in einer Sprache murmelte, die ich nicht verstand.

Und dann, genauso schnell, wie sie mich gepackt hatte, ließ sie los, und ich fiel zu Boden. Gott sei Dank hatte Fluffikins die Glasscherben schon beseitigt, sonst wäre ich geliefert gewesen.

„Bitte", murmelte ich, schwach, müde und wütend. „Ich will doch nur die Wahrheit darüber wissen, wer ich bin."

Connie keuchte auf und sah aus, als ob sie selbst kurz vor einer Ohnmacht stünde. „Sie erinnert sich? Wie ist das möglich?"

Fluffikins sprang auf einen leeren Schreibtisch. „Ich habe ihren Geist schon einmal gelöscht. Barnes hat ihn danach wiederhergestellt."

„Aber meine Magie ist stärker als seine!" schrie sie und stampfte mit dem Fuß auf. „Was ist los? Warum funktioniert es bei ihr nicht?"

„Das würde ich auch gerne wissen", fügte ich hinzu, während ich mich langsam erhob. „Das ist das dritte Mal, dass so etwas passiert ist, und ich möchte einfach den Grund dafür erfahren."

Es war Fluffikins, der als nächstes das Wort ergriff. „Unser Vertrag ist geschlossen. Zuerst kümmert ihr euch um den neuen Hexenzirkel, dann werde ich euch beiden erzählen, was ich über unsere liebe Tawny herausgefunden habe."

Connie verschränkte die Arme vor der Brust und wandte ihr Gesicht von uns beiden ab. „Ich werde einen Aufruf für deine Ablösung starten", drohte sie dem kleinen schwarzen Kater.

„Und der wird scheitern. So wie er schon mal gescheitert ist", antwortete der ohne die geringste Regung.

Sie schnaufte und zog verzweifelt an ihren Haaren, was dem Chefkater zu gefallen schien. „Ich werde in meinem Büro warten, während sie sich einarbeitet", sagte sie, bevor sie den Flur hinunterstürmte.

„Nun, Tawny ..." Fluffikins sah mit seinen leuchtenden, goldenen Augen zu mir auf. „Bist du bereit, ein Vampir zu werden?"

Mir stockte der Atem. „Ähm, was? Das war aber nicht Teil der Abmachung."

Er kicherte. „Eigentlich schon. Für deinen Job bei Connie wirst du mit Vampir-Magie ausgestattet."

„Mit Reißzähnen und allem Drum und Dran?" Ich schreckte vor dem Gedanken zurück. Selbst wenn Connie kein Blut saugte, war sie immer noch kalt, grausam und geradezu niederträchtig. Die Zusammenarbeit mit ihr könnte ich wahrscheinlich gerade noch aushalten, aber so zu werden wie sie?

„Ja, du erhältst alles, was einen Vampir ausmacht. Die Macht, das Prestige …" Er zuckte einige Male mit dem Schwanz, obwohl er offensichtlich noch nicht zu Ende gesprochen hatte. „Den Fluch."

„Ein Fluch!", explodierte ich. „Niemand hat etwas von einem Fluch gesagt."

„Komm jetzt. Wir sollten anfangen und dich vorbereiten. Du hast genau achtundvierzig Stunden, um deinen Job zu erledigen. Es gilt also, keine Zeit zu verlieren."

„Was, wenn ich das nicht rechtzeitig schaffe?" fragte ich und lief ihm hinterher, als er auf die Lagerhalle zuging.

Fluffikins drehte sich um und blickte mich an, seine Augen funkelten belustigt. „Dann wird deine Veränderung dauerhaft werden."

In dem Moment wurde mir alles klar.

Wenn ich mich für immer in einen Vampir verwandeln würde, dann müsste er mir nicht sagen, warum ich anders bin. Denn die Antwort wäre dann offensichtlich: *Du bist ein Vampir, Tawny.*

Das war sein letzter verzweifelter Versuch, sein Geheimnis zu bewahren. Er wusste, dass Connie mir den Job nicht leicht machen würde. Verdammt, er verließ sich geradezu auf einen solchen Ausgang.

Aber ich vertraute darauf, meine Antworten zu bekommen. Ich hatte bisher zwei APZ-Einsätze überlebt, und ich würde auch diesen überleben.

Meine Existenz hing davon ab.

Ich hätte den hinterhältigen Bürokater umbringen können. Stattdessen folgte ich ihm brav zurück in den Trainingsraum –, bereit, alles aufs Spiel zu setzen, nur damit ich etwas über mich erfahren konnte, das ich schon längst hätte wissen sollen.

Wenn er einen Vampir wollte, dann würde ich eben zu einem werden.

Ich würde der beste Vampir sein, den es je gab, aber nur für achtundvierzig Stunden, höchstens. Dann wäre ich wieder ich und würde endlich erfahren, was das alles zu bedeuten hatte.

Das Spiel beginnt, Mr Fluffikins.

6

Das Lagerhaus war genauso, wie Fluffikins und ich es erst vor kurzem verlassen hatten. Ich zog den Stuhl, den ich hineingeschleppt hatte, ein paar Meter von der Öffnung in der Decke weg und setzte mich darauf. Mein Körper schmerzte von meinem letzten Sturz, den ich Connie verdankte, aber ich bezweifelte, dass der Kater die Güte haben würde, mich ein zweites Mal zu heilen.

Tatsächlich beäugte er mich in diesem Moment mit einem Ausdruck, der irgendwie Enttäuschung ausdrückte. „Du siehst erschöpft aus."

„Ich bin erschöpft", knurrte ich zurück. „Und es ist nicht sehr nett, einer Frau so was zu sagen ... oder überhaupt jemandem."

Ein Lächeln breitete sich zwischen seinen Schnurrhaaren aus. Ich wünschte mir, er würde endlich zur Sache kommen.

„Du solltest dich freuen", sagte er trocken. „Immerhin

bekommst du genau das, was du willst. Du bist gekommen, um das Artefakt zu stehlen, und jetzt bin ich hier, um es dir für deinen nächsten Auftrag anzubieten."

Ich sackte noch weiter in dem Stuhl zusammen und verschränkte die Arme vor der Brust. „Wir wissen beide, dass ich das nicht vorhatte."

Das Lächeln des Katers wurde noch breiter. Ich dachte, er würde vielleicht etwas besonders Gemeines sagen wollen, aber er sprang einfach an die Decke hoch und ließ mich unter sich.

Irgendwie erwartete ich, dass er schnell zurückkehren würde, so wie er es bei den beiden anderen Malen getan hatte, als er da oben etwas für mich holte, aber stattdessen saß ich für eine gefühlte Ewigkeit allein da.

Einmal schaute sogar Connie kurz rein, um zu prüfen, wie es bei uns lief. Sie ging wieder und murmelte etwas über „diese Plage von einem nichtsnutzigem Kater".

Als Fluffikins schließlich wieder auftauchte, hatte er die magische Brosche in seiner Schnauze. Dann drehte er sich um und zog in einem funkelnden Wirbel aus rosa Magie ein zweites, größeres Objekt von oben zu sich herab.

„Was ist das?" Ich deutete mit dem Kopf in Richtung des unerwarteten, zusätzlichen Ausrüstungsgegenstands.

Er ließ die Brosche sanft auf den Boden gleiten und sah dann wieder zu mir auf. „Es ist deine Vampir-Rüstung", antwortete er sachlich.

Ich neigte den Kopf zur Seite. „Vampir-Rüstung? Wie Gretas Engels-Panzer?"

„Nicht ganz. Diese wird dich davor bewahren, gepfählt zu

werden.“ Fluffikins setzte sich und legte den Schwanz um seine Füße.

Bei der Vorstellung, dass so etwas überhaupt möglich war, krampfte sich alles in mir zusammen. „Aber ich habe Connie noch nie so etwas tragen sehen“, betonte ich und betrachtete die verzierte Brustplatte und die Lederriemen, die sie vermutlich an Ort und Stelle hielten.

Die Katze spottete. „Sie braucht ihre auch nicht zu tragen, es sei denn, sie begibt sich wissentlich in eine gefährliche Situation. Sie ist eine viel erfahrenere Vampirin als du.“

Ein Schauer durchlief mich. „Ich bin keine Vampirin.“

„Noch nicht, aber in etwa zwei Minuten wirst du eine sein.“

„Okay, muss ich dieses Ding also die ganze Zeit über anhaben, während ich diesen Auftrag erledige?“ Ich atmete tief durch und versuchte, mich zu sammeln. Der Gedanke, Vampirmagie einzusetzen, war weitaus furchteinflößender als alles, was ich bisher dank der Agentur für paranormale Zeitarbeit erlebt hatte. Ich meine, Hexen konnten sowohl gut als auch böse sein, aber waren Vampire nicht immer grausame, fiese Monster? Wenn Connie ein Beispiel dafür war, wie der Rest ihrer Spezies tickte, dann ja.

Der Kater schien mein Unbehagen zu genießen und gab sich alle Mühe, das sogar noch zu steigern. „Ich habe die Gurte für dich angebracht“, sagte er mit einem knappen Zucken seines Schwanzes, „da du ja eine Vorliebe dafür hast, das Fleisch auf deiner Brust zu enthüllen, und wir brauchten eine Möglichkeit, es zu schützen.“

„Bei dir klingt das so, als würde ich ständig meine Möpse heraushängen lassen. Dabei zeige ich nur ein wenig Dekolleté, und das auch nur manchmal. Ganz geschmackvoll. Keineswegs lasziv." Trotzdem zog ich meinen Ausschnitt höher und überlegte, ob ich in ein paar neue Rollkragenpullis investieren sollte.

Er ließ seinen Blick an mir auf und abwandern und seufzte. „Ja, nun … Die Gurte sind trotzdem unerlässlich. Wir können nicht riskieren, dass du während des Jobs stirbst."

„Aaaah, Fluffikins. Ich hatte ja keine Ahnung, dass du dich so um mich sorgst." Meine Stimme kam sirupartig und süßlich rüber. Ich hasste das.

„Eine Aushilfe mitten im Einsatz zu verlieren, verursacht viel zu viel Papierkram", witzelte er, ohne zu lachen.

Ich stöhnte und verdrehte aufgrund seiner sarkastischen Bemerkung die Augen.

Er machte eine Bewegung mit seiner Pfote, um meine Aufmerksamkeit zu auf die Rüstung zu lenken. „Los, zieh sie mal an. Ich kann mit meiner Magie die Größe verändern, sollte sie nicht passen."

Ich stand auf und griff zögernd nach der schwebenden Vampir-Rüstung. Sie hatte einen dicken Lederkragen, der im Nacken zugeschnallt werden konnte, sowie Riemen, die unter den Armen hindurch und quer über den Rücken verliefen, um die Brustplatte vor dem Verrutschen zu bewahren. Das Metallteil war mit kunstvollen Verzierungen versehen – ein absolutes Prachtstück. Trotzdem hatte ich das Gefühl, ein überdimensioniertes Halsband zu tragen und dass der Bosskater mir eher eins auswischen wollte, als mich vor einem Pflock ins Herz zu schützen.

Die Passform hingegen war perfekt.

Ich klopfte auf meine Brustplatte, um zu zeigen, dass sie perfekt saß.

Fluffikins nickte. „Ausgezeichnet. Und jetzt das." Er schubste die Brosche mit der Pfote in meine Richtung. Ich war mir nicht sicher, wo genau ich sie anbringen sollte, da das magische Artefakt in der Nähe meines Herzens bleiben sollte, und dieses war ja bereits von der Brustplatte bedeckt. Am Ende befestigte ich sie an meinem BH und hoffte, dass sich die Nadel nicht in das empfindliche Fleisch darunter bohren würde.

Sobald das Artefakt an seinem Platz war, schien ich von innen heraus zu leuchten. Zumindest fühlte es sich so an. Ich glaube aber nicht, dass ich tatsächlich glühte.

Was ich allerdings bemerkte, war, dass ich mich gänzlich anders fühlte.

Wir Menschen haben uns an ein gewisses Maß an Schmerzen in unserem täglichen Leben gewöhnt, besonders diejenigen von uns, die wie ich auf die Vierzig zugehen. Wir haben so viele kleine Wehwehchen und Unannehmlichkeiten, die Teil unserer Normalität werden, wie etwa ein abgenutztes Gelenk oder eine juckende Hautstelle.

Die Vampir-Magie ließ das alles verschwinden.

Die Nachwirkungen meines heutigen Sturzes waren wie weggeblasen. Ich fühlte gar nichts mehr. Weder die körperliche Erschöpfung noch das Bedürfnis nach einer zweiten Tasse Kaffee. Nichts.

Ich hielt sogar für einen Moment die Luft an und stellte fest, dass meine Lungen nicht nach Sauerstoff verlangten.

Wow. Es war, als hätte ich das Gefühl zu leben völlig verloren.

„Na, wie fühlst du dich?“, fragte der Kater, während er mich umkreiste.

Ich wusste nicht, was ich von dieser Veränderung halten sollte. Auf der einen Seite war es befreiend, aber andererseits stand sie so sehr im Widerspruch zu meinem normalen Zustand an, dass ich mir kaum noch als ein Mensch vorkam. Auf gewisse Weise war ich es wohl auch nicht mehr. Ich war eine Vampirin. Bedeutete das, dass ich jetzt technisch gesehen eine Untote war? Ja, das war wohl so. Zumindest für eine kurze Zeit.

Ich fuhr mit den Händen über meinen Körper und schüttelte den Kopf. „Ich fühle … nichts.“

„Oh, warte nur ab“, schob Mr. Fluffikins mit einem Grinsen hinterher.

„Hm?“

„Komm mit. Jetzt wird es Zeit für den echten Test deiner Magie.“

Ich schluckte schwer, aber es half nicht, meine wachsende Beunruhigung zu unterdrücken, während ich dem Bosskater dorthin folgte, wo er den nächsten Schritt geplant hatte.

Hoffentlich würde mir dieser nicht zum Verhängnis.

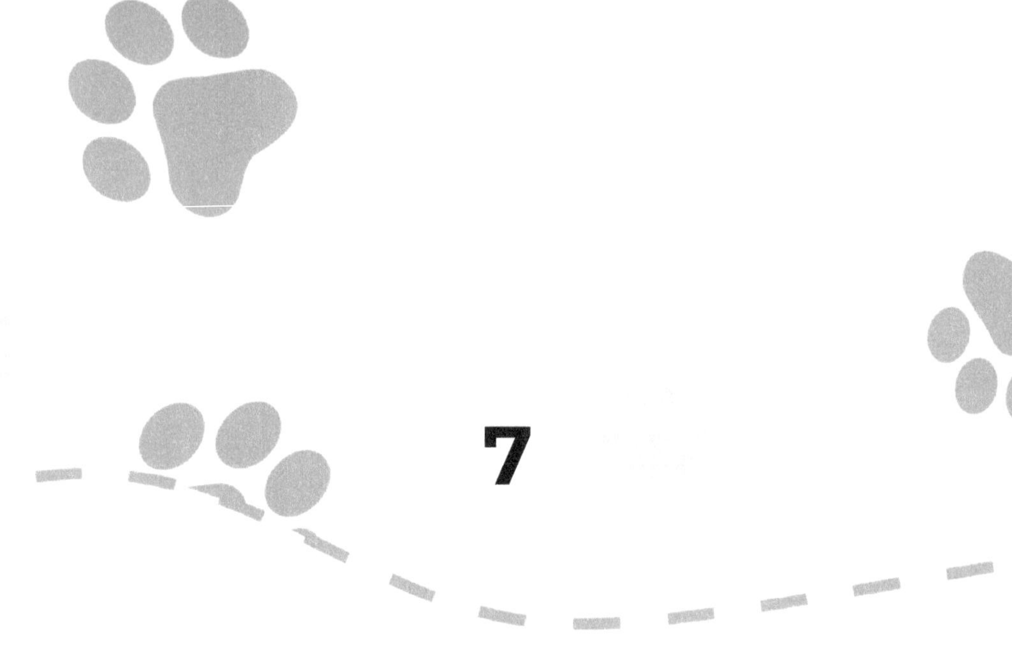

7

Ich konnte locker mit Fluffikins mithalten, als der mit Volldampf durch die langen Flure des Bürogebäudes rannte. Das war absolut seltsam. Als ich den Zauber der Stadthexe besaß, hatte ich mich wenigstens noch wie ich selbst gefühlt.

Jetzt, als temporärer Vampir, war ich sowohl freudig erregt als auch verängstigt. Ich konnte mit extremer Leichtigkeit agieren. Keinerlei Schmerz zu spüren, war ein definitiver Joker in diesem Spiel.

Aber es machte mich neugierig darauf, wie Fluffikins und Connie wollten, dass ich diese neuen Kräfte einsetzte. Was auch immer die Besonderheiten dieses Auftrags waren, ich nahm an, dass sie ziemlich gefährlich sein mussten.

Anstatt uns in den Konferenzraum zurückzubringen, führte mich Fluffikins zu einem kleinen Büro in der hinteren Ecke des Komplexes. „Warte hier“, wies er mich an und ließ mich stehen.

Ich ging auf Zehenspitzen hinein und fand einen Raum vor, der wie ein altmodischer Salon aussah. Das Fehlen von Fenstern und die lebhafte, geblümte Tapete ließen den Raum viel kleiner erscheinen, als er eigentlich sein sollte. Auf sämtlichen Oberflächen lagen Spitzendeckchen, und ein Kabinettschrank aus honigfarbenem Holz präsentierte stolz eine wild zusammengewürfelte Sammlung zierlicher Tee- und Untertassen.

Da ich mir nicht im Klaren darüber war, wie lange ich würde warten müssen, setzte ich mich in einen hohen Ohrensessel, darauf bedacht, die Deckchen, die über den dicken Armlehnen lagen, nicht zu verrutschen.

Einen Moment später schwang die Tür auf.

„Tawny? Hi." Parker schenkte mir von der Tür aus ein schüchternes Lächeln. „Was machst du in meinem Büro?"

„Dein Büro?" Ich schlug die Beine übereinander und ließ mich tiefer in den Stuhl sinken. Trotzdem konnte ich den Komfort des plüschigen, reichlich gepolsterten Sessels nicht spüren. Ich spürte überhaupt nichts. „Ich hatte keine Ahnung, dass das dein Stil ist."

Parker gluckste. „Seit ich den Posten der Stadthexe von Lila übernommen habe, hatte ich noch keine Gelegenheit, ihn umzugestalten. Und ein Teil von mir will es auch gar nicht. Es ist schön, an sie erinnert zu werden."

„Du bist mir aus dem Weg gegangen", sagte ich ihm. Ich hatte in der letzten Woche intensiv versucht, seine Aufmerksamkeit zu erlangen, aber seit unserem spontanen Kuss am Ende meiner letzten Mission hatte er mich definitiv gemieden. Ich hätte überglücklich sein sollen, ihn jetzt zu sehen und die Chance zu bekommen, mit ihm zu reden. Mehr als alles andere war ich jedoch neugierig wegen seines plötzlichen Sinneswandels.

Er seufzte und lehnte sich gegen die geschlossene Tür zurück. „Seit unserem Kuss, ich weiß. Es tut mir leid."

„Warum?", wollte ich wissen. Mein Fuß wippte ungeduldig, als würde er die Sekunden bis zu seiner Antwort herunterzählen.

Parker schloss seine Augen und streckte den Kopf zur Decke. „Ich mag dich wirklich, Tawny, aber es ist viel verlangt von jemandem, diesen ganzen APZ-Kram zu akzeptieren. Außerdem ist es, wie du aus erster Hand erfahren hast, gefährlich."

„Das weiß ich alles schon", sagte ich, nicht gewillt, ihn ungeschoren davonkommen zu lassen.

„Du weißt ein wenig, aber es gibt da so viel mehr. Dinge, über die du dir niemals Gedanken machen solltest. Es ist alles meine Schuld, weil ich dich so tief in alles reingezogen habe. Es war egoistisch von mir, deine Erinnerungen zurückzubringen. Dich zu küssen." Er zuckte zusammen, als würden ihm die Worte körperliche Schmerzen bereiten.

„Sollte ich da nicht auch ein Wörtchen mitzureden haben?", sinnierte ich laut. Ich fragte mich auch, warum er so melodramatisch war. Wir hatten uns geküsst. Sicher, in dem Moment hatte es sich bedeutsam und weltbewegend angefühlt, aber jetzt? Ich wusste nicht, wie ich mich fühlte. Hauptsächlich war ich es leid, dass er ständig vor mir weglief, gleichzeitig aber auch neugierig, warum er das tat.

„Für uns gibt es keine gemeinsame Zukunft", erklärte Parker, und in seinen grauen Augen spiegelte sich Sorge. „Magier und Normalos passen nicht zusammen, und das aus gutem Grund."

Hier gab es nur eine logische Schlussfolgerung. Wir mussten die Probe aufs Exempel statuieren. „Küss mich noch mal", sagte ich. „Wenn du nichts für mich empfindest, lasse ich dich in Ruhe. Aber wenn da wirklich etwas Besonderes zwischen uns ist, sollten wir es dann nicht wenigstens zu einem Ende bringen?"

Parker nickte und fuhr sich mit der Zunge über die Lippen, als ich mich von meinem Stuhl erhob und zu ihm hinüberschlenderte. Ich legte eine Hand auf seinen Arm und brachte mein Gesicht an seines –, etwas, das ich schon die ganze Woche lang tun wollte.

Und jetzt, wo unser großer Moment gekommen war, fühlte ich …

Nichts.

In der Tat hatte ich von dem Moment an, als er das Büro betrat, nicht mehr als eine Art amüsierte Neugierde empfunden. Ja, wir hatten uns unterhalten, und ich hatte meine Argumente vorgetragen, warum wir zusammen sein sollten. Aber das war alles, lediglich eine logische, emotionslose Diskussion. Keinerlei Herzklopfen oder Atemlosigkeit, als wir uns näherkamen. Kein erregtes Zittern in Erwartung seines Kusses.

Seit wir uns zum ersten Mal begegnet waren, war ich in ihn verknallt, aber jetzt kam er mir vor wie ein Fremder – einer von Milliarden auf diesem Planeten. Er hätte jeder sein können.

Ja, ich kannte ihn und auch unsere gemeinsame Geschichte. Aber das war nicht genug.

Parker zog sich zurück und lächelte mich an, aber als er meinen Gesichtsausdruck bemerkte, runzelte er besorgt die Stirn. „Tawny? Was ist los?"

Ich blickte hinunter auf meine neue Brustplatte und schüttelte den Kopf.

„Was ist das? Was hast du da an?“ Er hob eine Hand und ließ sie auf meiner Rüstung ruhen.

„Mr Fluffikins hat mir gerade einen neuen Job zugeteilt“, flüsterte ich. „Mit Connie.“

Seine Augen glühten vor Wut. Er schob mich zur Seite und stürmte aus dem Büro, ohne auch nur ein Wort der Erklärung abzugeben.

Ich versuchte nicht, ihn aufzuhalten, aber ich folgte ihm –, mehr aus Neugier als aus Interesse am Ergebnis.

„Du hast ihr Vampirzauber verpasst?“, schrie er, nachdem er in den Konferenzraum gestürzt war und den geschmeidigen schwarzen Kater gefunden hatte. Er saß Connie am langen Konferenztisch gegenüber.

„Ja. Connie hatte einen Auftrag für sie“, antwortete der mit einem Achselzucken.

„Aber du weißt doch, wie gefährlich das ist! Dass die Veränderung sich manchmal nicht rückgängig machen lässt!“

„Und worauf willst du hinaus? Wir brauchten eine Aushilfe, und sie wollte einen neuen Auftrag. Vergiss nicht, dass du es warst, der ihr nach ihrer ersten Mission das Gedächtnis zurückgegeben hat. Wir hätten alle mit unserem Leben weitermachen können, wenn du dich nicht eingemischt hättest.“

Connie grinste, während sie ihre frisch lackierten Nägel studierte. Ich konnte den beißenden chemischen Geruch, der in der Luft hing, immer noch riechen.

„Bist du bereit, uns einen kurzen Überblick zu diesem Job zu geben?“, fragte ich, trat ebenfalls ein und ging auf Connie und Fluffikins zu, um bei ihnen Platz zu nehmen.

„Tawny …“ Parkers Stimme brach. Ich konnte seine Angst sehen, fühlte aber selbst nichts Derartiges.

„Parker“, sagte ich kühl, an ihn gewandt und bereit, die Sache voranzutreiben. „Ich habe jetzt einen Job zu erledigen, aber wir können später weiterreden. Okay?“

8

Trotz meiner Aufforderung zu gehen und uns zur Sache kommen zu lassen, blieb Parker wie angewurzelt stehen. Ich hatte höchstens achtundvierzig Stunden, um diesen Job zu erledigen, und er zögerte den Start mit seiner Sturheit hinaus. Wenn ich bei dieser Aufgabe versagte, würde ich für immer ein Vampir bleiben – und er wäre zumindest teilweise schuld daran. Wieso konnte er das nicht einsehen?

„Hast du ihr schon von dem Fluch erzählt?“, fragte er Mr Fluffikins mit lauter Stimme. Ich hatte ihn noch nie so aufgebracht erlebt.

„Ich habe temporäre Vampir-Magie“, informierte ich Parker, zog mir einen Stuhl neben Connie heran und nahm Platz. „Das heißt, mit allem, was dazugehört. Und, ja, ich weiß, dass es einen Fluch gibt.“

„Aber weißt du, was der genau bedeutet?“, drängte er noch

nachdrücklicher. Warum konnte er nicht einfach sagen, was er meinte, anstatt all diese sinnlosen Fragen zu stellen?

Als ich meine Lippen schürzte, anstatt zu antworten, platzte er heraus. „Vampire können nichts fühlen, Tawny."

Nun, das wusste ich bereits. Es war das Erste, was mir aufgefallen war, als sich die neue Magie über mich legte. Und dieses krasse Defizit wurde sogar noch deutlicher, je länger der Zauber anhielt.

Parker schien jetzt zu zittern. Auch seine Stimme bebte. „Du kannst nicht lieben und keine dauerhaften Beziehungen eingehen. Freunde, Familie, Partnerschaft ... nichts von alledem. Wenn du so bleibst, bist du zwar unsterblich, aber zu welchem Preis? Du wirst ein einsames Monster sein, das gezwungen ist, für immer allein im Schatten zu leben."

„Hör auf, so melodramatisch zu sein", zischte Connie. „Ich stehe ebenfalls unter diesem Fluch, und ich komme gut damit zurecht. Außerdem wird sie keine Vampirin bleiben. Ich habe vor, diesen Job zu erledigen und sie so schnell wie möglich wieder loszuwerden."

„Deshalb hasst du also alle", witzelte ich mit einem kurzen Blick in ihre Richtung.

Sie richtete sich in ihrem Sessel auf und reckte das Kinn in die Luft. „Nein, der Fluch ist nur der Grund, warum ich niemanden mag. Alle zu hassen ist meine ureigene Entscheidung."

Fluffikins redete als Nächster. „Barnes, deine Arbeit hier ist erledigt. Danke, dass du mir geholfen hast, sicherzustellen, dass Tawnys Magie voll wirksam ist, bevor wir sie ins Feld schicken."

„Ich möchte ebenfalls helfen. Was auch immer diese Aufgabe

ist, sie wird sicher mit drei Leuten zufriedenstellender durchgeführt werden können als mit nur zweien."

„Nein, das ist ein Job, den nur Vampire machen können. Zumindest im Moment. Sieh zu, dass du verschwindest, Hexer", befahl Connie.

Parker sah aus, als wolle er mir unbedingt noch etwas sagen, aber stattdessen stakste er davon und schlug die Tür hinter sich zu.

„Ich dachte schon, er würde nie gehen", sagte ich, was Connie ein Lachen entlockte. Ich wollte nicht, dass er sich aufregte, weil es so unangenehm war, das mit anzusehen. Alle sollten ihre Emotionen im Zaum hielten, damit wir zur Sache kommen konnten.

„Ha! Ich hasse dich nicht mehr ganz so sehr wie die anderen", murmelte Connie. „Trotzdem kann ich es kaum erwarten, dich wieder loszuwerden."

Das machte Sinn. Ich nickte. „Mr Fluffikins, sind wir jetzt bereit für die Einsatzbesprechung?"

Der Kater erhob sich auf alle Viere und begann, in seinem klassischen Generalstabsschritt auf dem Tisch auf und ab zu gehen. „Das seit langem leerstehende Ladenlokal an der Ecke Main und Grand in der Innenstadt wurde kürzlich von einer gewissen Vanessa Vane gekauft. Einer Vampirin."

„Nur ein Vampir? Das scheint für mich kein großes Problem zu sein." Ich konnte nicht glauben, dass es bei all dieser Aufregung um einen einzelnen Vampir ging, der in die Stadt gezogen war.

„Wo sich einer niederlässt, wird es bald noch mehr geben", sagte Connie mit einem Knurren, Anscheinend hatte sie sich bereits eine Meinung über diese neue Bewohnerin gebildet.

Fluffikins schritt wieder auf uns zu und blinzelte schwach. „Bis jetzt war Connie der einzige Blutsauger in Beech Grove. Aufgrund ihres langen Lebens und ihres extremen Reichtums sind Vampire recht territorial. Es wäre natürlich möglich, dass Vane ein Grundstück in der Stadt gekauft hat, ohne zu wissen, dass dieses Gebiet bereits von ihr beansprucht wird. Andererseits könnte es aber auch sein, dass sie einen Streit anzetteln will. Und wenn das der Fall ist, wird der Rest ihres Zirkels in Kürze ebenfalls hier eintreffen."

„Okay, was sollen wir also tun?", fragte ich, das alles nicht ganz verstehend.

„Als einsame Vampirin kommt Connie schwach rüber, aber mit deiner Hilfe wird ihr Auftreten offizieller wirken. Das bedeutet, dass sich die Neuankömmlinge weniger wahrscheinlich an das Gebiet ranmachen werden."

„Also was? Wir statten dieser neuen Vampirin einen Besuch ab und bitten sie höflich zu verschwinden?" Das erschien mir viel zu einfach, aber meine beiden Begleiter nickten nachdrücklich.

„Genau", sagten sie.

Ich trommelte mit den Fingern auf den Tisch und wurde so allmählich ungeduldig mit den beiden. „Und wenn das nicht klappt?"

„Dann wirst du wirklich sehen, was deine neuen Kräfte bewirken können", erwiderte Connie mit einem finsteren Lächeln.

Meine Neugierde war wieder mal geweckt. Ich hatte schon oft die Redewendung gehört, dass Neugier der Katze Tod sei, aber es schien, als ob das Sprichwort noch viel passender war, wenn es um Vampire ging. Anstatt nach Blut dürstete es mich nach Wissen, nach Verständnis. Und vermutlich nach Reichtum, obwohl ich noch nicht spürte, dass Geiz in mir aufkam.

Fluffikins schnurrte vor Vergnügen. „Also, sind wir uns alle über die Mission hier im Klaren?"

Ja, ungefähr so klar wie Kloßbrühe.

Ich biss mir auf die Lippe, um nichts zu sagen. Mehr aus Selbstschutz als aus Respekt dem Bosskater gegenüber. Es sah so aus, als könnte dieser Job in eine von zwei Richtungen gehen. Es könnte der bisher einfachste sein, oder aber ich würde direkt in einen gewalttätigen Vampirkrieg verwickelt …

Und ehrlich gesagt wusste ich nicht, was mir lieber war.

9

Fluffikins entließ uns aus dem Sitzungssaal, was bedeutete, dass es für Connie und mich an der Zeit war, diesen neuen Vampir namens Vanessa Vane zu finden und zu mit der aktuellen Situation zu konfrontieren.

„Du siehst lächerlich aus", stellte Connie fest, als wir Seite an Seite den Flur entlanggingen. „Als ob du an eine Leine gelegt und auf allen Vieren herumgeführt werden müsstest."

Ich hob eine Hand zu meiner Brustplatte und fuhr mit den Fingern über das verschnörkelte Metallwerk. „Zu viel des Guten?" fragte ich.

„Es ist ein schönes Accessoire, nehme ich an, aber es passt nicht zum Outfit. Ein kurzer Abstecher zu meinem Kleiderschrank sollte dich aber eher wie eine respektable Vampirin aussehen lassen."

Ich erinnerte mich daran, wie sie mich bei meinem letzten

Auftrag als Hellseherin verkleidet hatte. Ihr begehbarer Kleiderschrank war so ewig lang, dass ich kein Ende ausmachen konnte. Andererseits sah Connie immer so aus, als wäre sie direkt einem Modemagazin entsprungen, mit ihren stilsicheren und perfekt aufeinander abgestimmten Ensembles. Ich erkannte auch hier und da ein paar Designerstücke, was keinen Zweifel daran ließ, dass alles, was sie trug, sündhaft teuer war.

Wenn ich mir ausmalte, in was für eine Pracht sie mich gleich stecken würde, wurde ich ganz kribbelig vor Aufregung. Oh, ich konnte also immer noch etwas fühlen. Vampire liebten Macht und Reichtum, und laut Connie und Fluffikins war das auch die Art, wie sie sich jetzt ernährten. Parkers Kuss hatte mir nichts bedeutet, obwohl er es eigentlich hätte tun sollen, aber die Aussicht, mich zu verkleiden, machte mich ganz schwindlig.

Was für eine seltsame neue Welt, in der ich mich wiederfand.

Ich versuchte mir einzureden, dass diese Veränderung nur vorübergehend war. Dass ich mir kein schlechtes Gewissen machen musste, weil ich mich nicht für Parker interessierte, während ich mit dieser Vampirmagie ausgestattet war. Aber ehrlich gesagt, konzentrierte ich mich viel lieber auf das bevorstehende Umstyling. In welch teures Outfit würde Connie mich stecken? Ich wette, es wäre wertvoller als meine gesamte Garderobe zu Hause zusammengenommen. Ich würde so schick aussehen, so viel Bewunderung und Respekt ernten. Ich konnte es kaum erwarten!

Connie verschwendete keine Zeit, holte eine rote Samtbluse mit Glockenärmeln und eine schwarze Hose mit Nadelstreifen aus ihrem Schrank und reichte mir beides. „Wenn du schon diese lächerliche Rüstung trägst, dann sollte sie auch zu einem Ensemble passen." Sie rümpfte die Nase in Anbetracht meiner aktuellen Kleidung.

„Das ist meine Vampir-Rüstung, die mich davor schützen soll, gepfählt zu werden", erklärte ich. Sollte sie das nicht eigentlich wissen?

Sie stieß ein sarkastisches Lachen aus. „Hat Fluffikins dir das weisgemacht?"

„Ähm, ja. Willst du damit sagen, dass er gelogen hat? Was macht es ...?"

„Keine Zeit für Fragen. Zieh dich an, wir müssen los." Sie ging zurück in den Eingangsbereich, um mir etwas Privatsphäre zu gewähren, und kam ein paar Minuten später mit einem schwarzen Lederkorsett in der Hand zurück.

Ich beäugte es – und sie – skeptisch.

„Es vervollständigt den Look", sagte sie und half mir hinein.

Als ihre Hände sich um meine Taille legten, um das Korsett zuzuschnüren, erkannte ich, dass wir nun denselben zerknitterten roten Samtstoff trugen. „Gibt es einen Grund, warum wir dieselben Sachen tragen?"

„Nicht dieselben", korrigierte sie mich mit einem angewiderten Knurren. „Wir sind nur aufeinander abgestimmt."

„Gut." Die Arbeit mit ihr würde mental sehr anstrengend werden. In der Tat war sie das bereits. „Und warum ist dem so?"

Sie verdrehte die Augen. „Das sind die Farben des Zirkels. Das lässt diese kleine Farce etwas offizieller wirken. Also, keine Fragen mehr. Mit etwas Glück ist diese Vanessa Vane ein ahnungsloser

Feigling und flüchtet mit eingezogenem Schwanz, sobald wir auftauchen.“

„Glaubst du wirklich, dass es so einfach wird?“, fragte ich, während sie die Riemen meines Korsetts bis zum Anschlag zuzog.

„Nein“, sagte sie und verblüffte mich damit, wie schroff ihre Antwort klang. „Du hattest bereits zwei Einsätze bei uns. War einer von denen einfach?“

„Stimmt. Ähm, also wie kommen wir in die Stadt?“, fragte ich, als sie ihr Büro hinter uns abschloss.

„Nun, wir verwandeln uns natürlich in Fledermäuse und fliegen dorthin.“

„Wirklich?“, quietschte ich.

„Natürlich nicht. Jetzt hör auf, dumme Fragen zu stellen, und lass uns gehen.“ Sie bewegte sich schnell durch die Gänge, aber ich hatte keine Probleme, mit ihr Schritt zu halten. Wir verließen das APZ-Hauptquartier, aber anstatt zum Parkplatz, gingen wir in Richtung Wald.

Sobald wir die Baumgrenze hinter uns gelassen hatten, legte Connie einen schnellen Gang ein. Gemeinsam bewegten wir uns so rasant durch das Dickicht, dass es war, als ob wir fliegen würden. Meine neue Vampirmagie beseitigte anscheinend alle Grenzen dessen, was mein Körper bisher kannte. Nicht einmal der Windwiderstand war ein Problem, als wir uns durch Luft und Land kämpften.

In kürzester Zeit erreichten wir die andere Seite des riesigen Waldes, und Connie verlangsamte ihr Tempo auf ein angemesseneres Niveau.

„Das war unglaublich!“, rief ich, sprang in die Luft und stieß meine Faust gen Himmel.

„Wir bewegen uns nur dann ohne Einschränkung, wenn keine menschlichen Beobachter in der Nähe sind“, informierte sie mich, und zum ersten Mal wurde mir bewusst, dass es mich unglaubliche Anstrengung kostete, in diesem vergleichsweisen Schneckentempo zu gehen, jetzt, da ich wusste, wie schnell sich mein magischer Körper bewegen konnte.

„Was können wir sonst noch so?“, fragte ich und fiel an ihrer Seite in Gleichschritt.

„Es gibt kein wir, und du tust gut daran, das zu verinnerlichen.“

„Vampire, meine ich.“

„Du bist kein Vampir. Du hast lediglich die Magie eines solchen.“

Ich knurrte frustriert. „Du weißt, worauf ich hinauswill. Sag es mir einfach.“

Connie blieb stehen und drehte sich mit versteinerter Miene zu mir um. „Ich bin dir nichts schuldig. Wenn du Fragen hast, such dir die Antworten selbst. Wir sind fast bei Vanessa Vanes Haus angekommen. Sobald wir ihr gegenüberstehen, will ich keinen Pieps mehr von dir hören. Tatsächlich wäre es großartig, wenn du das jetzt schon auf die Reihe kriegen könntest. Halt einfach die Klappe, schau taff aus und überlass alles Weitere mir.“

Oh, war das alles?

Ich begann zu ahnen, dass Connie ein noch schlechterer Chef als Mr Fluffikins sein könnte.

Weniger als achtundvierzig Stunden noch. Ich würde jetzt jede einzelne davon runterzählen …

10

Ich verhielt mich ruhig, um weiteren Auseinandersetzungen mit Connie aus dem Weg zu gehen, und begann, die Minuten zu zählen, bis diese Mission vorbei war. Damit würde ich nicht nur vermeiden, für immer ein Vampir zu bleiben, sondern auch endlich das große Geheimnis ergründen, das Fluffikins so verzweifelt vor mir zu verbergen versuchte. Und ich würde eine weitere Chance mit Parker bekommen, was – logischerweise – etwas war, von dem ich wusste, dass ich es wollte, auch wenn ich mich in meinem derzeitigen Zustand nicht dazu durchringen konnte, es für wichtig zu erachten.

Was für seltsame Kreaturen Vampire doch waren. Kein Wunder, dass die Menschen sie fürchteten. Wenn sie nur wüssten …

„Da wären wir", sagte Connie, streckte ihre Fingern mit den frisch manikürten Nägeln aus und packte mich am Handgelenk.

Wir standen vor einer Ladenzeile, die, seit ich in der Stadt angekommen war und wahrscheinlich auch schon lange davor, leer gestanden hatte. Noch vor einer Woche war das Schaufenster voller Dreck und Spinnweben gewesen. Jetzt jedoch erstrahlte das Innere in leuchtenden, satten Rot-, Gelb- und Violetttönen. Prächtige, mit Perlen verzierte Mini-Kronleuchter hingen über jedem Tisch, und im hinteren Teil des Raums stand eine Servierstation aus poliertem Metall.

„Ist das ein Restaurant?“, fragte ich ungläubig. „Ich dachte, Vamp …“

Connie warf mir einen warnenden Blick zu.

„Ich meine, ich dachte, Leute wie du müssten nichts essen.“ Ich wandte meinen Blick von ihr ab und entdeckte das schlichte Schild, das jetzt über der Ladenfront hing: *BOLLYWEIRD*.

Connie sah es auch und schnaubte. „Wir müssen nicht essen, aber wir können. Normalerweise macht unser ausgeprägter Geschmackssinn die Aufgabe eher mühsam als genussvoll. Ich vermute allerdings, dass dieser Ort für normale Kunden gedacht ist. Schrecklicher Name für ein Restaurant.“

„Ich schätze, sie haben vor, indisches Essen zu servieren. Nicht, dass das wichtig wäre, wenn wir hier sind, um sie zu schassen.“

Connie hielt mein Handgelenk noch fester umklammert und wartete darauf, dass ich ihr in die Augen sah. „Lass uns gehen. Vergiss nicht, was ich dir gesagt habe.“

Ja klar, ich war lediglich die Verstärkung. Nur hier, um Connies Quote zu verbessern.

Ich nickte, und sie ließ von mir ab. Als ich die Tür aufzog, ging sie vor mir hinein.

Eine junge Frau betrat den Speisesaal, während sie sich die Hände an einem Geschirrtuch abtrocknete. Sie sah aus, als könne sie kaum älter als zwanzig sein, aber ich wusste sehr wohl, dass sie dank ihrer Vampir-Unsterblichkeit Jahrhunderte alt sein konnte.

„Kann ich Ihnen helfen?", fragte sie mit einem geschäftsmäßigen Lächeln. Ihre Augen verengten sich jedoch, sobald sie Connie erblickte.

Diese deutete mit dem Kopf in die Richtung, aus der die andere Frau gerade gekommen war, und zog eine Augenbraue hoch.

„Ja, wir sind allein", sagte sie, verschränkte die Arme vor der Brust und ließ das Geschirrtuch baumeln. „Also, was wollen Sie?"

Das war offensichtlich unsere gute Freundin Vanessa Vane, und ihr war eindeutig bewusst, wer Connie war und was es mit unserem Besuch auf sich hatte.

„Wie Sie sehen, ist in dieser Stadt bereits ein Hexenzirkel ansässig. Deshalb möchten wir Sie bitten, diesen Ort zu verlassen und sich einen anderen zu suchen, um dort Ihre Zelte aufzuschlagen." Connie sprach in einem eisigen, monotonen Tonfall und gab sich keinerlei Mühe, ihre Verachtung zu verbergen.

„Ein einzelner Vampir macht noch keinen Hexenzirkel", antwortete Vanessa mit einem ungeduldigen Schnalzen ihrer Zunge.

„Ich bin auch ein Vampir!", quietschte ich.

Beide Frauen blickten mich finster an, und ich wich nervös einen Schritt zurück.

„Was? Haben Sie die auf dem Weg hierher verwandelt?“, fragte Vanessa mit einem hämischen Lachen. „Die hat ja noch nicht mal Reißzähne.“

„Ich bin schon sehr lange in dieser Stadt“, fuhr Connie fort, ohne auf Vanessas Frage einzugehen. „Sie ist nicht groß genug für uns beide, und das wissen Sie.“

Plötzlich fühlte es sich an wie in einem alten Western. Ich stellte mir vor, wie die beiden Vampire mit Cowboyhüten und Pistolen aufeinander losgingen. Dabei war es ganz egal, dass wir uns gerade im Bollyweird befanden. Dieser Moment glich einem typischen Spaghetti-Western.

„Ich werde Sie nicht behelligen, wenn Sie mich ebenfalls in Ruhe lassen“, antwortete Vanessa mit einem herausfordernden Blick. „Heute Abend ist die große Eröffnung, und ich werde diese Veranstaltung auf keinen Fall sausen lassen.“

„Wir wissen beide, dass das nicht wahr ist. Und das ist auch nicht die Art, wie unsereins einen Konflikt löst.“

Vanessa seufzte. „*Hmm.* Dann sollte es vielleicht unsere Art sein.“

Ich konnte nicht sagen, dass ich anderer Meinung war. Sowohl Fluffikins als auch Connie hatten darauf gedrängt, Vanessa zum Verlassen der Stadt zu bewegen, aber keiner von beiden hatte mir gesagt, warum sie so erpicht darauf waren. Was, wenn sie einfach ihre Leidenschaft für die südasiatische Küche mit dem Rest der Welt teilen wollte? War das nicht denkbar? Und wenn dem so war, bedeutete das nicht möglicherweise, dass wir hier die Bösen waren?

Ich zog den Kopf ein und wünschte, ich hätte mehr Fragen

gestellt oder zumindest mehr Antworten bekommen, bevor ich hier hereinmarschierte und eine Fremde bedrohte.

„Das ist Ihre letzte Chance“, warnte Connie sie zähneknirschend. „Gehen Sie.“

Vanessa grinste. „Oder was? Zwingen Sie mich sonst dazu?“

Sie starrten sich unverwandt an, versuchten, sich gegenseitig einzuschätzen, keine der beiden rührte sich vom Fleck. Die Spannung brandete durch den Raum und wurde immer größer.

Ich hielt mich zurück und fragte mich, was wohl als Nächstes passieren würde. Würden wir jetzt kämpfen, oder …?

Plötzlich stieß Connie einen animalischen Brüller aus und wandte sich der Tür zu. Wenn das die erste Schlacht war, dann hatten wir sie gerade verloren. Und das verhieß nichts Gutes für das, was als Nächstes passieren würde.

Auf ihrem Weg dorthin packte sie mich am Arm und zog mich mit sich. „Komm schon, Tawny. Wir müssen uns auf einen Krieg vorbereiten!“

Vanessas amüsiertes Lachen folgte uns auf die Straße. Sie hatte keine Angst. Tatsächlich schien sie es darauf anzulegen, dass diese Konfrontation eskalierte.

Was bedeutete, dass wesentlich besser vorbereitet war als wir beide.

Was wiederum bedeutete, dass wir eine ziemlich hohe Chance hatten, zu verlieren.

Scheiße.

11

Ich jagte Connie durch die Straßen der Innenstadt hinterher. Wir liefen beide schnell genug, um einigen anderen Fußgängern irritierte Blicke zu entlocken, hütete mich aber, dies ihr gegenüber zu erwähnen.

Ich wartete, bis wir sicher im Wald verschwunden waren, um meine lange Liste von Fragen loszulassen. „Warum könnt ihr, du und Vanessa, nicht beide hier leben? Warum weigert sie sich zu gehen? Müssen wir ihr wirklich den Krieg erklären?"

„Sinnlose Fragen!", zischte Connie, ohne langsamer zu werden, um die Dinge mit mir auszudiskutieren.

„Sag es mir", verlangte ich. Das waren durchaus berechtigte Fragen angesichts der Situation und der Tatsache, wie schnell sie eskaliert war. „Warum hat …?"

Connie drehte sich plötzlich und ohne Vorwarnung zu mir um.

Zum Glück konnte ich mich gerade noch rechtzeitig abfangen, um einen peinlichen Zusammenstoß zu verhindern.

„Als wir uns das erste Mal trafen …“, presste die Vampirin zwischen zusammengebissenem Zähnen hervor. Ihre Muskeln zuckten, als ob sie sich mit aller Kraft zurückhielt. „Da hattest du Angst vor mir. Warum?“

Ehrlich gesagt, hatte ich immer noch Angst vor ihr, aber das war nebensächlich. „Ich dachte, du würdest mir das Blut aussaugen“, antwortete ich kleinlaut.

Connie entspannte sich ein wenig, richtete sich zu ihrer vollen Größe auf und schaute streng auf mich herunter. „Und was habe ich dir gesagt?“

„Dass Vampire das nicht mehr tun. Sie ernähren sich jetzt von Reichtum.“ Das war einfach. Normalerweise war mein Gedächtnis nicht das Beste, aber wenn es um diese paranormale Welt ging, stellte ich sicher, dass ich nichts von dem, was ich lernte, vergaß. Selbst die kleinste Kleinigkeit konnte den Unterschied ausmachen, ob ich einen Auftrag zu Ende brachte oder ob ich ihn dermaßen vermasselte, dass ich dabei mein Leben verlor. Das hatte ich auf die harte Tour zu spüren bekommen, als ich mich nicht mehr erinnern konnte, was die verschiedenen Farben auf der blinkenden Kristallkugel bedeuteten, die Fluffikins mir für meinen letzten Auftrag anvertraute.

Connies Brauen zogen sich zusammen, während sie mich betrachtete. „Das stimmt so nicht ganz.“

Ich keuchte und stolperte einen Schritt zurück. „Du trinkst immer noch Blut?“ Bedeutete das, dass auch ich als frisch gebackene Vampirin bald Blut trinken würde? Mich schauderte bei dem Gedanken.

Sie ließ den Kopf hängen und starrte auf die auf dem Waldboden verstreuten Blätter, während sie sprach. „Ich weiß es nicht, aber ich würde es tun, wenn ich keine andere Wahl hätte."

Ich wagte mich wieder einen Schritt näher. „Was würde dir diese Wahl nehmen?"

Ihr Blick schnellte hoch und traf auf meinen. „Wenn zu viele Vampire auf engem Raum leben, und vor allem in mehr als einem Hexenzirkel, gibt es nicht genug Reichtum für alle. Das zwingt uns, andere, niederere Wege zu suchen, um unseren Hunger zu stillen."

„Blut", sagte ich und konnte das Wort buchstäblich schmecken, kaum dass es meinen Mund verlassen hatte.

Sie bleckte die Zähne und stellte ihre Reißzähne zur Schau. „Wir haben immer noch die dafür nötige Ausrüstung."

Ich fuhr mit der Zunge an meinen oberen Zähnen entlang. Sie fühlten sich an wie immer, also bevor Fluffikins mir diese neue Vampir-Magie verlieh.

„Noch hast du sie nicht", sagte Connie und beobachtete mich genau. „Aber wenn die Veränderung dauerhaft bleibt, wirst du sie bekommen. Sie brauchen nur ein paar Monate, um einzuwachsen. Das gibt den neuen Rekruten die Chance, diese Art der Ernährung zu erlernen, und hilft, das einzudämmen, was sonst zu einer gewissen Ekstase führen würde."

„Wow", sagte ich und holte tief Luft, obwohl ich wusste, dass meine Lungen das nicht nötig hatten. „Also müssen wir Vanessa wirklich dazu bringen, Beech Grove zu verlassen."

„Ja, und da meine friedlichen Verhandlungsversuche gescheitert sind, müssen wir uns jetzt wohl oder übel auf einen Krieg vorbereiten." Ihre Stimme klang leidenschaftslos, als sie seufzte und den Kopf schüttelte. Sie wirkte erschöpft, kampfesmüde, bevor die Schlacht überhaupt richtig begonnen hatte. Hatte sie etwa Angst? Und wenn ja, was bedeutete das für den Rest von uns?

„Warst du schon einmal in einen Vampirkrieg verwickelt?", fragte ich vorsichtig, in der Hoffnung, sie würde sich mir gegenüber vielleicht tatsächlich öffnen. „Das klingt wirklich gruselig."

Sie lachte trocken. „Vampirstärke gepaart mit menschlicher Schwäche, was für ein Witz."

„Warst du?" Ich beharrte auf einer Antwort. Ich hatte dieses Aufblitzen von Verzweiflung, Bedauern und Angst in ihren Augen gesehen – und ich musste wissen, warum.

„Schon oft. Wo Hunger vorherrscht, wächst auch die Gier. Manche Vampire sind mit ihren derzeitigen Ressourcen nicht zufrieden und versuchen, andere Städte zu erobern. Sie müssen aufgehalten werden, schnell und dauerhaft."

„Du meinst …?" Ich nahm einen tiefen Atemzug und hielt ihn in mir.

Die ältere Vampirin beugte sich nach unten, schnappte sich einen kurzen Ast vom Waldboden und richtete ihn auf meine Brustplatte. „Pflock ins Herz. Das ist schließlich die einzige Möglichkeit, uns zu töten."

„Du sagtest *uns.*" Mir wäre richtig warm ums Herz geworden, wenn es noch geschlagen hätte.

„Ich habe nicht *dich* gemeint, sondern die echten Vampire", korrigierte sie mich mit einem Knurren. Oh, prima. Ich hatte sie beleidigt. Das würde unsere Zusammenarbeit immens erleichtern.

„Warum hat Fluffikins mir dann überhaupt diese Rüstung gegeben, um mein Herz zu schützen?", forderte ich sie heraus und legte eine Hand auf meine Brust.

Sie prustete. „Keine Ahnung, warum er dir diesen lächerlichen Kragen verpasst hat, aber definitiv nicht aus den genannten Gründen."

„Du denkst, er hat mich angelogen?"

„Ich weiß, dass er dich angelogen hat."

„Aber warum? Was verheimlicht er?" *Und was verschweigst du mir über deine eigene Vergangenheit?*

„Ich weiß es nicht. Ich habe nicht genug aufgepasst, um dem großen Geheimnis auf die Spur zu kommen, über das du und er gesprochen habt. Es ist mir auch nicht wichtig genug, um da weiter nachzuforschen."

Nun, das machte Sinn bei allem, was ich bisher über Connie herausfinden konnte. Sie hatte mich nie gemocht und würde es auch nie. Sie konnte es schlichtweg nicht. Das war ihr Fluch, und für eine kurze Zeit war es auch meiner.

Plötzlich schleuderte sie den Stock so heftig von sich, dass ich nicht mal sehen konnte, wo er schließlich landete. Als das Projektil außer Sichtweite flog, schaute sie mich über ihre Schulter hinweg an und sagte: „Können wir jetzt bitte zur Zentrale zurückkehren und uns auf unseren Kampf vorbereiten? Ich werde viel mehr als nur dich als Verstärkung brauchen."

Sie wartete nicht mal meine Antwort ab, sondern floh stattdessen tiefer in den Wald und ließ mir keine andere Wahl, als ihr hinterherzurennen.

12

Mr Fluffikins saß am Waldrand und wartete auf uns. „Nun, was gibt es zu berichten?", fragte er, sobald wir auf den Rasen hinter dem Hauptquartier traten.

„Zeit für Phase zwei", antwortete Connie, bevor sie die Lippen zu einem festen Strich zusammenpresste.

Er sprang sofort auf die Füße. „Ich werde das Team zusammentrommeln."

„Lass den Engel aus dem Spiel", knurrte Connie, und ihre Miene verfinsterte sich augenblicklich. „Sie hat meine Methoden noch nie gebilligt und zögert auch nicht, das zu sagen. Wenn wir ein starkes Team bilden wollen, brauchen wir keine Dissidenten."

Die Katze nickte. „Wie du möchtest."

„Was jetzt?" fragte ich sie, als Mr Fluffikins zurück zum Hauptquartier trabte.

Sie starrte ihm hinterher, anstatt sich mir zuzuwenden. „Jetzt schmieden wir einen Plan und üben so lange, bis ich einigermaßen sicher sein kann, dass du nicht versagen wirst."

„Wie man einem Vampir im Einzelkampf begegnet?"

Sie grinste. „So ähnlich."

Fluffikins beeilte sich, und so dauerte es nicht lange, bis die anderen am Waldrand zu uns stießen.

Parker eilte sofort an meine Seite. „Tawny, geht es dir gut? Was ist hier los?"

Ich zuckte mit den Schultern und schüttelte den Kopf, da ich auf keine seiner beiden Fragen eine wirkliche Antwort hatte.

„Alle mal herhören, bitte", rief Connie uns zu. „Ihr seid hier, um zu lernen, wie man einen unerwünschten Hexenzirkel aus der Nachbarschaft vertreibt. Ich werde einen Plan entwerfen und dann jedem von euch zeigen, wie man ihn ausführt."

Der alte Mann im Anzug ließ sich auf den Waldboden sinken und rang nach Atem. Wenn sein hüftlanger weißer Bart nicht schon sein Alter verraten hätte, dann doch sein völliger Mangel an körperlicher Fitness. Ich wusste immer noch nicht, wie er hieß, und zu diesem Zeitpunkt erschien es mir unhöflich, ihn danach zu fragen. Mir war nur bekannt, dass ihm die Verwaltung der Friedhöfe unterstand, was der gruseligste Job von allen war. Aber mal ganz im Ernst, was sollte so ein schwacher alter Mann in einem brutalen Nahkampf schon ausrichten können?

Connie räusperte sich, um die Aufmerksamkeit aller wieder auf sich zu lenken, und fuhr fort. „Offensichtlich sind wir hier im Nachteil mit unserer bunt zusammengewürfelten Truppe von Übernatürlichen, einer Normalo mit Magie, die sie nicht zu benutzen weiß, und einem Teenager."

„Hey!“ riefen Melony und ich unisono.

„Ich wüsste, wie ich meine Magie einsetzen könnte, wenn du es mir nur beibringen würdest“, rief ich zu ihr hinüber.

„Und ich bin achtzehn. Das macht mich zu einer Erwachsenen!“, protestierte Melony.

„Wenn du es sagst“, murmelte ich laut genug, dass sie es hören konnte.

„Wenigstens stamme ich in direkter Linie von mächtigen Magiern ab!“, schoss sie zurück.

„Wenigstens rette ich Leben, anstatt zu versuchen, es jemandem zu nehmen!“

„Na ja, zumindest habe ich …“

„Genug!“ Connie brüllte so laut, dass die Kronen der Bäume erzitterten.

Melony und ich beendeten augenblicklich unser Gezänk und verschränkten die Arme vor der Brust. Wieder in perfektem Gleichklang.

Wenn Sie denken, dass die Tatsache, dass ich ihr letzte Woche das Leben gerettet hatte, sie auf meine Seite gezogen hätte, dann haben Sie sich getäuscht. Sie war immer noch verärgert wegen unserer ersten Begegnung ein paar Tage davor –, jener, bei der sie und ihr Großvater versuchten, mich zu töten, ich aber überlebte und es schaffte, ihre teuflischen Pläne zu vereiteln. Es spielte nicht mal eine Rolle, dass ich den ganzen Weg nach Maine gefahren war, um sie aus einer seltsamen, paranormalen Geiselhaft zu befreien. Sie hasste mich immer noch abgrundtief. Diese Göre.

„Vampire sind stärker, schneller und schlauer als ihr alle

zusammen. Sie sind auch viel schwieriger zu töten", fuhr Connie fort.

„Moment, warum ist Greta eigentlich nicht hier?", fragte Buckley, unser Kontakt zur Landwirtschaft.

„Du weißt, was ich vom Engel halte", antwortete Connie mit steinerner Miene.

Ihre Anspannung entlud sich in massiven, wütenden Wellen, und wir wandten alle unseren Blick ab, um sie nicht noch weiter zu verärgern.

„Also, wie ich schon sagte, unter normalen Umständen hat keiner von euch eine Chance gegen einen Vampir. Deshalb müssen wir dafür sorgen, dass die Umstände nicht normal sind." Sie hielt inne, um ihre Worte sacken zu lassen.

„Die Aushilfe und ich waren heute Morgen in der Stadt, um Vanessa Vane zu treffen, und sie erwähnte, dass ihr Restaurant heute Abend eröffnet wird. Wenn es noch mehr Personen in ihrem Hexenzirkel gibt, habe ich keinen Zweifel, dass sie zu dieser Gelegenheit erscheinen werden. Was wir nicht wissen, ist, mit wie vielen fremden Vampiren wir es tatsächlich zu tun haben. Deshalb ist es umso wichtiger, auf alles vorbereitet zu sein."

Mr Fluffikins, der bis zu diesem Zeitpunkt untypisch ruhig gewesen war, hüpfte auf einen niedrigen Ast, um sich an die Gruppe zu wenden. „Bei dieser Sache hat Connie die Leitung. Ich erwarte von euch, dass ihr ihr das volle Maß an Respekt entgegenbringtt, das ihr normalerweise mir entgegenbringen würdet."

Ich begann leise zu kichern, überspielte es aber schnell, indem ich einen Hustenanfall vortäuschte. „Tut mir leid", murmelte ich und hielt mir eine Hand vor den Mund, um das Lächeln zu verbergen, das nicht so schnell verschwinden wollte.

„Wir werden heute Abend während der Eröffnung reingehen." Connie hielt ihren drohenden Blick auf mich gerichtet, während sie sich an die gesamte Gruppe wandte. „Ich brauche die Hälfte von euch drinnen und die andere Hälfte draußen auf der Straße."

Parker hob die Hand. „Tawny und ich könnten reingehen und es wie ein Date aussehen lassen."

„Perfekt", stimmte Connie zu, und ein kleines Lächeln breitete sich auf ihren Lippen aus. „Melony, du kannst dich mit Buckley zusammentun und dasselbe tun."

„Aber er könnte mein Vater sein!", protestierte die achtzehnjährige Hexe.

Buckley zwinkerte ihr zu, was mir, Parker und dem alten Mann im Anzug ein Lachen entlockte.

„Ich verspreche, mich wie ein perfekter Gentleman zu benehmen", sagte Buckley und krempelte die Ärmel seines allgegenwärtigen karierten Hemdes hoch, als wolle er direkt zur Sache kommen. „Obwohl ich mir wahrscheinlich ein etwas Passenderes Outfit zulegen sollte."

„Genau das wollte ich auch gerade vorschlagen", sagte Connie.

„Muss ich auch etwas Schickes anziehen?" fragte ich, unsicher, ob mein Vampir-Outfit für eine Restaurant-Eröffnung in einer Kleinstadt geeignet war.

„Sie redet nicht über Kleidung." Buckley schenkte mir ein strahlendes Lächeln, und dann verschwand er mit einem „Puff" direkt vor meinen Augen.

13

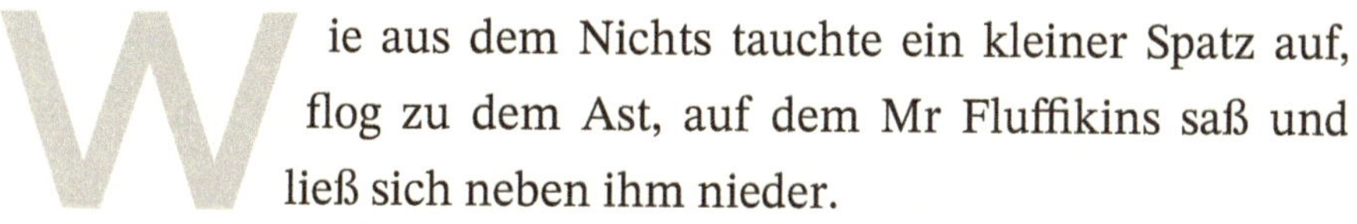

Wie aus dem Nichts tauchte ein kleiner Spatz auf, flog zu dem Ast, auf dem Mr Fluffikins saß und ließ sich neben ihm nieder.

„Aber hallo, was ist da gerade passiert? Wo ist Buckley?“, rief ich und drehte mich um, um nach ihm zu suchen.

„Entspann dich, ich bin ja da“, zwitscherte der kleine Vogel. „Wusstest du nicht, dass ich ein Gestaltwandler bin?“

„Deshalb beaufsichtigt er die Landwirtschaft“, erklärte Parker neben mir. „Es ist leicht für ihn, sich einen Überblick zu verschaffen, denn er kann sich in jedes beliebige Tier verwandeln, solange es in dieser Gegend heimisch ist.“

Ich starrte den Spatz mit offenem Mund an. „Warum die Einschränkung? Kann Magie nicht alles bewirken?“

„Magie ist nicht dazu gedacht, aufzufallen und Aufmerksamkeit zu erregen. Sie kann nur im Verborgenen existieren“, erklärt Parker.

„Genug“, bellte die verantwortliche Vampirin. „Dies soll keine Lektion über Gestaltwandler für unsere einzige Normalo sein. Hier geht es um Vampire und darum, einen Plan zu schmieden, um sie aufzuhalten. Buckley, sieh dir das Gebäude mal an. Es ist das neue indische Restaurant an der Ecke Main und Grand. Versuche herauszufinden, mit wie vielen Vampiren wir es hier zu tun haben und komm erst zurück, wenn du brauchbare Informationen für uns hast.“

Der Vogel nickte mit seinem niedlichen Köpfchen und flog davon. Bald verlor ich ihn zwischen den hohen dunklen Bäumen aus den Augen.

„Du bist eine Vampirin, Connie“, sagte Parker mit einem schelmischen Grinsen. „Dann sag uns doch, wie wir dich töten können.“

Connie entblößte ihre Reißzähne und fixierte Parker mit einem raubtierhaften Blick.

„Für Untote gelten andere Regeln“, mischte der alte Mann im Anzug sich ein. „Sonst würde ich ihnen einfach eine überziehen.“ Er tat so, als würde er etwas schwingen – vielleicht einen Baseballschläger – und imitierte das Geräusch des Zuschlagens.

Parker stupste mich am Arm und hatte auch dafür eine Erklärung. „Er ist unser Sensenmann.“

Ein Sensenmann, oh!

Ich stellte mich auf die Zehenspitzen, um Parker etwas ins Ohr zu flüstern. „Wie ist sein Name?“

Er zuckte mit den Schultern. „Das ist die Sache. Keiner weiß es. Ich glaube nicht einmal er selbst."

„Wie kann er seinen eigenen Namen nicht kennen?", fragte ich, vielleicht ein wenig zu laut.

„Nenn mich einfach R", warf der alte Mann ein. „Und danke, dass du gefragt hast ... auch wenn nicht mich direkt."

„Wie ist es möglich, dass ...?"

„Alles ziellose Gequatsche muss aufhören!", rief Connie und ließ den Wald erneut erbeben.

Das nächste, was ich wusste, war, dass sie hinter mir stand und einen Arm in festem Griff um meinen Hals gelegt hatte. „Vampire sind schnell", sagte sie und sog hörbar die Luft neben meinem Ohr ein. „Sie können dich mit einem einzigen Blick töten."

Dann ließ sie von mir ab und tauchte hinter Melony auf, um sie in den gleichen Würgegriff zu nehmen. „Also, was würdest du machen?"

Melony wand sich und zappelte in Connies Armen, konnte sich aber nicht befreien.

Diese lachte. „Vampire sind auch stark. Denkst du, du kannst dich mit einem messen und als Siegerin hervorgehen? Denk noch mal nach, Prinzessin."

Sie ließ Melony los, und die junge Hexe sackte zu Boden.

Als Nächstes griff Connie nach Parker, aber anstatt ihn zu packen zu bekommen, landete sie mit dem Gesicht nach unten auf dem Waldboden. Es ging alles so schnell, dass ich keine Ahnung hatte, wie er sie überwinden konnte.

„Sehr gut", lobte sie, sprang wieder auf die Beine und klopfte sich den Schmutz von den Kleidern ab. „Jetzt erzähl bitte den anderen, wie du das gemacht hast."

„Verliert nie das Ziel aus den Augen."

Connie nickte. „Gut. Was noch?"

„Nutzt ihre Geschwindigkeit gegen sie. Schnelle Bewegungen können zu harten Stürzen führen."

Im nächsten Moment stand sie hinter R. Er machte einen Schritt zur Seite, und Connie flog an ihm vorbei, zu schnell, um im letzten Sekundenbruchteil noch den Kurs ändern zu können.

„Ausweichtaktiken funktionieren ebenfalls", verkündete sie mit einem knappen Lächeln. „Bis zu einem gewissen Grad zumindest."

Sie flog nochmals auf R zu, aber er wich ihr erneut aus. Immer und immer wieder machte sie kehrt und stürzte sich auf ihn, bis sie es endlich schaffte, ihn zu packen.

„Seht", sagte sie verärgert. „Ausweichen ist ein Hinhalten, jedoch keine Strategie, mit der man gewinnt."

„Oh, ich hätte noch stundenlang so weitermachen können", verriet R mit einem Augenzwinkern, „aber ich dachte mir, je eher du deinen Standpunkt darlegen kannst, desto eher dürfen wir alle mit unserem Tagwerk fortfahren." Der alte Mann konnte sich wirklich schnell bewegen, wenn er wollte. Ich begann zu glauben, dass unser Sensenmann viel mehr auf dem Kasten hatte, als es auf den ersten Blick rüberkam.

Connie knurrte frustriert und stürzte sich dann erneut auf mich. Sie bewegte sich schnell, aber ich jetzt ebenfalls. Ich warf meinen Arm zurück und ballte eine Hand zur Faust.

Und die traf das Ziel.

„Autsch!“, rief Connie, obwohl ich wusste, dass sie den Schmerz nicht spüren konnte. Vielleicht war sie so sehr daran gewöhnt, als Mensch aufzutreten, dass ihr diese Reaktion in Fleisch und Blut übergegangen war. Oder vielleicht war ihr Stolz so sehr verletzt worden, dass sie nicht anders konnte, als aufzuschreien.

Sie drehte sich um und kam zurückgeeilt. Dieses Mal schaffte sie es, mich zu überwältigen.

„Der Augenblick, wenn ihr übermütig werdet, ist der Augenblick, in dem ihr verliert“, warnte sie und ließ einen zufriedenen und gleichzeitig hochmütigen Blick zwischen uns hin und herwandern.

Sie ließ mich los, stürzte sich aber weiterhin auf uns und attackierte einen nach dem anderen.

Wieder und wieder.

Und wieder.

Ich war nie ein sportlicher Mensch gewesen, aber dieses Training war ziemlich einfach, jetzt, da ich wusste, was zu tun war. Der Vampirzauber bedeutete auch perfekte körperliche Fitness. Ich konnte nicht müde werden, mich verletzen oder langsamer werden.

Connie jedoch ebenfalls nicht.

Und unsere Feinde ebenso wenig.

Obwohl hilfreich, bezweifelte ich, dass dieser Trainingsnachmittag tatsächlich ausreichen würde, uns auf einen Sieg vorzubereiten.

Oh, wie sehr hoffte ich, dass ich damit falsch lag.

14

Connies Übungen dauerten so lange, dass die Nicht-Vampire unter uns deutliche Anzeichen von Ermüdung zeigten. Ihre Erfolgsquote, Connie zu besiegen, war anfangs rapide in die Höhe geschnellt und nahm nun deutlich und kontinuierlich ab. Was mich dazu brachte, mich zu fragen, ob es zu diesem Zeitpunkt überhaupt noch etwas brachte.

„Ähm, vielleicht sollten wir uns alle vor der Mission heute Abend noch etwas Ruhe gönnen?", schlug ich vor, während Connie gerade Melony im Klammergriff hielt.

„Vampire brauchen keine Ruhe!", fauchte sie.

„Menschen und Hexen schon", betonte Parker.

Ich blickte voller Neugierde hinüber zu R.

Der lächelte nur und zuckte mit den Schultern. „Sensenmänner sind nicht wie Vampire oder Menschen oder irgendetwas oder irgendjemand anderes. Macht euch keine Sorgen um mich. Ich komme schon klar."

„Ich mache mir um euch alle Sorgen", brummte Connie. „Unsere Chancen stehen nicht gut, besonders wenn wir es mit einem kompletten Hexenzirkel zu tun haben sollten."

Aus den Tiefen des Waldes ertönte ein Rascheln der Blätter. Connie und ich drehten uns beide in die Richtung, aus der das Geräusch kam, aber die anderen schienen nichts zu hören, bis es näher kam.

Ein großer, hellbrauner Rehbock mit einem massiven Geweih rannte direkt auf uns zu, seine Hufe schlugen hart auf die Erde, als er sich uns näherte.

„Buckley, erstatte Bericht", rief Fluffikins von der Stelle des Baumes her, auf der er die meiste Zeit des Tages geschlafen hatte. Ich hatte gar nicht mitbekommen, dass er aufgewacht war, bis er zu sprechen begann.

Als mein Blick von der Katze wieder auf das Reh fiel, stellte ich fest, dass dieses verschwunden war und Buckley an seiner Stelle stand.

Oh, jetzt hatte auch ich es kapiert.

Bock. Buckley. Alles klar.

Zum Glück brachte ihn seine Verwandlungsmagie vollständig bekleidet zurück. Ich glaube nicht, dass ich es verkraftet hätte, ihm – oder irgendjemand anderem – inmitten dieser chaotischen Zustände so intim gegenüberzustehen.

Zusätzlich zu seinem Flanellhemd und seiner Jeans trug Buckley jedoch auch noch ein riesiges Stirnrunzeln im Gesicht. Und das beunruhigte mich.

„Sprich“, forderte Connie ihn auf, als er zu lange zögerte.

„Gar n-nicht gut“, stotterte er schließlich. „Ich habe mindestens vier weitere Vampire gezählt, die sich dem ersten angeschlossen haben.“

„Kommen noch mehr?“, hakte sie nach. „Hast du etwas von ihren Plänen mitbekommen?“

„Das ist alles noch unsicher. Unabhängig davon sollten wir schnell handeln, um das Risiko zu minimieren.“

Fluffikins sprang vom Ast herunter und kam auf uns zu. „Einverstanden“, sagte er, ging an unserer Gruppe vorbei und steuerte auf den Rand des Waldes zu.

„Um wie viel Uhr machen sie heute Abend auf?“, fragte Connie.

„Sieben“, antwortete Buckley, begierig darauf zu beweisen, dass er wenigstens ein paar Antworten mitgebracht hatte.

„Dann planen wir, um halb acht dort zu sein. Unsere vier Innenmänner sind entlassen. R, komm mit mir und Fluffikins ins Hauptquartier, damit wir unsere Vorgehensweise draußen festlegen können.“

Melony verschränkte die Arme vor der Brust und stampfte auf dem Boden auf. „Ähm, Männer? Wir leben im einundzwanzigsten Jahrhundert, verehrte Frau Vampirin. Vielleicht könntest du versuchen, ein wenig mehr nach Geschlechtern zu unterscheiden?“

„Oh, habe ich etwa deine sterblichen Gefühle verletzt?“, spottete Connie und zog die Augenbrauen hoch. „Leb du erst mal ein paar Jahrhunderte und sag mir dann, wie wichtig dir die heutigen gesellschaftlichen Konventionen sind. Wie ich schon sagte: Ihr seid hiermit entlassen. Zwing mich nicht, meinen Befehl ein drittes Mal zu wiederholen."

„Oder was?", entgegnete Melony herausfordernd und stemmte trotzig eine Hand in ihre Hüfte.

„Okay, das reicht jetzt. Komm schon, Melony." Ich legte ihr einen Arm um die Schultern und zwang sie, mit mir den Wald zu verlassen.

„Lass mich los!", brüllte sie, aber dank meiner Vampirmagie konnte sie sich nicht aus meinem starken Griff befreien. Obwohl noch unerfahren, war ich genauso stark und schnell wie Connie.

Was meine Person betraf, war ich für heute Abend zuversichtlich, aber was war mit Melony? Parker? Den anderen?

Die Hexen schienen so verwundbar. Selbst Buckley wäre als Gestaltwandler im Nachteil. Bis jetzt hatte ich nur gesehen, wie er sich in einen Spatz und ein Reh verwandelte. Parker hatte gesagt, er könne sich nur in einheimische Tiere transformieren, und ich bezweifelte, dass er als Wolf oder Alligator inmitten eines vollen Restaurants oder einer belebten Straße weit kommen würde.

Ich verstand immer noch nicht ganz, wo Fluffikins Stärken lagen, auch wenn ich wusste, dass er ein mächtiger Zauberer war. Eine gute Offensive bedeutete aber nicht zwangsläufig eine überlegene Verteidigung. Nach allem, was mir bekannt war, könnte er der Gefährdetste von uns allen sein.

Umso wichtiger war es, dass Connie und ich die Führung in dieser Sache übernahmen.

Wir zwei gegen mindestens fünf Vampire, die vermutlich schon wussten, wie man gut zusammenarbeitet und viel mehr Zeit hatten, sich einen Plan zurechtzulegen ... Das waren keine optimalen Voraussetzungen.

Aber wenn die APZ nicht erfolgreich war, wäre jeder in der Stadt in Gefahr. Ich wusste nicht, wie oft sich Vampire nährten, bezweifelte jedoch, dass irgendjemand in Beech Grove scharf darauf war, sein Leben an ein nächtliches Raubtier zu verlieren.

Wenn sie sich auch nur eine einzige Person nähmen, wäre das schon zu viel.

Wir mussten gewinnen.

Oder beim Versuch sterben.

Es fühlte sich an, als sei eine Ewigkeit vergangen, seit ich im Hauptquartier aufgetaucht war und gehofft hatte, einen Korb voller Steaks gegen eine einzelne Antwort eintauschen zu können. Jetzt hatte ich mehr Fragen als je zuvor, und ich würde vielleicht nicht mehr lange genug leben, um diese zu bekommen.

15

Parker tauchte um Punkt sieben Uhr vor meiner Tür auf.

„Bereit für unser großes Date?", fragte er, wobei sich Hoffnung in seinen hellen Augen spiegelte. Er sah gut aus in seinem marineblauen Anzug und den Slippern, aber ich wünschte mir mehr als alles andere, er wäre zu Hause geblieben und hätte Connie und mich diese Sache allein austragen lassen.

Er, Melony und die anderen würden in diesem Kampf nur eine Belastung darstellen. Obwohl mein Vampirfluch mich davon abhielt, ihn wegen einer fehlgeleiteten emotionalen Bindung beschützen zu wollen, wollte ich trotzdem kein zusätzliches Risiko eingehen. Wenn er mir in die Quere käme oder etwas vermasselte, würde ich vermutlich selbst sterben.

Und wie Connie bereits festgestellt hatte, war ich ein junger und unerfahrener Vampir – eigentlich gar kein richtiger Vampir. Alles hatte sich ja schon gegen uns verschworen.

„Nun, ich bin bereit genug für uns beide", sagte Parker mit einem verträumten Seufzer, als ich nicht antwortete. „Du siehst wunderschön aus, Tawny."

Ich verdrehte die Augen. „Das ist kein Date. Es ist ein Auftrag, und ein wichtiger noch dazu."

„Warum kann es nicht gleichzeitig auch ein Date sein?", fragte er mit einem zaghaften Lächeln.

Ich öffnete den Mund, um etwas darauf zu sagen, aber er unterbrach mich.

„Ich weiß, ich weiß. Du bist jetzt ein großer, böser Vampir. Aber das wird nicht ewig so bleiben, Tawny. Hoffentlich können wir diese Sache heute Abend beenden, und du kannst wieder du selbst sein. Dann führe ich dich zu einem richtigen Date aus. Eines, zu dem du wirklich gehen willst."

„Wir müssen uns auf das konzentrieren, was jetzt getan werden muss", erinnerte ich ihn, während ich mich hinsetzte und in meine roten Pumps schlüpfte. Sie waren das einzige Paar schöner Stilettos, das ich besaß. Ich hatte sie mit einem schwarzen, hochgeschlossenen Maxikleid kombiniert, wobei ich peinlichst darauf achtete, dass mein Brustpanzer darunter verborgen blieb. Fluffikins sagte, er würde mich beschützen. Connie hingegen meinte, der Kater würde sich das nur einbilden. Letztendlich kostete es mich nichts, das Ding zu tragen, da ich weder Schmerz noch Unbehagen empfand, während ich unter dem Einfluss des Vampirzaubers stand. Deshalb beschloss ich, auf Nummer sicher zu gehen und es so lange anzulassen, bis Fluffikins mich aufforderte, es ihm zurückzugeben.

Ich hoffte, dass Vanessa mich nicht sofort wiedererkannte,

aber mir war klar, dass ich mit meinem kaugummirosa Haar in der Menge hervorstechen würde. Das wäre aber auch nicht so schlimm. Wenn diese Vampirin sich auf mich konzentrierte, würde es Connie sicher leichter fallen, sich anzuschleichen und sie zu überrumpeln.

So oder so, ich war startklar.

„Was dagegen, wenn ich fahre?", fragte Parker, als ich mir meine Handtasche schnappte und auf die Veranda hinaustrat.

Ich gab ihm ein Zeichen, dass ich einverstanden war. „Sicher, warum auch nicht."

Als ich sah, wie er auf die Beifahrerseite zuging, kam ich ihm schnellen Schrittes zuvor. „Ich kann meine Tür selbst öffnen, danke."

Er lachte leise.

„Was ist so lustig?", fragte ich, als er sich auf den Fahrersitz sinken ließ und die Tür schloss.

Parker musterte mich einen Moment lang, dann schüttelte er den Kopf. „Mach dir keine Gedanken darüber."

Er hob die Hand, um den Schlüssel ins Zündschloss zu stecken, aber ich umklammerte sein Handgelenk und zwang ihn, mich anzuschauen. „Sag's mir."

Seufzend raufte er sich die Haare, wobei er das Gel, das er aufgetragen hatte, bevor er mich abholte, verschmierte. „Es ist nur so, dass du du bist, aber auch wieder nicht. Es ist, als ob ich sowohl Tawny hier bei mir hätte und gleichzeitig auch wieder nicht."

Ich zog eine Augenbraue hoch und versuchte, nicht zu grinsen. „Du willst also sagen, dass ich Schrödingers Vampir bin?"

Er brach in schallendes Gelächter aus. „So ähnlich."

„Das war kein Scherz", sagte ich, ließ von ihm ab und verschränkte dann die Arme vor der Brust.

„Ich weiß", antwortete Parker, während er das Auto startete. „Ich schätze, das geschieht mir recht, hm? Ich habe dich tagelang gemieden, weil ich dachte, ich mache das Richtige. Alles, was ich wollte, war, dass du in Sicherheit bist, aber jetzt bist du hier, Schrödingers Vampir, der in hochhackigen Schuhen in den Krieg zieht."

„Ich treffe gerne meine eigenen Entscheidungen", murmelte ich.

„Jetzt, da wir uns in diesem Punkt einig sind, werde ich dir noch jede Menge Gelegenheiten dazu geben", versprach er. „Das heißt, du wirst mich zukünftig noch viel öfter sehen."

Ich wandte mich zum Fenster, um ihn nicht ansehen zu müssen. „Nein, danke."

„Das ist nur der Vampir, der da aus dir spricht", sagte er. „Die echte Tawny will das Date, das ich vorgeschlagen habe. Da ist etwas Besonderes zwischen uns. Es war von Anfang an da. Und sie weiß es."

„Ja, nun, ich schätze, das Besondere zwischen uns ist mit mir gestorben", murmelte ich. Das war etwas, worüber ich mich gewundert hatte, seit Fluffikins mir diesen neuen Zauber verpasst hatte. War ich tot? Untot? Etwas ganz anderes?

Parker beantwortete die Frage an meiner statt. „Du bist nicht tot, Tawny. Du bist nicht einmal untot."

Ich drehte mich wieder zu ihm um, aber er behielt die Straße im Auge. „Ist es nicht das, was es heißt, ein Vampir zu sein?"

„Du bist keine richtige Vampirin", sagte er mit fester Stimme.

Vielleicht um mich zu beruhigen, vielleicht aber auch, um sich selbst daran zu erinnern. „Du bist nur für eine Weile als solche verkleidet."

„Nur wenn wir Erfolg haben", wies ich ihn darauf hin. „Die Chancen stehen schlecht, das sollte dir ebenfalls bewusst sein."

„Das mag stimmen, aber hier gibt es kein Wenn. Wir werden Erfolg haben."

Ich neigte den Kopf zur Seite und überlegte. „Was macht dich dessen so sicher?"

Er grinste mich breit an und zwinkerte mir zu. „Weil das die einzige Möglichkeit ist, dass du diesem Date zustimmst. Was bedeutet, dass ich dafür sorgen werde, dass wir diese Sache gewinnen. Du kannst auf mich zählen, Tawny, auf das, was wir haben."

Tja, wir würden ja sehen ...

16

Unsere Fahrt dauerte nicht einmal drei Minuten. Einer der Gründe, warum ich mich entschieden hatte, mein Cottage zu mieten, war die Nähe zum Stadtzentrum. Ich schätze, Parker wollte einen Fluchtwagen parat haben, weshalb er beschloss, uns dorthin zu fahren. Er lenkte den Wagen auf den Parkplatz ein paar Blocks von Vanessas Restaurant entfernt, und wir beide saßen wartend an Ort und Stelle, bis Fluffikins auftauchte und uns ein Zeichen gab, uns in Bewegung zu setzen. Mir war nicht klar gewesen, dass wir auf sein Stichwort warteten, Parker jedoch offensichtlich schon.

„Hast du einen detaillierteren Ablaufplan über die Mission bekommen als ich?“, fragte ich frustriert, als wir uns einen Weg über den geschotterten Platz bahnten.

Er schlenderte gemächlich auf unser Ziel zu, und ich musste mich beinahe zwingen, mit ihm Schritt zu halten.

„Ja. Fluffikins kam heute Nachmittag vorbei, um mit mir zu reden und mir mehr über den Plan zu erzählen, den er, Connie und R im Hauptquartier ausgeheckt haben. Soweit ich weiß, hat er auch Buckley einen Besuch abgestattet."

„Aber Melony und mir nicht?" Ich weiß nicht, warum ich mir Sorgen machte, dass Melony außen vor bleiben könnte. Ich hatte sie schon gehasst, lange bevor dieser Vampirfluch zuschlug. Trotzdem, fair war fair ... und unsere momentane missliche Lage war alles andere als das.

Parker runzelte die Stirn. „Du und Melony, ihr seid noch sehr unerfahren. Es wäre nicht angemessen, euch zu viel aufzubürden."

„Aber es ist fair, uns bei der Planung außen vor zu lassen?", erwiderte ich erbost.

„Hier geht es nicht um Fairness", flüsterte er, als wir uns dem Restaurant näherten und begannen, uns unter die anderen Fußgänger auf der Straße zu mischen. „Sondern darum, den Job zu erledigen. Jetzt nimm meine Hand und schau so drein, als wärst du glücklich, mit mir zusammen zu sein."

Ich verschränkte meine Finger mit seinen, obwohl es mir ganz und gar nicht passte, dass er mir sagte, was ich tun sollte. Dann zog er die Tür auf und ließ mich als Erste eintreten.

Eine lächelnde Kellnerin begrüßte uns. Keine Reißzähne, was bedeutete, dass sie entweder noch kein Vampir war oder noch zu jung, um ihre Kräfte voll ausschöpfen zu können.

„Willkommen zur großen Eröffnung vom Bollyweird. Wir bieten eine gewagte, neue Interpretation traditioneller indischer Aromen. Ein Tisch für zwei?"

„Bitte", antwortete Parker und erwiderte ihr Lächeln.

Die junge Frau schnappte sich zwei Speisekarten und führte uns an einen Tisch im hinteren Bereich des Lokals, in der Nähe des silbernen Buffets, das mir bei meinem morgendlichen Besuch mit Connie schon aufgefallen war.

„Scheint einiges los zu sein", sagte Parker und zog einen Stuhl für mich heraus.

Ich nahm Platz, entfaltete eine Stoffserviette und legte sie mir auf den Schoß. „Dieses Lokal ist praktisch über Nacht aus dem Boden geschossen. Ich frage mich, wie sie es geschafft haben, es so schnell bekannt zu machen", merkte ich an, während ich die volle Gaststätte betrachtete.

„Nun, Vamp ... ich meine ... nennen wir sie einfach Vegetarier", sagte Parker mit einem schiefen Grinsen. „Vegetarier können sehr charmant sein, wenn sie es wollen. Es fällt ihnen leicht, andere in ihren Bann zu ziehen."

Mir lief ein Schauer über den Rücken. Könnte ich das auch tun? Und wenn jetzt noch nicht, dann möglicherweise bald? Würde ich mich an dieser neu gefundene Macht berauschen? Ich schüttelte den Kopf und flüsterte: „Ich fange an zu glauben, dass es nicht viel gibt, was Vegetarier nicht tun können."

„Ja, genau deshalb sind sie so ein Problem."

„Um ehrlich zu sein, wüsste ich nicht, wie jemand außer mir oder Connie eine Chance gegen sie haben sollte."

Parker erwiderte mit leichtem Spott. „Du bist erst seit zehn Stunden Vegetarier und hältst dich schon für etwas Besseres als ich?"

Ich nahm die laminierte Speisekarte in die Hand und schlug

sie auf. „Das ist keine emotionale Sache. Ich nenne hier lediglich Fakten."

„Mag sein, aber du hast gar nicht genug Informationen, um eine so konkrete Schlussfolgerung ziehen zu können."

Dann erschien die Kellnerin, gekleidet in einen tiefvioletten Sari mit goldenen Verzierungen, einen Notizblock in der Hand haltend. *Auch kein Vampir*, stellte ich fest. Es schien ihr schwer zu fallen, sich zwischen den Tischen zurechtzufinden.

„Meine Begleitung und ich nehmen das Buffet", verkündete Parker, bevor ich überhaupt Gelegenheit hatte, die Vorspeisen zu studieren. „Vorausgesetzt, Sie haben eine geeignete Auswahl für Vegetarier?"

Ich versetzte ihm unter dem Tisch einen Tritt gegen das Schienbein, während ich die Kellnerin anlächelte. Wir mussten unsere Tarnung wahren und er wusste das, weshalb er mich neckte. *Uhh.*

„Oh, ja. Wir sind ja geradezu auf vegetarische Küche spezialisiert", antwortete die Angesprochene in einem singendem Tonfall. „Ich bin gleich wieder da mit Ihrem Wasser. Bedienen Sie sich ruhig am Buffet. Guten Appetit!"

„Nach dir.", Parker bedachte mich mit einem süffisanten, zufriedenen Blick.

Ich erhob mich vom Tisch und bemühte mich, nicht zu zeigen, wie irritiert ich von meinem „Date" war. Er folgte mir und versuchte sogar, meine Hand zu ergreifen, aber ich weigerte mich, sie ihm zu überlassen.

Jeder von uns nahm sich einen Teller aus dem Warmhalter, dann reihten wir uns in die Schlange vor der Speisenausgabe ein.

Wann immer ich in New York oder einer anderen großen Stadt war, um mich mit meinem Verleger zu treffen oder eine Buchsignierung abzuhalten, genoss ich es, indisch essen zu gehen. In dem ländlichen Georgia fühlte sich ein solches Restaurant irgendwie fehl am Platz an, aber wer war ich, das zu beurteilen? Ich wusste so gut wie nichts über die Gastronomiebranche.

Ich ging mit einem Seufzen am Butterhähnchen vorbei. Normalerweise war das mein Lieblingsgericht, aber Parker hatte der Kellnerin ja gesagt, dass ich Vegetarierin sei, und ich wollte nicht wegen eines so kleinen und unwichtigen Details Verdacht auf uns lenken. Also bediente ich mich stattdessen beim Kichererbsen-Curry, verschiedenen Paneer-Gerichten und packte mir einen riesigen Stapel Naan auf den Teller.

Hatte ich tatsächlich Hunger? Nein.

Wollte ich mir die Gelegenheit entgehen lassen, mir mit so lecker aussehendem Essen den Bauch vollzuschlagen? Auf gar keinen Fall!

Sobald wir wieder saßen, riss ich ein Stück von dem Naan ab und fügte einen Löffel Curry hinzu, bevor ich den gewaltigen Happen in meinen Mund steckte.

In dem Moment jedoch, als das Essen meine Zunge berührte, schnappte ich mir die Serviette von meinem Schoß und spuckte den gesamten Bissen hinein.

„Rühr deinen Teller nicht an“, flüsterte ich Parker warnend zu. „Mit dem Essen stimmt was nicht.“

17

„Was ist los?“, fragte Parker und setzte glücklicherweise seinen Löffel ab, ohne das kompromittierte Essen zum Mund zu führen.

„Lass dir nichts anmerken ...“ Ich lehnte mich über den Tisch, um ihm etwas zuzuflüstern. „Aber ich bin mir ziemlich sicher, dass die Speisen vergiftet sind.“

„Woher willst du das wissen?“, fragte er in voller Lautstärke.

„Es schmeckt ...“ Ich drehte meine Hand im Handgelenk vage hin und her, suchte nach dem richtigen Wort.

„Seltsam?“ Er zog eine Augenbraue hoch. „Es steckt im Namen, schon vergessen? BollyWEIRD.“

Ich schüttelte den Kopf und ließ mich in meinen Stuhl zurückfallen. „Nein, irgendetwas stimmt nicht. Ich weiß nicht genau, was, aber irgendwas ist nicht okay. Ich kann es schmecken.“

„Du hast aber noch nichts gegessen, seit du, äh, Vegetarier bist, oder? Vielleicht bist du einfach nur überwältigt von all den Aromen und davon, wie sie sich auf deine geschärften Sinne auswirken“, gab Parker zu bedenken. Ich verstand seine Argumentation, aber es ärgerte mich trotzdem, dass er mir nicht einfach glauben wollte. Wir verloren hier wertvolle Zeit.

Ich erinnerte mich daran, was er darüber gesagt hatte, dass Vampire Menschen zu sich hinziehen konnten, und wählte meine nächsten Worte sorgfältig. Könnte ich meine Magie einsetzen, um alle Streitereien zu beenden?

„Da ist etwas drinnen, das nicht da sein sollte. *Vertrau mir.*“ Ich betonte den letzten Befehl extra und schmeckte quasi jede Silbe, die mir über die Zunge rollte.

Parker griff über den Tisch und legte seine Hand auf meine. „Ich glaube dir“, gab er schließlich zu. Hatte ich ihn mit meiner Magie umgestimmt? Ein Teil von mir wollte es nicht wissen. Jemandem meinen Willen aufzuzwingen, fühlte sich nach zu viel Macht an. Vielleicht hatten es deshalb weder Connie noch Fluffikins mir gegenüber bisher erwähnt.

Ich schob meinen Stuhl zurück und stand auf. „Ich gehe kurz auf die Toilette“, verkündete ich und setzte ein freundliches Lächeln auf, für den Fall, dass jemand mich beobachten sollte. „Schau mal, ob du zu den anderen durchkommst“, flüsterte ich Parker noch zu, bevor ich mich auf den Weg machte.

Er zückte sein Telefon und begann sofort damit, eine Nachricht zu tippen. Ich entdeckte Buckley, der mit Melony auf der anderen Seite des Restaurants saß. Er hatte ebenfalls sein Handy herausgeholt und starrte bereits mit gerunzelter Stirn auf den Bildschirm.

Nach einem kurzen Blick zurück, um sicherzugehen, dass Parker anderweitig beschäftigt war, schlich ich an den Toiletten vorbei in die Küche.

Die Schwingtüren kündigten mein Eintreten mit einem plötzlichen Ruck an, der die Blicke des gesamten Küchenpersonals auf sich zog.

Nun, ich hatte gerade herausgefunden, wo Vanessa alle Vegetarier – ähm, Vampire – versteckt hielt. Die vier anderen, die Buckley gezählt hatte, waren alle an verschiedenen Stationen damit beschäftigt, zu rühren, zu schmoren, zu backen und die Teller anzurichten. Vanessa stand vor einer Edelstahltheke und hackte blitzschnell eine Zwiebel.

„Ich hätte dich schon am Einlass wegschicken sollen", murmelte sie, hörte dann abrupt auf zu schnippeln und schleuderte das Kochmesser nach mir. Es flog über die Köpfe der anderen hinweg und blieb weniger als einen Zentimeter von meinem Ohr entfernt in der Tür stecken.

Puh, darauf war ich nicht vorbereitet gewesen. So schnell wie ich mich jetzt auch bewegen konnte, Vanessa war schneller –, und sie schien keinerlei Skrupel zu haben, gewalttätig zu werden.

„Das war deine Warnung", zischte die vampirische Chefköchin. „Die nächste wird nicht verfehlen."

Ich machte einen Schritt rückwärts, stieß aber gegen die Tür. Okay, jetzt hatte ich Angst. Es gab immer noch so viel, was ich nicht über Vampire wusste. Würde mich ein Messer töten, oder musste es ein Holzpflock sein? Und Vampir hin oder her ... hatte ich überhaupt das Zeug dazu, jemandem den Kopf abzuhacken? Ich schätzte, dass der alte Knoblauch-Trick nicht funktionierte, wenn man bedachte, wie viel von dem Gewürz ich im Essen entdeckt hatte und jetzt auch in der Küche sah. Wo stand ich also in diesem Kampf?

Jetzt, wo ich mich quasi geoutet hatte, konnte ich keinen Rückzieher mehr machen.

Aber könnte ich es irgendwie schaffen zu gewinnen?

Ich musterte Vanessa aus zusammengekniffenen Augen, in der Hoffnung, dass diese Haltung mich eher bedrohlich als verängstigt erscheinen ließ. „Was tust du ins Essen? Warum vergiftet ihr die Normalos?“, verlangte ich zu wissen und bemühte mich, meine Stimme fest klingen zu lassen.

„Wer sagt denn, dass wir hier irgendwas Ungewöhnliches tun?“, antwortete diese mit einem Achselzucken und kam mit einem sanften Schwung in den Hüften auf mich zu. Sie blieb nur wenige Zentimeter vor mir stehen und hob die Hand, um das Messer neben meinem Kopf zu ergreifen, zog es jedoch nicht heraus. Stattdessen lehnte sie sich näher an mich heran. Ich konnte ihren modrigen Atem über den anderen, stechenden Aromen in der Küche riechen.

„Was wir mit den Normalos machen, ist unsere Sache. Genau wie dieses Restaurant auch. Es ist UNSER Geschäft, und du bist hier nicht willkommen. Verschwinde. Jetzt sofort.“ Die letzten Worte stieß sie zwischen ihren spitzen Reißzähnen hervor.

Ich hätte mich durch die Tür zurückziehen und diese ganze Konfrontation hinter mir lassen können. Was auch immer Vanessa mit ihrem vergifteten Essen zu erreichen versuchte, sie wollte wahrscheinlich keine Szene mitten im Restaurant machen, wo all ihre Kunden sie sehen konnten. Ich hätte zu Parker oder Melony und Buckley laufen können, aber hatte ich nicht bereits entschieden, dass sie mich nur behindern würden?

„Connie hat dich schon freundlich gebeten", knurrte ich und beugte mich ebenfalls näher nach vorne. „Du weißt, dass du nicht in Beech Grove bleiben kannst. Dieses Gebiet ist bereits beansprucht."

„Und ich habe euch auch bereits freundlich meinen Standpunkt klargemacht. Es scheint, dass es uns beiden schwerfällt, einander zuzuhören. Hmm. Mit Reden kommen wir also hier anscheinend nicht weiter."

Damit schnappte sich Vanessa das Kochmesser aus dem Rahmen. Ich folgte ihrer Bewegung mit den Augen, bereit, den Angriff abzublocken, aber während ich mich auf diese Bedrohung konzentrierte, zog meine Gegnerin einen Holzpflock aus ihrer Schürze und stieß ihn mir direkt in meine Brust.

18

Ich keuchte überrascht auf, spürte aber keinen Schmerz. Ein Pflock ins Herz hätte mich eigentlich töten müssen, richtig?

Meine Augen und die von Vanessa wanderten nach unten zu der Stelle, wo der Pfahl meine Brust berührte. Das Holz war direkt bis dorthin gesplittert, wo Vanessa die Waffe in ihrer Faust festhielt.

Es war nicht in mein Herz eingedrungen.

Der Brustpanzer!

Dieses alberne kleine Accessoire hatte dem Angriff standgehalten und mir dadurch sehr wahrscheinlich das Leben gerettet.

Unsere Blicke trafen sich, und Vanessa holte mit ihrem anderen Arm aus, dem, dessen Hand nach wie vor das Messer umklammerte. Ich wich aus, nicht gewillt, meinen Kopf oder ein anderes Körperteil zu verlieren. Die würde ich noch brauchen, wenn ich wieder ein Mensch war.

Allerdings vergaß ich, mich auf meine neue Kraft einzustellen, und prallte mit zu viel Wucht gegen eine noch dampfende Industriespülmaschine aus Edelstahl.

Nein, nein, nein, nein!

Ich musste wieder auf die Beine kommen, bevor Vanessa sich erneut auf mich stürzen konnte. Ich befand mich jetzt eindeutig im Nachteil. Diese Bollyweird-Vampire hatten mehr Erfahrung, waren in der Überzahl und hatten eine bessere Ausgangsposition.

Ich war erledigt.

Zumindest wäre ich es gewesen, wenn nicht plötzlich die Tür mit einem gewaltigen Knall aufgestoßen worden und ein mächtiger, magischer Nebel in die Küche geweht wäre. Ein großer Mann in einem dunkelblauen Anzug und Slippers kam hinterher gestürmt.

Parker!

Ich wollte zu ihm gehen, seine Hand ergreifen, mich dafür entschuldigen, dass ich ihn für eine Belastung hielt, und ihm danken, dass er mein Leben gerettet hatte. Nein, ich liebte ihn immer noch nicht, empfand nichts für ihn, dass diesem Gefühl auch nur im Entferntesten glich. Aber ich war unglaublich dankbar dafür, dass ich noch einen Kopf hatte, und einen weiteren Tag in dieser verrückten Welt leben durfte.

Allerdings gab es ein Problem: Ich war wie erstarrt. So sehr ich auch kämpfte und mich abmühte, konnte ich nicht einmal mit der Wimper zucken.

„Tawny! Tawny!“, rief Parker, während er sich an den Vampirköchen vorbeizwängte, die alle in perfekter Bewegungslosigkeit verharrten.

Alle Anstrengung war vergebens, ich konnte nicht mal antworten. Zum Glück dauerte es nicht lange, bis er mich auf dem klebrigen Fliesenboden neben der Spülmaschine fand.

„Tawny!“, rief er, legte eine Hand auf meine Brust und befreite mich von dem Bann, den er mir auferlegt hatte.

Ich ließ mir von ihm in eine aufrechte Position helfen, obwohl ich jetzt, wo der magische Nebel sich verflüchtigt hatte, keine Hilfe mehr brauchte.

Er suchte mich nach Wunden ab, sein Atem ging panisch, sein Herz klopfte wie wild. „Als du nicht zurückkamst, wurde mir klar, dass du wahrscheinlich losgezogen bist und es allein mit dem Hexenzirkel aufnehmen wolltest. Und sieh an, ich hatte recht.“ Er lächelte mich liebevoll an, obwohl seine Stirn weiterhin vor Sorge gerunzelt war.

„Woher wusstest du das?“, fragte ich. Ich dachte, ich hätte ihn ausgetrickst, den perfekten Plan geschmiedet, um die Chancen unseres Teams auf den Sieg zu erhöhen.

„Weil ich dich kenne. Dein wahres Selbst.“ Er nahm meine Hand in seine und küsste sie.

„Bedeutet das, ich bin nicht mehr Schrödingers Vampir?“, fragte ich mit einem schiefen Grinsen.

„Ich weiß nicht, was genau du bist. Nur, dass du ziemlich spektakulär bist.“

„Und mutig?“, schlug ich vor.

„Ich denke, töricht ist vielleicht das bessere Wort für deine Aktion“, erwiderte er. „Aber im Ernst. Ist alles in Ordnung mit dir?“

„Mir geht es gut“, antwortete ich und klopfte auf meine Brustplatte. „So gut wie neu, dank diesem Baby."

Er runzelte die Stirn und legte seine Hand noch einmal auf meine Brust. „Ist es das, was du heute Morgen bereits getragen hast? Dieses Halsband? Wofür ist das?"

„Um mich davor zu bewahren, ins Herz gepfählt zu werden, und offensichtlich hat es funktioniert. Connie sollte sich wirklich überlegen, ihres auch öfters anzuziehen." Ich hatte mich bei etwas Wichtigem geirrt, sie allerdings ebenfalls. Auch wenn Vampire klug und stark waren, hatten sie nicht immer recht, und sie waren nicht die Einzigen, die über wertvolle Fähigkeiten verfügten.

Parker schien verwirrt. „Darf ich es sehen?", fragte er und machte einen Schritt zurück, um mir etwas Platz zu machen.

„Na ja, im Moment steckt es ganz tief in meinem Ausschnitt, von daher ..."

Er grinste überheblich, dann benutzte er seine Magie, um die Rüstung hinter meinem Hals und an meiner Taille zu lösen. Einen Moment später glitt sie durch mein Kleid und schwebte in seine Hände.

„Scheint, als hättest du damit Erfahrung", witzelte ich mit einem ziemlich unangemessenen Schnauben.

Aber Parker erwiderte nichts darauf. Er machte nicht einmal einen Witz.

„Hat Fluffikins dir das gegeben?", fragte er und fuhr mit den Händen über das Metall.

Ich nickte und ließ ihn nicht aus den Augen, während er die Rüstung begutachtete. „Um mich zu beschützen."

„Nein, das ist nicht der wahre Grund." Er schüttelte den Kopf.

„Ich habe es vorhin in meinem Büro nicht bemerkt, war zu sehr von meinen Gefühlen überwältigt, um klar denken zu können."

Ich ignorierte den Teil mit den Gefühlen und zog es vor, mich auf die Fakten zu konzentrieren – oder zumindest auf die Fakten, wie Parker sie jetzt sah. „Was erkennen? Was stimmt nicht damit?"

„Das ist keine Rüstung, die dich schützt", flüsterte er. „Sie ist eigentlich dazu gedacht, deine Zauberkräfte zu dämpfen."

Ich schnaubte wieder. „Ich bitte dich, das ist lächerlich. Ich kann meine Magie sehr gut einsetzen."

„Deinen Vampirzauber", korrigierte er mich. „Diese Legierung hier ist nicht dafür gedacht, diesen zu dämpfen. Sie wirkt sich auf deine Hexenmagie aus."

Jetzt war ich wirklich verwirrt. „Aber die habe ich doch nicht mehr. Schon vergessen? Fluffikins hat sie zurückgenommen."

Parker half mir auf die Füße und legte den Brustpanzer auf einem der Küchentresen ab. „Hat er das? Wann hast du das letzte Mal versucht, sie zu benutzen?"

„Gar nicht mehr, weil ich ja wusste, dass ich sie nicht mehr habe." Ich blickte mich in der Küche um und musterte Vanessa und die vier anderen Mitglieder ihres Hexenzirkels zögernd. Sie mochten zwar wie erstarrt sein, wirkten aber immer noch sehr lebendig und wütender als je zuvor.

„Versuch mal, sie jetzt zu benutzen", drängte Parker, der sich nur auf mich konzentrierte.

Ich starrte auf meine Hände hinunter. Konnten sie noch zaubern? Magische Sprüche Realität werden lassen?

Er rannte quer durch die Küche, die Augen immer noch auf mich gerichtet. „Hier, wir können die Köche in diesen Kühlraum packen und ihn magisch versiegeln, bis wir bereit sind, sie ins Hauptquartier zu bringen."

„Du willst, dass ich das alles mache?" Ich sträubte mich.

„Nein, öffne einfach nur die Tür. Eine Kleinigkeit. Jetzt, wo du den Dämpfer nicht mehr trägst, kannst du es tun. Tawny, schau mich an."

Er wartete, bis meine Augen die seinen trafen.

„Ich glaube an dich", sagte er, und das war alles, was ich hören musste, um zu begreifen, dass seine lächerliche Behauptung tatsächlich wahr sein könnte. Dass ich irgendwie eine Hexe und ein Vampir und gleichzeitig ich selbst war.

Ich holte tief Luft und hob die Arme ...

19

Die Tür schwang mit unerwarteter Wucht auf und knallte hart gegen die Wand. Ich starrte völlig verblüfft in den begehbaren Kühlraum. *Das ging auf mein Konto?*

„Ich hab's dir doch gesagt", triumphierte Parker, rannte auf mich zu und nahm mich in den Arm. „Du bist kein Normalo, Tawny."

„Aber was bin ich dann?", keuchte ich, immer noch unfähig zu glauben, dass ich meine temporäre Hexenmagie die ganze Zeit über besessen hatte, ohne es zu wissen.

„Ich weiß nicht", murmelte er in mein Haar.

„Aber Fluffikins schon." Jeder Muskel in meinem Körper spannte sich an. Der Kater wusste, was ich war, und hatte es mir wissentlich vorenthalten. Und damit quasi mein Leben aufs Spiel gesetzt. Dafür würde er geradestehen müssen. Das schwor ich mir.

„Wenn er es dir verheimlicht hat, hatte er gewiss seine Gründe dafür“, sagte Parker und strich mit seinen Händen meine Arme rauf und runter. „Was auch immer du bist ... definitiv kein Vollvampir. Was bedeutet, dass der Fluch dich nicht auf die gleiche Weise beeinflusst.“

„Das heißt, ich kann immer noch lieben?“, fragte ich, nicht sicher, was ich von all dem halten sollte. Ich war so darauf konzentriert gewesen, meinen Vampirzauber in den Griff zu bekommen und den neuen Hexenzirkel zu stoppen, dass ich gar nicht großartig darüber nachgedacht hatte, wie es mit mir und Parker weitergehen könnte.

„Vielleicht nicht unbedingt lieben.“ Er drückte meine Hand und atmete tief ein, bevor er fortfuhr. „Wenn du die Hexenmagie behalten hast, könnte es sich mit dem Vampirzauber ähnlich verhalten. Ich weiß nicht, was das bedeutet und wie sie langfristig aufeinander reagieren werden. Was ich allerdings weiß, ist, dass die Regeln für dich nicht zu gelten scheinen. Du bist anders.“

„Ja, das sagst du ständig.“ Ich biss mir auf die Unterlippe und wünschte mir in diesem Moment so sehr, ich könnte in meiner jetzigen Verfassung Schmerz empfinden. Aber nein. Zumindest noch nicht. „Und was jetzt?“, fragte ich und fürchtete mich vor den Antworten, die er mir geben könnte.

„Wir nehmen die Bollyweird-Vampire gefangen. Finden heraus, warum sie es auf uns abgesehen haben. Du erledigst deinen Job. Bringst Fluffikins dazu, dir die Wahrheit zu sagen.“ Seine Worte wurden leiser.

„Und dann?“ Meine Stimme zitterte.

„Keine Ahnung“, antwortete er mit einem leichten Kopfschütteln.

Wir umarmten uns noch ein paar Augenblicke länger. Seine Nähe erfüllte mich nicht mehr so wie früher, spendete mir jedoch trotzdem Trost, während ich mich auf das vorbereitete, was, wie ich wusste, als Nächstes passieren musste.

Ob wir nun alle Mitglieder des fremden Zirkels töten, sie für immer gefangen halten oder einfach nur ihre Erinnerungen auslöschen würden ... die Abrechnung stand bevor. Tief in meinem Inneren war mir das klar.

Erst der tödliche Kampf um die Stadthexe. Dann die Entführung der Feldagenten, Fluffikins und Melony, durch eine in Maine ansässige magische Mafia. Und jetzt das? Es passierte zu viel zu schnell in einer solch kleinen Stadt im ländlichen Georgia, als dass es sich bei diesen Ereignissen um Zufälle handeln konnte.

Fluffikins wusste, dass ich anders war. Vielleicht taten das auch andere?

Oder hatten sie es auf etwas gänzlich anderes abgesehen, und ich hatte einfach das Pech gehabt, in diese Sache verwickelt zu werden?

Ich wünschte, ich wüsste es ...

„Hilf mir, die Typen einzusammeln und da reinzustopfen“, sagte Parker und löste sich mit einem resignierten Seufzer von mir.

Ich beobachtete, wie er eine Zauberranke um den ersten Vampirkoch wickelte und ihn in den Kühlraum verfrachtete. Dann nahm er sich den nächsten vor und bahnte sich seinen Weg durch die Belegschaft.

Ich ging zu Vanessa hinüber, die sich nicht weit von der Stelle befand, an der ich sie zurückgelassen hatte. Sie stand mit demselben Kochmesser in der Hand da, den Kopf zur Seite gedreht. Wenn Parker auch nur ein paar Sekunden später gekommen wäre, hätte das Messer sein Ziel gefunden. *Mich.*

„Warum bist du hier?", fragte ich die bewegungslose Gestalt. „Bist du wegen mir gekommen?"

Ich achtete auf jedes Zeichen des Erkennens, aber sie war nicht mehr als eine Statue, gefangen in Parkers Zauber. Während er sich um die anderen kümmerte, hob ich meine Hand an ihren Mund und ließ Magie von meinen Fingerspitzen zwischen ihre Lippen tröpfeln.

„Warum bist du hier?", wiederholte ich meine Frage.

Vanessas Lippen bewegten sich, aber ihr Mund blieb verschlossen.

Ich fuhr mit meiner Hand im Kreis über ihr Gesicht und ihren Hals. Konnte ich meine Vampir- und Hexenmagie gleichzeitig einsetzen? Es gab nur einen Weg, das herauszufinden.

„Sag es mir", verlangte ich zu wissen und versuchte meinen Trick mit dem Zwang von vorhin erneut anzuwenden.

„Warum sollte ich dir irgendwas erzählen?", knurrte sie und spuckte mich an.

„Ich kann dir das Leben nehmen oder es retten. Du hast die Wahl."

„Es gibt mehr von uns, als du dir vorstellen kannst. Mich zu töten, wird nichts ändern."

„Ist dir diese Sache wirklich wichtiger als das eigene Leben?"

„Welches Leben?", knurrte sie. „Glaubst du, wir genießen diese armselige Existenz, gefangen zwischen Dasein und Tod? Wir haben keine Perspektiven mehr. Keine Liebe. Kein Ziel. Nichts außer der große Sache. Sie allein gibt uns einen Sinn, ist der einzige Grund, weiterzumachen. Alles, was ich dir sage, könnte dazu führen, dass du sie zerstörst. Mein Leben ist nur ein kleiner Preis dafür zu schützen, wofür so viele von uns so lange und hart gearbeitet haben."

„Ich verstehe nicht", sagte ich mit einem Stirnrunzeln. „Nichts von dem, was du sagst, ergibt einen Sinn."

„Ich bin dir nichts schuldig." Sie lachte bösartig. „Dummes Mädchen. Du weißt doch nicht mal, wer du bist. Oder doch?"

„Sag du es mir. Ich muss es wissen", bettelte ich. Es war mir egal, ob es mich schwach aussehen ließ. In diesem Moment war ich tatsächlich schwach. Ich wollte einfach nur die Wahrheit erfahren.

Vanessa öffnete den Mund, um etwas zu erwidern, stieß dann aber ein gutturales Stöhnen aus. Entsetzt starrte ich auf den hölzernen Pfahl, der aus ihrer Brust ragte.

„Schon mal eine weniger, über die man sich Sorgen machen muss", merkte Connie an, bevor sie den Pflock wieder aus Vanessa herauszog und ihn in ihrer Hand kreisen ließ. „Bringen wir die anderen zurück ins Hauptquartier, damit wir sie verhören können."

20

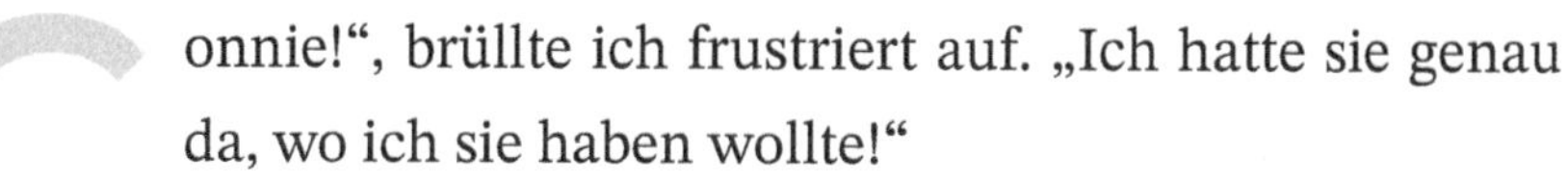

„Connie!“, brüllte ich frustriert auf. „Ich hatte sie genau da, wo ich sie haben wollte!“

„Und jetzt hab ich sie ebenfalls genau da, wo ich sie haben will. Tot zu meinen Füßen.“

„Was wollte sie mir sagen?“, verlangte ich zu wissen und verfluchte das schlechte Timing.

„Als ob ich das wüsste oder es mich interessieren würde“, antwortete die Vampirin, schob ihren Pflock in ein Knöchelhalfter und richtete sich dann wieder zu ihrer vollen Größe auf. „Wie hast du sie alle bewegungsunfähig gemacht?“, fragte sie mich stattdessen.

„P-Parker“, stotterte ich und sah mich in der Küche suchend nach ihm um.

Er kam gerade aus der Kühlkammer, drehte sich um und

versiegelte die Tür mit einer hellen Linie glühenden Zaubers. Als er mit damit fertig war, blies er auf seinen Finger und tat so, als würde er ihn in seinen Hosenbund stecken.

„Gute Arbeit, Hexer", sagte Connie mit etwas, das beinahe schon einem Lächeln glich.

„Danke, Vampir", antwortete er und kam an meine Seite.

„Wo sind die anderen?", fragte ich Connie verzweifelt. Irgendetwas stimmte nicht, und es lag nicht nur an dem unglücklichen Timing. „Woher wusstest du, dass du kommen musstest?"

„Du hast hier hinten einen riesigen Krach veranstaltet. Es hat uns alles abverlangt, zu verhindern, dass die Normalos etwas mitbekommen. Nächstes Mal solltest du etwas diskreter sein, hm?"

„Das Essen", rief ich und erinnerte mich erst jetzt. „Sie haben es irgendwie manipuliert."

„Ja, Buckley hat diese kleine Tatsache auch weitergegeben. Das nächste Mal musst du solche Informationen direkt deinem Vorgesetzten melden."

„Du bist nicht meine Vorgesetzte", erwiderte ich keck und überraschte damit sogar mich selbst.

Connies Augen weiteten sich so sehr, dass ich dachte, sie würden ihr aus dem Kopf springen. „Was hast du gerade zu mir gesagt?"

Ich schnippte mit den Fingern und benutzte meine Hexenmagie, um die schützende Rüstung, die Fluffikins mir gegeben hatte, heranschweben zu lassen. Als sie mich erreichte, schnappte ich sie mir aus der Luft und drückte sie ihr in die Hand.

Die Augen der älteren Vampirin wurden noch größer, und ihr fiel die Kinnlade herunter.

„Wie?", fragte sie. „Du solltest doch Vampirmagie besitzen."

Ich sauste in schnellen Kreisen um sie herum und erzeugte dabei einen derartigen Wind, der ihre perfekt sitzende Frisur durcheinanderwirbelte. „Die habe ich immer noch."

„Aber man kann nicht beides gleichzeitig haben. Das ist unmöglich, es sei denn, du wärst eine …" Sie schlug sich die Hand vor den Mund und weigerte sich, weiterzusprechen.

„Es sei denn, ich wäre eine was? Sag es mir!", brüllte ich sie an.

„Das steht mir nicht zu", sagte sie und wandte sich von mir ab.

Ich warf Parker einen flehenden Blick zu.

„Ich weiß es leider nicht", murmelte er. „Ich meine, ich bin ein Sterblicher wie du und habe nicht lange genug gelebt, um all das Wissen zu erlangen, das sie besitzt."

„Und Fluffikins?" Ich wollte es plötzlich wissen. Wer war er wirklich? Wie hatte er meine wahre Natur vor allen anderen herausgefunden, und warum glaubte er, das Recht zu haben, mir diese Information vorzuenthalten?

„Er definitiv", antwortete Parker.

„Aber er ist auch nicht unsterblich. Oder?"

„Er ist in seinem fünften Leben, also weit über hundert. Außerdem ist er als Diplomat in mehr Informationen eingeweiht als ich."

Ich überlegte einen Moment lang. „Wird er es mir sagen?"

„Wir haben den Hexenzirkel besiegt, der in unsere Stadt eingedrungen ist", meldete sich Connie zu Wort. „Meiner Meinung nach bedeutet das, dass es Zeit für ihn ist, seinen Teil der Abmachung zu erfüllen."

So sehr ich mir in dieser Sache endlich Klarheit wünschte, fürchtete ich mich auch davor, was ich herausfinden würde. „Was, wenn dieses großen Geheimnisses alles verändert?"

„Es ist doch bereits nichts mehr so, wie es vorher war", merkte Parker an und legte einen Arm um meine Taille. Ich lehnte mich an ihn, dankbar für jegliche Art von Trost. Jetzt, wo meine Hexenmagie nicht mehr unterdrückt war, konnte ich seine Berührung auch wieder genießen.

„Was ist mit den Leuten, die das vergiftete Essen zu sich genommen haben?", fragte ich und realisierte, dass fast nichts gelöst worden war, obwohl wir es irgendwie geschafft hatten, siegreich aus der Sache hervorzugehen.

Dennoch ... Irgendetwas hielt mich zurück. Ich wollte dieses Lokal nicht verlassen, auch wenn ich keinen Grund hatte zu bleiben.

Connie wirkte unbeteiligt, während sie zum Kühlraum schlenderte und die darin eingeschlossenen Gefangenen finster musterte. „Wir haben die Identitäten aller Gäste, die heute Abend ein und ausgegangen sind, erfasst. Als leitender Kontakt zur Landwirtschaft bin ich sicher, dass unser Buckley herausfinden kann, was das Gift bewirken sollte, und einen Weg finden wird, dem entgegenzuwirken."

„Ich hole die anderen her", sagte Parker, zog sein Handy aus der Tasche und begann, noch während er sprach, eine Nachricht zu schreiben. „Sie können uns helfen, die Typen im Kühlraum ins Hauptquartier zu schaffen."

„Was ist mit den Gästen, die sich noch im Restaurant befinden?“ Nein, wir konnten noch nicht gehen. Ich wusste nicht, warum ich das fühlte, es war so eine Art Intuition.

„Ruhig Blut“, sagte Melony, als sie sich durch die Schwingtüren schob. Sie musste schon eine ganze Weile genau dort gestanden und darauf gewartet haben, hereingerufen zu werden.

Anstatt sich zu erklären, schickte sie eine Stichflamme in die Luft. Alle sahen zu, wie sich diese in Richtung Decke bewegte.

Und dann ging die Sprinkleranlage los, und aus dem Speisesaal drangen entsetzte Schreie zu uns herein.

„Das sollte alle nach draußen schicken“, sagte Melony mit einem breiten Grinsen. Sie liebte es eindeutig, Unfug zu treiben.

„Beeilen wir uns“, sagte Connie, „bevor das Personal aus dem Restaurant zurückkommt und anfängt, nach der Wirtin zu suchen.“

„Melony, hilf mir, die Geiseln rauszubringen“, rief Parker der einzigen Person zu, die weniger Erfahrung als ich besaß. „Sie sind bereits magisch gefesselt. Wir müssen nur dafür sorgen, dass keine Normalos sie zu Gesicht bekommen, bis wir sie in unsere Autos verfrachtet und außer Sichtweite gebracht haben.“

Diese nickte und ging hinüber zum Kühlraum zu, um dem Befehl Folge zu leisten.

Die beiden machten sich an die Arbeit, während Connie Vanessas am Boden liegende Leiche hochhob. „Ich kümmere mich um die hier.“

„Und ich werde etwas zu essen mitnehmen, damit ich das Gift analysieren und ein Gegenmittel herstellen kann“, fügte Buckley hinzu. Ich hatte nicht einmal bemerkt, dass er hereinkam, und doch war er da.

Damit war ich die Einzige, die nichts zu tun hatte. Ich stand wie versteinert da und sah zu, wie die anderen sich an die Arbeit machten.

Ich wollte nicht gehen, obwohl es keinen Grund gab, noch zu bleiben.

21

Ich wanderte in der leeren Küche auf und ab und fragte mich, warum ich mich nicht dazu durchringen konnte, ebenfalls zu gehen. Meine gründliche Untersuchung aller Schränke und Schubladen hatte nichts weiter ergeben. Alles schien in Ordnung zu sein, auch wenn es sich nicht so anfühlte.

Bevor Connie sie tötete, hatte Vanessa noch verkündet, dass wir unserer Feinde, die eine namenlose größere Sache verfolgten, nicht zum letzten Mal gesehen hätten.

Und ich glaubte ihr.

Ich wünschte nur, ich wüsste mehr. Dass ich sie hätte zwingen können, in den ihren letzten Augenblicken ihres Lebens mehr zu sagen.

Ein Aufblitzen von Schwarz erregte meine Aufmerksamkeit, als Fluffikins durch die Schwingtüren hereinschlüpfte.

„Komm, Tawny“, drängte er. „Hier gibt es nichts mehr zu tun.“

„Es wird etwas passieren", prophezeite ich ihm, ohne zu zögern. Ich war mir so sicher, dass wir hier noch nicht fertig waren, obwohl ich keine Beweise dafür hatte. Trotzdem nagte die Intuition an mir.

Fluffikins drehte sich zur Tür und gab mir ein Zeichen, ihm zu folgen. „Barnes hat sie gerade dem Hauptquartier zur Befragung übergeben. Sie sind sicher verwahrt. Es ist vorbei."

Ich schüttelte den Kopf und weigerte mich, seinem Befehl nachzukommen „Ich glaube nicht, dass dem so ist."

„Wenn es eine zweite Runde geben sollte, werden wir bereit sein", versprach er, während er an der Tür auf mich wartete. „Aber für den Moment ist es erst einmal ausgestanden."

Ich schüttelte den Kopf und trat einen Schritt zurück. Warum war ich hartnäckig?

Der schwarze Kater seufzte. „Willst du nicht wissen, warum du anders bist? Du hast deinen Teil der Abmachung erfüllt. Jetzt bin ich an der Reihe. Komm mit. Es gibt viel zu besprechen."

Ich blickte in Richtung des Kühlraums, in dem Parker die gefangenen Zirkelmitglieder vorübergehend untergebracht hatte. Mir war klar, dass sie nicht reden würden, egal welche Taktik die APZ gegen sie anzuwenden versuchte. Wie Vanessa würden auch sie lieber für ihre Sache sterben, als auch nur einen einzigen Hinweis auf deren Zweck preiszugeben.

„Dieser Job ist vorbei, aber du bist immer noch meine Aushilfe." Die Geduld des Chefkaters war deutlich aufgebraucht, und seine Worte klangen hart. „Komm mit mir. Das ist ein direkter Befehl", sagte er und zuckte gebieterisch mit dem Schwanz.

Endlich gab ich seinem Wunsch nach. Was immer ich geglaubt

hatte, an diesem Ort noch tun zu müssen, hatte sich mir noch nicht offenbart. Vielleicht bildete ich mir es auch einfach nur ein.

„Heb mich hoch“, befahl er, als ich zu ihm an die Tür trat.

Ich tat es, und einen Moment später umhüllte ein glitzernder rosa Nebel unsere Körper und teleportierte uns zurück in den Konferenzraum des Hauptquartiers. Nachdem wir unsere Plätze eingenommen hatten, begann sich die wirbelnde Magie in Richtung Decke zurückzuziehen.

„Bleib“, befahl Fluffikins, und die Magie formte sich zu einer dichten Kugel und schwebte über dem Tisch, als hätte auch sie einen Platz in dieser Sitzung.

Ich wusste sehr wenig über diese besondere Art von Zauber, der unsere Region mit den anderen auf dieser Welt verband. Nur, dass sie alle aus derselben Quelle schöpften und dazu beitrugen, das Gleichgewicht aufrechtzuerhalten und zu verhindern, dass eine einzelne Region oder Person zu mächtig wurde.

„Kommen die anderen auch dazu?“, fragte ich und wünschte mir, ich hätte Parker an meiner Seite, für das, was auch immer als nächstes passieren mochte. Ihm lag mein Wohlergehen am Herzen, aber ich wusste immer noch nicht, ob das auf den schwarzen Kater oder die anderen ebenfalls zutraf.

„Dies ist eine private Angelegenheit. Je weniger Menschen wissen, was ich dir jetzt sage, desto sicherer sind wir alle.“ Fluffikins' Augen wirkten trübe, während sie normalerweise hell und neugierig funkelten. Was auch immer er mir zu verkünden hatte, schien nichts Erfreuliches zu sein.

„Was ist das Problem?“, fragte ich, holte nervös Luft und hielt meinen Atem an.

„Du, Tawny. Du bist das Problem."

Ich warf ihm einen vernichtenden Blick zu. War es nicht er gewesen, der zugestimmt hatte, mit der Wahrheit herausrücken, nachdem ich meinen letzten Auftrag erledigt hatte? Er schien so erpicht darauf gewesen zu sein, mich hierher zu bringen, und jetzt das.

„Das ist aber fies, jetzt so was zu sagen", knurrte ich, während mich die Erschöpfung endlich übermannte. „Ich habe alles getan, was du von mir verlangt hast." Wollte er immer noch nur in Rätseln und Halbwahrheiten sprechen, anstatt mir direkt zu sagen, was ich wissen wollte?

„Du missverstehst mich. Was ich damit andeuten will, ist, dass du nicht existieren solltest."

Ich schluckte hart, und mein Herz begann zu rasen. Wann hatte es überhaupt wieder angefangen zu schlagen? Es war so viel passiert, seit Parker mir die schützende Rüstung abgenommen hatte. Ich hatte nicht auf diese körperlichen Empfindungen geachtet und einfach angenommen, dass sie immer noch nicht vorhanden seien. Jetzt allerdings verspürte ich Herzklopfen, das Rauschen des Sauerstoffs in meinen Lungen, den Schmerz, den Mr Fluffikins' Worte in mir hervorriefen.

„Willst du mich umbringen?", fragte ich ihn unverblümt.

Anstatt auf und ab zu gehen, wie er es normalerweise tat, legte sich der Kater hin und zog seine Vorderpfoten unter sich. „Nein, Tawny, ich will dich nicht töten. Aber andere werden es mit Sicherheit versuchen, wenn sie jemals herausfinden, was du bist. Das dürfen wir nicht zulassen. Verstehst du das?"

Ich dachte zurück an meine letzte Konfrontation mit Vanessa.

„Sie wissen es bereits“, sagte ich mit einem Zittern in meiner Stimme. „Die Obervampirin hat es mir gesagt. Sie meinte, ich wüsste doch nicht mal, was ich bin, und dass noch andere kommen würden.“

Fluffikins stöhnte lang und laut auf. „Dann ist es genau so, wie ich befürchtet habe.“

„Ich verstehe das nicht. Bis vor einer Woche nicht einmal, dass Zauberei existiert. Warum sind jetzt alle so besorgt um mich?“

„Du bist kein Normalo“, sagte die Katze und starrte mich, ohne zu blinzeln, aus großen Augen an.

„Ja, ich habe schon irgendwie mitbekommen, dass ich eine Magierin bin.“ Ich stieß ein Glucksen aus, um die Spannung im Raum zu lockern. Mein Versuch der Unbeschwertheit steigerte seine Unruhe jedoch nur noch mehr.

Er leckte sich mehrmals über die Pfote –ein nervöser Tick –, bevor er wieder sprach. „Nein, Tawny. Du bist auch keine Magierin. Du bist etwas gänzlich anderes.“

22

„Genug mit diesen pauschal gehaltenen Ansagen. Sag mir einfach, was ich bin und warum es so wichtig zu sein scheint“, verlangte ich zu wissen, genervt davon, wie der Kater ewig um den heißen Brei herumredete.

„Du bist eine Terranerin“, antwortete er in einem unheimlichen Tonfall.

„Eine Terranerin?“ Ich stieß ein trockenes Lachen aus und klopfte mit den Händen auf den Tisch. „Nennt man so nicht die Menschen in Science-Fiction-Romanen? Bitte sei einfach ehrlich zu mir. Ich habe lange genug gewartet, um …“

„Ich bin ehrlich zu dir!“, stieß er hervor. „Terraner sind ausgestorben, oder zumindest dachten alle, sie wären es, bis …“ Er reckte sein Kinn in die Höhe und riss die Augen auf.

Ich hob eine Hand auf meine Brust. „Bis ich auftauchte?“

„Ja. In alten Erzählungen wurden sie oft erwähnt. Als sie vor

Jahrhunderten ausstarben, hatten die Normalos keinen Bezugsrahmen mehr, um die terranische Art zu verstehen. Sie sahen nur, dass sie häufig im Zusammenhang mit der Welt genannt wurden, und nahmen an, dass sie keine mehr finden konnten, weil alle auf der Erde von dieser Spezies waren. Aber sie haben sich geirrt."

„Und was genau bin ich?", fragte ich, und meine Stimme war kaum mehr als ein Flüstern.

„Du bist eine Klasse für dich. Wenn du weiter mit der magischen Welt interagierst, werden deine Kräfte noch weiter zunehmen."

„Aber auf den Caraway Island konnte ich dich und Melony nur retten, weil ich eine Normalo war. Keine Magie vermochte die Barrieren zu durchbrechen, aber mir gelang es", erinnerte ich ihn, während ich an dieses seltsame Abenteuer zurückdachte. Wie ich am Ende die Einzige war, die sie befreien konnte.

„Du bist weder eine Magierin noch eine Normalo. Da man die Terraner für ausgestorben hielt, haben sie dich bei der Errichtung ihrer Verteidigungssysteme nicht berücksichtigt."

„Ich bin also magisch, aber keine Magierin?", fragte ich. Wow, ich war wirklich ein Schrödingers Etwas.

Er nickte und leckte sich wieder die Pfote. „Sieh es doch mal so. Die meisten, die der Zauberkraft mächtig sind, kanalisieren ihre Kräfte durch ihr Herz. Deshalb können Vampire nur getötet werden, indem man diese Quelle ihrer Magie zerstört – das Herz."

„Du hast mir den Brustpanzer gegeben, um meines zu schützen und meinen Hexenzauber zu blockieren", erkannte ich und verstand seine List immer besser, je mehr er mir darüber erzählte.

Der Kater nickte erneut. „Ich hatte einen Verdacht bezüglich dessen, was du bist, wusste aber auch, dass dir die Erfahrung fehl, um deine Fähigkeiten voll zu beherrschen. Als du dich nicht abwimmeln ließest, dachte ich, ich könnte dich irgendwie im Hintergrund halten. Tawny, eine Terranerin speichert Magie nicht nur in ihrem Herzen, sondern in ihrem ganzen Körper. Du kannst so viel Macht in dir tragen, das Hundertfache dessen, was die meisten Magier können. Aber deine wahre Stärke liegt in der Fähigkeit, die Weltmagie zu beherrschen."

Mein Blick fiel auf den leuchtenden rosa Ball, der sich neben uns zusammengerollt hatte.

„Ja", sagte die Katze ehrfürchtig. „Als der letzte bekannte Terraner starb, errichteten wir regionale Gremien, um die Weltmagie zu überwachen. Wir dachten uns, dass sie in Abwesenheit ihres wahren Hüters am besten durch einen Ausschuss aus Übernatürlichen der verschiedenen Klassen verwaltet werden sollte. Gemeinsam hofften wir, die Fähigkeiten eines einzelnen Terraners ausgleichen zu können. Aber es war eine schlechte Lösung, und sowohl die Normalos als auch die Magier bekriegen sich mehr, als sie es jemals sollten. Die Welt ist nicht im Gleichgewicht, aber vielleicht kann sie es wieder sein, jetzt, wo wir dich gefunden haben." Er hielt inne, um das Gewicht seiner Worte auf mich wirken zu lassen.

Ich war also nicht nur magisch, sondern das mächtigste Wesen, das seit Jahrhunderten gelebt hatte. Ein bisschen was Besonderes zu sein, damit hätte ich umgehen können, aber so weit über allen anderen zu stehen? Das machte mir Angst.

„Nicht jeder will Frieden", murmelte ich und dachte an die

populären Politiker und terroristischen Randgruppen, die mit scheinbar jedem Atemzug Krieg, Gewalt und Missgunst propagierten.

„Nicht diejenigen, die nach Macht streben, nein." Fluffikins' Schwanz schlug nun gegen den Tisch, als würde er den Takt vorgeben. So hart wie dieses Gespräch für mich war, konnte ich doch sehen, dass es ihn genauso tief traf. Er wusste viel besser als ich, was meine Existenz und Entdeckung für die ganze Welt zu bedeuten hatte.

„Heißt das, sie werden versuchen, mich zu töten?", krächzte ich.

Er nickte verdrossen. „Ja, oder sie nehmen dich gefangen, um dich als Waffe zu benutzen."

Nein, ich weigerte mich, das zuzulassen, mich in etwas zu verwandeln, das ich nie werden sollte. „Was kann ich tun, um zu verhindern, dass diese Dinge passieren?"

„Ich weiß es nicht. Das hier ist sozusagen Neuland für uns. Niemand hätte es je für möglich gehalten, aber wenn du existierst, könnte es auch noch andere geben."

„Also müssen wir sie suchen? Sie auf unsere Seite bringen?" Sicherlich, wir mussten etwas tun. Aber was? Wenn er schon keine Antwort darauf wusste, gab es kaum eine Chance für mich, sie selbst zu finden.

Der Kater holte tief Luft, bevor er fortfuhr. „Ich beabsichtige, dich in jedem Bereich der Magie auszubilden und hoffe, dass du einen Weg findest, andere Terraner aufzuspüren. Aber es wird nicht einfach sein. Wir hatten Glück, dich zu finden, bevor das jemand anderem mit bösen Absichten gelang. Es ist wirklich ein

Zufall von eins zu einer Billion, es sei denn, es gibt noch andere da draußen, die nur darauf warten, enttarnt zu werden."

„Ich will helfen, sie zu finden", sagte ich mit plötzlicher Begeisterung. Die einzige meiner Art zu sein, setzte mich zu sehr unter Druck, besonders da die Terraner, so wie Mr Fluffikins es erklärte, sehr viel Macht und Einfluss besaßen. Ich war bisher immer nur für mich selbst verantwortlich gewesen, hatte noch nicht einmal ein Haustier besessen, um Himmels willen.

Er schien die Angst zu spüren, die sich unter meiner Entschlossenheit verbarg „Der Vorstand und ich werden dir alles beibringen, was wir wissen, aber deine Ausbildung wird unvollkommen sein. Wir können dich nur das lehren, was wir selbst beherrschen, und das ist so wenig im Vergleich zu dem, was du lernen musst."

Ein Teil von mir wünschte, ich könnte in der Zeit zurückgehen, eine andere Stadt als Beech Grove wählen. Aber wenn die Welt eine Heldin brauchte, musste ich wohl oder übel herhalten ...

23

„Das ist eine Menge, die es zu verkraften gilt", sagte ich, als es schien, dass Mr Fluffikins mit seinen Belehrungen am Ende war.

Er stand auf und streckte sich. „Ich weiß, und ich würde diese Situation niemandem wünschen. Aufgrund dessen, was du bist, könnte jede einzelne Entscheidung, die du triffst, den gesamten Verlauf der Geschichte verändern."

„Du machst es mir nicht unbedingt leichter", entgegnete ich mit einem müden Lächeln. Er hatte das Geheimnis nicht für sich behalten, um mich zu ärgern, sondern einfach gehofft, mich dadurch zu beschützen. Jetzt, wo ich das verstand, war ich ihm dankbar für seine Bemühungen.

„Ich hatte gehofft, du würdest bei dieser Mission versagen und gezwungen sein, eine Vampirin zu bleiben", gab er nun zu.

„Das werde ich auch, zumindest teilweise", sagte ich nachdenklich. Ich wusste immer noch nicht, wie das alles funktionierte, begann jedoch, ein gewisses Muster zu erkennen. „Der Hexenzauber, den du mir verliehen hast, hat mich nicht verlassen. Und die Vampirmagie wird mir ebenfalls erhalten bleiben. Ich absorbiere alles und behalte es in mir."

Der schwarze Kater schnaufte. „Wie ein Schwamm."

Ich nickte. „Genau, und ich habe keine Ahnung, wie ich beides wieder loswerden soll."

„Ich glaube, ich schon", verriet Fluffikins und erhob sich gemächlich. „Der Vampirfluch war mein letzter verzweifelter Versuch, dich vor dem zu retten, was du bist. Ich wusste nicht, ob es funktionieren würde, ob der Fluch dein terranisches Erbe auslöschen könnte, aber ich musste es einfach probieren."

„Das verstehe ich jetzt, und ich danke dir." Ich mochte seine Methoden oder seine Einstellung nicht immer, aber zumindest verstand ich jetzt seine Beweggründe. Schließlich war er auch nur ein einfacher Kater, der plötzlich über viel mehr Macht verfügte, als er je erwartet hatte zu besitzen. In dieser Hinsicht waren wir uns gleich.

Er wanderte zur hinteren Ecke des Tisches und wandte sich dann wieder mir zu. „Es ist an der Zeit, dass wir aufhören zu verleugnen, wozu du geboren wurdest. Wir müssen dich mit deiner Bestimmung zusammenbringen."

Die glitzernde, rosafarbene Kugel der Weltmagie schwebte über den Tisch und näherte sich mir.

„Heb die Hand aus und nimm sie an dich", befahl der Kater aus ein paar Schritten sicherer Entfernung.

Ich tat wie mir geheißen und streckte den Zeigefinger aus,

ohne großartig darüber nachzudenken und zu überlegen, was es bedeutete, eine so große Verantwortung auf mich zu nehmen. Tief in meinem Innersten wusste ich, dass es richtig war. Notwendig.

Die Kugel begann zu pulsieren, als sie sich vorwärtsbewegte und sanft in meine Haut eindrang. Ich registrierte erstaunt, wie sich ihr rosiges Glühen über und in mir ausbreitete und sich nicht nur in meinem Herzen ansiedelte, wie die anderen Magien zuvor, sondern meinen ganzen Körper erfüllte.

Fluffikins schnappte nach Luft. „Nie im Leben hätte ich gedacht, dass ich je solch einen Anblick sehen würde. Du ... glühst förmlich."

Als die Vampirmagie in meinem Organismus dominant gewesen war, fühlte ich eine ständige Abwesenheit, Leere. Jetzt jedoch, mit der Weltmagie in mir, war es das genaue Gegenteil – ich war beherrscht von einer Art Ganzheitlichkeit, fähig, jede Empfindung zu spüren, die um meine Aufmerksamkeit wetteiferte.

Und es war wunderbar.

„Wie fühlst du sich?", fragte Mr Fluffikins und musterte mich voller Ehrfurcht.

„Richtig gut", murmelte ich erstaunt. „Als ob es schon immer so hätte sein sollen."

Ein enormes Lächeln breitete sich zwischen seinen Schnurrhaaren aus. Das Erste, das ich seit geraumer Zeit an ihm gesehen hatte. „Erinnerst du dich noch, wie wir den Fluch heute getestet haben?"

„Parker", sagte ich mit einem sehnsüchtigen Grinsen. Ich erinnerte mich an die Gefühle, die ich in den letzten Wochen für ihn entwickelt hatte, und sehnte mich mit neuer Intensität nach ihm. Holte ich gerade die verlorene Zeit nach? Oder brannte alles heller, jetzt, da ich mich von dem Vampirfluch gelöst hatte und zurück ins Licht getreten war?

„Ich kann ihn zu dir bringen, um zu prüfen, ob der Fluch zu deiner Zufriedenheit aufgehoben wurde. Aber du darfst ihm nicht sagen, was du bist. Du darfst es niemandem sagen." Er ließ seinen Hintern auf den Tisch plumpsen und forderte mich geradezu heraus, seinem Dekret zu widersprechen.

Was er da von mir verlangte, war schon ziemlich heftig. Wie konnten Parker und ich unsere Beziehung ausbauen, wenn ein so großer Teil von mir ein Geheimnis zwischen uns bleiben musste? „Wird er nicht in Gefahr sein, wenn er mich beschützt? Und ihr alle ebenso?"

„Leider ja, aber die anderen werden viel sicherer sein, wenn sie nicht wissen, was genau du bist." Fluffikins neigte den Kopf zur Seite und miaute. Noch nie zuvor hatte er so sehr wie eine echte Katze gewirkt. War das seine Art, Bedauern oder Mitleid auszudrücken? Oder hatte er einfach die Schnauze voll von mir, von diesem Gespräch und von dem, was, wie wir beide wussten, als nächstes kommen würde?

„Connie allerdings weiß Bescheid", sagte ich und beendete diesen seltsamen Moment zwischen uns. „Sie hat es im Restaurant herausgefunden." Er seufzte und ließ den Kopf hängen. „Du bist die Stärkste von uns allen. Du könntest ihr Gedächtnis auslöschen, wenn du wolltest, oder sogar meines."

„Nein", sagte ich und realisierte dann etwas Seltsames und

Erschreckendes. „Ich vertraue ihr. Aber ich bin einverstanden, den anderen nichts zu sagen."

„Nun gut, aber wenn du deine Meinung ändern solltest, weißt du, was zu tun ist."

Ich nickte und spürte das Gewicht dieser neuen Verantwortung auf mir lasten. Ich war nie jemand Besonderes gewesen, hatte immer gerade genug getan, um über die Runden zu kommen. Aber jetzt?

Jetzt war ich die wichtigste Person auf dem ganzen Planeten.

Fast wünschte ich mir, ich könnte es meinem Ex-Mann und seiner neuen Frau unter die Nase zu reiben, aber ich hatte jetzt viel wichtigere Dinge, um die ich mich kümmern musste.

„Ich schicke Barnes rein", sagte Fluffikins. „Aber zuerst musst du dein Glühen unter Kontrolle bringen. Das soll doch ein Geheimnis sein, schon vergessen?"

Ein Geheimnis. Ja.

Es zu wahren, würde nicht einfach werden.

Obwohl es lebenswichtig war.

24

Parker erschien ein paar Minuten, nachdem Mr Fluffikins den Konferenzraum verlassen hatte. Zum Glück hatte ich es schnell geschafft, die neue Kraft in mir zu bändigen. Der zusätzliche Druck einer so kurzen Frist schien zu helfen. Ich fragte mich, ob das später wichtig sein würde. Wenn der richtige Moment gekommen wäre, bliebe mir immer noch Zeit , mir über alles klar zu werden … nicht viel Zeit, aber es würde reichen müssen.

„Ist alles in Ordnung?", fragte Parker, als er einen Stuhl neben mir heranzog. „Der Chefkater hat mich hergeschickt. Hat er dir gesagt, was los ist?"

Ich nickte, weil ich Angst hatte, ihm in die Augen zu sehen, angesichts all der Lügen, die folgen mussten. Das war noch so eine Sache, die Fluffikins mir überlassen hatte: Mir eine Erklärung einfallen zu lassen, die alle weiteren Fragen im Keim ersticken würde. „Mein Hexenzauber ist nicht verschwunden, weil es meine natürliche Magie ist", erklärte ich, wobei ich es vorzog, meine magische Natur nicht völlig zu verheimlichen. „Dem APZ beizutreten hat das geweckt, was bereits in mir war."

Wellen der Freude wogten aus seiner Brust und überrollten mich. Ich konnte jetzt nicht nur meine Gefühle spüren, sondern auch seine. Und ich brauchte nicht einmal hinzusehen, um zu wissen, dass er ein riesiges Lächeln auf dem Gesicht hatte. Wie viele neue Fähigkeiten würde ich wohl noch entdecken? Waren mir überhaupt noch irgendwelche Grenzen gesetzt?

„Tawny, das ist ja fantastisch! Du bist wie ich. Unsere Magie stimmt überein."

Ich stieß ein leises Lachen aus. „Ja."

„Hat Fluffikins deine Vampirmagie also schon zurückgenommen?"

Ich nickte. „Er will mich auch noch eine Weile hierbehalten, um mir zu helfen, meine neuen Fähigkeiten in den Griff zu bekommen." Nun, zumindest dieser Teil war keine Lüge.

Parkers sanfte graue Augen, die mich von Anfang an in ihren Bann gezogen hatten, strahlten jetzt vor Glück. „Im Ernst, das ist perfekt", fuhr er fort, ohne zu bemerken, dass meine Stimmung nicht mit der seinen übereinstimmte. „Ich muss nicht mehr versuchen, dich zu beschützen, und ich muss mir keine Sorgen mehr um deine Sicherheit machen. Du bist keine hilflose Normalo mehr, die in einer Welt voller Magie feststeckt. Jetzt kannst du auf dich selbst aufpassen."

Diese Feststellung gefiel mir ganz und gar nicht. „Ich konnte schon immer auf mich selbst aufpassen. Und ich war nie hilflos."

„Sorry, sorry, du hast natürlich recht. Ich entschuldige mich für meine unangebrachte Ritterlichkeit und verspreche dir, dass das nie wieder vorkommen wird. Oh, Tawny. Ich bin so glücklich. Ich wollte sowieso mit dir ausgehen, aber jetzt, wo wir auch auf magischer Seite harmonieren, werden so viele Dinge viel einfacher sein." Er zog mich auf die Füße und schlang seine Arme um mich.

„Das sind gute Neuigkeiten", sagte ich und zwang mich zu einem Lächeln. Er hatte keine Ahnung, dass unsere Situation sich eher verschlechtert hatte. Aber wenn ich es ihm sagte, würde ich ihn direkt in Gefahr bringen.

Er hob seine Hand, um meine Wange zu streicheln, und ich lehnte mich dagegen. „Darf ich versuchen, dich noch einmal zu küssen? Da es beim letzten Mal nicht … Na ja, du weißt schon."

Ja, ich wollte das. Ich wollte ihn. Auch wenn ich jetzt diejenige sein würde, die sich auf Distanz hielt, um den anderen zu schützen.

Ich hob den Kopf und schloss die Augen, und einen Moment später fanden seine Lippen meine – weich, sanft und auf der Suche nach Antworten.

Ja, ich wollte ihn. Brauchte ihn. Selbst in dieser verrückten neuen Welt, die sich so falsch anfühlte, wusste ich, dass Parker der Richtige für mich war. Wir hatten gerade erst angefangen, einander kennenzulernen, aber schon jetzt löste er Gefühle in mir aus, die ich bei meinem Ex-Mann nie empfunden hatte.

Freude. Vertrauen … Hoffnung.

Die Hoffnung, dass Fluffikins düstere Vorhersagen für die Zukunft nicht eintreten würden, dass dieser Mann und ich eines Tages glücklich und zufrieden miteinander leben könnten.

Aber unsere Geschichte hatte gerade erst begonnen, und es galt, noch viele weitere Monster zu bekämpfen.

Ich zog mich zurück und legte ihm eine Hand auf die Brust.

„Hast du was gefühlt?“, fragte er und musterte mich aufmerksam.

„Ich habe viele Dinge gefühlt“, neckte ich. „Und die waren alle nicht schlecht.“

Er seufzte erleichtert auf und küsste mich dann wieder.

„Dein Fluch. Er ist weg. Ich weiß nicht, was ich getan hätte, wenn du ein Vampir geblieben wärst, Tawny.“

„Nun, jetzt brauchst du dir darüber keine Sorgen mehr zu machen“, sagte ich und hielt die Tatsache zurück, dass das, was ich tatsächlich war, noch schlimmer sein könnte. Gerade erst hatte man mir dieses Geheimnis anvertraut, und schon wollte ich es mit ihm teilen. Wollte es, durfte es aber nicht.

Uhh. Ich musste das Thema wechseln.

„Hast du die Befragung der Vampirköche abgeschlossen?“, fragte ich beiläufig, bevor mir klar wurde, dass dies in der Tat eine sehr gute Frage war. Mit der Weltmagie, die in mir schlummerte, konnte ich sie vielleicht dazu bringen, mir Dinge zu erzählen, die sie den anderen verschwiegen hatten.

Parker presste seine Lippen zu einer festen Linie zusammen und atmete tief ein. Er wirkte bedrückt. „Sie haben nicht einen Piep von sich gegeben. Ich bin mir nicht sicher, was wir tun sollen. Connie will sie alle pfählen, aber was, wenn sie nicht wussten, was Vanessa geplant hatte? Was, wenn sie unschuldig sind?“

„Kann ich mit ihnen reden?“

Er schüttelte den Kopf. „Es wird nichts nützen. Sie sind ziemlich fest entschlossen, nicht mit uns zu reden."

Ich legte ihm sanft die Hand auf seinen Arm. „Es wäre aber gut für mich. Selbst wenn sie nichts sagen, würde ich mich besser fühlen, weil ich weiß, dass ich es zumindest versucht habe."

Parker beugte sich zu mir herab und gab mir einen Kuss auf die Wange. „Ich liebe deine Entschlossenheit. Du hast diesen ganzen Zauberkram wirklich gut verkraftet."

Ich lachte auf. Er hatte ja keine Ahnung ...

25

Parker hielt meine Hand, während er mich in den lagerhallenähnlichen Raum führte, in dem Fluffikins seinen Vorrat an magischen Artefakten in einem speziellen Stauraum an der Decke versteckt hielt.

Wir gingen direkt auf die Öffnung über uns zu, aber anstatt nach oben zu blicken, schaute Parker nach unten. Er tippte viermal mit dem Fuß auf, bewegte sich dann ein paar Schritte zur Seite und tippte noch zweimal darauf. Dann noch einmal, ein weiterer Schritt und ein letztes Aufstampfen ... und ein Teil des harten Bodens verschwand und gab den Blick auf eine lange, dunkle Treppe frei.

„War die schon die ganze Zeit hier?“, fragte ich ungläubig.

Er blitzte mich grinsend an und gab mir dann ein Zeichen, vor ihm nach unten zu gehen. Die Stufen unter mir leuchteten magisch und wiesen uns den Weg.

Wir gingen lange Zeit abwärts, mindestens vierzig Schritte, bis wir schließlich auf einen versteckten Raum stießen, der aus einer einzigen riesigen Steinplatte gemeißelt zu sein schien. Ein magischer Strahl trennte die hinterste Ecke diagonal ab und bildete eine kleine, dreieckige Zelle, in der vier Gefangene saßen.

„Willst du das wirklich allein durchziehen?“, fragte Parker ein weiteres Mal. „Es wäre sicherer für dich, wenn ich mit dir hineinginge.“

„Hey jetzt“, erwiderte ich und gab ihm einen spielerischen Klaps. „Du hast doch gesagt, du wärst fertig mit unangebrachter Ritterlichkeit.“

Zumindest besaß er den Anstand, beschämt dreinzuschauen. „Tut mir leid. Alte Gewohnheiten und so. Ich lasse dich dann mal in Ruhe.“ Er drückte meine Hand, bevor er wieder die Treppe hinaufstieg. Ich wartete, bis sich die Falltür hinter ihm mit einem lauten Knallen schloss, dann passierte die schimmernde Barriere und betrat die Gefängniszelle.

Die vier Vampirköche saßen nebeneinander auf einer langen Bank. Jeder hatte die Hände im Schoß gefaltet, und ihre Handgelenke waren mit magischen Manschetten gefesselt, die neonfarben leuchteten.

„Hören Sie, wie wir Ihren Kollegen bereits gesagt haben, wissen wir nichts“, murmelte der Vampir ganz links und richtete seine kalten Augen auf mich.

Ich hatte noch nie jemanden verhört, aber jetzt, wo ich das mächtigste Wesen der Welt war, konnte ich mir die Gelegenheit nicht entgehen lassen, von diesem Quartett Informationen zu erhalten. „Woher kommst ihr? Wo habt ihr gelebt, bevor ihr hier in Beech Grove aufgeschlagen seid?"

„Warum sollten wir Ihnen das sagen?" Es schien, dass dieser Vampir als ihr kollektives Sprachrohr auserkoren worden war.

Ich durchquerte den kleinen Gefängnisraum, bis ich direkt vor ihm stand. Dann schloss ich die Augen und konzentrierte mich auf das, was ich wollte, dass es passiert. Ich stellte mir vor, wie der Vampir bereitwillig und wahrheitsgemäß meine Fragen beantwortete, und hielt dieses Bild in meinem Kopf fest, während ich erneut fragte. „Woher kommt ihr?"

„Blueberry Bay. In Maine", sprudelte es aus ihm heraus.

Puh, das war fast schon zu einfach.

„Da war ich auch schon mal", sagte ich. Diesmal konzentrierte ich mich auf die wogende Magie in mir, wie sie tröstete und beruhigte, und übertrug dann dieses Gefühl auf den vor mir sitzenden Vampir.

Er entspannte sich sichtlich, lockerte seine Haltung und verlangsamte seine Atemzüge. „Das ist uns bekannt. So haben wir das erste Mal von dir erfahren. Deshalb sind wir auch gekommen."

„Ihr vier und Vanessa?"

„Nein, unser Chef."

„Wer ist euer Chef?"

„Wir wissen es nicht."

„Wusste Vanessa es?"

„Nein. Wir kennen nur die Leute auf unserer Ebene und direkt darüber. Die Führung bleibt ein Geheimnis, um die Sache zu schützen."

„Was ist die Sache?"

Er zögerte und wandte sich von mir ab.

„Was ist die Sache?“, wiederholte ich und stellte mir vor, wie er mir die Antwort gab und ließ dann sofort meine beschwichtigende, magischen Berührung folgen.

Das Gesicht des gefangenen Vampirs verzerrte sich in einer schnell aufblitzenden Reihe von Emotionen – Wut, Versuchung, Kummer, Reue. Trotzdem schwieg er.

Sein Nebenmann jedoch machte den Mund auf. „Um die Welt unter einer Magie zu vereinen. Eine Macht.“

„Eine globale Diktatur?“

„Unter seiner Macht“, riefen alle vier gemeinsam aus.

„Wessen?“

„Das wissen wir nicht“, schaltete sich der erste wieder ein.

Ich seufzte. „Ah, ja, die Ebenen der Führung.“ Wer auch immer das Sagen hatte, hatte sich eindeutig auf dieses Szenario vorbereitet. Unsere Gefangenen konnten nicht reden, wenn sie keine Ahnung hatten.

„Warum wollt ihr die Welt vereinen? Was habt ihr davon, wenn ihr nicht einmal das Sagen haben werdet?“

„Wir werden …“, begann der zweite.

„Schweig!“, unterbrach ihn der erste Vampir mit einer knurrenden Warnung.

„Wir haben schon zu viel gesagt.“

„Ich kann nicht widerstehen“, stöhnte der andere. Plötzlich begann er, heftig zu zittern, als hätte er einen Anfall.

„Dann weißt du, was wir tun müssen. Was wir alle tun müssen.“

Entsetzt beobachtete ich, wie alle Vampir-Gefangenen zu schreien und zu zittern begannen, bis einer nach dem anderen in sich zusammensackte.

„Was ist denn hier los?“, brüllte Connie, als sie, Parker und Fluffikins die Falltür aufrissen und die lange Treppe hinuntergestürmt kamen.

„Ich ... ich weiß es nicht.“

Der Kater sprang auf den Schoß des ersten Vampirs und betatschte seine Brust. „Meine Güte. Davon habe ich schon gehört, aber es noch nie mit eigenen Augen gesehen.“

„Was ist passiert?“, fragte Parker und trat an meine Seite.

„Ich habe ihnen Fragen gestellt, und dann haben sie plötzlich angefangen zu schreien, sich geschüttelt und sind ohnmächtig geworden.“

„Sie sind tot.“ Fluffikins bestätigte, was ich bereits vermutet hatte.

„Aber wie? Ich dachte, ein Pfahl wäre der einzige Weg, um ...“

„Das Herz“, murmelte er. „Zerstöre das Herz, zerstöre die Magie.“

„Sie benutzten ihre überlegene Kraft, um ihre eigenen Herzen zu zerquetschen. Du musst sehr nah dran gewesen sein, Antworten zu bekommen“, sagte Connie und betrachtete mich misstrauisch.

„Barnes, komm mit mir“, rief Fluffikins, sprang vom Schoß des toten Vampirs und flitzte zur Treppe. Ich schickte ihm einen stummen Dank hinterher. Wenn Parker mir zu viele Fragen über das, was hier passiert war, gestellt hätte, bezweifelte ich, dass ich sie beantworten und gleichzeitig mein terranisches Geheimnis bewahren konnte.

Er folgte pflichtbewusst seinem Boss und ließ mich und Connie allein im Kellergefängnis zurück.

„Hat dir der Kater gesagt, was du bist?“, fragte sie und musterte mich von oben bis unten.

Ich beschwor die rosafarbene, funkelnde Weltmagie in meine Fingerspitzen, und sie entfaltete sich und nahm die Form eines Ballons an.

„Ah, da ist sie ja“, sagte sie trocken. „Was hast du herausfinden können, bevor sie sich das Leben genommen haben?“

„Sie sind wegen mir hier“, flüsterte ich und wünschte, die Antwort wäre anders ausgefallen.

Connie runzelte die Stirn. „Tja, das war ja wohl klar.“

„Ihr wart alle meinetwegen in Gefahr. Ich kann nicht ...“ Ich schüttelte den Kopf, als meine Stimme versagte. War ich wirklich etwas so Schreckliches, dass diese Vampir-Gefolgsleute lieber sterben wollten, als sich mit mir zu unterhalten?

Connie packte mich an den Schultern und schüttelte mich. Fest. „Egal, was für eine dumme Sache dir gerade durch den Kopf gehen mag, vergiss nicht: Wir werden in viel größerer Gefahr sein, wenn die bösen Jungs dich in die Finger bekommen. Im Moment ist das Beste, was wir tun können, dich in Sicherheit und außerhalb ihrer Reichweite zu halten. Ehrlich gesagt habe ich vorgeschlagen, dich zu töten, und uns jede Menge Probleme zu ersparen, aber Fluffikins wollte nichts davon hören.“

Dann verdankte ich dem kleinen schwarzen Kater wohl mein

Leben. Das hieß, wenn ich überhaupt sterben konnte. Das wäre auf jeden Fall eine wichtige Frage, die ich ihm stellen müsste, wenn er und ich das nächste Mal Gelegenheit für ein persönliches Gespräch fanden.

26

„Wolltest du mich wirklich umbringen?“, fragte ich, nicht sicher, ob ich mich das überraschen sollte.

Ein grausames Lächeln machte sich auf ihrem Gesicht breit. „Ja, und ich hätte es auch selbst getan. Vielleicht tue ich es immer noch, wenn du mir zu sehr auf die Nerven gehst.“

Ich hatte mit angesehen, wie Connie Vanessa ohne einen Moment des Zögerns oder Bedauerns gepfählt hat. Trotzdem würde ich gerne glauben, dass es ihr nicht so leichtfallen würde, jemanden zu töten, den sie kannte und mit dem sie gearbeitet hatte.

„Hasst du mich so sehr?“, fragte ich unverblümt.

„Wie oft sind wir das schon durchgegangen?“, knurrte sie und deutete mit Nachdruck auf sich selbst. „Verflucht. Schon vergessen?“

Ich lehnte mich mit einem schweren Seufzer gegen die Wand.

„Du bist die einzige Person, bei der ich ich selbst sein kann. Es wäre schön, dich näher kennenzulernen."

„Fluffikins ..."

„Ist ein Kater", unterbrach ich sie mit finsterem Blick. „Und zudem unser Chef."

„Wenn du denkst, dass dieses gemeinsame Geheimnis uns plötzlich zu besten Freundinnen macht, liegst du falsch."

„Ich weiß alles über den Vampirfluch, aber eben auch, dass ich ihn überwinden kann."

Connies Blick bohre sich in meinen, und sie öffnete den Mund, sagte jedoch nichts. Dann allerdings schüttelte sie den Kopf und kicherte. „Nein. Das glaube ich erst, wenn ich es sehe."

„Dann komm her und lass es mich dir zeigen."

Sie trat aus dem Schatten und in Richtung des gut beleuchteten Treppenhauses.

Ich folgte ihr. „Bist du dir sicher?", fragte ich und verbog meine Finger in Vorbereitung auf das, was gleich passieren würde.

Sie dachte so lange darüber nach, dass ich mich schon fragte, ob ich sie verloren hätte. Schließlich legte sie den Kopf schief und betrachtete mich nachdenklich aus kalten, schwarzen Augen. „Ich will kein Normalo mehr sein, aber es wäre schön, wieder etwas zu fühlen, lieben zu können."

„Erinnerst du dich noch, wie das war? An irgendetwas von diesen Dingen?" Ich hatte schon während der kurzen Zeit, in der ich den Fluch trug, angefangen zu vergessen und konnte mir kaum vorstellen, wie es für Connie sein musste, diese Last so viele endlose Jahre zu tragen, ohne Aussicht auf Begnadigung.

„Es ist schon so lange her." Sie schloss die Augen und nahm

einen tiefen Atemzug, von dem wir beide wussten, dass sie ihn nicht brauchte.

Ich zuckte mit den Schultern. „Du musst es mir nicht sagen, wenn du nicht willst."

„Ja, aber du wirst weiter fragen. Diesen Ärger kann ich mir genauso gut ersparen."

Ich wartete schweigend, bis sie wieder sprach.

Als sie das tat, klang ihre Stimme irgendwie seltsam. „Als ich sterblich war, verliebte ich mich in einen Engel namens Symont. Übernatürliche mussten sich in jenen Tagen nicht verstecken. Die Terraner regierten und sorgten dafür, dass alle Spezies in Harmonie miteinander lebten. Symont und ich hatten viele glückliche, gemeinsame Jahre. Leider alterte ich normal, während er kaum älter wurde. Ich bekam Krähenfüße und Lachfalten, aber er blieb das perfekte Abbild der Jugend. Vierzig mag heutzutage nicht alt erscheinen, aber vor vielen Jahrhunderten war es ein ziemlich fortgeschrittenes Alter. Mein Liebster konnte es nicht ertragen, mich zu verlieren, also suchte er nach einem Weg, mir Unsterblichkeit zu verleihen, damit wir auf ewig zusammen sein konnten."

„Er hat dich also in einen Vampir verwandelt", murmelte ich.

Sie richtete sich zu ihrer vollen Größe auf, einige Zentimeter größer als ich. „Ich habe mich aus freien Stücken dazu entschieden. Es gibt keine Möglichkeit, einen Sterblichen in einen Engel zu verwandeln, also habe ich dem zugestimmt, weil es die einzig machbare Lösung war. Doch als ich verwandelt war, hasste Symont das Monster, zu dem ich geworden war. Vampire und Engel sind natürliche Feinde, und was wir waren, erwies sich als stärker als das, was wir in unseren Herzen trugen.“

„Er hat dich verlassen.“ Auch wenn ich wusste, dass Connie den Stachel dieses Schmerzes von vor langer Zeit nicht mehr spüren konnte, fühlte ich mit ihr.

Sie fixierte ihren Blick auf einen Punkt in der hinteren Ecke des Raumes. „Ja. Er hatte keine Wahl. Wir dachten, unsere Liebe könnte den Fluch überwinden, aber wir waren Narren.“

„Vermisst du ihn? Hoffst du, ihn irgendwann wiederzusehen?“

Sie zuckte mit den Schultern und schüttelte den Kopf. „Ich kann mich nicht erinnern. Ich weiß noch, was geschehen ist, aber ich bin völlig davon losgelöst. Als wäre es jemand anderem passiert und nicht mir. Was die Hoffnung angeht …“ Sie seufzte. „Wie konnte ich jemals glauben, dass jemand den Fluch aufheben würde, wenn es nicht mal uns gelungen ist?“

„Fluffikins sagte mir, ich sei der mächtigste Mensch auf Erden. Und als die Weltmagie in mich eindrang, kam alles zu mir zurück. Vielleicht kann ich dir helfen, deine Liebe und deine Gefühle zurückzubekommen. Lässt du es mich versuchen?“, fragte ich, hob meine Hände und demonstrierte ihr das rosafarbene Glühen, das in mir aufstieg.

Connie nickte bedächtig. „Ich kann mich nicht mehr daran erinnern, wie es sich angefühlt hat zu lieben, aber logischerweise weiß ich, dass es erstaunlich gewesen sein muss, wenn ich mich freiwillig in dieses … dieses Ding verwandeln ließ. Nur für die Chance, diese Liebe zu erhalten.“ Sie streckte ihre Hände vor und ergriff meine Finger.

Ich wusste immer noch nicht genau, wie meine Magie funktionierte, aber das war etwas, das ich selbst lernen musste. Niemand sonst konnte mir genau sagen, was ich tun musste. Der einzige Weg, um herauszufinden, ob ich Connies Fluch überhaupt aufheben konnte, war, es auszuprobieren.

Ich atmete mehrmals tief durch, schloss die Augen und ließ die Magie durch meine Finger sie hineinströmen.

Sie drückte meine Hände fest zusammen, wich aber nicht zurück.

Ich machte weiter, durchtränkte meinen Zauber mit Liebe, Mitgefühl und Menschlichkeit – auch wenn keiner von uns beiden wirklich menschlich war. Und offenbar war ich es selbst ebenfalls nie gewesen.

Connie holte scharf Luft. „Ich fühle …“, sagte sie, aber dann brachen ihre Worte ab, während sie zittrig einatmete.

Ich blieb ruhig, hielt die Verbindung zwischen uns offen, schob aber nichts mehr hinterher.

Als nichts mehr von ihr kam, öffnete ich meine Augen und sah gerade noch rechtzeitig, wie sie leblos zu Boden sank.

27

Ich ließ mich auf die Knie fallen und legte meinen Kopf auf Connies Brust. Kein Herzschlag, aber sie hatte ja auch vorher keinen gehabt.

„Connie!“, rief ich und schüttelte sie an den Schultern. Ich hatte zu viel Angst, noch mehr von meiner Magie einzusetzen, bis ich wusste, was hier schiefgelaufen war.

Als sie sich nach wie vor nicht rührte, ließ ich die Weltmagie wie einen mächtigen Blitz aus meinen Fingerspitzen hervorschießen und in der Luft manifestieren.

„Finde Fluffikins“, flehte ich. „Bring ihn her.“

Der funkelnde rosa Strudel verschmolz zu einer langen Ranke und schlängelte sich durch die Decke.

Ich setzte meine Bemühungen, Connie wiederzubeleben, fort, aber nichts, was ich versuchte, zeigte irgendeine Wirkung. *Nein, nein, nein!*

Ich war kein Killer, und doch waren mir in weniger als fünfzehn Minuten fünf Vampire tot vor die Füße gefallen.

„Was hast du getan?“, brüllte Fluffikins und sauste die Stufen hinunter, nachdem er darauf geachtet hatte, die Falltür hinter sich zu versiegeln.

Die Magie kehrte zurück und prallte von hinten gewaltsam gegen mich. Der Schock raubte mir fast den Atem. Die Plötzlichkeit tat weh. Mein Körper hatte noch keine Zeit gehabt, sich an die intensive Veränderung anzupassen, und ich war definitiv noch nicht in der Lage, meine terranische Zauberkraft zu kontrollieren. Man brauchte nur zu sehen, was ich Connie angetan hatte!

Gleichzeitig konnte ich erkennen, dass sich die Magie schon lange nach meiner Berührung gesehnt hatte. Vielleicht Jahrhunderte. Fluffikins hatte erklärt, dass sie so alt war wie die Erde selbst. Sie gehörte nicht zu mir, und ich gehörte nicht zu ihr, aber wir gehörten zusammen.

Symbiotisch gesehen.

Mein Moment des Schmerzes war nichts im Vergleich zu den langen Jahren, die sie ohne mich oder andere wie mich hatte ausharren müssen. Wir würden eine Lösung für diese Sache finden.

Aber zuerst mussten wir Connie retten.

„Ich habe versucht, sie von ihrem Fluch zu befreien, so wie ich es bei mir selbst getan habe“, erklärte ich der verzweifelten Katze an meiner Seite.

„Du hast sie mit der Weltmagie vollgepumpt?“, fragte er entgeistert.

„Nein, ich habe sie ihr ganz langsam eingeflößt. Ich war vorsichtig. Ich ..."

„Du hast mir nicht zugehört! Du hast rein gar nichts verstanden von dem, was ich dir gesagt habe!", brüllte er mir ins Gesicht. „Es war zu viel. Ihr Herz konnte das alles nicht verkraften. Du hast sie umgebracht."

„Nein!", rief ich. „Das ist nicht möglich! Sie ist ein Vampir. Sie sollte nicht ..."

Fluffikins wirbelte herum und kratzte am Boden, schickte eine magische Welle nach der anderen in Connies Körper. Nichts geschah.

„Das wollte ich nicht", stotterte ich, während mir Tränen über die Wangen liefen.

„Du musst lernen, deine Kräfte zu kontrollieren, bevor du sie wieder benutzt", zischte er. Dann wandte er sich an die Magie.

„Das ist genug für heute. Kehr zu mir zurück", befahl er.

Wieder tat sich nichts.

„Zu mir zurück!", schrie er, und die Speichelfetzen flogen nur so aus seinem Maul.

Meine Haut blitzte rosa auf und nahm dann wieder ihren normalen Pfirsichton an.

„Du weigerst dich?", zischte er wütend.

„Ich doch nicht", sagte ich und versuchte, die Magie zu beschwören und zu verbannen.

Erneut glühte ich rosa auf, aber die Magie blieb, wo sie war.

Offensichtlich war sie empfindungsfähig. Sie besaß ihren eigenen Verstand, und jetzt hatte sie sich in meinem Körper eingenistet.

Als mir das klar wurde, hob sich meine Hand aus eigenem Antrieb und legte sie auf Connies Brust. Ich sah, wie meine Finger aufleuchteten, als sie tief in das Innerste des verstorbenen Vampirs eindrangen. Ich bekam etwas zu fassen, das sich kalt und matschig anfühlte … ihr Herz.

Als meine Hand das leblose Organ umklammerte, entfuhr mir ein Schrei.

„Was machst du da?", fragte Fluffikins entsetzt.

„Das bin ich nicht", sagte ich und begann zu hyperventilieren, so groß war meine Angst.

„Dann hör auf damit."

„Ich kann nicht", schluchzte ich, während ich versuchte, mich aus ihrer Brust zurückzuziehen – und scheiterte.

Aber dann begann ihr Herz in meiner Hand zu schlagen. Erst schwach und langsam, dann jedoch schneller, stärker.

Der Zauber ließ mich los, und ich zog meine Hand zurück, keuchend und weinend, als Connie die Augen öffnete und sich aufsetzte.

„Was ist passiert?", krächzte sie und rieb sich den Oberkörper. „Wo bin ich?"

„Nein, das ist doch nicht möglich." Fluffikins stolperte rückwärts, bis er gegen die Wand stieß. In seinen großen Augen leuchtete etwas, was ich zu gleichen Teilen für Bestürzung und Respekt hielt. Irgendwie wusste ich jetzt, was andere fühlten. Zumindest manchmal.

„Bist du okay?", fragte ich Connie atemlos, als sich meine strapazierten Nerven wieder zu entspannen begannen.

„Ich fühle mich …", begann sie und wiederholte dieselben

Worte, die sie gesprochen hatte, kurz bevor sie zusammengebrochen und auf den Boden gestürzt war.

„Lebendig", sagte sie schließlich, und ihre Lider flatterten, während sie ihre Arme und Brust untersuchte. „Wie ist das möglich?"

Ich öffnete meinen Mund, um zu antworten, aber es gab keine Erklärung dafür.

Ächzend drehte Connie sich um, zog den Holzpflock aus dem Halfter an ihrem Knöchel und fuhr damit über das weiche Fleisch ihres Unterarmes.

„Ahhh!", schrie sie auf, als dickes, scharlachrotes Blut aus der Wunde strömte.

„Lebendig!", heulte Fluffikins. „Lebendig! Aber niemand kann die Toten auferwecken!"

„Das war Tawny", sagte die Vampirin mit ihrem typischen Grinsen, und dann schlang sie ihre Arme um mich und schluchzte in mein Haar.

Ich zögerte. „Bist du ...?"

„Wieder ein Mensch, ja!" Sie küsste mich in so überschwänglicher Freude auf beide Wangen, dass ich sie kaum wiedererkannte.

„Das ist unmöglich", murmelte der Chefkater wieder.

„Der Fluch ist gebrochen?", fragte ich hoffnungsvoll, jedoch immer noch zögerlich.

Sie stand auf und lachte dann, als sie einen Schritt zurückstolperte. „Ich bin ungeschickt. Und ich kann fühlen. Und habe Schmerzen. Und, und ... Ich danke dir, Tawny. Vielen Dank, dass du mich aus diesem Leben befreit hast!"

„Das ist nicht gut“, zischte Fluffikins, während er zur Treppe rannte.

Hatte ich etwas falsch gemacht? Der Boss-Kater schien das zu denken, aber wie konnte die Rettung eines Lebens jemals eine schlechte Sache sein?

Ich ließ zu, dass Connie mich erneut in ihre Arme schloss und vor Freude schluchzte, und redete mir ein, dass ich etwas Gutes getan hatte – auch wenn ich nicht unbedingt diejenige gewesen war, die es getan hatte.

28

„Connie", schrie ich, als mich eine plötzliche Erkenntnis überkam „Wenn ich dich wiedererweckt habe, kann ich ..."

Ich drehte mich zu den vier Gefangenen um, die noch immer zusammengesunken in der Gefängniszelle saßen, und Connie folgte meiner Blickrichtung.

„Die anderen ebenfalls erwecken, ja!", quiekte sie.

„Sie haben mir einige Dinge erzählt, bevor ..." Ich brach ab, da ich die schreckliche Szene, die ich erlebt hatte, nicht näher beschreiben wollte.

„Dieser hier." Ich blieb vor dem zweiten Gefangenen auf der Bank stehen. „Er wollte mir mehr erzählen, aber der andere hielt ihn davon ab, und dann haben sie ... du weißt schon."

„Könnest du sie davon abhalten, es wieder zu tun?"

„Ich weiß es nicht. Vielleicht, aber Fluffikins sagte doch..."

„Wen kümmert es, was Fluffikins gesagt hat. Uns bietet sich hier eine große Chance. Du musst sie ergreifen."

„Er will nicht, dass ich meine Magie wieder benutze, bevor ich sie besser kontrollieren kann."

„Was ist das Schlimmste, was passieren kann?"

„Nun, ich habe dich getötet."

Sie brach in ein breites, fangzahnbefreites Lachen aus. „Nur ein kleines bisschen. Jetzt bin ich zurück und fühle mich besser denn je."

„Ja, das bist du", sagte ich und stimmte dankbar in ihr Lachen ein. Wir waren tatsächlich Freunde geworden, Connie und ich, und – oh, wie sehr ich das gebraucht hatte.

„Sie sind bereits tot. Erwecke einen, stell deine Fragen. Sie sind alle gefesselt und eingesperrt. Da kann buchstäblich nichts schiefgehen. Du musst es tun."

Ich nickte und krümmte meine Finger, um die Magie hervorzuholen. „Das wird jetzt eklig", warnte ich.

Connie verdrehte die Augen und prustete abschätzig. Wow, es würde einige Zeit dauern, bis ich mich an die neue Version ihrer Person gewöhnt hatte. „Ähm, ich habe mehr als ein Jahrhundert lang Menschenblut getrunken, bis das goldene Zeitalter kam und unsere Gewohnheiten sich änderten."

„Du bist kein Vampir mehr", erinnerte ich sie, und ein Lächeln umspielte meine Lippen.

„Oh, richtig!" Sie schlug sich mit der Handfläche gegen die Stirn und stieß einen Schmerzenslaut aus. „Wow, daran muss man sich erst mal gewöhnen."

Das hatte ich mir auch gerade gedacht. Nun, wenigstens waren wir jetzt auf derselben Seite. Wahrscheinlich hätte ich sogar losgelacht, wenn ich mich nicht vor dem gefürchtet hätte, was ich als Nächstes tun musste.

Ich sank vor meiner Versuchsperson auf die Knie, schloss die Augen und atmete dreimal langsam ein und aus, bevor ich meine Hand in seine Brust tauchte und nach seinem Herzen griff.

Als das Herz des Vampirs in meiner Faust zu schlagen begann, hielt ich ihn fest, um zu verhindern, dass er es wieder zerquetschen konnte. Ich war mir zwar einigermaßen sicher, dass er jetzt ebenfalls ein Mensch war wie Connie, wollte jedoch kein Risiko eingehen.

„Was ist hier los?", fragte der Gefangene und schlug langsam seine Augen auf. „Was hast du mit mir gemacht? Ich fühle mich merkwürdig."

„Das ist egal. Wir haben uns vorhin nett unterhalten, und du wolltest mir gerade von deinen Pläne über die Vereinigung der Welt unter einer bestimmten Macht erzählen."

„Nicht meine Pläne, sondern seine."

„Wer ist er, der mit den Plänen?"

„Ich weiß es nicht."

„Warum hilfst du ihm dann?"

„Damit wir nicht länger im Schatten leben müssen. Magicks werden offen herrschen dürfen."

„Was ist mit den Menschen?"

„Sie können sich aus freien Stücken unterwerfen oder werden gezwungen, das zu tun. Er wird gut zu denen sein, die seine Führung akzeptieren."

„Was ist mit denen, die das nicht tun?"

„Die werden natürlich beseitigt."

„Und du willst das?"

„Es geht nicht darum, was ich will, sondern um uns alle."

„Für mich ist es wichtig. Warum machst du das alles mit?"

„Ich bin es leid, dass man mir ständig das Gefühl gibt, ich sollte nicht existieren . Dass meine bloße Existenz eine Sünde ist."

„Aber ist es nicht genau das, was ihr mit Menschen ohne Magie vorhabt?"

„Nein, sie werden aus ihrem Elend befreit. Ich hingegen bin ich in meinem gefangen."

Ich ließ los und zog meine Hand von seiner Brust. „Danke."

„Was wird jetzt mit mir geschehen?"

Connie legte mir eine Hand auf die Schulter. „Tawny, geh. Lass mich das hier zu Ende bringen."

„Aber …" Ich wollte diskutieren, das Leben dieses Vampirs verteidigen, besonders jetzt, wo er möglicherweise wieder sterblich war.

„Er hat seine Entscheidung bereits getroffen", erinnerte sie mich. „Ich mache ihn nur wieder zu dem, der er war und verspreche, das behutsam zu tun."

Ich schüttelte den Kopf, weil ich weder für das eine noch das andere verantwortlich sein wollte.

Die Magie entschied für mich und trug mich die Stufen hinauf, noch bevor ich überlegen konnte, welche Lösung mir angenehmer wäre.

29

Melony wartete in der Lagerhalle auf mich. „Komm schon“, sagte sie, als ich aus dem versteckten Verlies auftauchte. „Alle versammeln sich im Besprechungssaal. Der Boss hat mir aufgetragen, dich zu holen, also betrachte dich als erwischt.“

Ich nickte und folgte ihr durch das Bürogebäude und in den gläsernen Konferenzraum, in dem sich der Vorstand zusammenfand, um seine wichtigsten Angelegenheiten zu besprechen. Sobald ich eintrat, löste sich die Weltmagie in mir und stieg in einem dichten Nebel zur Decke auf.

„Aha, wirst du dich jetzt endlich benehmen“, stöhnte Fluffikins.

„Tut mir leid“, murmelte ich und schnappte mir schnell einen Stuhl.

„Ich habe nicht mit dir geredet“, schnauzte der Kater, was ich als mein Stichwort nahm, mich still hinzusetzen und auf die Neuigkeiten zu warten, die der Rat zu berichten hatte.

Connie war die letzte, die sich keine fünf Minuten später zu uns gesellte. Als sie neben mir Platz nahm, marschierte Fluffikins wieder mit dem ihm eigenen Stechschritt auf dem Tisch auf und ab.

„Der rivalisierende Hexenzirkel wurde ausgeschaltet“, verriet er, obwohl ich annahm, dass das inzwischen jeder wusste. „Buckley konnte das Gift identifizieren, das sie im Bollyweird dem Essen beigemischt haben.“

„Was war es?“ fragte Melony und zog damit einen bösen Blick des Katers auf sich.

„Ein Verstärker“, antwortete Buckley, nachdem er sich erhoben hatte, um sich unbeholfen vor den Rest von uns zu stellen. „Es ist ein magischer Verstärker.“

„Warum sollten sie einen Haufen Normalos damit füttern?“, fragte Parker sich laut.

Das hatte ich mir im Stillen auch überlegt und die Antwort darauf schnell gefunden.

Connie drückte unter dem Tisch meine Hand. Sie und ich wussten, was der Hexenzirkel im Schilde führte. Sie hatten versucht, andere Terraner aus ihrem Versteck zu locken.

„Das können wir nicht mit Sicherheit sagen“, log Fluffikins die anderen an, ohne auch nur einen Blick in meine Richtung zu werfen. „Die gute Nachricht ist, dass es ihnen nicht schaden wird und nicht rückgängig gemacht werden muss.“

„Trotzdem sollten wir nachhaken“, sagte der Engel Greta und schenkte mir ein matronenhaftes Lächeln.

„Ich stimme zu", sagte Mr Fluffikins mit einem kurzen Nicken. „Deshalb werde ich Tawny von Tür zu Tür schicken, um alle zu befragen, die im Bollyweird gegessen haben, bevor wir es dichtgemacht haben."

„Bist du sicher, dass die Normalo die richtige Wahl für diesen Auftrag ist? Ich könnte das schneller und besser erledigen", argumentierte Melony, verschränkte die Arme vor der Brust und ließ sich in ihrem Stuhl zurücksinken.

„Ja", sagte der Kater. „Tawny ist die richtige Wahl, besonders in Anbetracht meiner nächsten Ankündigung."

Alle Augen richteten sich auf mich.

Connie hielt meine Hand fest und beugte sich vor, um mir ins Ohr zu flüstern. „Sie dürfen nicht wissen, dass ich mich verändert habe. Hüte mein Geheimnis, wenn du deins bewahren willst."

Fluffikins schritt heran und ließ sich vor mir auf den Tisch plumpsen. „Während dieser Mission haben wir etwas ganz Großartiges herausgefunden."

„Oh?" Greta schenkte mir ein strahlendes, ermutigendes Lächeln. Es schien so lange her zu sein, dass sie mir ihre Engelsrüstung anbot und mir schließlich das Leben rettete. Ich hoffte, sie wäre stolz auf das, was aus mir geworden war, auch wenn ich den strikten Befehl hatte, weder ihr noch sonst jemandem jemals die Wahrheit zu verraten.

„Nur zu, Tawny", drängte Parker und blickte mit einem ebenso gigantischen Grinsen in meine Richtung. „Sag ihnen, was du mir gesagt hast."

Oh, richtig.

„Ich bin keine Normalo. Ich bin eine Hexe. Überraschung!"

Ein Raunen erhob sich unter denen, die die Nachricht noch nicht gehört hatten – weder die Fake-News oder die tatsächliche Entdeckung, die Fluffikins über mich gemacht hatte.

„Du hast mir zuerst versprochen, dass ich die Kontaktperson der Polizei werde!“, protestierte Melony.

„Entspann dich, Haberdash“, knurrte der Kater, und das Fell auf seinem Rücken sträubte sich. „Dein Job ist dir sicher, auch wenn Tawny keine Aushilfe mehr sein wird.“

„Ist ihre Tätigkeit bei der APZ damit erledigt?“ fragte Greta und legte die Stirn in Falten. Sie hatte sich vom ersten Tag an für mich eingesetzt, und im Gegensatz zu Parker hatte sie nie daran gezweifelt, dass ich es in dieser seltsamen neuen Welt der Magie schaffen könnte.

„Nein, aber meine wird es bald sein“, verkündete die Katze feierlich.

Noch mehr Raunen und Keuchen.

„Wie ihr alle wisst, befinde ich mich in meinem fünften Leben. Ich würde mich gerne irgendwann in meinem sechsten Leben zurückziehen und in meinem siebten den ganzen Luxus genießen, der einer Katze meines Formats zusteht. Von daher werde ich Tawny als meine Nachfolgerin ausbilden.“

„Eine Dilettantin!“ R verzog das Gesicht und wickelte seinen langen Bart nachdenklich um seine Hand. „Das ist eine ziemlich große Beförderung.“

„Ja, das ist es“, sagte Fluffikins und hielt seine Augen auf meine gerichtet. „Aber ich habe volles Vertrauen, dass Tawny mit allem fertig wird, was als Nächstes auf uns zukommt.“

30

Da habt ihr es also …

Innerhalb von nicht einmal vierundzwanzig Stunden habe ich herausgefunden, dass ich das letzte bekannte Mitglied der mächtigsten Spezies bin, die jemals existiert hat.

Ich absorbierte eine starke Magie und musste feststellen, dass sie mich genauso kontrollieren kann wie ich sie.

Ich hatte Tote zum Leben erweckt, und das nicht nur einmal, sondern zweimal.

Es stellte sich heraus, dass der nervige Katzenboss die ganze Zeit über mein größter Fürsprecher gewesen war.

Eine störrische Vampirin wurde meine beste Freundin.

Ich bekam eine fingierte Beförderung.

Und ich wurde angewiesen, meine wahre Identität vor allen geheim zu halten, auch vor Parker.

Inzwischen sind wir natürlich auch offiziell ein Paar.

Und dann ist da noch der magische Möchtegerndiktator, der plant, die Menschheit entweder zu versklaven oder zu vernichten ... oder beides.

Und, oh, ja. Ich bin die Einzige, die auch nur den Hauch einer Chance hat, das zu verhindern ...

Als das alles begann, war ich nur eine Teilzeit-Romanautorin gewesen, die zur paranormalen Aushilfe berufen wurde.

Und jetzt bin ich die einzige Person, die entweder die Welt retten oder sie auslöschen kann.

Klingt doch nach einem Kinderspiel, was?

MEHR BÜCHER ZUM LESEN

Mein Name ist Gracie Springs, und ich habe keine magischen Kräfte ... aber mein Kater allem Anschein nach schon! Ich hatte da zunächst so ein Gefühl, als ich sah, wie er einem Rotkehlchen in unserem Garten hinterherjagte und ungewöhnlich hoch in die Luft sprang. Als er dann auch noch mit mir sprach, gab es keinen Zweifel mehr!

Zu allererst hat er sich über den Namen beschwert, den ich ihm gegeben habe – dabei passt „Flauschi" einfach perfekt zu ihm und seinem Wuschelfell! Mittlerweile haben wir uns auf „Merlin, der magische Flausch" geeinigt. Seiner Ansicht nach spiegelt das zumindest seine ehrbare Abstammung ausreichend wider.

Anschließend hat er mir eröffnet, dass ich als seine Vertraute über seine geheimen Kräfte Stillschweigen bewahren muss, andernfalls würde ich für den Rest meines Lebens ins magische Kittchen wandern. Hätte ich gewusst, dass ich ständig seine

Spuren verwischen und mich aus ziemlich brenzligen Situationen herausflunkern muss, hätte ich nicht so leichtfertig eingewilligt.

Als schließlich auch noch mein Chef, der Besitzer des örtlichen Cafés, mausetot umfällt, wenden sich die Dinge von kompliziert zu unmöglich ... insbesondere, weil ich in aller Augen scheinbar die Tatverdächtige bin.

Hoffentlich hat mein magischer Kater noch einige Zaubertricks auf Lager, um uns aus dieser Situation zu retten, sonst stecke ich wirklich in der Klemme!

Hole dir noch heute dein persönliches Exemplar und fange direkt an zu lesen. Oder blättere einfach weiter und stürze dich direkt in das erste Kapitel.

Viel Spaß!

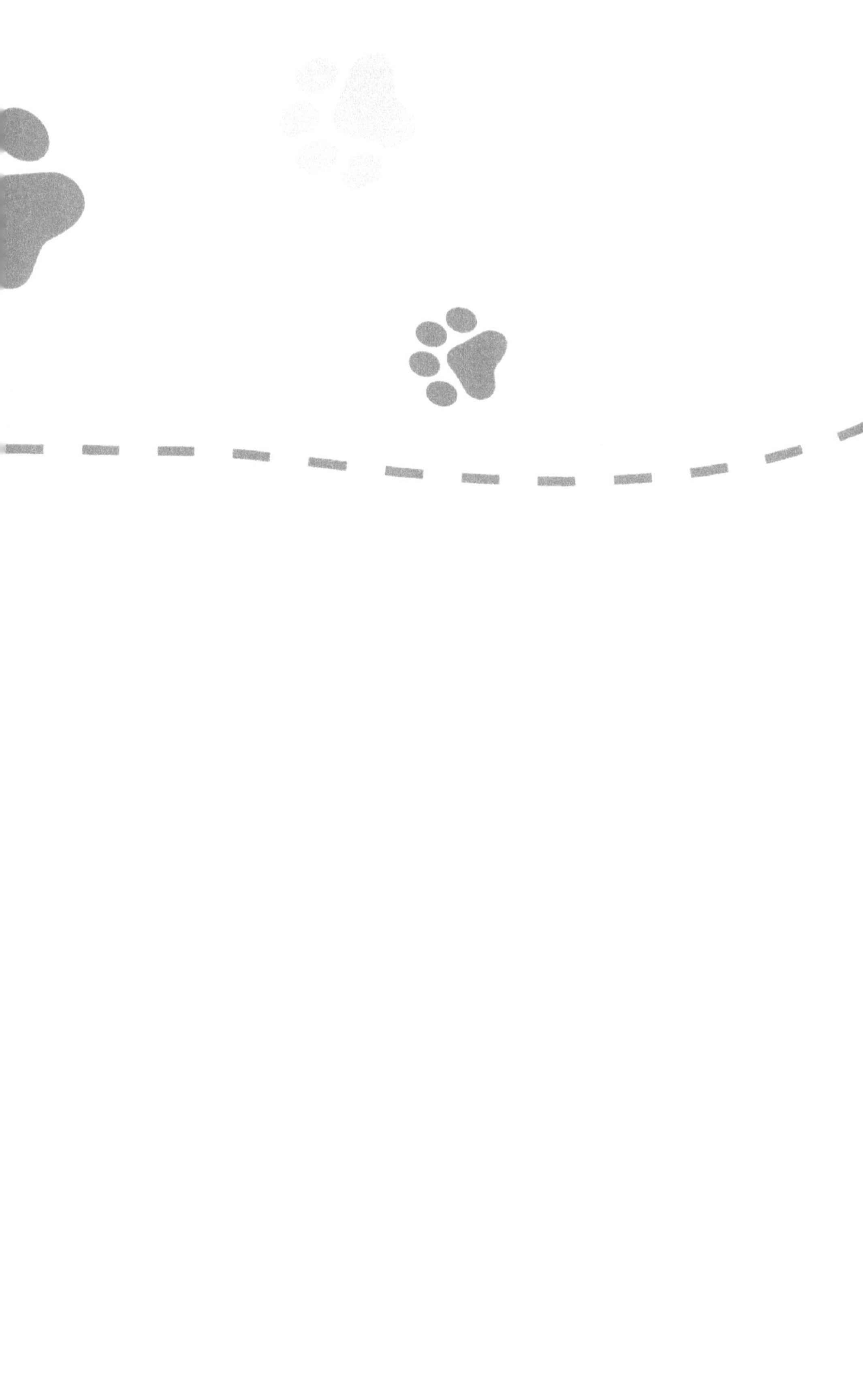

KURZE VORSCHAU

MERLIN FINDET EINE VERTRAUTE

Mein Name ist Gracie Springs und ich bin eine ganz gewöhnliche, junge Frau. Während ich für meinen Masterabschluss in Soziologie studiere, arbeite ich nebenher als Barista. Mit den Kursen bin ich so weit durch, allerdings fehlt mir noch die zündende Idee für ein gutes Thema, über das ich meine Masterarbeit schreiben möchte. Aber genau das brauche ich für meinen Abschluss.

Ups.

Ich wohne in Elderberry Heights, einer kleinen Stadt in Süd-Georgia, in der sonst nur Rentner ab siebzig aufwärts leben. Das Haus, in dem ich wohne, gehörte eigentlich meiner Großmutter Grace, die sich für ihren Lebensabend in ein spritziges Seniorenheim nach Florida zurückgezogen hat.

Also hat sie mir das Haus, in dem sie meinen Vater und meine Onkel großgezogen hat, als frühes Erbe vermacht, weil ich ja schon immer ihre Lieblingsenkelin gewesen sei – und nicht nur, weil wir den gleichen Namen haben.

Sie hat mir zudem ihre gesamte Einrichtung dagelassen, unter anderem mindestens drei Dutzend gehäkelte Zierdeckchen, braungeblümte Sofas und goldbraune Beistelltische aus Eiche. Ich bringe es einfach nicht übers Herz, irgendetwas zu verändern … das kann ich mir auch gar nicht leisten.

Außerdem hat Oma Grace mir diesen zerzausten Kater hinterlassen, der wenige Tage vor ihrem Umzug und meinem Einzug einfach bei ihr aufgetaucht ist. Laut dem Tierarzt ist er eine Maine Coon. Meiner Meinung nach ist er viel größer als normale Katzen, mit den Massen an gestreiftem Fell, das ihn wie einen buchstäblichen Flauschball aussehen lässt.

Deswegen habe ich ihn auch Flauschi getauft.

Unfreiwillige Katzenbesitzerin zu werden, habe ich gern in Kauf genommen gegen ein kostenloses Dach über dem Kopf, und mittlerweile ist mir Flauschi auch ein wenig ans Herz gewachsen. Er ist jedoch nicht sonderlich verschmust. Jedes Mal, wenn ich ihn hochheben wollte, hat er die Krallen ausgefahren. Zweimal ist es ihm sogar gelungen, mich ordentlich blutig zu kratzen.

Also lasse ich ihn, wo er ist. Manchmal, wenn ich ganz still dasitze und so tue, als sei ich abgelenkt, legt er sich auf meinen Schoß. Einmal hat er sogar geschnurrt.

Flauschi ist ziemlich verfressen und bedient sich beim Abendessen oft an meinem Teller. Außerdem scheint es ihm einen Heidenspaß zu machen, mitten in der Nacht wie ein Wahnsinniger durch die Gänge zu rasen.

Eigentlich hatte ich nicht vorgehabt, ihn aus dem Haus zu

lassen, aber er ist ein schlaues Kerlchen und findet immer einen Weg. Schließlich habe ich klein beigegeben und eine Katzenklappe angebracht, um mich nicht mehr länger damit herumschlagen zu müssen.

Und das bringt mich zu diesem Morgen ...

Ich war spät dran, weil ich mich mit einem viel zu komplizierten Make-up-Tutorial auf YouTube abgeplagt habe. Letztendlich habe ich mir das Desaster wieder komplett vom Gesicht geschrubbt und mich für die vertraute Kombination aus Smokey Eye und dezentem Lippenstift entschieden. Es war definitiv keine gute Idee, etwas Neues kurz vor der Arbeit auszuprobieren.

Vor allem, weil mein fieser Chef nur nach einer Gelegenheit suchte, mir das Gehalt zu kürzen. Es wurmt ihn immer noch, dass vor Kurzem eine beliebte Cafékette ein paar Straßen weiter aufgemacht und ihm den Profit abgeluchst hat. Aber weil er ungeheuer stur ist und sich die Niederlage nicht eingestehen will, hat er sein ganzes Team behalten, teilt uns jedoch nur noch zu kurzen Schichten ein und versucht, an allen Ecken und Enden zu sparen.

Ein echt toller Kerl!

Da ich Flauschi seit dem Frühstück nicht mehr zu Gesicht bekommen hatte, wollte ich vor meiner Schicht noch einmal nach ihm sehen.

„Flauschi! Flauschi! Hier, Katerchen!“, rief ich und schnalzte mit der Zunge, aber er ließ sich nicht blicken. Das tut er nie. Es ist meine Aufgabe, ihn aufzuspüren.

Endlich entdeckte ich ihn im Garten, mit dem Hinterteil in die Höhe gestreckt, den Körper flach auf den Boden gedrückt, bereit zum Sprung. Ein paar Meter entfernt badete ein argloses Rotkehlchen in der steinernen Vogeltränke meiner Großmutter, worin sich noch ein paar letzte Tropfen befanden, die nicht in der Sommersonne verdampft waren.

Flauschis Hintern wackelte gebannt.

Dann sprang er los, aber das Rotkehlchen bemerkte ihn und flatterte davon.

Flauschi flatterte hinterher.

Es war nicht nur ein einfacher Katzensprung. Er wirkte wie ein samtpfotiger Basketball-Spieler, der den Ball im Korb versenken will. Höher und höher folgte er seinem gefiederten Opfer. Selbst nach zwei Metern schien er immer noch weiter Richtung Himmel zu gleiten.

Plötzlich drehte er den Kopf und bemerkte mich. Seine smaragdgrünen Augen hielten meinen Blick gefangen, und für einen Moment schien er reglos mitten im Sprung festzustecken.

Dann drehte er sich abrupt wieder um, durchbrach den eigenartigen Augenblick, landete auf dem Boden und lief davon. *Was zum Henker ist denn da gerade passiert?*

Ich machte den Schlafmangel und meine wilde Fantasie für die Szene mit dem fliegenden Flauschball verantwortlich und düste mit dem Auto los in Richtung Harolds Kaffeehaus.

Obwohl ich sowohl die erlaubte Höchstgeschwindigkeit als auch ein paar Stoppschilder missachtete, kam ich drei Minuten zu spät zu meiner Schicht. Mein Chef, der gute Harold höchstpersönlich, wartete bereits hinter der Eingangstür auf mich.

Er tippte sich auf das Handgelenk, an dem er überhaupt keine Uhr trug, und keifte: „Wann kapierst du es endlich? Drei Minuten bedeuten drei Dollar, und weil das schon dein zweites Mal diese Woche ist, verdopple ich den Betrag!“

Schnaubend drängte ich mich an ihm vorbei, um mich einzustempeln.

„Gracie! Hörst du mir überhaupt zu?“, fragte er und watschelte mir wie ein knatschiges Küken hinterher.

„Ja, Sie ziehen mir sechs Dollar dafür ab, dass ich drei Minuten zu spät bin, obwohl der Laden leer ist und Sie uns ohnehin nur den Mindestlohn zahlen. Und das auch nur, weil Sie gesetzlich dazu verpflichtet sind. Bald muss ich Sie bestimmt für das Vergnügen bezahlen, mir hier die Beine in den Bauch zu stehen, während unsere Kunden um die Ecke bei Mermaid’s Brew rumhängen. Stimmt das in etwa?“

Harold lief puterrot an. „Was für eine Frechheit!“, schrie er. „Wenn es nicht so teuer wäre, jemand neues anzulernen, würdest du auf der Stelle hier rausfliegen. Hast du vielleicht ein Glück, dass ich …“

Er stolperte einen Schritt zurück, schüttelte den Kopf, und setzte erneut an. „Hör gut zu, Gracie, du hast wirklich Glück, dass …“

Erneut brach er ab, japste nach Luft und sank innerhalb von Sekunden zu Boden.

„Harold, Harold!“, rief ich, ließ mich neben ihm auf die Knie fallen und versuchte festzustellen, ob er atmete.

Das tat er nicht.

Ich ergriff sein Handgelenk und fühlte nach seinem Puls.

Nichts.

Oh-oh.

Hole dir noch heute dein persönliches Exemplar und fange direkt an zu lesen.

ÜBER MOLLY FITZ

Obwohl USA-Today-Bestsellerautorin Molly Fitz genau genommen nicht mit Tieren sprechen kann, führen sie und ihre drei tierischen Co-Autoren oft tiefgründige und lebhafte Gespräche, während sie den alltäglichen Dingen des Lebens nachgehen.

Molly lebt mit ihrem Kind und ihrem eigenen Privatzoo irgendwo in der Wildnis von Alaska. Gelegentlich wagt sie sich hinaus, um ein exquisites Essen zu genießen, einen guten Kaffee zu trinken oder neue Tierfreunde zu treffen.

Erfahre mehr über Molly und ihre deutschen Veröffentlichungen, indem du dich gleich für ihren Newsletter anmeldest:

www.katzengeheimnisse.com

MISS DOLITTLES GEHEIMNIS

Angie Russo hat sich gerade mit dem ersten sprechenden Katzendetektiv von Blueberry Bay zusammengetan. Gemeinsam mit seiner bunt zusammengewürfelten Schar menschlicher und tierischer Helfer ist Octocat fest entschlossen, jede Situation zu retten – solange sie nicht mit seinem persönlichen Zeitplan kollidiert.

Viel Spaß mit Band 1 – **Kommissar Katerchen**

MERLINS MAGISCHE ABENTEUER

Gracie Springs ist keine Hexe ... ihr Kater hingegen schon. Jetzt muss sie alles in ihrer Macht Stehende tun, um sein Geheimnis zu wahren, oder sie riskiert, den Rest ihres Lebens in einem magischen Gefängnis zu verbringen. Zu dumm, dass sie den Ärger geradezu magnetisch anzuziehen scheint!

Viel Spaß mit Band 1 – **Merlin findet eine Vertraute**

AGENTUR FÜR PARANORMALE ZEITARBEIT

Tawny Bigfords gewöhnlich zu nennendes Leben nimmt eine magische Wendung, als sie über die Leiche ihrer Vermieterin stolpert und von einer sprechenden schwarzen Katze rekrutiert wird, die Rolle der Verstorbenen als offizielle Stadthexe von Beech Grove, Georgia, zu übernehmen.

Viel Spaß mit Band 1 – **Eine Hexe für alle Gelegenheiten**

DAS GEISTERHAFTE GÄSTEHAUS (MIT TRIXIE SILVERTALE)

Sydney Coleman hat alles erreicht – und doch steht sie irgendwann vor dem Nichts. Gerade, als sie ihr neues Bed and Breakfast eröffnen will, stellt sich ihr ein Geistertrio auf Schritt und Tritt in den Weg. Die Geister bestehen darauf, dass sie den Mord an ihrer Herrin aufklärt, aber Sydney braucht dringend Geld. Wenn nicht bald ein paar zahlende Gäste eintreffen, ist ihre Spukvilla dem Untergang geweiht.

Viel Spaß mit Band 1 – ***Mörderischer Mondschein***

VERBINDE DICH MIT MOLLY

Wenn du ebenfalls ein großer Fan von spannenden, schrägen Tierkrimis bist, sollten wir unbedingt Freunde werden.

Wie wäre es, wenn du direkt einmal meine Facebook-Seite besuchst, die ich speziell für meine treuen deutschen Leser eingerichtet habe? Hier der Link dazu:

Facebook.com/Katzengeheimnisse

Oder melde dich für meinen Newsletter an und sichere dir als Abonnent gratis ein digitales Geschenkpaket, einschließlich einer exklusiven Kurzgeschichte über Octocat:

Katzengeheimnisse.com/Abonnieren

www.ingramcontent.com/pod-product-compliance
Lightning Source LLC
Chambersburg PA
CBHW020717310726
48979CB00004B/955

* 9 7 8 1 6 4 4 5 1 6 2 0 1 *